Bestseller
MINIBOOK
015

Mrs. Dalloway

Virginia Woolf

sodampublishingcompany

Mrs. Dalloway

댈러웨이 부인 **펴낸날** 2005년 3월 21일 초판
1쇄 2007년 1월 26일 개정판 1쇄 **지은이** 버지니아 울프 **옮긴이** 유혜경
표지삽화 이지영 **펴낸이** 이태권 **펴낸곳** 소담출판사 서울시 성북구 성북
동 178-2 (우)136-020 **전화** 745-8566~7 **팩스** 747-3238 **E-mail**
sodam@dreamsodam.co.kr **등록번호** 제2-42호(1979년 11월 14일)
홈페이지 www.dreamsodam.co.kr

ISBN 978-89-7381-895-2 03840
● 책 가격은 뒤표지에 있습니다.

Bestseller
MINIBOOK
015

댈러웨이 부인

버지니아 울프 지음

유혜경 옮김

sodampublishingcompany

Mrs. Dalloway

그녀가 끌어안은 삶은 점점 더 커지고 자라서
마침내 하나의 온전한 삶, 완전한 인생이 되었다.

Mrs. Dalloway

Virginia Woolf

버지니아 울프

댈 러 웨 이 부 인

Mrs. Dalloway

댈러웨이 부인

인생 그 자체, 인생의 매 순간 순간, 한 방울 한 방울, 여기 이곳, 지금 이 순간, 햇살 속 리젠트 공원에 있다는 것으로 충분했다.

댈러웨이 부인은 직접 꽃을 사야겠다고 말했다. 루시는 루시대로 할 일이 있었기 때문이다. 문마다 경첩을 떼어 내야 하고, 럼플마이어의 일꾼들도 들이닥치고 있었다. 그리고 나서 클러리서 댈러웨이 부인은 생각했다. 아, 정말 상쾌한 아침이다―해변에서 뛰노는 아이들처럼 생기가 넘치는―.

어머, 저 종달새! 곤두박질 치는 것 좀 봐! 지금처럼 삐걱대는 돌쩌귀 소리를 들으며, 미닫이 창문을 왈칵 열어제치고, 부어톤의 바깥 공기를 흠뻑 들이마실 때면, 늘 그랬던 것이다. 얼마나 신선하고, 얼마나 고요했던가, 물론 지금보다 훨씬 더 평화로웠다. 이른 아침의 신선한 공기. 파도가 철썩 때리는 것 같기도 하고, 파도의 입맞춤 같기도 했다. 차갑고 살을 에이는 듯 하면서도(그 당시 열여덟 살이었던 소녀에게는) 장엄했다. 그곳 열린 창가에 서서, 예전에도 그랬듯이, 무언가 무시무시한 일이 일어날 것 같은 느낌으로, 꽃들과 연기에 휩싸인 나무들, 그리고 날아올랐다가 곤두박질치는 당까마귀들을 바라보았다. 그 때 피터 월쉬가, "식물들 틈에서 명상에 잠긴 거요?"라고 말했던가, 아니면, "나는 꽃양배추보다는 사람이 더 좋더라."라고 말했던가, 아무튼 그때까지 그렇게 줄곧 서서 바라보고 있었다. 틀림없이 어느 날 아침 식사 도중, 그녀가 테라스로 나갔을 때 그가 그렇게 말했을 것이다. 피터 월쉬. 그는 머지않아 인도에서 돌아올 테지만, 6월인지 7월인지는 잘 기억나지 않았다. 그의 편지 내용이 너무도 단조롭고 지루했기 때문이었다. 사람들이 기억하는 것은 그가 한 말이었다. 그의 눈동자, 주머니칼, 미소, 성깔, 그리고 수만 가지가 다 잊혀져도―얼마나 이상했던지!― 지금처럼 양배추에 관한 말을 기억하고 있다니.

그녀는 길가에 서서 더트널의 화물차가 지나가기를 기다리는 동안, 몸을 조금 곧추 세웠다. 매력적인 여인, 스크로프 퍼비스는 그녀를 (그녀를 웨스트민스터에서 옆집에 사는 사람 정도로만 알고 있는) 어딘지 모르게 새 같은 여자, 새파란 초록색의 쾌활하고 생기 발랄한 어치 같은 여자라고 생각했다. 이미 오십 줄에 접어든 데다, 병을 앓고 난 후로 흰머리가 많이 생겼는데도 말이다. 거기서 그녀는 그를 보지 못한 채, 길을 건너려고 꼿꼿한 자세로 기다리고 있었다.

웨스트민스터에 살다 보면—벌써 몇 년이나 됐을까? 한 이십 년도 넘었을 것이다—, 오가는 자동차들 한복판에 서 있거나, 한밤중에 잠에서 깨어 있을 때, 특별한 고요함 혹은 엄숙함을 느낀다고, 클러리서는 확신하고 있었다. 그것은 말로 표현할 수 없는 단절된 느낌, 빅 벤 (영국 국회 의사당 탑 위의 시계와 그 탑_역주)의 시계 종이 치기 전의 조마조마한 느낌(사람들 말로는 유행성 감기에 걸려 그랬을 거라고 했다)이었다. 거기! 땡 땡 종치는 소리. 처음에는 음악소리처럼, 그리곤 돌이킬 수 없는 시간을 알리는 소리로 다가온다. 소리는 납처럼 무거운 원을 그리며 대기 속으로 묻혀간다. 우리는 얼마나 어리석은지, 빅토리아 거리를 건너면서 그녀가 생각했다. 어째서 삶을 그토록 사랑하는지, 또 자기 주변에 쌓아올렸다가 내팽개치고, 매순간 다시 새롭게 만들어가면서 삶을 어떻게 생각하는지, 그 이유는 오직 하나님만이 알고 있기 때문이다. 하지만 그건 더할 나위 없이 초라한 여인, 현관 계단에 앉아 기다리는 가장 불행한 여인(자신의 파멸을 속으로 삼키며) 역시 마찬가지다. 법도 어떻게 할 수 없는 거라고 클러리서는 확신했다. 사람들의 눈동자 속에, 이리저리 터벅터벅 걷는 걸음 속에, 떠들썩하게 질러대는 고함 속에 그녀가 사랑하는 것들이 있었다. 마차들, 자동차들, 버스들, 화물차들, 발을 질질 끌며 휘적휘적 지나가는 샌드위치맨들, 취주 악단들, 손잡이를 돌리는 휴대용 풍금들, 승리의 기뽐, 짤랑짤랑 울리는 소리와 머리 위로 날아가는 비행기의 이상한 굉음, 이 모든 것이 그녀가 사랑하는 것들이었다. 삶, 런던, 6월의 이 순간.

6월 중순이었다. 전쟁은 끝났다. 다만 지난 밤 그 착한 아들이 전사하여 옛 장원영주의 저택이 사촌의 손에 넘어가게 되는 바람에, 가슴을 쥐어뜯었던 대사관의 폭스크로프트 부인 같은 사람들은 예외지만 말이다. 예외이긴 바자회를 주선한 벡스버러 부인도 마찬가지다. 그녀는 가장 사랑하는 존이 전사했다는 소식을 알리는 전보를 들고 있었다. 하지만 전쟁은 끝났다. 감사하게도 끝이 났다. 6월이었다. 왕과 여왕은 궁전에 있었다. 곳곳에선 아직 이른 시간인데도 타박타박 조랑말 달리는 소리, 톡탁거리는 크리켓 배트 소리가 들려왔다. 로드 크리켓 클럽, 애스콧 클럽, 래닐러 폴로 클럽, 그밖에 모든 크리켓 클럽들이 부드러운 희뿌연 파란 아침 공기에 휩싸여 있었다. 이제 날이 밝으면, 그 아침 공기는 땅을 박차고 펄쩍펄쩍 뛰어 오르는 조랑말들과 밤새도록 춤을 추었음에도 여전히 우스꽝스럽게 생긴 털북숭이 개들을 데리고 빙글빙글 돌며 뛰어다니는 청년들과 속이 훤히 비치는 모슬린 드레스를 입고 깔깔대며 웃어대는 젊은 아가씨들을 이 잔디밭과 경기장에서 쉬게 하리라. 심지어 지금 이 시간에도 기품 있는 늙은 미망인들은 비밀스런 나들이를 가느라 모터 자동차를 타고 달려가고 있었다. 그리고 가게 주인들은 인조 보석과 다이아몬드, 18세기 분위기로 세팅된 멋진 푸른빛의 브로치들이 진열되어 있는 창가에 서서 지나가는 미국인들을 유혹하고 있었다(하지만 엘리자베스에게 무분별하게 사주지 말고 절약을 해야 한다). 그리고 무모하고 충실한 열정으로 그런 삶의 일부가 되어 그 삶을 사랑하는 그녀 역시 집안 조상들이 조지 왕조 시대 조신朝臣이었던 이후로, 정열을 불태우고, 불을 밝히고, 파티를 벌이기 위해 늦은 밤 외출을 하고 있었다. 하지만 공원으로 들어서는 순간 느껴지던 그 적막함은 얼마나 낯설었던지. 안개, 멀리서 들려오는 와글대는 소리, 천천히 헤엄치는 행복한 오리들, 뒤뚱거리는 주머니처럼 생긴 새들. 그런데 정부 청사 건물을 등지고 왕의 문장이 찍힌 속달 공문서 상자를 들고 서둘러 다가오는 자는 누구인가. 휴 휘트브레드가 아닌가. 그녀의 오랜 친구 휴. 멋진 휴!

"아니, 이게 누구야, 클러리서 아냐!" 약간 과장된 말투로 휴가 말했다. 그들은 어릴 적부터 서로 알고 지냈기 때문이다. "어딜 가는 거야?"

"나, 런던 거리 걷는 걸 좋아하잖아. 사실이지 시골을 걷는 것보다 더 좋아요." 댈러웨이 부인이 말했다.

두 사람은 의사를 만나러─불행하게도─왔던 것이다. 다른 사람들은 그림을 보기 위해, 오페라를 보기 위해, 딸들을 산책시키기 위해 나왔지만, 휘트브레드는 의사를 만나러 왔던 것이다. 클러리서는 요양소에 가 있는 그의 아내, 에블린 휘트브레드를 수도 없이 찾아갔었다. 에블린이 또 아픈가? 에블린은 몹시 활기가 없다고, 지극히 잘 생기고, 완벽하게 갖춰 입은 몸을 약간 부풀리면서 휴가 말했다(그는 언제나 옷을 너무 잘 입지만, 궁정에서 사소한 일을 하느라 그럴 것이다). 심각한 것은 아니지만 정신병을 앓고 있다고 했다. 클러리서 댈러웨이는 오랜 친구인 탓에 꼬치꼬치 묻지 않아도 무슨 내용인지 짐작할 수 있었다. 당연히 이해할 수 있었다. 얼마나 성가신 일이겠는가! 그녀는 갑자기 가족같이 친근한 느낌이 들면서, 동시에 자신의 모자에 이상하게 신경이 쓰였다. 이른 아침에 쓰기에는 적당한 모자가 아니어서일까. 휴는 항상 과장되게 모자를 들어 올린 채, 그녀가 열여덟 살 소녀라고 강조하고 부산하게 법석을 떨면서, 그녀 자신을 느낄 수 있도록 해주기 때문에, 그녀는 휴 곁에 있으면 왠지 왜소해지는 것을 느꼈다. 여학생처럼 말이다. 하지만 그에게 애착을 갖고 있었다. 어느 정도는 그를 잘 알아왔던 만큼, 그가 나름대로 좋은 사람이라고 생각했다. 비록 리처드는 그 때문에 거의 미칠 지경이고, 피터 월쉬는 월쉬대로 그녀가 휴를 좋아하는 것을 오늘날까지 절대 용서하지 않았지만 말이다. 물론 오늘 밤 휴는 에블린의 고집대로, 그녀의 파티에 올 것이다. 다만 짐의 아들들을 데려가야 하는 일로 조금 늦을 수는 있지만 말이다.

  그녀는 부어톤에서의 장면 장면을 또렷이 기억할 수 있었다. 화가
나 노발대발하는 피터. 물론 휴는 어느 모로 보나 그의 적수가 아니지
만 그렇다고 피터가 주장하는 것처럼 그렇게 우둔하지도 않았다. 단
순한 허깨비가 아니었다. 그의 노모가 사냥을 가지 말고 목욕탕에 데
려다달라고 하면, 그는 군소리 없이 어머니 말대로 했다. 그는 정말
헌신적인 사람이었으며, 피터 말대로, 속도 없고, 생각도 없고, 오직
가진 거라곤 영국 신사의 매너와 예의범절뿐이라는 것은 그녀의 피
터가 너무도 화가 나서 한 말이었다. 휴는 정말 봐줄 수 없는 사람일
수도 있고, 구제불능인 사람일 수도 있었다. 하지만 오늘 같은 아침에
같이 산책을 한다는 것은 참으로 달콤했다.

  (6월이 되자 나무의 잎사귀들이 모두 피어났다. 핌리코(빅토리아 역의
남쪽에 있으며 벨그라브와 웨스트민스터 사이에 위치한 구역으로 1830년까지 몹시 가난
한 동네였다_역주)의 어머니들은 아이들에게 젖을 빨렸다. 플리트 강에
서 해군 본부에 이르기까지 메시지가 전달되고 있었다. 알링톤 거리
와 피카딜리 거리는 마치 공원의 공기에 몸을 비벼대고, 클러리서가
사랑했던 신성한 생명력의 파도에 태워 나무 이파리들을 열심히 들
어올리는 것 같았다. 춤추는 것, 말 타는 것, 그녀는 그 모든 것을 사랑
했다.)

그들, 즉 그녀와 피터가 아주 오랫동안 헤어져 있는 동안, 그녀는 절대 편지를 쓰지 않았으며, 그의 편지는 마른 나뭇가지 같았다. 하지만 문득 그녀에게 이런 생각이 들었다. 만약 그가 지금 나와 같이 있다면 무슨 말을 할까? 몇몇 날들, 몇몇 광경들이 그를 차분히 떠올리게 해 주었다. 예전의 쓸쓸함은 어느덧 사라지고, 아마도 사람들을 사랑한 덕분이 아닐까. 어느 맑은 아침, 사람들은 세인트 제임스 공원의 한복 판으로 돌아왔다. 정말 그랬다. 하지만 피터는—그 날이, 나무와 잔디 들이, 그리고 분홍색 옷을 입은 어린 소녀가 아름다울지라도— 그 어 느 것도 결코 볼 수 없었다. 그녀가, 눈을 뜨고 좀 보라고 한다면, 그는 다만 안경을 썼을 것이다. 그리고 보았을 것이다. 그에게 흥미로운 것 은 세상이 돌아가는 형세였다. 그러니까 바그너, 포프의 시, 사람들의 성격, 그리고 그녀 영혼의 결점들 말이다. 그가 그녀에게 얼마나 잔소 리를 해댔던가! 두 사람은 얼마나 다퉜던가! 그녀는 수상과 결혼을 해 서, 계단 맨 꼭대기에 설 거라고도 했다. 그는 그녀를 완벽한 안주인 (그로 인해 그녀는 침실에서 펑펑 울었다)이라고 불렀다. 그녀가 완 벽한 안주인이 될 소질이 있다고 했다.

그렇게 그녀는 여전히 세인트 제임스 공원에서 말다툼을 벌이고 있 는 자신을 발견하곤 한다. 그와 결혼하지 않기를 잘 했다는—또 그렇 게 해야만 했던— 것을 새삼 확인하고 있는 자신을 발견한다. 결혼을 해서 좁은 집에서 매일 매일 함께 사는 사람들 틈바구니에서도 약간의 자유와 독립적인 부분이 있어야 하기 때문이었다. 리처드는 이런 것들을 해주었으며, 그녀 역시 만찬가지였다(예를 들면, 오늘 같은 아침, 리처드는 어디에 있었을까? 어떤 위원회에 참석했겠지만, 그녀는 절대 캐묻지 않았다). 하지만 피터와는 모든 것을 공유해야만 했다. 뭐든지 미주알고주알 의논을 해야했다. 그것은 참을 수 없는 일이었다. 그리고 분수대 옆의 그 작은 정원에서 그 일이 일어났을 때, 그녀는 그와의 관계를 끝내야만 했다. 아니면 두 사람은 파괴되었을 것이다. 두 사람 모두 망가졌을 것이라고 그녀는 확신하고 있었다. 비록 수년 동안 가슴에 박힌 화살처럼 그 슬픔과 고뇌를 가슴에 품고 있긴 했지만 말이다. 그리고 나서 누군가 콘서트에서, 그가 인도로 가는 배에서 만난 여자와 결혼했다는 소식을 전해주었을 때의 그 불쾌감! 그녀는 그 모든 것을 결코 잊을 수 없으리라. 그는 그녀에게 차갑고, 냉혹하고, 내숭떠는 여자라고 했다. 그가 어떻게 사랑을 한다는 건지 그녀는 결코 이해할 수 없었다. 하지만 그 인도 여인들은 이해할 수도 있을 것이다. 멍청하고, 예쁘고, 천박한 바보들이니까. 그녀는 쓸데없는 동정을 했다. 왜냐하면 그는 몹시 행복하다고, 그녀를 안심시켰기 때문이다. 두 사람이 이야기하던 것은 한 가지도 실천한 것이 없지만, 더할 수 없이 행복하다고 했다. 그의 모든 인생은 실패작이었다. 그것이 아직도 그녀를 화나게 했다.

그녀는 공원 출입구에 도착해 있었다. 그녀는 피카딜리(피카딜리 광장에서 하이드 파크까지 이어지는 고속도로_역주)의 버스들을 바라보며 한동안 서 있었다.

이제 그녀는 이 세상 어느 누구에게도 이렇다 저렇다 말하지 않을 것이다. 그녀는 자신이 아주 젊게 느껴졌다. 동시에 말로 표현할 수 없을 만큼 늙게 느껴졌다. 그녀는 칼처럼 모든 것을 잘라냈다. 동시에 그것들을 바라보면서 밖에 서 있었다. 택시들을 바라보고 있을 때, 밖에 있을 때, 저 멀리 바다에 혼자 있는 것 같을 때, 영원히 반복되는 듯한 느낌이 들었다. 그녀는 언제나 단 하루를 사는 것조차 위험하고, 위험하다는 그런 느낌을 가지고 있었다. 스스로가 총명하거나 비범하다고 생각해서가 아니었다. 다니엘 양이 주었던 몇 가지 곁다리 지식에 의존해 어떻게 삶을 헤쳐왔는지 상상할 수가 없었다. 그녀는 아는 것이 하나도 없었다. 언어도, 역사도 아는 게 없었다. 이제 침대에 누워 읽는 회고록을 제외하곤 단 한 권의 책도 읽지 않았다. 그러므로 그녀에겐 이 모든 것들이 너무도 흥미진진했다. 지나가는 택시들도. 그리고 피터 얘기는 하지 않으리라. 나는 이렇다 저렇다, 따위의 자기 자신에 대한 얘기도 일절 하지 않을 것이다.

자신의 유일한 재능은 사람들을 본능적으로 알아보는 것이라고, 그녀는 걸으면서 생각했다. 만약 그녀를 누군가와 함께 어느 방안에 집어넣는다면, 그녀는 고양이처럼 등을 돌리거나, 아니면 기분 좋게 그르렁댈 것이다. 데번서 하우스, 배스 하우스, 도자기로 만든 앵무새가 있는 집(도자기 앵무새를 창가에 걸어두면 집 주인이 집에 있다는 뜻이었다_역주) 그녀는 한때 이 모든 집들에 불이 환하게 켜져 있는 것을 본 적이 있었다. 실비아, 프레드, 샐리 시튼—집 주인들—이 떠올랐다. 그리고 밤새 춤추던 일. 시장을 지나가던 짐마차들. 공원을 가로질러 집으로 향하던 일. 그녀는 서펀타인 호수(하이드 파크에 있는 공원_역주)에 1실링을 던지던 일이 떠올랐다. 하지만 기억은 누구나 한다. 그녀가 사랑했던 것은 지금, 여기, 그녀 앞에 있는 것이었다. 택시에 타고 있는 저 뚱뚱한 귀부인 말이다. 그것이 문제가 될까, 그녀는 본드 거리를 향해 걸으면서 자문해보았다. 결국은 완전히 그만두어야 한다는 것이 문제가 될까. 이 모든 것은 그녀 없이도 분명 계속될 것이다. 그런 사실에 분개했던가. 아니면 죽음은 전적으로 끝이라고 믿는 것이 위로가 되지 않았던가? 그러나 런던의 거리에서, 사물이 밀리고 미는 흐름 속에서, 여기 저기에서, 아무튼 그녀는 살아남았으며, 피터도 살아남았고, 그녀는 나무의 일부분, 집의 일부분으로, 원래 그렇듯이 이리저리 추하게 뒹굴면서, 서로의 존재 가운데 살았다고 확신했다. 그녀가 한번도 만난 적이 없는 사람들의 일부가 되어. 그녀가 가장 잘 아는 사람들, 언젠가 보았던 나무가 안개를 끌어올리는 것처럼 그녀를 자신들의 가지로 끌어올려준 사람들 사이에서 안개처럼 누워 살았던 것이다. 덕분에 그녀의 삶이, 그녀 자신이 너무도 멀리 퍼져나갔다. 하지만 해처드 상점의 진열대를 들여다보면서, 그녀는 무슨 꿈을 꾸고 있었던가? 그녀는 무엇을 되찾으려 하고 있는가? 펼쳐진 책장에서 읽었던, 시골의 새하얀 새벽의 이미지는 무엇이었을까?

더 이상 두려워 말라, 태양열을
또한 광포한 겨울의 사나움을.
(셰익스피어의 '심벌린' 제4막 2장 중에서_역주)

이 시대의 세상 경험은 남녀 가릴 것 없이 모두에게 눈물샘을 안겨다주었다. 눈물과 슬픔. 용기와 인내. 더할 나위 없이 곧은 마음과 금욕적인 태도를 갖게 해주었다. 가령, 그녀가 가장 존경하는, 바자회를 열고 있는 벡스버러 부인을 생각해보자.

『조록(Jorrocks)의 소풍과 술잔치』(로버트 스미스 서티즈의 작품_역주), 『비누 거품이 이는 스펀지』('미스터 스펀지의 스포츠' Mr. Sponge's Sporting를 1893년 3판에서 '비누 거품이 이는 스펀지의 스포츠 여행 Soapey Sponge's Sporting Tour' 으로 바꾸었다_편집자주), 애스퀴스 부인의 『회고록』과 『나이지리아에서의 대 사냥』 등등, 많은 책이 있었다. 하지만 요양소에 있는 에블린 휘트브레드에게 가져갈 만한 적당한 책은 한 권도 없는 것 같았다. 클러리서가 들어선 순간, 에블린을 놀라게 해주고, 또 형언할 수 없을 만큼 바싹 마른 그녀의 얼굴에 한 순간이라도 생기를 돋궈줄 만한 책은 한 권도 없었다. 사람들이 자리를 깔고 앉아 부인병에 관한 끝없는 수다를 늘어놓기 전에 말이다. 그녀가 들어서는 순간 사람들이 즐거워하는 모습을, 그녀는 얼마나 원했던가. 그녀는 본드 거리를 향해 다시 걸어가면서 심기가 불편했다. 일을 하는데 다른 이유가 있어야 한다는 것이 어처구니없었기 때문이었다. 차라리 일 자체를 위해 일을 하는 리처드와 같은 사람이 되는 게 더 나을 것이라고, 그녀는 길을 건너기 위해 기다리면서 생각했다. 그녀가 일을 하는 가운데 절반쯤은 단순히 일 자체를 위해 하는 것이 아니었다. 사람들에게 보이기 위해서였다. 그것이 얼마나 어리석은 짓인지 그녀는 알고 있었다(그 순간 경찰이 손을 들었다). 쉽게 속아넘어가는 사람은 아무도 없기 때문이다. 아, 인생을 다시 시작할 수만 있다면 얼마나 좋을까! 인도로 올라서면서 그녀는, 그럼 아주 다른 모습으로 살 수도 있을 텐데, 라고 생각했다.

우선은 벡스버러 부인처럼 구깃구깃한 가죽 같은 피부와 아름다운 눈을 가진 여인이고 싶었다. 벡스버러 부인처럼, 느긋하고 당당했으면 좋겠다. 오히려 몸집이 조금 크고, 남자처럼 정치에 관심이 많았으면 좋겠다. 시골에 집을 가지고 있으며, 매우 위엄 있고, 성실했으면 좋겠다. 하지만 실제로 그녀는 완두콩 줄기처럼 호리호리했다. 터무니없이 작은 얼굴은 새 부리처럼 뾰족했다. 그녀가 자신을 잘 가꿔온 것은 사실이었다. 그리고 손과 발도 고왔다. 돈을 거의 안 쓰는 것에 비하면 옷도 잘 입었다. 하지만 지금 그녀의 몸은(그녀는 네덜란드 그림을 보기 위해 걸음을 멈추었다), 모든 능력을 갖춘 이 몸은 아무것도 아닌 것 같았다. 무가치해 보였다. 그녀는 자신의 몸이 눈에 보이지 않는 것 같은 아주 이상한 느낌이 들었다. 보이지도 않고, 알아보는 사람도 없고, 결혼한 것도 아니고, 더 이상 아이를 갖지도 않고, 오직 나머지 사람들과 함께 본드 거리를 걸어가는 이 놀랍고도 엄숙한 행진이 있을 뿐이다. 지금의 이 댈러웨이 부인으로 말이다. 더 이상은 클러리서조차 아니었다. 리처드 댈러웨이 부인일 뿐이었다.

본드 거리는 그녀를 사로잡았다. 이 계절에 이른 아침의 본드 거리는 그녀를 사로잡았다. 펄럭이는 깃발들. 상점들. 법석거림도, 화려한 광채도 없었다. 그녀의 아버지가 오십 년 동안 양복을 샀던 상점의 트위드 옷감 한 필. 몇 알의 진주. 얼음덩이 위에 놓인 연어.

"그게 전부야." 그녀가 생선 가게를 쳐다보며 말했다. "그게 전부야." 잠시 장갑 가게 진열장에 멈추어 서서 그녀가 말했다. 전쟁이 일

24

어나기 전에는 그 가게에서 거의 완벽한 장갑을 살 수 있었다. 그리고 늙은 윌리엄 아저씨는 귀부인은 구두와 장갑을 보면 알 수 있다고 말씀하시곤 했다. 전쟁이 한창이던 어느 날 아침, 아저씨는 침대에서 돌아가셨다. "난 살 만큼 살았어."라고 아저씨는 말씀하셨었다. 장갑과 구두. 그녀는 장갑이라면 사족을 못썼다. 하지만 막상 그녀의 딸인 엘리자베스는 구두이건 장갑이건 털끝만큼도 관심이 없었다.

  털끝만큼도, 그녀는 파티를 열었을 때마다 꽃을 준비해주던 가게를 향해 본드 거리를 계속 올라가며 생각했다. 엘리자베스는 무엇보다 개를 너무 좋아했다. 오늘 아침에는 온 집안에 타르 냄새가 진동했다. 하지만 킬먼 양보다는 가엾은 그리즐이 훨씬 더 나았다. 디스템퍼(개나 강아지의 전염병_역주)이건 타르이건 그 어떤 것이건 기도서를 들고 숨막히는 침실에 갇혀 있는 것보다 훨씬 더 낫다. 어떤 것이라도 더 낫지, 그녀는 이렇게 말하고 싶었다. 하지만 리처드가 말한 것처럼, 그것은 단지 하나의 단계일 뿐이리라. 모든 소녀들이 겪는. 사랑에 빠진 것인지도 모른다. 하지만 왜 하필이면 부당한 대우를 받는 킬먼 양이람? 그 점을 참작해야 한다. 리처드는 엘리자베스가 매우 유능하고 역사 의식이 투철하다고 했다. 어쨌든 그들은 헤어질 수 없었으며, 그녀의 딸인 엘리자베스는 성찬식에 갔다. 엘리자베스가 어떻게 옷을 입었는지, 점심을 먹으러 온 사람들에게 얼마나 냉담하게 굴었는지,

종교적인 무아지경에 빠지면(무슨 주의니 운동이니 하는 것도 그랬다) 사람들이 무감각해진다는 것이 그녀가 경험을 통해 깨달은 사실이었다. 사람들의 감각을 무디게 했다. 킬먼 양은 러시아를 위해서라면 무슨 일이든 할 것이며, 오스트리아인들을 위해서는 굶어 죽을 수도 있을 테지만, 남모르게 고문을 가했으니 초록색 방수 외투를 입은 그녀는 얼마나 둔감한가. 해가 가고 바뀌어도 그녀는 그 코트를 입었고, 또 땀을 흘렸다. 그녀와는 방안에 5분만 같이 있어도 금새 그녀의 우수함을 느낄 수 있으며, 상대방은 열등감을 느끼게 된다. 그녀가 아무리 가난하고, 상대방이 아무리 부자라도 말이다. 그녀가 베개 하나, 침대 하나, 이불 하나 없이 빈민가에 살지라도, 그녀의 영혼은 그곳에 붙어 있는 모든 불만을, 전쟁 중에 학교에서 해고당한 일을 무색하게 만들었다. 비참하고 불행하고 가엾은 여자! 사람들이 미워하는 것은 그녀가 아니라 그녀의 생각이었다. 물론 그것은 킬먼 양이 아니라 스스로 모여 이룬 생각이었다. 밤이면 사람들과 싸우는 그 망령 가운데 하나가 되었다. 우리를 올라타, 생명의 피를 절반이나 빨아먹는 그 망령들. 독재자들과 폭군들. 물론 주사위를 던져 흰색이 아니라 검정색이 나왔다면, 그녀는 킬먼 양을 사랑했을 터인데! 하지만 이 세상에서는 아니었다. 아니었다.

그렇지만 그녀 안에서 이 잔인한 괴물을 자극했던 일이 그녀의 신경을 거슬리게 했다. 잎사귀들로 가로막힌 깊은 숲, 영혼에서 들려오는 발자국 소리와 나뭇가지 부러지는 소리를 듣는 것이 그녀의 신경을 거슬리게 했다. 결코 만족할 수도, 안전할 수도 없었다. 언제라도 그 짐승이 이 증오를 불러일으킬 것이기 때문이다. 특히 이 증오는 그녀가 병을 앓고 난 후로 그녀의 등을 도려내는 듯한 아픔을 느끼게 하는 위력이 있었다. 그녀에게 육체적인 고통을 주었으며, 아름다움, 우정, 안위, 사랑받는 일과 즐거움이 가득 찬 가정을 만드는 일의 모든 즐거움을 휘젓고 뒤흔들어 타락시켜 놓았다. 마치 뿌리를 파헤치고 있는 괴물이 실제로 있는 것처럼, 마치 만족의 위대한 의식이 자기 사랑에 불과한 것처럼! 아, 이 증오!

말도 안 돼, 말도 안 돼! 그녀는 멀베리 꽃가게의 문을 밀고 들어서면서 자신에게 외쳤다.

그녀가 경쾌하게 허리를 꼿꼿이 펴고 들어서자, 단추처럼 생긴 핌 양이 얼른 그녀에게 인사를 했다. 핌 양의 손은 꽃을 담근 차가운 물속에 담겨 있었던 만큼 언제나 발그레하게 물들어 있었다.

꽃은 참 많기도 했다. 참제비고깔, 스위트피(콩과의 원예식물_역주), 라일락 송이. 그리고 카네이션과 카네이션 다발. 장미도 있었다. 붓꽃도 있었다. 그랬다. 그래서 그녀는 자신의 도움을 받은 핌 양과 이야기를 나누는 동안, 정원의 흙 냄새를 들이마셨다. 그러면서 그녀가 친절하다고 생각했다. 아주 친절했지만, 붓꽃과 장미 사이로 이리저리 고개를 돌리고 눈을 반쯤 감고 라일락 송이를 흔들어 대면서, 거리의 소란함에도 불구하고, 코를 킁킁대며 달콤한 향기를, 상쾌한 차가움을 들이마시고 있는 핌 양은 올해 들어 조금 나이가 들어 보였다. 그리고 나서 그녀가 눈을 뜨자, 등바구니에 접어 놓은 깨끗하게 세탁한 주름 달린 린넨처럼 장미는 얼마나 신선하게 보였던지. 고개를 꼿꼿하게 치켜들고 있는 붉은 카네이션은 얼마나 색이 진하고 새침하던지. 넓적한 화병에서 줄기를 퍼뜨리고 있는 온갖 스위트피들은 보라색, 눈처럼 하얀색, 파리한 색조를 띠고 있었다. 마치 화려한 여름날이 저물고 저녁이 되어, 검푸른 하늘 아래 모슬린 드레스를 입은 소녀들이 스위트피와 장미를 따러 나온 것만 같았다. 참제비고깔, 카네이션, 백합이 곳곳에 있었다. 꽃들은─장미, 카네이션, 붓꽃, 라일락─여섯 시와 일곱 시 사이에 피어났다. 흰색, 보라색, 빨간색, 짙은 주황색으로. 모든 꽃은 안개에 휩싸여 스스로 부드럽고 순결하게 타오르는 것 같았다. 체리 파이와 앵초 사이를 들락날락하는 흰 회색 나방들은 얼마나 사랑스러웠던지!

그녀는 핌 양과 함께 이 항아리에서 저 항아리로 다니며 꽃을 고르면서, 말도 안 돼, 말도 안 돼, 라고 중얼거렸다. 더욱 더 나직이 중얼거렸다. 마치 이 아름다움이, 이 향기가, 이 색깔이 그리고 자신을 믿고 좋아하는 핌 양이 흐르고 흘러 그 증오를, 그 괴물을, 그 모든 것을 타고 넘는 일종의 파도라도 되는 것처럼 말이다. 그리고 그 파도는 그녀를 들어 올리고 들어 올렸다. 아, 그 순간, 밖에서 총 소리가 들렸다.

"맙소사, 그 자동차들이," 미스 핌이 창문으로 뛰어갔다가 다시 돌아오면서, 한 손 가득 스위트피를 들고 겸연쩍은 미소를 지었다. 마치 그 자동차들이, 그 자동차의 타이어들이 모두 자신의 잘못이기라도 하듯.

댈러웨이 부인을 깜짝 놀라게 하고, 핌 양을 창문으로 뛰어갔다가 겸연쩍게 만든 그 폭발음은 정확히 멀베리 가게 진열대의 반대편 인도에서 세워둔 자동차에서 난 소리였다. 당연히 걸음을 멈추고 쳐다본 지나가던 사람들은 비둘기색 잿빛 의자에 앉은 아주 중요한 인물의 얼굴을 볼 수가 있었다. 이내 한 남자의 손이 블라인드를 내렸고 정사각형의 비둘기색 잿빛 외에는 아무것도 보이지 않았다.

그러나 소문은 본드 거리에서 옥스퍼드 거리까지, 맞은편으로는 앳킨슨의 향수 가게까지 구름처럼 흔적도 자취도 없이 즉시 퍼져나가, 재빨리 언덕을 베일처럼 덮었다. 그리고 방금 전까지만 해도 뒤죽박죽이었던 얼굴들 위로 구름처럼 맑고 고요한 표정이 떠올랐다. 그러다가 지금은 신비로움이 그 얼굴들 위로 스치고 지나갔다. 그들은 권위의 목소리를 들었던 것이다. 눈은 붕대로 칭칭 동여매고 입은 크게 벌린 종교의 망령이 널리 퍼져 있었다. 그러나 누구의 얼굴을 보았는지 아는 사람은 아무도 없었다. 영국 황태자의 얼굴이었을까, 여왕의 얼굴이었을까, 수상의 얼굴이었을까? 누구의 얼굴이었을까? 아무도 알지 못했다.

한쪽 팔에 납 파이프 감은 타래를 둘러 맨 에드거 제이 워트키스는 큰 소리로 익살맞게 말했다. "수상의 차야."

셉티머스 워렌 스미스가 그냥 지나치지 못하고 있다가 그의 말을 들었다.

셉티머스 워렌 스미스는 삼십 대의 나이에 핏기 없는 얼굴, 매부리코에 갈색 구두와 허름한 외투를 입고 있었는데, 불안한 눈초리를 띠고 있는 그의 엷은 갈색 눈동자는 낯선 사람조차 불안하게 만들었다. 세상이 채찍을 높이 든 것이다. 그 채찍이 어디로 내려칠 것인가?

모든 것이 멈추었다. 자동차 엔진의 진동 소리는 몸 전체를 불규칙하게 두드리는 맥박 소리처럼 들렸다. 자동차가 멀베리 가게 진열대 밖에 서 있었기 때문에 햇살이 엄청나게 뜨거웠다. 버스의 이층 칸에 타고 있던 나이든 귀부인들이 까만 양산을 폈다. 픽 하는 가벼운 소리와 함께 여기 저기서 초록색, 빨간색 양산이 퍼졌다. 스위트피를 한아름 안고 창가로 다가간 댈러웨이 부인은 궁금증을 못 이겨 홍조 띤 얼굴로 창 밖을 내다보았다. 모두가 자동차를 보고 있었다. 셉티머스도 바라보았다. 자전거를 탄 아이들은 자전거에서 뛰어 내렸다. 교통이 혼잡해졌다. 그리고 그곳에 그 자동차가 블라인드를 내린 채 서 있었으며, 그 블라인드 위는 나무처럼 생긴 재미있는 무늬가 그려져 있다고 셉티머스는 생각했다. 그리고 그의 눈앞에서 모든 것이 하나의 중심으로 점차 모여지고 있는 듯한 느낌은 마치 어떤 공포가 서서히 표면으로 올라와 불꽃으로 타오르려는 것처럼 그를 무섭게 했다. 온 세상이 불꽃처럼 너울너울 흔들거리며 타오르려는 것 같았다. 길을 막고 있는 것은 바로 나다, 라고 그는 생각했다. 그가 비웃음을 당하고 손가락질을 받고 있는 것은 아닌가. 무슨 목적으로 그는 거기 못박혀 꼼짝 못하는 걸까? 대체 무슨 목적으로?

"어서 가요, 셉티머스." 그의 아내가 말했다. 키가 작은 그녀는 누르스름하고 뾰족한 얼굴에 눈이 큰 이탈리아 여자였다.

하지만 루크레지아 자신도 그 자동차와 블라인드 위의 나무 무늬를 쳐다보지 않을 수 없었다. 저 안에 여왕이 있나, 쇼핑을 하러 가는 여왕이 타고 있나?

무언가를 열고 돌리고 또 닫고 있던 운전사가 운전석에 올랐다.

"어서 가요." 루크레지아가 말했다.

하지만 그녀의 남편은 "알았대두!"라고 퉁명스럽게 대답했다. 마치 그녀가 그를 방해하기라도 한 듯. 그도 그럴 것이 두 사람이 결혼한 지가 벌써 4년, 5년이나 흘렀던 것이다.

사람은 눈치가 있어야 한다. 상황을 알아야만 한다, 그녀가 생각했다. 그 자동차를 쳐다보고 있는 인파를 바라보고 있는 사람들, 자녀들, 말, 옷을 가진 영국 사람들, 나름대로 그녀가 존경하는 사람들이었다. 그러나 지금 그들은 '사람들' 일 뿐이었다. 셉티머스가, "난 자살할 거야.", 라고 끔찍한 말을 내뱉었기 때문이었다. 사람들이 그의 말을 들었다면 어땠을까? 그녀는 사람들을 쳐다보았다. 도와주세요, 도와주세요! 그녀는 푸줏간집 아이들과 여자들에게 소리치고 싶었다. 도와줘요! 바로 지난 가을만 해도 그녀와 셉티머스는 같은 망토로 몸을 감싼 채 제방(웨스트민스터 다리와 스트랜드 사이의 템즈 강을 따라 나 있는 둑산책길_역주)에 서 있었다. 말도 없이 신문만 읽고 있는 셉티머스에게서 그녀는 신문을 낚아챘으며 그들을 보고 있던 노인의 얼굴에 대고 깔깔대고 웃음을 터뜨렸었다. 하지만 누구나 실패는 감추기 마련이다. 그녀는 그를 공원으로 데려가야만 했다.

"이제 길을 건너요." 그녀가 말했다.

그녀는 그에게 팔짱을 낄 권리가 있었다. 비록 아무 느낌이 없을지라도. 그는 그녀에게 뼈다귀 한 조각을 줄 것이다. 영국에 친구도 없고 이제 겨우 스물네 살밖에 되지 않은 너무도 단순하고 너무도 충동적인 그녀, 오직 그를 위해 이탈리아를 떠났던 그녀에게.

그 자동차는 블라인드를 내린 채 신비로운 분위기를 풍기며 피카딜리 거리 쪽으로 나아갔다. 여전히 사람들의 주목을 받으며, 여전히 여왕인지 왕자인지 혹은 수상인지 아무도 모르는 사람에 대한 비밀스런 숭배의 입김을 내뿜고 있는 길 양쪽에 늘어선 얼굴들을 동요시키면서 말이다. 몇 초 동안 단 세 사람이 그 얼굴을 보았다. 심지어 그 얼굴의 성별에 대한 언쟁마저 벌어졌다. 하지만 그 안에 명사가 앉아 있다는 것만큼은 의심의 여지가 없었다. 그러니까 명사가 모습을 가린 채 본드 거리를 향해 내려가고 있었다. 평범한 사람들로부터 단 한 치의 거리를 둔 채로 말이다. 그들은 처음이자 마지막으로, 영국 여왕 폐하에게, 국가의 불후의 상징에게 말을 건넬 수 있는 거리에 있었다. 시간의 잔해를 파헤치는 호기심 많은 골동품상에게나 알려지게 될 그 명사들에게 말이다. 그 때가 되면, 런던은 풀이 무성하게 자란 길이 될 것이며, 이 수요일 아침 인도를 따라 서둘러 걸어가는 모든 사람들은 결혼 반지와 헤아릴 수 없이 많은 썩은 금이빨을 낀 먼지 속에 누워 있는 유골에 불과할 것이다. 그 때가 되면 그 자동차 안의 얼굴도 누구인지 밝혀질 것이다.

아마 여왕일 거야, 멀베리 꽃가게에서 꽃을 안고 나오면서 댈러웨이 부인이 생각했다. 그리고 그 자동차가 블라인드를 내린 채 걷는 속도로 느릿느릿 지나가는 동안, 그녀는 잠시 꽃가게 옆 햇살 아래 서서 지극히 위풍당당한 표정을 지었다. 여왕이 병원으로 가고 있는지도 몰라. 아니면 바자회를 열러 가든지, 클러리서가 생각했다.

그 시간의 혼잡은 엄청났다. 로드, 애스콧, 헐링햄 크리켓 경기장 때문인가? 대체 무슨 일 때문일까? 그녀가 생각했다. 거리가 온통 막혀 있었던 것이다. 꾸러미와 우산을 들고, 심지어 오늘 같은 날에도 모피코트를 입고 버스의 이층 칸에 비스듬히 앉아 있는 영국의 중산층들은 훨씬 더 우스꽝스럽고, 그 무엇과도 비교할 수 없을 정도로 특이했다. 그리고 여왕조차도 꼼짝 못하고 있었다. 여왕조차도 지나갈 수가 없었다. 클러리서는 브룩 거리의 한편에서 꼼짝 못하고 있었다. 늙은 판사인 존 벅허스트 경은 그 자동차가 지나가는 맞은편 보도에 있었다(존 경은 수년 동안 법을 제정해왔는데, 옷 잘 입는 여자를 좋아한다). 그 순간 운전사가 몸을 가볍게 기울이며 무언가를 경찰에게 보여주려는지 아니면 말을 거는 것 같았다. 경찰은 경례를 한 다음 팔을 들고 고개를 갑자기 돌리더니, 버스를 한쪽으로 이동시켜, 그 자동차가 지나갈 수 있도록 길을 만들어주었다. 자동차는 아주 천천히 미끄러지듯 나아갔다.

클러리서는 짐작하고 있었다. 물론 알고 있었다. 하인의 손에서, 무언가 하얗고 신비로운 원형의, 이름이 새겨진 원판을 보았던 것이다. 여왕의 이름일까, 왕자의 이름일까, 수상의 이름일까? 그것은 그 자체의 광채로 인해 칸델라와 반짝이는 별들, 오크 잎사귀(로열 오크라고도 하며 이는 영국왕 Charles 2세가 1651년 Worcester 싸움에 패했을 때 숨어서 살아났기 때문에 이를 기념하는 행위_역주)를 단 뻣뻣하게 굳은 가슴들, 휴 휘트브레드와 그의 동료들, 영국 신사들 사이에서, 그리고 그 날밤 버킹검 궁전에서 훨훨 타올랐다(클러리서는 그 자동차가 작아지는 것을, 사라지는 것을 보았다). 그리고 클러리서 역시 파티를 열었다. 그녀는 몸을 약간 곧추세웠다. 그렇게 자신의 계단 맨 꼭대기에 설 것이다.

그 자동차는 사라졌지만, 본드 거리 길 양쪽에 늘어서 있는 장갑 가게와 모자 가게와 양복점 위로 가벼운 파문을 남겼다. 한동안 모든 사람들이 똑같은 방향으로—창문으로— 고개를 기울였다. 장갑을 고르는—팔꿈치까지 오는 장갑이어야 할까, 아니면 그 위로 올라오는 장갑이어야 할까? 노란색이 좋을까, 흐린 회색이 좋을까?— 귀부인들이 장갑 고르던 일을 멈추었다. 말이 끝나기가 무섭게 무슨 일이 일어났던 것이다. 그것은 중국에서 충격을 감지할 수 있는 그 어떤 제도 기계조차 그 진동을 감지할 수 없을 만큼 사소한 일이었다. 하지만 그 진동이 가득 차자, 그 힘은 엄청났으며, 감정에 호소하는 공감을 불러일으켰다. 왜냐하면 모든 모자 가게와 양복점에 있는 낯선 사람들이 하나같이 서로 얼굴을 마주보며 죽음과 깃발과 제국을 생각했기 때문이다. 어느 뒷골목의 선술집에서는 한 대령이 윈저 왕가(1917년 이래 현 영국 왕실의 공식 명칭_역주)를 비난했고, 그것은 끝내 말다툼으로 이어져, 맥주 잔이 깨지고, 옥신각신 법석이 벌어졌다. 그리고 이 싸움은 이상하게도 길 건너편에서 결혼식을 위해 순백색의 리본이 달린 하얀 린넨 속옷을 사고 있는 아가씨들의 귀에까지 전해졌다. 그 지나가던 자동차가 일으킨 표면적인 동요가 가라앉으면서 무언가 아주 깊은 것을 건드리고 지나갔기 때문이었다.

피카딜리를 가로질러 미끄러지듯 지나간 그 자동차는 세인트 제임스 거리를 돌아내려갔다. 키가 큰 남자들, 건장한 체격에 연미복과 하얀 속옷을 받쳐 입고 머리를 뒤로 말끔히 빗어 넘긴 말쑥한 남자들, 무슨 이유인지 분간하기 어려운 남자들이 연미복 꼬리 뒤로 뒷짐을 진 채 화이트 클럽(영국에서 가장 오래되고 가장 큰 규모의 신사 클럽으로서, 세인트 제임스 거리 37~38번지에 위치해 있다_역주)의 내닫이창에 서서 밖을 내다보고 있었는데, 이들은 본능적으로 위대한 명사가 지나가고 있다는 것을 알아차렸다. 그 불멸의 존재의 희미한 빛이 클러리서 댈러웨이에게 비추었듯이, 그 신사들에게도 비추었던 것이다. 그들은 더욱 더 몸을 곧추세우고, 뒷짐진 손을 풀었으며, 그들의 조상들이 그랬던 것처

36

럼, 필요하다면 대포의 포구까지 그들의 군주를 수행할 태세인 것처럼 보였다. 테틀러 잡지와 소다수 병들이 올려져 있는 뒤로 보이는 하얀 흉상들과 작은 테이블이 그들의 충정을 증명하고 있는 것 같았다. 끝없이 물결치는 옥수수 밭과 영국의 장원을 가리키는 것 같았다. 그리고 소곤대는 화랑의 벽에서 한 목소리를 되받아 그 소리가 확대되어 온 성당에 울려 퍼지는 것처럼, 희미하게 붕붕대는 자동차 바퀴 소리가 다시 들리는 것 같았다. 숄을 두르고 인도에서 꽃을 파는 몰 프래트는 그 소년이 잘 되기를 빌었으며(그것은 분명 황태자였다), 만약 늙은 아일랜드 여인의 충성심을 위축시키는, 그녀에게 향한 순경의 눈초리만 아니었다면, 머리가 어찔어찔하고 가난이 싫은 마음에 맥주 한 잔 값—장미 한 다발 값—을 세인트 제임스 거리로 던졌을 것이다. 세인트 제임스 거리에서 보초들이 경례를 했다. 알렉산드라 왕비의 경관도 경례를 했다.

그러는 동안 소수의 인파가 버킹검 궁전의 문 앞에 모여 있었다. 하나같이 가난한 그들은 생기는 없지만, 확신을 가지고 기다렸다. 깃발이 펄럭이고 있는 궁전을, 빅토리아 여왕의 동상을 쳐다보았다. 그리고 물이 흐르는 층층의 단과 그곳에 난 제라늄을 동경했다. 멜 거리를 오가는 자동차들을 분간해냈다. 처음에는 이 차, 다음에는 저 차. 드라이브를 나온 평범한 사람들에게 헛된 감동을 주었다. 이 차, 저 차가 지나가는 동안 그 감동이 소진되지 않도록 그들의 동경을 상기시켰다. 그리고 내내 소문은 그들의 혈관 속에 축적되어, 자신들을 바라보고 있는 왕족을 떠올리기만 해도 넓적다리 신경이 떨려왔다. 고개 숙여 인사하는 여왕, 경례하는 왕자를 생각하면서 말이다. 왕들에게 주어진 신성한 천국 같은 삶을 생각하면서, 시종 무관들과 정중한 절을 생각하면서, 여왕의 오래된 인형의 집을 생각하면서, 영국 남자와 결혼한 메리 공주를 생각하면서 말이다. 그리고 왕자—아! 에드워드 왕을 닮긴 했지만 왕보다 훨씬 더 호리호리한 왕자! 왕자는 세인트 제임스 거리에 살고 있었지만, 아침에 여왕을 알현하러 왔을지도 모른다.

그렇게 사라 블레츨리는 아이를 팔에 안고, 눈은 여전히 멜 거리에서 떼지 못한 채, 핌리코 동네에 있는 그녀의 집 울타리에 서 있는 사람처럼 발을 함부로 톡톡 구르면서 말했다. 그러는 동안 에밀리 코츠는 궁전의 창문들을 차례차례 둘러보면서 하녀들, 수많은 하녀들을, 그리고 침실, 수많은 침실들을 떠올렸다. 애버딘 산産 테리어를 끌고 나온 나이 든 신사가 합류하고, 직업이 없는 남자들이 합류하면서 인파가 늘어났다. 알바니 저택에 여러 개의 방을 가지고 있으며 인생의 보다 깊은 원천을 밀랍으로 봉하고 살고 있는 보울리 씨는 어울리지 않게 갑자기 감상적이 되어, 이런 일로 인해 밀랍을 떼어낼 수 있었다. 여왕이 지나가길 기다리는 가엾은 여인들, 귀여운 아이들, 고아들, 과부들, 전쟁——쯧쯧——은 실제로 그의 눈에 눈물을 고이게 했다. 가느다란 나무와 동으로 만든 영웅들의 동상을 지나 멜 거리에 따스한 온기를 쏟아 붓는 한 줄기 산들바람이 보울리 씨 가슴에서 펄럭이고 있는 깃발을 들어올렸다. 그는 그 자동차가 멜 가로 돌아서자 모자를 벗어 자동차가 가까이 다가가는 동안 높이 치켜올렸다. 그리고 핌리코의 가난한 어머니들이 그를 짓누르도록 내버려두었다. 그리고는 등을 꼿꼿이 펴고 섰다. 자동차가 지나갔다.

갑자기 코츠 부인이 하늘을 올려다보았다. 비행기 한 대가 지나가는 소리가 모여 있는 사람들의 귓가에 불길하게 들려왔다. 거기서 비행기는 나무들 위로 날아가면서 하얀 연기를 뿜어내고 있었다. 연기는 꼬불꼬불 뒤틀리며 실제로 무언가를 쓰고 있었다. 하늘에 글자를 남기고 있었다. 모두가 하늘을 올려다보았다.

비행기는 곧바로 떨어졌다가 굉음과 함께 다시 위로 솟구치면서 둥근 원을 그렸다가, 질주하고, 가라앉았다가 다시 올라갔다. 비행기가 무엇을 하건, 어디로 가건, 그 뒤도 짙은 하얀 연기의 흔적을 남겼으며, 그 연기는 구불구불한 하얀 고리를 하늘에 남기며 글자를 형성했다. 하지만 무슨 글자인지? A일까 C일까? E나 L일까? 그 글자들은 아주 잠깐만 정지되어 있었다. 그런 다음 움직여 서로 섞였다가 하늘에서 사라져버렸다. 신선한 하늘의 공간에서 아주 멀리 날아간 비행기는 또 다시 글자를 쓰기 시작했다. 아마도 K, E, 그리고 Y였으리라.

"글락소,(1920년대 영국 유제품의 상표_역주)" 코츠 부인은 위를 올려다보면서, 긴장되고 겁에 질린 목소리로 말했다. 하얗게 질린 채 그녀의 팔에 뻣뻣하게 안겨 있는 아이도 하늘을 올려다보았다.

"크리모," 블레츨리 부인이 몽유병 환자처럼 중얼거렸다. 꼼짝도 하지 않고 모자를 들고 있던 보울리 씨도 위를 올려다보았다. 멜 거리를 따라 늘어선 사람들도 하나같이 걸음을 멈추고 서서 하늘을 올려다보았다. 그들이 바라보는 동안, 온 세상은 완전한 침묵에 빠져들었다. 갈매기 떼가 하늘을 가로질러 날아갔다. 처음에는 갈매기 한 마리가 앞에서 무리를 안내하다가, 다른 갈매기가 앞장을 섰다. 그리고 이 이상한 침묵과 평화 가운데, 이 창백함 가운데, 이 순수함 가운데, 종이 열한 번을 쳤다. 종소리는 하늘의 갈매기 무리 속으로 희미하게 사라졌다.

비행기는 돌아서 질주하다가 정확히 마음에 드는 곳에서 마치 스케이트를 타는 사람처럼 재빠르고 자유자재로 급강하를 했다.

"저건 E자야," 블레츨리 부인이 말했다—아니면 무희 같거나—

"저건 타피 사탕이군." 보울리 씨가 중얼거렸다.

(그리고 그 자동차는 문으로 들어갔으며 아무도 그것을 본 사람이

없었다.) 비행기는 연기를 차단한 채 멀리멀리 돌진해갔다. 연기가 사라지면서 드넓은 흰 구름 주변으로 모여들었다.

그것은 사라졌다. 구름 뒤로 사라졌다. 소리도 들리지 않았다. E자, G자, L자가 붙어 있던 구름들이 두둥실 떠다녔다. 마치 내용을 밝힐 수 없는 아주 중요한 임무를 띠고 서쪽에서 동쪽으로 건너가야 하는 것처럼. 그때 갑자기, 기차 한 대가 터널에서 나타나듯, 비행기가 구름 사이에서 튀어나왔다. 멜 거리에, 그린 파크에, 피카딜리에, 리젠트 거리에, 리젠트 공원에 서 있는 사람들의 귀청이 떨어져나갈 듯한 굉음이 터져나왔다. 연기가 뒤에서 말아 올라갔으며 비행기는 급강하를 했다가 굉음을 내며 또 다시 글자를 쓰기 시작했다. 하지만 무슨 글자를 쓰고 있는 걸까?

루크레지아 워런 스미스는 브로드 워크에 있는 리젠트 공원에서 남편 옆에 앉아 하늘을 올려다보았다.

"보세요, 보세요, 셉티머스!" 그녀가 외쳤다. 닥터 홈즈가 남편에게 바깥일에 관심을 쏟게 만들라고 했기 때문이었다(그녀의 남편은 특별히 심각한 문제가 있는 것이 아니라 약간 활기가 없을 뿐이었다).

그래, 저 사람들이 내게 신호를 보내고 있군, 셉티머스가 위를 올려다보며 생각했다. 그렇다고 진짜 글자는 아니었다. 다시 말해 그는 아직 그 말을 읽을 수가 없었다. 하지만 그것은 분명했다. 이 아름다움,

이 지극한 아름다움, 하늘에서 흐릿해지다가 녹아 없어지는, 무한한 자비로 그에게 선물을 베풀고 선함과 이 형상 저 형상의 모방할 수 없는 아름다움을 비웃고, 그들의 의도를 그에게 보이고자 아름다움, 더 많은 아름다움으로, 아무 대가 없이, 영원히 신호를 보내고 있는 연기로 만든 글자를 바라보는 그의 눈에 눈물이 가득 고였다. 눈물이 그의 뺨을 타고 흘러내렸다.

그것은 토피(황설탕과 버터와 당밀로 만든 쫄깃쫄깃한 사탕_역주)였다. 그 글자는 토피 사탕을 선전하고 있다고, 유모가 레지아에게 말했다. 그 글자들은 한데 모여 단어를 만들기 시작했다. t… o… f…

"K… R…" 유모가 말했다. 셉티머스는 그녀가 그의 귓가에서 부드러운 오르간 소리처럼 깊고, 나직하게 케이, 알, 이라고 말하는 소리를 들었다. 하지만 그녀의 목소리에는 여치처럼 거친 데가 있어서, 그의 등을 시원하게 긁었으며 소리의 파장을 뇌로 흘려보냈다. 그리고 뇌를 뒤흔들다가 부서졌다. 정말 경이로운 발견—특정 조건에서 인간의 목소리(사람은 과학적, 무엇보다 과학적이어야 한다)가 나무에 생명을 불어넣을 수 있다는 발견! 다행히도 레지아가 엄청난 무게로 그의 무릎에 손을 올려놓고 있는 덕분에 그는 무게에 눌려 그 자리에 고정되어 있었다. 그렇지 않았다면 위로 솟구쳤다가 떨어지고, 또 올라갔다가 모든 잎사귀와 함께 떨어지는 느티나무의 흥분과 말갈기처

42

럼, 귀부인의 모자 깃털처럼 너무도 자신만만하고, 너무도 당당하게, 희미한 파도의 파란색에서 초록색으로 옅어졌다가 진해지는 색깔로 인해 그는 아마도 미쳐버렸을 것이다. 하지만 그는 미치지 않을 것이다. 그는 눈을 감을 것이다. 그리고 더 이상 보지 않을 것이다.

그러나 그들은 손짓하고 있었다. 잎사귀들은 살아 있었다. 나무들도 살아 있었다. 그리고 수백만 개의 섬유질에 의해 거기 앉아 있는 그의 몸과 연결된 잎사귀들이 우수수 날아 올랐다가 떨어졌다. 나뭇가지가 기지개를 켰을 때, 그 또한 그런 표현을 했다. 팔랑대며 날아 올랐다가 들쭉날쭉한 분수로 떨어져 내리는 참새들은 그 무늬의 일부였다. 즉 흰색과 파란색에 검은 나뭇가지로 줄무늬가 쳐진 무늬. 소리는 치밀한 조화를 이루었다. 소리와 소리 사이의 간격은 소리만큼이나 중요했다. 한 아이가 울었다. 그 순간 멀리서 경적 소리가 들렸다. 그 모든 것이 한데 합쳐져 새로운 종교의 탄생을 의미했다.

"셉티머스!" 레지아가 말했다. 그가 깜짝 놀랐다. 사람은 눈치가 있어야 한다.

"분수대까지 걸어갔다 올 거예요." 그녀가 말했다.

그녀는 더 이상 견딜 수가 없었다. 닥터 홈즈는 문제될 게 전혀 없다고 말할 것이다. 차라리 그가 죽었으면 좋을 것을! 그가 그렇게 망연자실한 채 그녀를 쳐다보지도 않고 모든 것을 지겹게 만들고 있는 동안, 그녀는 도저히 그의 곁에 앉아 있을 수가 없었다. 하늘과 나무, 놀면서 수레를 끄는 아이들, 휘파람을 불고 떨어져 내리는 아이들, 모든 것이 끔찍했다. 그는 자살하지 않을 것이다. 그녀는 아무에게도 말을 할 수가 없었다. "셉티머스는 너무 열심히 일을 했어."— 그것이 그녀가 친정 어머니에게 할 수 있는 말의 전부였다. 사랑을 하면 외로워지지, 그녀가 생각했다. 그녀는 누구에게도 털어놓을 수가 없었다. 지금은 심지어 셉티머스에게도. 그녀는 뒤를 돌아보면서 허름한 외투를 입은 그가 구부정하게 혼자 의자에 앉아 빤히 응시하고 있는 것을 보았다. 남자가 자살하겠다는 말을 하는 것은 비겁한 짓이다. 하지만 셉티머스는 전쟁터에서 싸웠으며, 용감했다. 지금의 그는 셉티머스가 아니었다. 그녀는 레이스가 달린 깃을 달았다. 새 모자도 썼지만 그는 알아차리지 못했다. 그리고 그는 그녀가 없어도 행복했다. 하지만 그가 없으면 그 어느 것도 그녀를 행복하게 해주지 못했다. 그 어떤 것도! 그는 너무나 이기적인 사람이었다. 남자들은 다 그렇다. 그가 아픈 것이 아니었기 때문이다. 닥터 홈즈는 그에게 아무 문제가 없다고 했다. 그녀는 자신의 손을 펴보았다. 이것 좀 봐! 결혼 반지가 흘러내렸다. 그녀는 너무도 야위어갔던 것이다. 고통을 당하는 쪽은 바로 그녀였다. 하지만 그녀는 누구에게도 털어놓을 수가 없었다.

이탈리아는 너무 멀었고 하얀 집들과 그녀의 여자 형제들이 모여 앉아 모자를 만들던 방, 바퀴 달린 의자에 움츠리고 앉아 화분에 꽂힌 못생긴 몇 송이 꽃이나 바라보고 있는 산송장 같은 이곳 사람들과는 달리, 매일 저녁 산책하며 큰 소리로 웃고 떠드는 사람들로 북적대던 거리들.

"당신은 밀라노의 정원을 봐야 해요." 그녀는 큰 소리로 말했다. 하지만 누구한테 말을 하는 걸까?

아무도 없었다. 그녀의 말은 사그라졌다. 쏘아 올린 불꽃이 사그라지듯이. 불꽃은 어두운 밤을 밝히다가, 그 어둠에 굴복했으며, 어둠이 깔리면서 집과 고층 빌딩의 윤곽 위로 쏟아져 내렸다. 황량한 언덕이 부드러워지면서 어둠 속에 가라앉았다. 비록 그 모든 것들이 모두 사라졌다 해도, 그것들은 여전히 밤을 가득 채우고 있다. 색깔을 빼앗기고, 창문은 시커멓게 변했지만, 그것들은 훨씬 더 육중한 무게로 존재하며, 적나라한 낮의 햇살이 미처 전달하지 못한 것들을 보여주고 있다. 벽들은 하얗게 또 잿빛으로 치장을 하고, 모든 유리창에 빛이 비추고, 들에는 안개가 걷혀 불그스름한 누런 소들이 평화롭게 풀을 뜯는 모습이 드러나면서 모든 것이 다시금 모습을 드러내는 새벽이 가져다주는 그 안도감을 빼앗긴 채, 거기 어둠 속에 응집되어 있는 것들의 걱정과 불안이 바로 그것이다. 모든 것이 다시 존재한다. 나는 혼자다. 나는 혼자다! 리젠트 공원의 분수대에서 그녀는 울었다(인도인과 그의 십자가를 물끄러미 바라보면서). 한밤중, 모든 경계가 허물어질 때, 이 나라는 옛 모습으로 돌아갈 것이다. 로마인들이 상륙하면서 보았던 것처럼, 구름에 휩싸이고, 언덕들은 이름이 없으며 강들은 어딘지도 모르는 곳으로 흘러갈 것이다. 어둠이 그렇듯이. 그 순간, 밑도 끝도 없이, 불현듯 그녀는 몇 년 전 밀라노에서 어떻게 결혼을 했는지, 자신이 어떻게 그의 아내인지, 중얼거렸다. 그리고 그가 미쳤다는 말은 절대로, 절대로 하지 않을 것이다. 고개를 돌리자, 그런 과거는 무너져 내렸고, 그러면서 그녀를 쓰러뜨렸다. 그가 떠났기 때문이라고, 그녀는 생각했다. 그가 위협한 대로, 자살을 하기 위해, 마차 밑으로 몸을 던지기 위해서 말이다! 하지만 아니었다. 그는 거기 있었다. 여전히 혼자 앉아 있었다. 허름한 외투를 입고, 가부좌를 한 채, 물끄러미 쳐다보며 큰 소리로 떠들고 있었다.

　나무를 베어서는 안 된다. 신은 존재한다(신은 봉투 뒷면에 그런 계시를 적어두었다). 세상을 변화시켜라. 증오로 사람을 죽여서는 안 된다. 이를 선포하라(그는 이것을 적어놓았다). 그는 기다렸다. 사람들의 말에 귀를 기울였다. 참새 한 마리가 맞은편 울타리에 앉아 네댓 번 되풀이해서 셉티머스, 셉티머스, 라고 지저귀다가, 계속해서 어떻게 범죄가 없는지를 그리스어로 신선하고 날카롭게 노래불렀다. 그리고는 다른 참새 한 마리가 합세하여, 죽은 자가 걸어다니는 강 너머, 생명의 목장에서 이 나무, 저 나무 사이를 날아다니면서, 길게 목소리를 뽑으며 귀청이 찢어질 듯한 소리로 노래를 불렀다. 죽음이 어떻게 존재하지 않는지를.

그의 손이 보였다. 죽은 자가 있었다. 흰 물체들이 맞은편 울타리 너머에서 쌓이고 있었다. 그러나 그는 감히 쳐다볼 수가 없었다. 에반스는 울타리 너머에 있었다.

"무슨 말을 하고 있는 거죠?" 그의 옆에 앉으며, 레지아가 느닷없이 물었다.

또 방해를! 그녀는 언제나 방해를 했다.

사람들로부터 벗어나야 해─사람들로부터 벗어나야 한다고 그는 말했다(벌떡 일어서며). 바로 저기로, 나무 아래 의지가 있는 곳 그리고 공원의 긴 비탈길이 긴 초록색 옷감처럼 펼쳐지고 그리고 푸른색과 분홍색의 연기가 저 위의 천장을 싸고 있는 곳. 그리고 멀리 들쭉날쭉한 집들이 연기 속에서 아물거리며 성벽을 이루고 있었으며, 자동차들이 붕붕대며 회전하고 있었다. 오른쪽으로는 암갈색의 동물들이 동물원 우리 위로 긴 목을 빼며 울부짖었다. 울부짖었다. 거기 한 그루의 나무 아래, 그들은 앉아 있었다.

"저것 좀 보세요," 크리켓 기둥을 들고 가는 한 무리의 소년들을 가리키며, 그녀가 그에게 애원하듯 말했다. 그 중 한 소년이 발을 끌며 춤을 추다가 뒤꿈치로 뱅그르르 돌더니, 다시 발을 끌며 춤을 추었다. 마치 음악 홀에서 어릿광대 역을 하는 것처럼.

"좀 보시라니까요." 그녀가 애원을 했다. 닥터 홈즈가 그에게 실제 사물을 인식하고, 음악회에 가고, 크리켓을 치게 하라고 했기 때문이었다. 크리켓은 아주 재미있는 게임이며, 밖에서 할 수 있는 좋은 게임이고, 그녀의 남편에게 딱 알맞은 게임이라고 닥터 홈즈는 말했다.

"보세요." 그녀가 다시 말했다.

보세요, 눈에 보이지 않는 것이 그에게 명령했다. 가장 위대한 인류, 셉티머스, 최근 삶의 세계에서 죽음의 세계로 옮겨진 셉티머스, 그와 지금 의사소통을 하고 있는 목소리, 사회를 새롭게 하고자 왔으나 침대보처럼, 오직 태양만이 녹일 수 있는 눈 담요처럼 누워 있는 구세주, 영원히 고통받는 희생양. 하지만 그는 그것을 원하지 않았다. 그는 손을 저어 영원한 고통, 영원한 고독을 떨쳐내며 신음했다.

"보세요." 그녀가 다시 말했다. 그가 문에서 큰 소리로 중얼거리면 안 되기 때문이었다.

"제발, 보세요." 그녀가 그에게 간청했다. 하지만 거기서 뭘 보란 말인가? 양 몇 마리. 그게 전부인걸.

리젠트 공원 전철역으로 가는 길—그들이 그녀에게 리젠트 공원 전철역으로 가는 길을 말해줄 수 있을까—메이지 존슨은 알고 싶었다.

그녀는 겨우 이틀 전에 에딘버러에서 올라왔던 것이다.

"이 길이 아니야. 저기예요!" 레지아는 셉티머스가 볼까봐 걱정이
되어, 메이지 존슨을 손으로 뿌리치며 외쳤다.

두 사람 모두 이상해 보인다고, 메이지 존슨은 생각했다. 모든 것이
기묘해 보였다. 처음으로 런던에 와서, 리든홀 거리에 있는 아저씨네
일자리를 마련해놓고, 지금 이 아침에 리젠트 공원을 건너가고 있던
중, 의자에 앉아 있던 이 부부는 그녀를 질겁하게 했다. 외국인처럼
보이는 젊은 여자와 기묘해 보이는 남자. 그래서 그녀가 아주 늙은 다
음에도, 오십 년 전 어느 아름다운 여름날 아침에 어떻게 리젠트 공원
을 지나갔는지, 기억을 더듬어 떠올릴 수 있을 것이다. 그녀가 이제
겨우 열아홉 살이며 마침내 자신의 뜻대로 런던으로 왔기 때문이었
다. 지금 그녀가 길을 물은 부부는 얼마나 괴상망측했던지, 여자는 깜
짝 놀라며 손을 휘저었고, 남자는 정상이 아닌 것 같았다. 두 사람이
말다툼을 하고 있었던 모양이었다. 영원히 헤어지려고 했는지도 모
른다. 아마도. 분명 무슨 일이 있었다. 그리고 지금은 이 모든 사람들
(그녀가 브로드 거리로 돌아섰던 것이다), 돌로 된 분수대, 잘 가꾼 꽃
들, 노신사들과 여자, 대부분 바퀴 달린 의자에 앉아 있는 환자들인
이들 모두가 에딘버러에서 온 그녀에게는 너무도 이상해 보였다. 메
이지 존슨은 물끄러미 쳐다보며 지친 듯 천천히 걸어, 미풍처럼 스치

듯 지나가는 사람들 틈에 끼어 들었다. 나뭇가지에 앉아 혀로 몸단장을 하는 다람쥐, 분수대를 넘나들며 빵 부스러기를 줍는 참새들, 울타리 사이에서 서로 쫓고 쫓기는 개들. 그러는 사이 온화한 대기가 그들에게 쏟아지고, 그들이 삶을 받아들이는 익숙하고 고정된 시선에 변덕스럽고 편안한 무언가를 불어넣어 주었다—메이지 존슨은 울어야 한다고 느꼈다. 아!(의자에 앉아 있던 그 젊은 남자가 그녀를 놀라게 했기 때문이었다. 분명 무슨 일이 일어났던 것이다.)

무서워! 무서워! 그녀는 소리치고 싶었다(그녀는 가족을 떠나왔다. 가족들은 무슨 일이 일어날지 이미 그녀에게 경고했었다).

왜 그냥 집에 있지 않았을까? 그녀는 철로 된 울타리 손잡이를 비틀며 울음을 터뜨렸다.

저 아가씨는 뭘 모르는군, 뎀스터 부인(다람쥐를 위해 빵 껍질을 모으며 종종 리젠트 공원에서 점심을 먹는)은 생각했다. 약간 뚱뚱하고, 약간 굼뜨고, 약간 기대수준이 적당한 것이 더 나을 것 같았다. 퍼시는 술을 마셨다. 그렇다, 아들 하나 있는 것이 더 낫지, 라고 뎀스터 부인은 생각했다. 그녀는 그 또래의 아가씨들을 보면, 힘겨운 그 시절을 보냈기에, 미소를 머금지 않을 수 없었다. 결혼하면, 알게 될 거야, 라고 뎀스터 부인은 생각했다. 그리고 메이지 존슨에게 한 마디 해주고 싶은 마음이 굴뚝 같았다. 자신의 늙은 얼굴의 주름잡힌 늘어진 살에 와 닿는 동정 어린 키스를 느끼고 싶은 마음이 굴뚝 같았다. 그 시절은 참 고달팠기 때문이야, 라고 뎀스터 부인은 생각했다. 그 시절을 위해 그녀가 내주지 않은 것이 있었던가? 장미, 아름다운 모습, 그녀의 발(그녀는 못이 박힌 발을 치마로 덮었다).

장미, 그녀가 냉소적으로 생각했다. 모두 쓰레기야. 무엇을 먹고 마시고, 누구와 짝을 맺고, 좋은 날도 있고 나쁜 날도 있고, 그래서 인생은 단순히 장미의 문제가 아니지. 그게 다가 아니야. 말하자면, 이 케리 뎀스터는 켄티시 마을에 있는 어떤 여자와도 운명을 바꿀 생각이 없어요! 그러나 불쌍하게 여겨줘요, 그녀가 애원하듯 말했다. 불쌍하게 여겨줘요, 장미를 잃어버린 것을. 그녀는 히아신스 화단 옆에 서 있는 메이지 존슨에게 간청했다.

아, 저 비행기! 뎀스터 부인은 얼마나 외국 땅을 가보고 싶어했던가? 그녀에겐 선교사인 조카가 있었다. 비행기는 굉음을 내며 날아갔다. 마게이트 휴양지에서 그녀는 늘 바다에 갔었다. 그렇다고 뭍이 보이지 않을 정도까지는 아니었지만. 하지만 물을 무서워하는 여자들을 보면 참을 수가 없었다. 비행기는 바다를 삼킬 듯이 곤두박질을 쳤다. 그녀는 간담이 서늘했다. 그러다가 다시 위로 솟구쳤다. 비행기에는 멋진 청년이 타고 있을 거라고, 그녀는 생각했다. 비행기는 멀리 아주 멀리, 빠르게 사라지면서, 멀리, 아주 멀리 쏜살같이 날아갔다.

그리니치와 모든 돛대들 위로 높이 솟아올랐다. 성 바울 성당을 비롯한 모든 회색 교회들이 이루고 있는 작은 섬을 넘어, 마침내 런던을 사이에 둔 양 벌판이 펼쳐지고 시커먼 갈색 숲이 나타나는 들판 너머로 솟아올랐다. 그 숲에선 호기심이 가득한 개똥지빠귀가 팔짝팔짝 대담하게 뛰어다니다가, 발견한 달팽이를 재빨리 낚아채어 돌에다 한 번, 두 번, 그리고 세 번을 내리쳤다.

비행기는 마침내 밝게 빛나는 한 점이 될 때까지 멀리 멀리 날아갔다. 열망, 집중, 인간영혼의 상징(그리니치에서 열심히 잔디를 깔고 있던 벤틀리 씨에게는 그렇게 보였다). 히말라야 삼나무 주위를 비로썰면서 벤틀리 씨는 자신의 결심에 대해 생각했다. 생각으로 자신의 육체를, 집을 벗어나고자 하는 결심, 아인슈타인, 사고, 수학, 멘델리안 이론에 대해 생각했다. 비행기는 멀리 날아갔다.

그리고 나서 정체를 알 수 없는 남루한 한 남자가 가죽 가방을 들고 성 바울 성당 계단에서 머뭇거리고 있었다. 성당 안은 너무도 향기롭고 따스한 분위기였으며 깃발을 펄럭이고 있는 무덤이 얼마나 많이 있었는지 모른다. 그 깃발은 군대를 싸워 이긴 승리의 상징이 아니라, 어떤 상황도 없이 현재 내게 남아 있는 것이 무엇인지를 찾고 있는 진리라고 하는 지독한 망령이라고 그는 생각했다. 게다가 성당은 친구가 되어주고, 사회 구성원이 되게 해준다고 생각했다. 위대한 사람들이 그 사회에 속해 있다. 순교자는 그 사회를 위해 죽어갔다. 왜 안으로 들어가서 팸플릿이 가득 든 이 가죽 가방을 제단 앞에, 십자가 앞에, 무언가의 상징 앞에 놓지 않는 거지, 그가 생각했다. 추구하고 탐색하고 말로 논박하는 일을 뛰어넘어 높이 솟아올라 육체를 벗은 유령처럼 모든 영혼이 되어버린 그 상징 말이다. 왜 안 들어가는 걸까? 그가 생각했다. 그가 머뭇거리는 동안 비행기가 루드게이트 광장 위로 날아갔다.

참으로 이상했다. 조용했다. 자동차 소리 외에는 아무 소리도 들리지 않았다. 안내자가 없는 것 같았다. 그 자신의 자유의지에 따라 속도를 냈다. 그리고 지금은 곡선을 그리며 위로 솟구쳐 환희의 절정에 이르는 어떤 것처럼, 순수한 즐거움에 빠진 채 뒤로 하얀 연기를 뿜어내면서, T, O, F자 모양을 만들었다.

*

"저 사람들이 뭘 보고 있는 거야?" 클러리서 댈러웨이는 문을 열어주는 하녀에게 물었다.

집안의 홀은 지하 납골당처럼 싸늘했다. 댈러웨이 부인은 눈가로 손을 들어올렸다. 그리고 하녀 루시가 문을 닫는 소리와 그녀의 치맛

자락 스치는 소리를 들으면서 댈러웨이 부인은 속세를 떠난 수녀 같
은 기분이 들었다. 익숙한 베일과 오랜 기도에 대한 응답이 자신을 감
싸는 것을 느꼈다. 요리사는 부엌에서 휘파람을 불었다. 톡톡 타자기
를 두드리는 소리가 들려왔다. 이것이 그녀의 삶이었다. 그녀는 홀의
식탁 위로 머리를 구부리면서, 그 위력에 고개 숙였으며, 뿌듯하고 순
수해지는 느낌을 받았다. 전화 메시지가 적힌 메모지를 집어들면서,
그녀는 이런 순간이 얼마나 생명의 나무에 싹트는 새순 같은지 모르
겠다고, 혼자 중얼거렸다. 그 새순들은 어둠 속의 꽃이라고, 그녀는
생각했다(마치 아름다운 장미가 오직 그녀의 눈에만 보이도록 피어
난 것 같았다). 단 한 순간도 그녀는 신을 믿지 않았다. 하지만 그럴수
록 하인, 개, 카나리아, 무엇보다 남편인 리처드에게 보답해야 한다고
생각했다. 리처드는 그 모든 것의 기반—명랑한 소리의 기반, 초록 불
빛의 기반, 아일랜드 출신이라 하루 종일 휘파람을 부는 요리사의 기
반—이었다. 이렇게 아름다운 순간을 되돌려주어야 한다고 그녀는
메모지를 집으면서 생각했다. 그러는 동안 루시가 자초지종을 설명
하기 위해 그녀 곁으로 와 섰다.

"마님, 주인님께서는……"

클러리서는 전화 메모지를 읽었다. "브루톤 부인께서 댈러웨이 씨
와 오늘 점심 식사를 할 것인지 알고 싶어하심."

"마님, 주인님께서 오늘 밖에서 점심 식사하신다고 말씀드리라고 하셨어요."

"알았어!" 클러리서가 말했다. 루시는 클러리서의 의도대로 덩달아 실망감을 감추지 못했다(상심까지는 아니었지만). 두 사람 사이의 일체감이 느껴졌다. 감이 잡혔다. 상류 사회 사람들은 어떻게 사랑을 하는지 생각했다. 자신의 미래를 차분히 아름답게 치장해보았다. 그리고는 댈러웨이 부인의 양산을 집어 우산 꽂이에 꽂았다. 마치 명예롭게 전쟁터를 떠나는 여신이 버린 신성한 무기인 양.

"더 이상 두려워할 것 없어." 클러리서가 말했다. 더 이상 태양을 두려워하지마라. 자신을 빼놓고 리처드에게 점심을 같이 먹자고 한 브루톤 부인이 준 충격은 그녀가 서 있는 그 순간, 마치 강바닥의 식물이 지나가는 노의 충격을 받고 떨듯이 그렇게 전율하게 했다. 그렇게 그녀는 동요했다. 그렇게 그녀는 전율했다.

다들 밀리센트 브루톤의 오찬 파티는 정말 즐겁다고 하던데, 그녀는 초대를 받지 않았다. 통속적인 질투심이 그녀를 리처드에게서 떼어놓을 수는 없었다. 그러나 그녀는 시간 자체를 두려워했으며, 브루톤 부인의 얼굴에서 마치 감정 없는 돌 위에 새겨진 숫자판처럼 생명이 사그라드는 것을 읽었다. 세월이 흐르면서 자신의 몫이 어떻게 베어져 나가는지를, 젊은 시절처럼 존재의 색채와 짠맛과 생기를 퍼지게 하고 흡수함으로써, 그녀가 방에 들어서면 방안이 가득 차는 듯한 느낌을 줄 수 있는 남은 여유가 얼마나 조금밖에 남아 있지 않은지를 읽었던 것이다. 그리고 거실의 문지방을 넘는 순간, 잠시 머뭇거리면서 그녀는 자주 허공에 떠 있는 듯한 절묘한 느낌에 휩싸였다. 잠수부가 발 밑의 바다가 시커멓게 변했다가 다시 밝아지는 것을 보며 뛰어들지 못하고 망설이게 하는 그런 느낌 말이다. 부술 듯 위협하는 파도는 바다 표면을 부드럽게 가르고, 굽이쳐 올라갔다가 진주를 품고 있는 잡초를 휩쓸고 지나간다.

그녀는 메모지를 홀 탁자 위에 올려놓았다. 그리고는 난간을 잡고 천천히 계단을 오르기 시작했다. 마치 파티를 떠나는 사람처럼. 이제 이 친구, 저 친구가 그녀의 얼굴과 목소리를 흥분시켰던 것이다. 그녀는 문을 닫고 밖으로 나가 혼자 섰다. 소름 끼치는 밤을 등진 외로운 모습, 아니 정확히 말하자면, 무미건조한 6월 아침의 시선에 맞선 모습이었다. 누군가에게는 이 아침이 장미 꽃잎처럼 보드랍다는 것을 그녀는 알고 있었다. 그리고 블라인드가 펄럭이는 소리, 개 짖는 소리가 들려오는 열린 층계참의 창문 곁에 섰을 때, 그녀 역시 그것을 느낄 수 있었다. 문득 시들어 주름이 지고, 나이가 들고, 가슴이 오그라드는 것을 느끼면서, 낮이 스스로 애를 쓰다가 부풀어올라 꽃을 피우며 문 밖으로, 창문 밖으로, 그녀의 몸 밖으로, 그리고 이제 사그라진 두뇌 밖으로 나가는 것처럼 느껴졌다. 다들 정말 굉장하다고 칭찬하는 브루톤 부인의 오찬 파티에 그녀가 초대받지 못했기 때문이었다.

속세를 떠나는 수녀처럼, 탑을 탐색하는 어린아이처럼, 그녀는 이층으로 올라가 창가에 잠깐 서 있다가, 욕실로 갔다. 욕실에는 녹색의 리놀륨이 깔려 있었고, 수도꼭지에서는 물이 똑똑 떨어지고 있었다. 삶의 한 가운데가 텅 비어 있었다. 다락방. 여자들은 화려한 의상을 벗어 던져야 한다. 정오에는 옷을 벗어야 한다. 그녀는 핀 꽂이에 핀을 꽂고 나서, 깃털이 달린 노란 모자를 침대 위에 올려놓았다. 시트는 깨끗했으며 사방 모서리가 팽팽하게 넓고 하얀 띠처럼 퍼져 있었다. 침대는 점점 더 좁아지리라. 촛불은 반쯤 타들어 갔으며 그녀는 바론 마봇의 『회고록』 읽기에 깊이 빠져 있었다. 밤 늦도록 모스크바의 후퇴 장면을 읽고 있었다. 하원들은 너무 오래 앉아 있는 고로, 리처드는 그녀가 병을 앓았던 만큼, 조용히 잠을 자야 한다고 고집했다. 사실 그녀는 자는 것보다 모스크바 후퇴 장면을 읽고 싶었다. 리처드도 그것을 알고 있었다. 그래서 선택한 것이 다락방이었다. 침대도 좁아졌다. 그리고 그곳에 누워 책을 읽었다. 그녀는 잠을 제대로 못 자는 탓에, 출산 이후로 줄곧 침대 시트처럼 그녀에게 달라붙어 있던 처녀성을 떨쳐버릴 수가 없었다. 처녀 시절에는 사랑스러웠건만, 갑자기 어느 한 순간—예를 들면 클리브댄의 나무 아래 강가에서— 이 차가운 영혼이 위축되면서, 그녀는 그를 실망시켰던 것이다. 그리고 나서 콘스탄티노플에서, 그리고 또 다시 또 다시. 그녀는 자신에게 결여되어 있는 것이 무엇인지 볼 수 있었다. 그것은 아름다움이 아니었다. 마음도 아니었다. 그것은 무언가 중심을 이루면서 겉으로 속속 번져 나가는 것이었다. 그것은 표면을 깨부수고 남자와 여자의 차가운 접촉, 혹은 여자들끼리의 차가운 접촉에 잔물결을 일으키는 따스한 어떤 것이었다. 그녀는 희미하게나마 그것을 인지할 수 있었던 것이다. 그녀는 그것에 화가 났다. 어디서 양심의 가책을 느꼈는지, 아니면 그녀의 느낌대로 자연(언제나 변함 없이 지혜로운)에 의해 저절로 생긴 것인지는, 하나님만 알고 있다. 그렇지만 그녀는 때때로 소녀가 아닌, 한 여인의, 고백하는 여인의 매력에 굴복하지 않을 수 없다. 다른 여자들도 그녀에게 그랬던 것처럼 말이다. 그리고 그것이 연민이건, 아름다움이건, 혹은 그녀가 나이가 더 들었거나 어떤 사고—희미한 향기 혹은 이웃의 바이올린 소리와 같은—때문일 수도 있었다. 그때 그녀는 분명 남자들이 느끼는 것을 느낄 수 있었다. 겨우 한 순간이긴 했지만! 그러나 그것만으로 충분했다. 그것은 갑작스런 계시였으며, 얼굴이 붉어지는 것과 같은 일종의 기미였다. 그것이 번져나가는 동안, 사람은 그것을 확인하고, 또 확인한 다음에는 그것의 팽창에 굴복하여 가장 먼 곳까지 달려갔다가, 거기서 떨면서, 세상이 가까이 다가

오는 것을 느꼈다. 세상은 어떤 놀라운 의미, 놀라운 환희를 잔뜩 머금은 채, 세상의 얇은 표면을 쪼개고, 모든 갈라진 틈과 옛 상처를 메우고 치유했다. 그리고 그 순간, 그녀는 하나의 광명을 보았다. 노랗게 타오르는 성냥불을 보았다. 거의 드러난 숨겨진 의미를 보았다. 하지만 닫힌 것은 열리고, 딱딱한 것은 부드러워졌다. 끝이 났다— 그 순간. 그런 순간들(여자들과의 순간도 마찬가지였다)과 침대(그녀가 모자를 벗어놓은), 바론 마봇 그리고 반쯤 타버린 양초는 대조를 이루었다. 깨어서 누워 있다 보면, 바닥이 삐걱거렸다. 불켜진 집이 갑자기 어두워졌다. 만약 그녀가 고개를 든다면, 리처드가 찰칵 소리와 함께 살며시 문 손잡이를 놓는 소리를 들을 수 있었을 것이다. 리처드는 양말만 신고 이층으로 올라와, 자주는 아니지만, 뜨거운 물병을 던지며 욕설을 퍼부었다. 그러면 그녀는 얼마나 웃어댔던지!

하지만 이 사랑의 문제(그녀는 외투를 벗으면서 생각했다), 여자들과 사랑에 빠지는 이 문제. 샐리 시튼의 경우를 보자. 예전에 자신과 샐리 시튼과의 관계 말이다. 어쨌든 그것은 사랑이 아니었던가?

그녀는 바닥에 앉아 있었다—그것이 그녀가 샐리에게서 받은 첫 인상이었다—. 그녀는 두 팔로 무릎을 감싼 채 바닥에 앉아 담배를 피우고 있었다. 그게 어디에서였던가? 맨닝네 집에서였나? 킨로크존스네였던가? 아무튼 어떤 파티에서였다(장소는 확실히 기억나지 않지만).

그녀는 같이 있던 남자에게, "저 여자가 누구예요?"라고 물었고, 그는 누구라고 대답을 해주었다. 샐리 부모가 사이좋게 지내지 못한다고도 했다(그 당시 부모가 서로 다툰다는 사실은 얼마나 충격적이었던가). 하지만 그녀는 그 날 저녁 내내 샐리에게서 눈을 뗄 수가 없었다. 그것은 그녀가 가장 숭배하던 특별한 종류의 아름다움이었다. 까무잡잡하고, 커다란 눈. 자신에겐 없는 그래서 그녀가 항상 부러워하던 그런 매력이었다. 마치 무엇이든 말할 수 있고, 무엇이든 할 수 있을 것 같은, 일종의 자유분방함이었다. 영국 여자들보다는 외국인들에게서 흔히 볼 수 있는 매력이었다. 샐리는 늘 자신은 프랑스계 혼혈이며, 마리 앙투아네트를 지지하다가 교수형을 당하면서 루비 반지 하나를 유물로 남긴 조상이 있다고 했다. 그 해 여름이었을 것이다. 어느 날 밤 저녁식사를 마쳤을 시각, 그녀는 주머니에 돈 한 푼 없는 빈털터리로 부어톤으로 왔다. 미리 연락도 없이 걸어서 왔던 것이다. 가엾은 헬레나 아주머니는 얼마나 당황했던지 평생 그녀를 용서하지 않았다. 집에서는 약간의 말다툼이 오고갔다. 그녀는 그 날 저녁, 그야말로 무일푼으로 왔다. 내려오기 위해 브로치 하나를 전당포에 잡히기도 했다. 그녀는 홧김에 떠나왔던 것이다. 그들은 밤새도록 서서 이야기를 했다. 부어톤에서의 생활이 얼마나 편안한지를 처음으로 느끼게 해준 사람이 바로 샐리였다. 그녀는 섹스에 대해 아무것도 아는 것이 없었다. 사회 문제에 대해서도 아는 것이 없었다. 언젠가 들판에서 쓰러져 죽은 노인을 본 적이 있었다. 송아지를 막 낳은 암소를 본 적도 있었다. 그러나 헬레나 아주머니는 그 어떤 것도 화제로 삼는 것을 좋아하지 않았다(샐리가 그녀에게 윌리엄 모리스의 책을 주었을 때, 그 책을 갈색 종이로 싸야만 했다). 거기, 집의 맨 꼭대기, 그녀의 침실에서 그들은 몇 시간이고 앉아서 이야기를 했다. 인생에 대해서, 이 세상을 어떻게 개혁할 것인가에 대해서. 그들은 사유 재산을 폐지하는 사회를 건설하고 싶었다. 비록 보내지는 않았지만 실제로 많은 편지를 쓰기도 했다. 그 아이디어는 물론 샐리의 것이었다. 하지만 이내 그녀 역시 몹시 흥분했다. 아침 식사 전에 침대에 누워 시간 제로 플라톤을 읽었고, 모리스를 읽었으며, 쉘리를 읽었다.

샐리의 능력은 놀랄 정도였다. 그녀의 재능과 성격도 마찬가지였다. 예를 들면 꽃을 다루는 데도 그녀만의 방법이 있었다. 부어톤에서는 언제나 너무 부자연스런 작은 꽃병을 테이블에 늘어놓곤 했다. 샐리는 밖으로 나가 접시꽃과 달리아―함께 꽂아본 적이 없는 온갖 꽃을―를 꺾어, 줄기를 잘라내고는, 우묵한 그릇에 꽃만 띄워 담았다. 해가 지고 저녁 식사를 하러 들어올 때의 그 효과는 이루 말할 수가 없었다(물론 헬레나 아주머니는 그렇게 꽃을 다루는 것이 심술궂다고 생각했다). 그리고 나서는 스펀지를 깜박 잊어버리는 바람에, 알

몸으로 복도를 뛰어갔다. 엄격한 늙은 하녀, 엘렌 앳킨스가 궁시렁거리며 돌아다녔다. "어떤 신사 양반이라도 보면 어쩌려고 저러누?" 정말로 그녀는 사람들을 깜짝 놀라게 했다. 아빠는, 샐리가 단정치 못하다고 했다.

되돌아보았을 때, 이상한 것은 순수함, 고결함, 샐리에 대한 그녀의 느낌이었다. 그것은 남자에 대한 감정과는 달랐다. 그것은 완전히 무관심한 것이었으며, 게다가 단지 여자들, 다 큰 여자들 사이에만 존재할 수 있는 그런 성격의 것이었다. 그녀 입장에서 보면, 일종의 보호 의식이었다. 같은 편이라는 느낌에서 오는 그런 감정, 그들을 헤어질 수밖에 없다는 어떤 예감이었다(그들은 결혼은 언제나 불행이라고 말했다). 그래서 이 기사도 정신, 이 보호 본능이 생겨났던 것이며, 이런 정신은 샐리보다 그녀 쪽이 훨씬 더 강했다. 그 당시 샐리는 타협할 줄도 모르고 무모했기 때문이다. 허세를 부리다가 가장 어리석은 일을 했다. 테라스 난간을 자전거를 타고 돌아다녔으며, 시가도 피웠다. 또 어리석었다. 그녀는 정말 어리석었다. 하지만 그 매력은 압도적이었다. 적어도 클러리서에게는. 그래서 꼭대기 층에 있는 침실에서 서서 뜨거운 물통을 들고 큰 소리로 말하던 것을 그녀는 기억할 수 있었다. "이 지붕 밑에 그녀가 있다…… 이 지붕 밑에 그녀가 있어!"

아니다, 그 말은 이제 그녀에게 아무 의미가 없었다. 그녀는 옛 감정

62

의 흔적조차도 찾을 수가 없었다. 하지만 흥분으로 몸을 떨면서 황홀경에 빠져 머리를 매만지던 것을 기억할 수 있었다(머리핀을 빼 화장대 위에 올려놓고 머리를 매만지자, 옛 감정이 되살아나기 시작했다). 분홍빛 저녁 햇살 아래 오르락내리락 거리는 까마귀들과 더불어 그녀는 옷을 입고, 아래층으로 내려가, 홀을 가로질러 가면서, 그녀는 "지금 죽는다면, 더없이 행복할 텐데."라고 생각했다. 그것은 그녀의 기분—오델로의 기분—이었으며, 셰익스피어가 오델로에게 그렇게 느끼도록 했던 것처럼, 그녀도 그렇게 느꼈다고 확신했다. 그녀가 하얀 드레스를 입고 샐리 시튼을 만나 저녁을 먹기 위해 내려오고 있었기 때문이었다!

그녀는 분홍색 거즈로 된 옷을 입고 있었다. 어떻게 그럴 수 있었는지? 어쨌든 그녀는 온통 빛을 발하고 있는 것 같았다. 날아 들어와 잠시 가시나무에 앉은 새처럼 아니면 장난감 공처럼. 하지만 사랑에 빠졌을 때보다 더 이상한 것은 없다(이것이 사랑에 빠진 것이 아니면 무엇이란 말인가?). 다른 사람에 대해 완전히 무심해지는 것만큼이나. 헬레나 아주머니는 저녁식사 후에 자리를 떴고, 아빠는 신문을 읽었다. 피터 월쉬가 그곳에 있었을 것이며, 노처녀인 커밍과 조셉 브리트코프도 분명 있었다. 그는 여름마다 와서 몇 주일이고 머물렀던 불쌍한 노인이며, 그녀와 함께 독일어를 읽는 체 했지만, 실제로는 피아노를 치고 브람스를 불렀기 때문이다.

이 모든 것이 샐리를 위한 배경이었다. 그녀는 벽난로 가에 앉아 아름다운 목소리로 재잘거렸는데, 그 목소리로 인해 그녀가 말하는 모든 것이 아빠에게는 다정한 애무처럼 들렸다. 아빠는 의지와는 반대로(아빠는 샐리에게 책 한 권을 빌려주었는데 그 책이 테라스에서 물에 흠뻑 젖어 있는 것을 발견한 충격을 결코 극복할 수 없었다) 그녀에게 매력을 느끼기 시작했다. 그때 느닷없이 그녀가 말했다. "집안에 틀어박혀 있다니 참 기가 막혀서!" 그러자 그들 모두는 테라스로 나가 오르락내리락 걸어다녔다. 피터 월쉬와 조셉 브리트코프는 바그너에 대해서 계속해서 이야기를 나누었다. 그녀와 샐리는 약간 뒤에 처져 있었다. 그때 그녀의 인생에서 가장 황홀한 순간이 왔다. 꽃이 가득 든 항아리를 지나칠 때였다. 샐리는 걸음을 멈추고, 꽃 한 송이를 꺾어 들고, 그녀의 입술에 키스를 했다. 온 세상이 거꾸로 뒤집힌 것 같았다! 다른 사람들은 모두 사라지고 보이지 않았다. 오직 샐리와 그녀만이 거기에 있었다. 그리고 그녀는 포장한 선물을 받았으며, 그 선물을 열지 말고 그냥 가지고 있으라는 말을 들었던 것 같다. 다이아몬드, 지극히 귀중한 어떤 것, 두 사람이 산책을 하는 동안(위아래로, 아래 위로), 그녀는 발견했다. 아니 활활 타오르는 광채, 계시, 경건한 느낌!—그때 조셉 할아버지와 피터가 그들을 만났다.

64

"별 보기 하는 겁니까?" 피터가 물었다.

그것은 마치 어둠 속에서 거친 화강암 벽에 얼굴을 부벼대는것 같았다! 충격적이었다. 끔찍했다!

그녀 자신 때문이 아니었다. 그녀는 샐리가 이미 어떻게 상처를 받았는지, 부당한 대접을 받았는지를 느끼고 있었다. 그의 적개심이 느껴졌다. 그의 질투심, 그녀와 샐리의 관계를 끊어놓으려는 그의 결심이 느껴졌다. 이 모든 것을 그녀는 보았다. 번갯불이 번쩍 하는 순간에 풍경을 보듯이. 그러나 기죽지 않고 당당하게 자신의 길을 가는 샐리(샐리를 그토록 숭배했던 적이 또 있었던가!). 그녀는 깔깔대고 웃었다. 조셉 할아버지에게 별 이름을 가르쳐달라고 했는데, 조셉 할아버지는 별 이름 가르쳐주는 것을 정말로 좋아했다. 그녀는 거기 서 있었다. 귀를 기울였다. 별 이름을 들었다.

"아, 무서워!" 그녀는 어떤 것이 자신의 행복한 순간에 끼여들어 망가뜨릴 것임을 아는 사람처럼, 혼자 중얼거렸다.

그러나 결국 그녀는 피터 월쉬에게 얼마나 많은 빚을 졌던가. 그를 떠올릴 때면 늘 다투었던 일을 생각했다. 그가 자신을 좋게 생각해주길 너무나도 원했기 때문이었을 것이다. 그녀는 피터 덕분에 단어들을 알게 되었다. '감상적이다', '교양 있다' 라는 단어들을. 이 단어들은 그가 그녀를 인도하듯이 그녀의 일상 생활을 일깨워주었다. 어떤 책은 감상적이다. 삶에 대한 어떤 태도는 감상적이다, 라는 식으로. '감상적'이라고. 그녀가 과거를 생각하는 걸 보니 아마도 그런 것 같았다. 그가 돌아오면 무슨 생각을 할까, 그녀는 궁금했다.

그녀가 더 늙었다고 할까? 그가 돌아오면, 그녀가 더 늙었다고 할까, 아니면 그가 그렇게 생각한다는 것을 눈치로 알게 될까? 그것은 사실이었다. 앓고 난 이후 그녀는 거의 백발이 되었다.

브로치를 테이블에 올려놓으면서 그녀는 갑작스런 경련을 일으켰다. 마치 상념에 잠긴 동안, 얼음같이 차가운 발톱이 박히기라도 한 것처럼. 그녀는 아직 늙지 않았다. 그녀는 이제 막 쉰두 살에 접어들었던 것이다. 쉰두 살이 지나려면 아직도 몇 달, 몇 개월이나 창창히 남아 있었다. 6월, 7월, 8월! 이 한 달, 한 달이 고스란히 남아 있었다. 클러리서는 이 떨어지는 것들을 잡으려는 듯(화장대 쪽으로 가로질러 가면서), 바로 그 순간으로 뛰어들어 그것을 붙잡았다―다른 날의 아침의 무게가 고스란히 실려 있는 유월 아침의 그 순간을. 거울, 화장대를, 모든 화장품 병들을 새롭게 바라보면서, 그녀의 모든 존재를 한 점에 끌어 모으면서(거울을 들여다보면서), 그 날 밤 파티를 열었던 여인의, 클러리서 댈러웨이의, 그녀 자신의 가냘픈 핑크빛 얼굴을 바라보면서.

수천 번, 수만 번, 얼마나 많이 자신의 얼굴을 보았던가. 그리고 그럴 때마다 늘 똑같이 보이지 않게 얼굴에 힘을 주는 그녀! 그녀는 거울을 보면서 입술을 오므렸다. 그러면 얼굴에 포인트가 생겼다. 그것이 그녀였다. 날카롭고, 화살같이 뾰족하고, 이목구비가 또렷한 모습. 그녀 자신이 되기 위한 약간의 노력을 기울이고 스스로를 불러내고 또 자신의 부분, 부분 한데 끌어 모을 때, 그것은 그녀 자신이었다. 스스로가 얼마나 다양하고, 얼마나 양립할 수 없는지를 그녀만이 알고 있었다. 그렇게 세상에 보이기 위해 그녀는 한 중심으로, 하나의 다이아몬드로, 자신의 응접실에 앉아서 만남의 장소를 주선하는 한 여인으로, 활기 없는 삶에서의 광채로, 외로운 사람들이 찾을 수 있는 피난처로 자기 자신을 구성하고 있었다. 그녀는 젊은 사람들에게 도움을 주었으며, 그들은 그녀에게 고마워했다. 항상 한결같은 사람이 되고자 노력했다. 그렇지 않은 다른 모습은 일절 드러내지 않으면서 말이다. 실수, 질투심, 공허함, 의심, 오찬에 초대하지 않은 브루튼 부인에 대한 의구심 등등. 그것은 정말 천박하다고(마침내 머리를 빗으면서), 그녀는 생각했다. 이제, 옷이 어디 있는 걸까?

그녀가 만찬에 입을 옷은 벽장에 걸려 있었다. 보드라운 초록색 드레스에 손을 집어넣은 클러리서는 그 옷을 꺼내 창가로 가지고 갔다. 옷은 찢어져 있었다. 누군가 스커트 자락을 밟았던 것이다. 대사관 파티에 갔을 때, 주름잡힌 부분이 찢어지는 느낌을 받았었다. 전기 불빛 아래서는 초록색이 반짝거렸지만, 햇빛에서 보면 색이 바래 보였다. 그녀는 이 옷을 수선할 것이다. 하녀들은 할 일이 너무 많았고, 그녀는 오늘밤에 그 옷을 입어야 한다. 실크 천, 가위, 그리고—뭐였더라?—, 그래, 골무를 가지고 응접실로 갈 것이다. 편지도 써야 하고 일이 대체로 잘 되어 가는지 확인도 해야 한다.

층계참에서 걸음을 멈추어 서서, 다이아몬드 모양으로, 한 사람으로 짜 맞추면서, 그녀는 이상하다고 생각했다. 어느 안주인이 자신의 집의 그 순간을, 그 분위기를 아는 것이 얼마나 이상한 일인지를 생각했다. 희미한 소리가 계단을 타고 올라왔다. 대걸레 닦는 소리, 가볍게 두드리는 소리, 쿵쿵대는 소리, 열린 현관문으로 들어오는 시끄러운 소리, 지하실에서 부르는 소리, 은그릇이 부딪치는 잘랑잘랑 소리, 파티에 쓸 깨끗한 은그릇. 이 모든 것이 파티를 위한 준비였다.

(그리고 루시는 쟁반을 들고 거실로 들어와 거대한 촛대를 벽난로 선반에 올려놓고, 은으로 된 작은 상자는 한가운데에, 크리스털로 된 돌고래는 시계 쪽으로 돌려놓았다. 사람들이 올 것이다. 서서 그녀도 흉내낼 수 있는 거만한 어조로 이야기를 할 것이다. 신사와 숙녀들 말이다. 그 중에서 그녀의 안주인이 가장 사랑스러웠다—은그릇과 리넨과 도자기의 안주인. 조각한 테이블에 종이 자르는 칼을 올려놓는 동안, 태양, 은그릇, 돌쩌귀를 떼어낸 문들, 럼플마이어에서 온 일꾼

들은 그녀에게 어떤 성취감을 가져다주었다. 저것 좀 봐! 저것 좀 봐! 그녀는 처음으로 일을 시작했던 케이터햄의 빵 가게에서 거울을 들여다보며 옛 친구들에게 말했다. 그 여자는 메리 공주를 시중들던 안젤라 부인이었다. 그때 댈러웨이 부인이 들어왔다.)

"어머, 루시. 은그릇이 정말 예뻐 보이네!" 그녀가 말했다.

"그런데 어떻게," 그녀는 크리스털 돌고래를 똑바로 세워 놓으며 말했다. "어젯밤 연극은 얼마나 재미있었어?"

"그런데 끝나기 전에 나와야 했어요." 루시가 말했다. "열 시까지 가야 한다고 해서요."

"그래서 그 사람들은 끝이 어떻게 됐는지 몰라요." 루시가 말했다.

"운이 없군." 댈러웨이 부인이 말했다(그녀의 하인들은 부탁만 하면, 늦게까지 있을 수 있었다). "좀 심하군!" 그녀는 소파 한 가운데 있는 오래된 낡은 쿠션을 집어, 루시 팔에 안겨주고는, 그녀를 약간 밀면서 큰 소리로 말했다.

"그걸 가져 가! 워커부인에게 갖다 드려. 어서 가져가라니까!" 그녀가 고함을 질렀다.

루시는 응접실 문에서 걸음을 멈추고 약간 수줍게 얼굴을 붉히면서, 그 옷을 수선해드리면 안 될까요?, 라고 물었다.

그러나 댈러웨이 부인은 이미 할 일이 충분하다고, 이 일이 아니어도 해야 할 일이 충분하다고 대답했다.

"하지만 고마워, 루시, 정말 고마워." 댈러웨이 부인이 말했다. 고마워, 고마워, 그녀는 계속해서 말했다(소파에 앉아 드레스와 가위와 실크 천을 무릎에 올려놓은 채로). 고마워, 고마워, 그녀는 이런 식으로 그녀를 도와주는 하인들에게, 그녀가 원하는 대로 점잖고 마음이 너그러운 사람이 되고 싶어하는 하인들에게 계속해서 고맙다는 말을 중얼거렸다. 하인들은 그녀를 좋아했다. 그런데 그녀의 이 드레스— 어디가 찢어진 걸까? 이제 바늘로 꿰매야지. 이 드레스는 샐리 파커가 거의 마지막으로 만들어준, 그녀가 좋아하는 옷이었다. 샐리는 이제 은퇴하여 일링에 살고 있기 때문이다. 언젠가 시간이 나면, 일링으로 가서 샐리를 만나야겠다. 클러리서가 생각했다(하지만 그녀는 더 이상 한 순간도 여유가 없을 것이다). 샐리는 인물이기 때문이지, 클러리서는 생각했다. 진정한 예술가야. 샐리는 생각하는 방식이 남달랐다. 그녀의 드레스는 절대로 괴상하지 않았다. 그녀의 드레스는 햇펄드 성에 갈 때도 입을 수 있었고, 버킹엄 궁전에 갈 때도 입을 수 있었다. 실제로 햇펄드 성에서 그 옷들을 입었고, 버킹엄 궁전에서도 입었던 것이다.

실크 천에 초록색 주름을 붙이고 벨트에 살짝 연결하는 시침질을 하는 동안, 마음이 차분하고 뿌듯해졌다. 어느 여름날 파도가 몰려와,

휘몰아쳤다가, 흩어졌다. 모이고 흩어지고. 온 세상은 "그게 전부야" 라고 점점 더 지루하게 말하고 있는 것 같다. 그러다가 마침내 해변가 태양 아래 누워 있는 육체의 심장조차 그게 전부야, 라고 말한다. 더 이상 두려워 마, 그 심장이 말한다. 더 이상 두려워 마, 자신의 짐을 바다에게 맡기며 그 심장이 말한다. 바다는 모든 슬픔에 대해 탄식하며, 새로 태어나고, 시작하고, 모이고, 흩어진다. 그리고 육체만이 날아가는 벌의 소리, 파도가 부서지는 소리, 개가 짖는 소리, 멀리서 짖고 짖는 소리를 듣는다.

"어머나, 현관 벨 소리!" 클러리서가 바느질을 멈추며 소리쳤다. 깊은 생각에서 깨어난 그녀가 귀를 기울였다.

"댈러웨이 부인께서 만나주실 거요." 홀에서 나이가 지극한 남자가 말했다. "그럼, 만나주시고 말고." 그 남자는 루시를 호의적으로 옆으로 밀치며 다시 말했다. 그리고는 눈 깜짝할 사이에 이층 계단으로 뛰어올라갔다. "그럼, 그럼, 그럼," 그는 이층으로 뛰어 올라가며 중얼거렸다. "나를 만나줄 거야. 인도에서 5년인데, 클러리서는 날 만나줄 거야."

"누굴까… 누굴까…" 계단으로 올라오는 발자국 소리를 들으며 댈러웨이 부인이 물었다(하필이면 파티를 여는 날 아침 열한 시에 방해를 하다니 괘씸하다고 생각하면서). 문을 잡는 소리가 들렸다. 그녀는 순결을 지키려는 처녀처럼, 사생활을 드러내지 않으려는 처녀처럼 드레스를 감추었다. 이제 놋쇠로 된 문손잡이가 움직였다. 문이 열리고 그가 들어왔다―일순 그녀는 그를 어떻게 불렀는지 기억할 수가 없었다. 그를 만난 것이 얼마나 놀라웠던지, 얼마나 반갑고, 얼마나 부끄러웠던지. 이 아침에 예상치 않게 피터 월쉬가 찾아온 것이 너무도 당황스러웠다(그녀는 그의 편지를 읽지 않았던 것이다)!

"그래 잘 지냈소?" 피터 월쉬는 그녀의 두 손을 부여잡고 두 손에 키스를 하면서 떨면서 말했다. 자리에 앉으면서 그는 그녀도 이젠 늙었다고, 생각했다. 그런 얘기는 일절 하지 말아야지, 그가 생각했다. 그녀가 늙었기 때문이었다. 날 쳐다보고 있군, 그가 생각했다. 그러자 그녀의 손에 이미 키스를 했음에도 불구하고, 갑작스런 당혹감이 밀려왔다. 그는 호주머니에서 커다란 주머니칼을 꺼내 칼날을 반쯤 폈다.

여전해, 클러리서가 생각했다. 예의 그 기묘한 표정. 여전한 체크무늬 양복, 약간 휘어진 얼굴은 전보다 더 마르고 더 무뚝뚝한 듯했지만, 전과 다름없이 아주 좋아 보였다.

"당신을 이렇게 다시 만나다니 정말 감개무량해요!" 그녀가 소리쳤다. 그는 칼을 꺼냈다. 정말 그 사람다워, 그녀가 생각했다.

그는 간밤에 겨우 시내에 도착했다고 말했다. 그래서 곧 시골로 내려가야 했다. 그런데 다 괜찮은 거요, 다들 잘 지내고? 리처드는? 엘리자베스는?

"그리고 이게 다 뭐요?" 그가 주머니칼로 그녀의 초록색 드레스를 가리키며 물었다.

옷을 아주 근사하게 차려 입었군, 클러리서가 생각했다. 하지만 그는 언제나 내게 핀잔을 주었지.

여기서 옷을 수선하고 있군. 평소처럼 옷을 수선하고 있어, 그가 생각했다. 내가 인도에 있는 동안에도 내내 여기 앉아 있었지. 옷을 수선하고, 놀러 다니고, 파티에 가고, 의회에 들락거리기도 하고, 점점 더 화를 내고 점점 더 흥분하면서 말야. 어떤 여자들에게서 이 세상에서 결혼만큼 더 끔찍한 일도 없지, 그가 생각했다. 게다가 정치와 그 잘난 리처드처럼 보수적인 남편을 두는 일도 더 없이 끔찍한 일이야. 그래, 맞았어, 그는 이런 생각을 하면서, 찰칵 소리를 내며 주머니칼을 접었다.

"리처드는 아주 잘 있어요. 지금 위원회에 갔어요." 클러리서가 말했다.

그리고 그녀는 가위를 들면서 말했다. 오늘 밤 파티에 입을 드레스를 마저 고쳐도 괜찮겠지요?

"그 파티에 당신을 초대하지 않았군요. 사랑하는 피터!" 그녀가 말했다.

하지만 나의 사랑하는 피터!, 라는 말을 그녀에게서 듣는 기분은 너무도 달콤했다. 정말 너무도 감미로웠다. 은그릇, 의자들, 모든 것이 너무도 감미로웠다.

왜 나를 파티에 초대하지 않았소? 그가 물었다.

지금이야 당연히 초대해야죠, 클러리서가 생각했다. 그는 매혹적이야! 더할 수 없이 매혹적이야. 그와 결혼하지 않기로, 마음을 정하는 일이 얼마나 힘들었는지 이제야 기억이 나는군.―마음을 정하지 못한 이유도 말이야. 그녀는 생각했다. 그 끔찍한 여름이었던가?

"오늘 아침 당신이 찾아오다니 정말 놀라워요!" 그녀가 드레스 위로 손을 포개며 외쳤다.

"기억나요? 부어톤에서 블라인드가 어떻게 팔랑거리곤 했는지?" 그녀가 물었다.

"물론이오." 그가 대답했다. 그녀와 아버지와 단 둘이 아주 어색하게 아침을 먹던 일도 기억했다. 그녀의 아버지는 이미 돌아가셨고, 그는 클러리서에게 편지를 보내지 않았던 것이다. 하지만 그는 패리 노인, 꼬장꼬장하고 무릎이 약했던 패리 노인, 클러리서의 아버지인 저스틴 패리와는 결코 잘 지내지 못했다.

"당신 아버지와 잘 지냈으면 좋았을걸, 하는 생각을 종종 해." 그가 말했다.

"아버지는 그 누구도—우리 친구들도— 절대 좋아하지 않으셨어요." 클러리서가 말했다. 피터가 그녀와 결혼하고 싶어했다는 것을 다시 상기시키지 않았으면 좋으련만.

물론 결혼하고 싶었지, 피터가 생각했다. 가슴이 찢어지는 줄 알았지, 그가 생각했다. 그리곤 자신의 슬픔에 압도되었다. 슬픔은 테라스에서 보이는, 저문 날의 흐릿한 빛에 물들어 소름끼치도록 아름다운 달처럼 두둥실 떠올랐다. 그 일이 있은 이후 그 어느 때보다 더 슬프다고 그는 생각했다. 그리고 그가 실제로 그때의 그 테라스에 앉아 있는 것처럼 그는 클러리서를 향해 몸을 움직였다. 손을 뻗어, 들어올렸다가 떨구었다. 그들 위에는 달이 걸려 있었다. 그녀 역시 달빛이 쏟아지는 그 테라스에 그와 함께 앉아 있는 것 같았다.

"지금은 허버트가 그 집에 살고 있어요. 나는 절대 거기 가지 않아요." 그녀가 말했다.

그 때, 달빛 아래 테라스에서 일어났던 그대로였다. 한 사람은 벌써 지루해진 것을 부끄럽게 여기기 시작하고, 다른 한 사람은 말없이, 너무도 조용히 앉아, 슬픈 표정으로 달을 바라보면서, 말도 하기 싫어했으며, 발을 흔들고, 목을 가다듬고, 테이블 다리의 쇠 장식을 쳐다보고, 나뭇잎 하나를 뒤척이고, 하지만 말은 한 마디도 하지 않았다. 지금 피터 월쉬가 그랬다. 무엇 때문에 이렇게 과거를 떠올리는 걸까? 그토록 지독하게 그를 괴롭혔으면서, 지금 왜 또 그를 괴롭히는 걸까? 왜?

"그 호수 기억나요?" '호수'라는 말에 목이 메이고 입술에 경련을 일으킬 만큼 가슴에 사무치는 감정에 사로잡혀, 그녀가 느닷없이 물었다. 그녀는 부모님들 사이에서 오리들에게 빵을 던져주고 있는 어린아이였으며, 동시에 호숫가에 서 있는 부모님들에게, 자신의 삶을 끌어안고 다가가고 있는 성숙한 여인이었던 것이다. 부모님들에게 다가가는 동안, 그녀가 끌어안은 삶은 점점 더 커지고 자라서 마침내 하나의 온전한 삶, 완전한 인생이 되었다. 그녀는 그 삶을 부모님들 곁에 내려놓으며 말했다. "이것이 그것으로 만든 것이에요! 이것이요!" 대체 그것으로 무엇을 만들었단 말인가? 정말로 무엇일까? 오늘 아침 피터와 거기 앉아서 바느질을 하면서 말이다.

그녀는 피터 월쉬를 바라보았다. 그 모든 시간과 그 모든 감정을 헤쳐온 그녀의 표정이 망설이며 그에게 다가가, 슬프게 머물렀다. 그리고는 한 마리 새가 나무 가지에서 앉았다가 일어나 푸드득 날아가듯, 날개 치며 사라졌다. 그녀는 천진난만하게 눈물을 훔쳤다.

"그래," 피터가 말했다. "그래, 그래, 그래," 그녀가 속에서 끄집어낸 무언가가 그를 아프게 하기라도 한 것처럼 그가 말했다. 그만! 그

만! 그는 소리치고 싶었다. 그는 늙지 않았기 때문이다. 그의 인생은 끝나지 않았다. 절대로. 이제 막 오십을 넘어서지 않았던가. 그가 생각했다. 말을 해야 하나, 말아야 하나. 가슴속의 말을 남김없이 털어놓고 싶었다. 하지만 그녀는 너무 냉정하다, 그가 생각했다. 가위를 들고 바느질을 하고 있는 그녀. 데이지가 클러리서 곁에 서면 평범해 보일 것이다. 그리고 나를 실패자라고 생각할 테지. 그들의 판단으로는 그렇겠지, 그가 생각했다. 댈러웨이 집안 사람들의 눈에는. 아, 그래. 그것에 대해서는 의심의 여지가 없었다. 이 모든 것—조각을 새긴 테이블, 상감한 종이 자르는 칼, 돌고래, 촛대, 의자덮개와 값비싼 영국식 염색—과 비교해볼 때 그는 실패자가 아닌가! 잘난 체 하는 이 모든 것이 혐오스럽군, 그가 생각했다. 물론 이 모든 것은 클러리서가 아니라 리처드가 하고 있는 것이다. 그녀가 리처드와 결혼한 것만 제외하고 말이다(그 때 은그릇, 더 많은 은그릇을 가지고 루시가 들어왔다. 그녀가 은그릇을 내려놓으려고 몸을 숙이는 순간, 그는 그녀가 매력 있고, 날씬하고, 우아해 보인다고 생각했다). 지금까지 내내 이런 일이 계속되고 있었다니! 그가 생각했다. 매주 매주를 거듭하며. 클러리서의 인생 내내. 그 동안 나는—그가 생각했다. 당장에 모든 것이 그에게서 분출되어 나오는 것 같았다. 여행, 말타기, 말다툼, 모험, 브리지 파티, 연애 사건들, 일, 일, 그리고 일! 그는 대담하게 칼을 꺼냈다—손잡이가 뿔로 된 오래된 칼로서 클러리서는 그가 그 칼을 삼십 년 동안 가지고 있었다는 것을 확실히 알 수 있었다. 그리고는 주먹으로 힘껏 움켜쥐었다.

얼마나 잘난 버릇인지, 클러리서가 생각했다. 언제나 칼을 가지고 장난을 하다니. 사람을 경박하고, 생각 없는 사람처럼 느끼게 하니 말이다. 그의 표현대로, 주책없는 수다쟁이처럼 느끼게 했다. 하지만 나도 사람을 불러야지, 그녀가 바늘을 집어들며 생각했다. 호위병이 잠들어 무방비 상태에 놓인 왕비처럼 말이다(그녀는 피터의 방문으로 너무 놀라고 당황했던 것이다). 그리하여 누구라도 우연히 들어와 들장미 넝쿨 아래 누워 있는 그녀를 볼 수 있도록, 그녀가 만든 것들에게 도움을 청했다, 그녀가 좋아하는 것들에게 도움을 청했다. 그녀의 남편, 엘리자베스, 그녀 자신, 다시 말해 지금은 피터가 거의 모르는 사람들, 모두에게 들어와 이 원수를 물리쳐 달라고 도움을 청했다.

"그래서 당신에게 무슨 일이 있었나요?" 그녀가 물었다. 그렇게 싸움이 시작되기 전에 말들은 땅을 파헤치고, 머리를 흔들어대고, 옆구리에서는 빛이 반짝이고, 목을 구부리는 법이다. 피터 월쉬와 클러리서는 그렇게 파란 소파에 나란히 앉아서 서로에게 싸움을 걸었다. 그의 내부에서 힘이 서로 부딪치고 동요했다. 그는 각기 다른 측면에서 모든 것들을 불러모았다. 칭찬, 옥스퍼드 대학에서의 경력, 결혼, 결혼에 대해 그녀는 아무것도 몰랐다. 어떻게 그가 사랑을 했었는지. 그리고 그의 일을 어떻게 다 해냈는지.

"헤아릴 수 없이 많은 일들이 있었소." 그가 말했다. 그리곤 이런 저런 방법으로 차 올라, 그가 더 이상 볼 수 없는 사람들의 어깨에 올라타, 대기를 뚫고 질주하는 것 같은 두려움과 상쾌한 느낌을 동시에 주고 있는 응집된 힘에 의해 강한 자극을 받았다. 그는 손을 이마에 가져다 댔다.

클러리서는 똑바로 앉아 숨을 들이마셨다.

"나는 사랑에 빠졌소." 그는 그녀가 아닌, 어둠 속에서 부활한 누군가에게 말했다. 그래서 그 어둠 속의 여인을 만질 수는 없지만 어둠 속 풀밭 위에 화환을 내려놓아야 했다.

"사랑에 빠졌소." 그가 다시 말했다. 이번에는 클러리서 댈러웨이를 향해 다소 무미건조한 목소리로. "인도에서 한 아가씨와 사랑에 빠졌어요." 그는 자신의 화환을 내려놓아야 했던 것이다. 클러리서는 그 화환을 가지고 원하는 것을 만들 수 있었다.

"사랑이라고요!" 그녀가 말했다. 그 나이에 나비 넥타이를 매고 그 괴물에게 빨려 들어가다니! 게다가 그의 목에는 살집도 없고 손은 불그죽죽했다. 나보다 생일이 6개월이나 더 빠른데 말이다! 그녀가 흘끗 자기 자신을 훑어보았다. 하지만 그녀는 가슴으로도 똑같은 것을 느꼈다. 그가 사랑에 **빠져** 있다는 것을. 그가 그것을 가지고 있다는 것을 그녀는 느꼈다. 그는 사랑하고 있다.

하지만 영원히 주인을 몰아세우는 불굴의 이기주의는 계속 가, 가, 가라고 말하는 강물의 흐름을 거슬렀다. 우리에게는 목표가 없다는 것을 인정하면서도, 여전히 가라고 고집한다. 이 불굴의 이기주의는 그녀의 볼을 빨갛게 물들이고, 그녀를 아주 젊어 보이게 했다. 무릎 위에 드레스를 올려놓고, 푸른 실크 천 끄트머리에 바늘을 꽂은 채, 약간 떨면서 앉아 있는 그녀의 핑크빛 볼과 반짝거리는 눈동자. 그는 사랑에 빠졌다! 그녀가 아닌 다른 사람과. 물론 더 젊은 여인과.

"어떤 여자예요?" 그녀가 물었다.

이제 이 상像을 단에서 끌어내려 두 사람 사이에 놓아야 할 차례다.

"불행히도 결혼한 여자요. 인도 육군 소령의 부인이오." 그가 말했다.

클러리서 앞에 그녀를 소개하면서 그는 묘하게 빈정대는 달콤한 미소를 지었다.

(모두 여전해. 그는 사랑에 빠져 있어, 클러리서가 생각했다.)

"그 여자는 아이가 둘 있어요. 딸 하나 아들 하나. 이번에 이혼 문제로 변호사를 만나러 온 거요." 그가 매우 그럴 듯하게 말했다.

그들이 거기 있소! 그가 생각했다. 당신 마음 내키는 대로 해봐요,

클러리서! 그들이 거기 있어요! 그리고 클러리서가 그들을 바라보는 동안, 시시각각 그 소령의 부인(데이지)과 어린 두 자녀가 점점 더 사랑스러워지는 것 같았다. 마치 그가 금속판 위의 회색 둥근 부조浮彫에 불을 밝히자, 거기 그들 간의 친밀감—그들만의 황홀한 친밀감—(어떻게 보면 그 누구도 클러리서처럼 그를 이해하고, 그와 함께 느낄 수는 없었다)을 만들어내는 상쾌한 바다 내음 나는 공기 가운데 아름다운 나무가 솟아오른 것처럼 말이다.

그녀는 그를 추켜세우고, 그를 우롱했다고, 클러리서는 생각했다. 칼을 세 번 휘둘러 인도 육군 소령의 부인인 그 여자의 형상이 만들어졌다. 얼마나 낭비인가! 얼마나 어리석은가! 피터는 평생토록 그렇게 우롱을 당한 것이다. 처음에는 옥스퍼드에서 쫓겨나고, 다음에는 인도로 가는 배에서 만난 아가씨와 결혼을 하고, 이제는 육군 소령의 아내라니—그와의 결혼을 거절한 것이 얼마나 다행인가! 그는 여전히 사랑에 빠져 있었다. 그녀의 옛 친구, 그녀의 사랑스런 피터, 그는 사랑에 빠져 있었다.

"하지만 어떻게 할 건가요?" 그녀가 물었다. 아, 변호사와 사무 변호사가 있지! 링컨즈 인 법학원 소속의 후퍼 씨와 그레이틀리 씨가 다 알아서 할 것이오, 그가 말했다. 그리고 그는 실제로 주머니칼로 손톱을 다듬었다.

제발, 그 칼 좀 내려놓지 그래요! 화가 치미는 것을 참을 수 없던 그녀가 자신에게 소리쳤다. 그것은 어리석은 인습에 얽매이지 않는 행동이었으며, 그의 결점이기도 했다. 다른 사람이 어떻게 느끼건 일절 신경 쓰지 않는 그의 무신경은 그녀를 불쾌하게 했다. 언제나 불쾌하게 했던 것이다. 그리고 지금 그 나이에도 그는 얼마나 주책이 없는지!

나는 그 모든 것을 알고 있어요, 피터가 생각했다. 피터는 손가락으로 칼날을 훑으면서 생각했다. 나도 내가 클러리서와 댈러웨이와 나머지 모든 사람들과 맞서고 있다는 것을 알고 있단 말이오. 그렇지만 클러리서에게 보여줄 것이오—그리고 놀랍게도 대기 중에 던져진 통제할 수 없는 힘에 의해 느닷없이 그는 눈물을 쏟았다. 부끄러운 것도 모르고 하염없이 흐느꼈다. 소파에 앉은 그의 볼을 타고 눈물이 흘러내렸다.

클러리서는 몸을 앞으로 내밀어 그의 손을 잡고 그를 끌어당겼다. 그리고 그에게 키스를 했다. 그녀는 가슴속에 이는 열대 광풍 아래, 대초원의 풀처럼 은빛으로 반짝이는 깃털을 내려놓기도 전에, 그의 얼굴이 자신의 얼굴에 포개지는 것을 느꼈던 것이다. 그러자 그녀는 편하게 뒤로 물러나 앉으면서, 그의 손을 잡은 채 그의 무릎을 토닥였으며, 그녀를 압도했던 질풍노도에도 불구하고 마음이 편안해지는 것을 느꼈다. 만약 그와 결혼을 했더라면, 이 즐거운 기분은 하루 종일 나의 것이었을 텐데!

그녀에게는 모두 끝이 났다. 시트는 팽팽하게 펴져 있고 침대는 좁았다. 그녀는 탑 위로 혼자 올라갔으며, 그들은 태양 아래 검은 딸기를 따도록 내버려두었다. 문이 닫혔다. 그리고 횟가루 먼지와 새 둥지의 쓰레기 틈바구니의 그곳은 얼마나 멀리 보였던가. 그 소리는 또 얼마나 가냘프고 소름이 끼쳤는지(언젠가 리스 언덕에서였지, 그녀가 생각했다). 그리고 리처드, 리처드! 밤에 자다가 놀라 어둠 속에서 손을 허우적대며 도움을 청하는 사람처럼, 그녀가 외쳤다. 브루톤 부인과 오찬을 하고 있다는 생각이 떠올랐다. 그는 나를 떠난 거야. 나는 영원히 혼자야, 그녀가 무릎 위에서 손 깍지를 끼며 생각했다.

피터 월쉬는 자리에서 일어나 방을 가로질러 창가로 가 있었다. 그리고 그녀에게 등을 돌린 채 큰 손수건을 이리저리 흔들며 서 있었다. 그는 대가답고, 무뚝뚝하고, 쓸쓸해 보였다. 그의 야윈 어깨로 인해 코트가 약간 들려져 있었다. 그는 코를 심하게 풀었다. 날 데려가 줘요, 클러리서가 충동적으로 생각했다. 당장에 그가 위대한 항해를 떠나기라도 하듯. 그리고 다음 순간 마치 매우 아슬아슬하고 감동적이었던 5막짜리 연극, 그녀가 한 일생을 살다가 도망쳐, 피터 월쉬와 함께 살았던 연극이 이제 끝나기라도 한 듯.

이제 일어나야 할 시간이었다. 한 여자가 외투, 장갑, 오페라 안경 등 자신의 물건들을 주섬주섬 챙겨, 극장에서 거리로 나가듯이, 그녀는 소파에서 일어나 피터에게 걸어갔다.

그는 참으로 이상하다고 생각했다. 딸랑딸랑 소리를 내고, 살랑살랑 옷 스치는 소리를 내면서도, 그녀가 어떻게 아직도 위력을 가지고 있는지. 방을 가로질러 걸어오면서도, 부어톤의 테라스에서 보는 그 여름 하늘에 어떻게 그가 그토록 질색하는 달을 떠오르게 하는 위력을 가지고 있는지 말이다.

"말해봐요." 그는 그녀의 어깨를 부여잡으며 말했다. "행복한 거요, 클러리서? 리처드가……"

문이 열렸다.

"이 아이가 나의 엘리자베스예요." 클러리서가 감정을 넣어 다소 신파조로 말했다.

"안녕하세요?" 엘리자베스가 앞으로 다가오며 말했다.

빅벤 시계가 특별히 활기차게 삼십 분을 알리는 종을 쳤다. 마치 힘세고 무신경하고 둔한 젊은 청년이 아령을 이리저리 흔들고 있는 것처럼.

"안녕, 엘리자베스!" 피터는 손수건을 호주머니에 쑤셔 넣으면서 큰 소리로 인사하고, 이내 클러리서에게, "잘 있어요, 클러리서."라고 말했다. 그리곤 그녀를 쳐다보지도 않고 서둘러 방을 나간 뒤, 계단을 뛰어내려가 홀 문을 열었다.

"피터, 피터!" 클러리서가 충계참까지 그를 따라가며, 외쳤다. "제 파티! 오늘 저녁 제 파티를 잊지 마세요!" 그녀가 열려진 문 밖의 허공을 향해 목소리를 높이며 고함을 질렀다. 교통 혼잡과 일제히 울려 퍼지는 시계 종소리에 묻혀버린, "오늘 저녁 제 파티를 잊지 마세요!"라고 외치는 그녀의 목소리는 문을 닫고 나가는 피터 월쉬에겐 약하고 희미했으며 아주 멀리서 들려오는 소리 같았다.

내 파티를 잊지 마세요. 내 파티를 잊지 마세요. 거리를 향해 계단을 내려가면서 피터 월쉬는 중얼거렸다. 빅벤이 삼십 분을 치는 또렷한 소리. 그 소리의 흐름에 경쾌하게 장단을 맞추며 그가 혼자 중얼거렸다(납덩이 같은 무거운 소리가 원을 그리며 공기 중으로 흩어졌다). 아, 이 파티들. 그는 생각했다. 클러리서의 파티들. 그녀는 왜 이런 파티를 여는 걸까. 그는 생각했다. 그렇다고 그녀를 비난하는 것도, 연미복을 입고 단추 구멍에 카네이션을 꽂고 자신에게 다가오는 남자를 비난하는 것도 아니었다. 이 세상에서 오직 한 사람만이 자신처럼 사랑에 빠질 수가 있다. 그리고 이 행운아인 그는 바로 거기, 빅토리아 거리에서 모터 자동차 회사의 판유리 쇼윈도에 반사되어 있었다. 인도 전체가 그의 뒤에 있었다. 평원, 산, 콜레라와 같은 전염병, 아일랜드의 두 배나 되는 큰 구역區域들. 그가—피터 월쉬 자신—혼자 내린 결정들. 난생 처음 정말 사랑에 빠진 그. 클러리서가 냉철해졌다고 그는 생각했다. 게다가 감상적이기까지 하지 않은가, 몇 cc에 몇 km나 달릴지 성능 좋은 근사한 자동차들을 들여다보면서 그가 생각했다. 그는 기계에 적성이 맞았던 것이다. 자기 동네에서 쟁기를 발명하기도 했고, 영국에서 2륜 손수레를 주문하기도 했다. 비록 인도의 노동자들이 그것을 쓰려하지 않았지만 말이다. 이 모든 것을 클러리서는 전혀 모르고 있었다.

　"나의 엘리자베스예요."라고 그녀가 말한 표현 방식도 거슬렀다. 어째서 그냥 '엘리자베스예요.'라고 하지 않은 걸까. 그것은 겉도는 말이었다. 엘리자베스도 그런 표현을 좋아하지 않았다. (아직도 시계 소리의 마지막 진동이 주변의 공기를 흔들어놓았다. 삼십 분. 여전히 이른 시각이었다. 이제 겨우 열한 시 삼십 분이니까.) 그는 젊은 사람들을 이해했기 때문에, 그들을 좋아했다. 클러리서에게는 언제나 쌀쌀맞은 데가 있다고 그는 생각했다. 그녀는 언제나 소녀일 때조차도 이를테면 숫기가 없었으며, 이런 면모는 중년이 되자 상투적으로 변했다. 이제 가망이 없다, 가망이 없다, 그가 생각했다, 거울 같은 심연을 들여다보면서, 그 시간에 찾아간 것이 그녀를 괴롭힌 것은 아닌지 궁금해하면서. 불현듯 바보같이 굴었던 것에 대한 부끄러움에 사로잡혔다. 흐느껴 운 것, 감정적으로 행동한 것. 평소처럼 아무렇지도 않게 그녀에게 모든 것을 털어놓은 일 말이다.

구름 한 조각이 해를 가로질러 지나가는 동안, 런던 시내에 정적이 내려앉았다. 그리고 마음에도 내려앉았다. 노력이 멈춘다. 시간은 돛대에서 휘날리고 있다. 거기서 우리는 멈춘다. 거기서 우리는 서 있다. 융통성 없는 습관의 해골만이 혼자 인간의 형체를 떠받치고 있다. 아무것도 없는 곳에서 말야, 피터 월쉬는 혼자 중얼거렸다. 속을 다 도려낸 듯한 느낌, 완전히 텅 빈 느낌이었다. 클러리서는 나를 거부했어, 그가 생각했다. 그는 거기 서서 생각에 잠겨 있었다. 클러리서는 나를 거부했어.

마가렛 성당의 시계는, 시간을 막 치려는 순간, 손님이 이미 와 있는 것을 보고, 응접실로 들어서는 안주인처럼, 아, 하고 말했다. 내가 늦은 게 아니야. 아니야, 정확히 열한 시 삼십 분인걸, 그녀가 말했다. 비록 그녀가 전적으로 옳다고 해도, 안주인의 목소리를 내는 그녀의 목소리는 마지못해 개성을 드러내지 않고 있었다. 과거로 인한 어떤 슬픔이, 현재에 대한 어떤 슬픔이 그것을 억제하게 했다. 열한 시 삼십 분이야, 라고 그녀는 말한다. 마가렛 성당의 종소리는 가슴속 깊은 곳까지 미끄러지듯 원에 원을 그리며 퍼져나갔다. 마치 스스로를 털어놓고, 퍼져나갔다가, 환희의 전율과 함께 안주하고 싶어하는 살아 있는 어떤 것처럼. 종이 치는 그 순간 흰옷을 입고 계단을 내려오는 클러리서 같다고, 피터 월쉬는 생각했다. 그것은 클러리서야, 가슴이 뭉클하면서도 이상하게 또렷한 정신으로 그녀에 대한 회상에 사로잡혀 피터 월쉬는 생각했다. 마치 오래 전 그들이 아주 친밀했던 순간에 함께 앉아 있던 방안으로 시계 종소리가 들어와 한 사람에게서 다른 사람에게로 옮아갔다가, 꿀을 잔뜩 채운 꿀벌이 되어 다시 날아가 버린 것처럼 말이다. 그런데 어떤 방이었더라? 언제였더라? 그리고 시계종이 칠 때 그는 어째서 그토록 깊은 행복감에 젖어 있었단 말인가? 마가렛 성당의 종소리가 사라지면서, 그녀는 병이 들었고, 그 소리는 권태와 고통을 대신하고 있었다고, 그는 생각했다. 그것은 그녀의 심장이었지, 그는 생각했다. 갑작스럽게 울려 퍼지는 마지막 종소리는 삶의 한복판을 불시에 파고든 죽음을 알리는 소리였다. 자신의 응접실에 서 있던 그 자리에서 쓰러지는 클러리서. 안 돼! 안 돼! 그가 소리쳤다. 그녀는 죽지 않았다! 나는 늙지 않았어, 그가 소리치며, 화이트홀(트라팔가 광장에서 국회의사당에 이르는 런던의 거리_역주)을 향해 뛰어갔다. 마치 활기차고 끝없는 그의 미래가 그곳에서 굴러 내려오기라도 하는 것처럼.

그는 조금도 늙지 않았으며, 몸이 굳지도, 말라붙지도 않았다. 그 사람들—댈러웨이 집안 사람들, 휘트브레드 집안 사람들, 그리고 그 무리들—이 자신에 대해 떠벌리는 말에 대해서는 눈곱만큼도 개의치 않았다(비록 조만간 리처드에게 일자리를 구해줄 수 있는지 부탁을 해야하는 상황이긴 하지만 말이다). 그는 성큼성큼 걸으면서 캠브리지 공작의 동상을 노려보았다. 캠브리지 공작은 옥스퍼드에서 쫓겨났던 것이다. 그것은 사실이었다. 그는 사회주의자였으며, 어떤 면에서 실패자였다. 그것도 사실이었다. 하지만 문명 세계의 미래는 캠브리지 공작과 같은 젊은 사람들 손에 달려 있다고, 그는 생각했다. 삼십 년 전의 자신과 같은 젊은 사람들, 추상적인 원칙을 사랑하는 사람들 말이다. 런던에서 히말라야의 한 봉우리까지 그들에게 보내온 책들을 전해 받은 사람들. 과학을 읽는 사람들. 철학을 읽는 사람들. 미래는 그런 젊은 사람들의 손에 달려 있다고 그는 생각했다.

숲의 나무 잎사귀에 후드득 빗방울 떨어지는 소리와 같은 후드득 소리가 뒤쪽에서 들려왔다. 그와 함께 살랑살랑 규칙적으로 옷 스치는 소리가 들려왔다. 그것은 그를 따라잡고, 그의 생각을 두드리며, 화이트홀까지 올라가는 그의 발걸음에 규칙적인 장단을 맞추었다. 총을 들고 유니폼을 입은 소년들이 시선을 똑바로 고정하고 팔을 뻣뻣하게 편 채 거리를 행진했다. 그들은 동상의 단에 새겨놓은 영국에 대한 의무, 감사, 충성, 사랑을 칭송하는 글귀와 같은 표정을 짓고 있었다.

 그들과 보조를 맞추면서, 피터 월쉬는, 훌륭한 훈련이라고 생각했다. 그러나 그들은 건강해 보이지 않았다. 대부분 열여섯 살의 소년들로서 홀쭉했으며, 내일이면 판매대에서 밥그릇이나 비누를 팔고 있을 것이다. 지금 그들은 감각적인 쾌락이나 일상의 문제에 시달리지 않은 엄숙한 모습을 하고 있는데, 이는 핀즈베리 페이브먼트에서 텅 빈 무덤(팔리아멘트 거리와 화이트홀이 만나는 곳에 유명한 기념비인 포틀랜드 석으로 된 시노타프가 서 있다. 국제적인 분쟁에서 죽은 이들을 위한 추모비로서, 이것을 텅 빈 무덤이라고 부른다_역주)까지 들고 가는 화환이 자아내는 분위기였다. 그들은 선서를 했다. 차량들도 그것을 존중했고, 화물차들은 멈추어 서 있었다.

 나는 그들과 보조를 맞출 수가 없군, 그들이 화이트홀을 향해 행진을 하자, 피터 월쉬가 생각했다. 그들은 그를 지나고, 모든 사람들을 지나, 꾸준히 행진을 계속했다. 마치 한 사람의 의지로 팔과 다리를 통일적으로 움직이고, 다양함과 경박함을 지난 삶이 기념비와 화환이 세워진 보도 아래 놓여져, 훈련으로 뻣뻣해지긴 했지만 아직 눈을 뜨고 쳐다보는 시체로 변해가는 것처럼. 누구나 그것을 존중해야 한다. 비웃을 수도 있지만, 그것을 존중해야 한다고 그는 생각했다. 그들이 거기로 간다, 피터 월쉬는 인도 가장자리에 서서 생각했다. 고귀한 모든 동상들, 넬슨, 고든, 헤이블록, 검은 동상, 위대한 군인의 화려한 이미지들이 앞을 바라보며 서 있었다. 마치 그들 역시 똑같은 포기를 하고(피터 월쉬 자신 역시 위대한 포기를 했다고 생각했다), 똑같은 유혹 아래 짓밟히고, 마침내 무정한 시선을 얻어내기라도 한 것처럼. 피터 월쉬는 스스로 조금도 원치 않았던 그런 시선이었다. 비록 다른 사람들에게서는 그것을 존중할 수 있었지만. 소년들의 그런 시선은 존중할 수 있었다. 행진하는 소년들이 스트랜드 방향으로 곧장 사라지자, 그들은 육체의 고민을 몰랐다고, 그는 생각했다. 내가 지나쳐온 모든 것들, 그는 길을 건넌 다음, 고든 동상 아래 서서 생각했다. 소년 시절 그가 숭배했던 고든. 한쪽 다리를 들고 팔짱을 긴 채 외롭게 서 있는 고든. 가엾은 고든, 그는 생각했다.

클러리서 외에는 아직 아무도 그가 런던에 있다는 것을 몰랐으며, 항해를 다녀온 후의 영국은 여전히 섬처럼 보였기 때문에, 혼자 살아서 열한 시 삼십 분에 트라팔가 광장에 서 있다는 낯선 기분이 그를 압도했다. 이게 뭘까? 나는 어디에 있는 걸까? 그리고 어째서 그것을 하는 걸까? 그는 생각했다. 이혼은 온통 망상처럼 보였다. 그의 마음 속 깊숙한 곳이 늪처럼 평평해지고 세 가지 위대한 감정이 그를 깜짝 놀라게 했다. 이해심. 드넓은 박애정신. 마지막으로, 마치 다른 감정의 결과라도 되는 양, 억누를 수 없는 황홀한 기쁨. 마치 그의 뇌 속에서 다른 손에 의해 줄이 당겨지고, 셔터가 움직인 것처럼, 그 일과 전혀 상관이 없는 그는 마음만 먹으로 끝없이 방황할 수도 있는 끝없는 길 입구에 여전히 서 있었다. 최근 몇 년 간 이토록 젊게 느껴본 적이 없었던 것이다.

그는 도망친 거였다! 완전히 자유였다. 습관이 무너질 때처럼 말이다. 그럴 때 마음은 고삐 풀린 불꽃처럼 이리저리 마구 흔들리면서, 다른 곳으로 날아가려는 것 같다. 몇 년 동안 그토록 젊은 기분을 느껴본 적이 있었던가! 피터는 생각했다. 현재의 그에게서 탈출하여(물론 한 시간 남짓한 시간 동안뿐이었지만) 집밖으로 뛰어나온 어린아이 같은 기분으로 그는 엉뚱한 집 창문을 향해 손을 흔드는 늙은 유모를 본다. 하지만 그녀는 정말 매력적이라고, 트라팔가 광장을 건너 헤이마켓 쪽으로 걸어가다가, 한 젊은 여자가 다가오자, 그는 생각했다. 그 여자가 고든 동상을 지나가자, 피터 월쉬는, 그녀가 베일에 베일을 벗고 마침내 자신이 마음속에 늘 간직하고 있던 그 여인이 되었다고 생각했다. 젊지만 당당하고, 쾌활하지만 사려 깊고, 까무잡잡하지만 매력적인 여인 말이다.

허리를 똑바로 세우고 주머니칼을 은밀히 만지작거리면서 그는 이 여인을, 이 흥분을 쫓기 시작했다. 그녀는 등을 돌리고 있으면서도 빛을 비추어 두 사람 사이를 이어주는 것 같았다. 그 빛은 마치 시끄러운 자동차 소리 가운데 손을 오므리고 그의 이름을, 피터가 아닌 생각 속에서만 부르는 은밀한 그의 이름을 속삭이는 것처럼, 그만을 골라 비추었다. "당신" 오직 "당신"이라고 그녀가 말했다. 하얀 장갑과 어깨로 그렇게 말했다. 다음 순간 그녀가 칵스퍼 거리의 덴트 가게를 지나가자 얇고 긴 코트 자락이 바람에 흩날렸다. 그 코트는 팔을 벌려 피곤한 자를 안듯이 푸근하도록 정겹고 슬프도록 부드럽게 바람에 흩날렸다.

하지만 그녀는 결혼하지 않았어. 그녀는 젊어. 아주 젊어. 피터가 생각했다. 그녀가 트라팔가 광장을 건너올 때, 그가 보았던 옷에 달린 붉은 카네이션이 그의 눈에서 다시 타오르며 그녀의 입술을 붉게 만들고 있었다. 하지만 그녀는 인도 가장자리에 서서 기다렸다. 그녀에겐 위엄이 있었다. 그녀는 클러리서처럼 세속적이지 않았다. 클러리서처럼 부자도 아니었다. 그녀가 움직이자, 그는 궁금했다. 그녀는 상당한 지위에 있는 여자일까? 도마뱀의 날름거리는 혀를 가진 재치가 있을 거야, 그가 생각했다(누구나 약간의 기분 전환이 필요해). 끈기 있고 냉정한 재치. 순발력 있는 재치. 소란스럽지 않은 재치.

그녀가 움직였다. 그녀가 길을 건넜다. 그는 그녀를 따라갔다. 그녀를 당황하게 만드는 것은 그가 마지막까지 피하고 싶은 일이었다. 하지만 그녀가 걸음을 멈춘다면, "같이 가서 아이스크림 먹을래요,"라고 말하리라. 그러면 그녀는 아무렇지도 않게, "네, 그러죠."라고 대답할 것이다.

하지만 길에는 다른 사람들이 두 사람 사이를 가로막고, 그를 방해하고 그녀를 가리고 있었다. 그는 계속 쫓아갔다. 그녀의 표정이 변했다. 그녀의 뺨이 빨갛게 물들고, 눈가에는 조소가 떠올랐다. 자신은 무모하고, 즉흥적이고, 쏜살같은 모험가라고 그는 생각했다. 실제로 (간밤에 인도에서 도착한) 낭만적인 해적이었다. 이 모든 쓸데없는 예의 범절, 상점 진열대에 있는 노란 실내복, 파이프, 낚싯대에 무관심한 해적. 그리고 체면과 이브닝 파티와 양복 조끼 속에 셔츠를 입은 단정한 노신사들. 그는 해적이었다. 그녀는 피카딜리를 건너고 리젠트 거리를 향해 앞장서서 계속 걸어갔다 그녀의 코트, 장갑, 어깨선이 진열장에 걸려 있는 술장식과 레이스와 털목도리와 어우러져 화려하고 변덕스런 분위기를 자아냈다. 그 분위기는 한밤중에 밖으로 새어나온 램프 불빛이 어둠을 에워싸는 것처럼, 상점에서 인도로 나오는 동안 점점 희미해졌다.

그녀는 깔깔 웃으면서 즐겁게 옥스퍼드 거리와 그레이트 포틀랜드 거리를 건너 작은 골목길 중 한 곳으로 접어들었다. 이제, 이제 위대한 순간이 다가오고 있었다. 그녀가 걸음을 늦추고 가방을 열고 나서, 그가 있는 쪽을 흘끗 보았기 때문이다. 하지만 그를 본 것이 아니라,

작별을 고하는 일별이었다. 전체 상황을 파악한 다음 의기양양하게 일소에 부친 일별. 그녀는 열쇠를 문에 꽂아 문을 열었다. 그리고 안으로 들어갔다! 내 파티를 잊지 마세요, 내 파티를 잊지 마세요, 라고 말하는 클러리서의 목소리가 그의 귓전에서 노래했다. 그 집은 보기 흉한 꽃바구니가 걸려 있는 무미건조한 빨간 집들 가운데 하나였다. 그 일은 끝이 났다.

재미있었어, 재미있었어, 옅은 색의 제라늄 바구니가 흔들리는 것을 올려다보면서 그가 생각했다. 그리고 그것은 산산조각이 났다—그의 재미. 그가 익히 잘 알고 있듯이, 그 재미는 반은 가공의 것이기 때문이었다. 그 소녀와의 이런 탈선은 날조된 것이고, 꾸며진 것이었다. 누구나 인생의 행복을 꿈꾸듯이. 그는 생각했다—자기 자신을 만들어내고, 그녀를 만들어내고, 황홀한 재미, 그리고 그 이상의 것을 만들어내면서 말이다. 하지만 이상하면서도 어느 정도는 진실이었다. 그 누구도 공유할 수 없는 이 모든 것—그것은 산산조각이 났다.

그는 돌아섰다. 링컨즈 인에서 후퍼 씨와 그레이틀리 씨를 만날 시간이 될 때까지, 어딘가 앉을 곳을 찾을 생각으로 거리를 따라 올라갔다. 그가 가야 할 곳은 어디인가? 아무래도 상관없었다. 그렇다면 리젠트 공원까지 거리를 따라 올라가자. 보도에 닿는 그의 장화가 '어디든 상관없어.'라고 말했다. 아직 이른 시간이었기 때문이다. 아직 너무 이른 시간이었다.

더구나 눈부신 아침이었다. 더없이 건강한 심장의 고동처럼, 생명은 거리와 거리를 곧장 뚫고 지나갔다. 실수도 없고 망설임도 없었다. 휩쓸고, 정도를 벗어나, 정확하게, 소리도 없이, 그곳에서 정확하게, 바로 그 순간, 자동차가 문 앞에 섰다. 실크 스타킹을 신고, 깃털 장식을 하고, 덧없는 모습이었으며, 그에게는 특히 매력적이지 않은(그는 자유분방했으므로) 소녀가 차에서 내렸다. 훌륭한 집사, 황갈색의 중국산 개, 흰색과 검정의 마름모꼴 무늬의 바닥이 깔리고 하얀 블라인드가 펄럭이는 홀. 피터는 열린 문을 통해 보고 마음에 들었다. 나름대로 화려한 업적이었다. 런던도, 계절도, 문명도. 적어도 3대에 걸쳐 한 대륙의 일을 관장했던 인도에 거주한 점잖은 영국 가문 출신인 탓에(인도도, 제국도, 군대도 싫어하면서, 가문에 대해서는 얼마나 감상적인가, 참 이상하다고 그가 생각했다) 이런 종류의 문명이 개인의 자산인 양 그에게 소중해 보이는 순간들이 있었다. 영국, 집사, 중국산 개, 안전한 환경에 있는 소녀들이 자랑스러웠던 순간들이 있었다. 터무니없긴 하지만 아직도 그런 순간들이 있다고, 그는 생각했다. 자신의 일을 하고, 철저하고, 빈틈없으며, 건강한 의사들, 사업가들, 유능한 여자들이 그에겐 몹시 존경스럽고, 좋은 친구들처럼 보였다. 우리의 삶을 맡길 수 있으며, 생활이라고 하는 예술에서의 친구들이며, 사람을 속속들이 꿰뚫어 보는 친구들이었다. 이런 저런 것들이 뒤섞인 이 쇼는 정말로 봐줄만 하지 않은가. 그는 어둠 속에 앉아 담배를 피웠다.

리젠트 공원이 있었다. 그랬다. 어렸을 때 그는 리젠트 공원을 산책했었다. 어린 시절의 기억이 여전히 떠오르다니 참 이상하다고 생각했다. 아마도 클러리서를 만났기 때문일 것이다. 여자들은 우리보다훨씬 더 과거에 집착해서 살기 때문이지, 그가 생각했다. 여자들은 장소에 집착한다. 그리고 아버지에게 집착한다. 여자들은 언제나 아버지를 자랑스러워한다. 부어톤은 좋은 곳이었지, 아주 좋은 곳이었어. 나는 그 노인과 결코 잘 지낼 수가 없었어, 그가 생각했다. 어느 날 밤에 제법 큰 소란이 일어났지—어떤 일에 대한 언쟁이 벌어졌었는데, 그것이 무슨 문제였는지 그는 기억할 수가 없었다. 아마도 정치 문제였으리라.

그렇다, 그는 리젠트 공원을 기억했다. 곧게 난 긴 산책로. 왼쪽에서 고무 풍선을 살 수 있었던 작은 집. 글귀가 새겨져 있던 우스꽝스런 동상. 그는 빈자리를 찾았다. 시간을 묻는 사람들에게 방해받고 싶지 않았다(약간 졸렸기 때문에). 유모차에 아이를 재우고 있는 머리가 희끗희끗한 나이든 유모. 거기가 최선이었다. 그 유모가 앉아 있는 자리의 맨 끝에 앉는 것이.

불현듯 방으로 들어와 어머니 곁에 섰던 엘리자베스를 떠올리면서, 그는 그녀가 특이하게 생겼다고 생각했다. 많이 컸으며, 다 자랐고, 꼭 예쁘다고는 할 수 없지만, 그런 대로 준수한 그녀. 기껏해야 열여덟 살이나 되었을까. 아마도 클러리서와는 별로 잘 지내는 사이가 아닐 것이다. "이 애가 나의 엘리자베스예요."—이런 말투. 어째서 그냥, "엘리자베스예요." 하지 않은 걸까. 대부분의 엄마들처럼 말이다. 있는 그대로가 아니었다. 그녀는 자신의 매력을 지나치게 믿고 있다고 그는 생각했다. 그녀는 자신의 매력을 과신하고 있다.

부드러운 시가 연기가 그의 목을 시원하게 쓸고 내려갔다. 그는 다시 원 모양을 그리며 연기를 내뿜었으며 그것들은 잠시 용감하게 공기와 맞섰다. 파르스름한 원—오늘 밤엔 엘리자베스와 단 둘이 이야기를 나눠야겠다고 그는 생각했다—은 모래 시계 모양으로 흐트러지다가 사라졌다. 이상한 모양이군, 그가 생각했다. 갑자기 그는 눈을 감고 애써 손을 들어올렸다. 그리고 끄트머리만 남은 묵직한 시가를 집어던졌다. 큼지막한 솔이 그의 머릿속을 깨끗이 쓸어 냈다. 흔들리는 나뭇가지, 아이들의 목소리, 질질 끄는 발자국 소리, 지나가는 사람들, 윙윙대는 자동차 소리, 커졌다가 사라지는 교통 소음이 함께 쓸려 내려갔다. 그는 밑으로, 밑으로, 깃털 같은 잠 속으로 가라앉아, 깊은 잠에 파묻히고 말았다.

피터 월쉬는 햇볕이 내리쬐는 자리에 앉아 코를 골기 시작하고, 머리가 희끗희끗한 유모는 그의 곁에서 다시 뜨개질을 시작했다. 잿빛 드레스를 입고, 쉴새없이 조용히 손을 움직이는 그녀는 하늘과 나뭇가지만 보이는 숲에서 동틀 녘에 일어나는 괴기한 존재들처럼 잠자는 자들의 권리를 옹호하는 투사처럼 보였다. 고독한 여행자, 좁은 길의 유령, 고사리 숲을 뒤지는 자, 거대한 헴록(미나리과의 독초_역주)의 약탈자는 위를 올려다보다가 문득 여행의 끝자락에서 거대한 형상을 본다.

무신론자의 신념으로 그는 느닷없이 말로 표현할 수 없는 황홀경의 순간에 사로잡힌다. 마음 상태를 제외하곤 우리 밖에 아무것도 존재하지 않는다고 그는 생각했다. 위로, 구원에 대한 욕구, 이 불행한 난쟁이와 같은 우리들 밖에 있는 어떤 것에 대한 욕구, 이 연약하고, 추하고, 비겁한 남자 여자들 밖에 있는 무언가에 대한 욕구 이외에는 아무것도 없었다. 하지만 만약 그가 그녀를 상상할 수 있다면, 그녀는 어느 정도 존재할 거고, 그는 생각한다.

하늘과 나뭇가지에 시선을 고정한 채 오솔길을 내려가면서, 그는 그 하늘과 나뭇가지에게 여성성을 부여한다. 그러자 그것들이 얼마나 엄숙해지는지를 놀라운 눈으로 바라본다. 바람이 불어오자, 나뭇가지들은 얼마나 당당하게 잎사귀들이 흔들리지 않도록 잡아주고,

자비, 이해, 용서를 베풀고, 또 위로 훌쩍 몸을 던져 광란의 흥청거림으로 그들의 경건한 모습을 뒤죽박죽 섞어 놓는다.

　고독한 여행자에게 과일이 가득 담긴 거대한 풍요의 뿔을 제공하거나, 푸른 파도 위를 어슬렁대는 바다의 요정처럼 그의 귓전에 속삭이거나, 아니면 몇 다발의 장미처럼 그의 얼굴에 내던져지거나, 고기잡이 어부들이 범람하는 파도를 헤치고 건져 올리려는 파리한 얼굴들처럼 표면에 떠오르는 환상들은 이런 것들이다.

　끊임없이 떠올라, 나란히 보조를 맞추고, 코앞에 얼굴을 들이대는 환상들은 이렇게 실제의 것들이다. 그것들은 때때로 고독한 여행자를 압도하여 이 세상에 대한 감각이나 돌아가고픈 소망을 빼앗고, 대신 보편적인 평화를 제공한다. 마치 산다는 것의 이 모든 열기가 단순함 그 자체인 것처럼 말이다(그래서 그 고독한 여행자는 숲을 내려오면서 그렇게 생각한다). 그리고 하나로 합쳐진 무수한 것들. 파도가 몰아치는 바다에서 떠올라 하늘과 나뭇가지로 만들어진 이 형상은 (그도 이제 오십이 넘었으니, 나이가 들은 것이다) 파도에 흠뻑 젖은 형상처럼 장엄한 손으로 동정과 이해와 용서를 나누어준다. 그렇게 그는 생각한다. 나는 절대 램프 불빛 곁으로 돌아가, 방에 앉을 수 없을 거야. 결코 내가 읽던 책을 다 읽지 못할 거야. 다시는 파이프 재를 털지 못할 거야. 터너 부인에게 전화를 걸어 청소해 달라는 말도 못할 거야. 차라리 이 위대한 형상에게 곧장 걸어가는 게 나을지도 몰라. 그 형상은 갑자기 머리를 쳐들고, 자신의 장식 리본에 나를 올려 태우고 나머지 것들과 함께 허공으로 나를 날려 버릴 거야.

환상은 이런 것이다. 고독한 여행자는 이내 숲을 벗어나 있다. 그리고 그곳에 사막 너머로 잃어버린 아들을 찾는 듯한, 이미 죽은 말 탄 기사를 찾는 듯한, 이 세상의 전쟁터에서 죽은 아들을 둔 어머니의 형상인 듯한 한 늙은 여인이(이 허약함은 너무도 분명하다) 아마도 그가 돌아오기를 기다리며, 그늘진 눈매에, 손을 치켜들고, 하얀 앞치마를 펄럭이며 문가로 나온다. 그래서 고독한 여행자가 여인들은 뜨개질을 하고 남자들은 정원을 파헤치고 있는 마을 길목으로 내려가는 동안, 그 저녁 시간은 왠지 불길해 보인다. 형상들은 잠잠하다. 마치 그 형상들만 아는 어떤 존엄한 얼굴들이 두려움 없이 기다리고 있다가 그들을 덮쳐 완전히 멸종시키기라도 할 것처럼.

안에는 평범한 물건들과 찬장, 식탁, 제라늄이 놓여진 창틀 가운데, 허리를 구부리고 식탁보를 치우는 안주인의 윤곽이 갑자기 빛을 받아 부드러워지면서, 인간의 차가운 접촉에 대한 기억만으로는 끌어안을 수 없는 숭배할 만한 상징으로 변한다. 그녀는 잼을 꺼내, 그것을 찬장에 넣어둔다.

"오늘 밤 뭐가 더 있나요?"

하지만 고독한 여행자는 누구에게 대답을 하는가?

　그렇게 늙은 유모는 리젠트 공원에서 잠자는 갓난아이 옆에서 뜨개질을 했다. 그렇게 피터 월쉬는 코를 골았다. 그는 갑작스럽게 잠에서 깨어나 혼자 중얼거렸다. "영혼의 죽음."

　"맙소사, 맙소사!" 그가 큰 소리로 중얼거리면서 기지개를 켜고 눈을 떴다. 그의 말은 그가 꿈에서 보았던 어떤 장면, 어떤 방, 어떤 과거에 속해 있었다. 점점 더 분명해졌다. 그가 꿈에서 보았던 그 장면, 그 방, 그 과거.

　1890년대 초, 어느 여름, 그는 부어톤에서 클러리서와 열정적인 사랑에 빠져 있었다. 그곳에는 차를 마신 다음 테이블에 둘러앉아 웃고 떠드는 훌륭한 사람들이 많이 있었으며, 방은 노란 불빛과 담배 연기로 가득 차 있었다. 그들은 하녀와 결혼한 한 남자에 대해 이야기를 하고 있었다. 그 남자는 이웃에 사는 대 지주 가운데 한 사람이었는데, 이름은 기억나지 않았다. 그는 하녀와 결혼한 다음, 그녀를 데리고 부어톤을 찾아왔다. 그것은 참으로 거북한 방문이었다. 그녀는 지나치게 몸치장을 하고 있었는데, 클러리서는 그 여자를 흉내내면서 '앵무새' 같다고 했다. 그리곤 쉴새없이 조잘댔다. 계속해서, 계속해서 입을 다물지 않았다. 클러리서는 그 여자 흉내를 냈다. 그러자 누군가가─샐리 시튼이었을 것이다─ 말했다. 두 사람이 결혼하기 전에 그 여자가 아이를 가졌다는 것을 알면 사람의 감정이 달라지려나? (그 당시, 남녀가 같이 앉아 있는 자리에서 그런 말을 하는 것은 뻔뻔스런 일이었다.) 그는 지금 발갛게 달아오른 클러리서를 볼 수 없다. 그녀는 약간 위축되어 말했다. "아, 다신 그 여자 얘기를 입에 담지 말아야겠어!" 그 말에 테이블에 둘러앉은 사람들이 움찔했다. 몹시 거북한 분위기였다.

그 당시, 그녀처럼 다 큰 처녀가 아무것도 모른다는 이유로, 그 사실을 상기시킨 것을 놓고 그가 그녀를 나무랐던 것은 아니다. 그의 심기를 불편하게 한 것은 그녀의 태도였다. 수줍고, 쌀쌀맞고, 거만하고, 새침한 태도 말이다. "영혼의 죽음." 그는 늘 그랬듯이 본능적으로 그 순간을 규정했다. 영혼의 죽음이라고.

모든 사람들이 움찔했다. 그녀가 말을 할 때, 모든 사람들은 고개를 숙이다가, 무관심하게 일어서는 것 같았다. 그는 잘못을 저지른 어린 아이같이 허리를 굽히고, 상기된 얼굴로 말은 하고 싶지만 겁을 내는 샐리 시튼을 볼 수 있었다. 클러리서는 사람들에게 위압감을 주었다 (샐리는 클러리서의 가장 친한 친구였으며, 언제나 매력적이고, 세련되고, 까무잡잡한 피부에, 그 당시 대담하다는 소문이 자자했다. 그는 그녀에게 시가를 주곤 했었는데, 그녀는 그 시가를 방안에서 피웠다.

그녀는 누군가와 약혼을 했거나 아니면 가족들과 다툰 적이 있었다. 페리는 클러리서와 샐리를 몹시 싫어했는데, 이 일로 두 사람은 오히려 더 가까워졌다). 클러리서는 여전히 사람들에게 화가 난 듯 자리에서 일어나, 양해를 구한 다음, 혼자 나가버렸다. 그녀가 문을 열자, 양을 쫓아다니는 커다란 털북숭이 개 한 마리가 들어왔다. 그녀는 개를 끌어안고 좋아서 어쩔 줄 몰라했다. 마치 피터 월쉬에게 하듯이 말이다. 그 모두가 자신을 겨냥한 것임을 그는 알고 있었다. "지금 그 여자를 놓고 나를 바보 멍청이라고 생각하고 있는 것 다 알아. 하지만 내가 얼마나 인정이 많은지 보라고. 내가 로브를 얼마나 사랑하는지 보란 말야."

그들은 언제나 말이 없이도 의사소통을 할 수 있는 이상한 힘을 가지고 있었다. 그녀는 그가 자신을 나무라고 있다는 것을 알고 있었다. 그리곤 자신을 방어하기 위해 속보이는 짓을 한 것이다. 일테면 개를 가지고 법석을 떠는 일 말이다. 하지만 그것으로는 결코 그를 속일 수 없었다. 그는 언제나 클러리서를 꿰뚫어 보았다. 그렇다고 그가 무슨 말을 한 것은 물론 아니다. 다만 시무룩하게 쳐다보았을 뿐이다. 두 사람의 싸움은 늘 이런 식으로 시작되었다.

그녀가 문을 닫았다. 그러자 그는 이내 몹시 풀이 죽었다. 모든 것이 소용없어 보였다. 사랑에 빠져 있는 것도, 언쟁을 계속하는 것도,

짐짓 꾸며대는 것도. 그는 집밖으로 나가 마구간 사이를 어슬렁거리면서 말들을 구경했다. (그 시골집은 매우 소박한 곳이었다. 패리 가족은 결코 큰 부자가 아니었지만, 언제나 마부들과 마구간에서 일하는 소년들을 부리고 있었다―클러리서는 말 타는 것을 좋아했다―그리고 마차를 돌던 늙은 마부―그 마부의 이름이 뭐였더라?― 늙은 유모. 무디 할머니였는지 구디 할머니였는지, 어쨌든 식구들은 그런 이름으로 그 유모를 불렀다. 그 유모의 방에 가 보면 사진과 새장이 제법 많이 있었다.)

몹시 기분 나쁜 저녁이었다! 그는 점점 더 침울해졌다. 단지 그 일 때문만은 아니었다. 만사가 못마땅했다. 그녀를 볼 수도 없었고 그녀에게 자초지종을 설명할 수도 없었다. 그 얘기를 입 밖에 낼 수도 없었다. 언제나 사람들이 주변에 있었고―그래도 그녀는 아무 일도 없는 듯 평소처럼 지냈다. 그것이 그녀의 악마 같은 면모였다―, 이 냉정함, 이 무정함, 그녀의 마음속 깊은 곳에 있는 어떤 것, 그것을 오늘 아침 그녀에게 이야기하면서 다시 느꼈던 것이다. 어떤 불가해한 것을. 그러나 하나님은 그가 그녀를 사랑했다는 것을 알고 계신다. 그녀는 사람의 신경으로 바이올린을 켜는, 그렇다, 신경으로 바이올린을 켜는 이상한 힘을 가지고 있었다.

그는 스스로를 기분 좋게 한다는 어리석은 생각으로 일부러 만찬에

늦게 갔다. 그리고 늙은 패리 양—헬레나 아주머니— 옆자리에 앉았다. 그녀는 패리 씨의 누이동생으로 만찬을 주재하기로 되어 있었다. 그녀는 하얀 캐시미어 숄을 두르고 창문을 등진 채 앉아 있었다. 얕잡아볼 수 없는 늙은 숙녀였지만, 그에게는 유독 친절했다. 그가 그녀의 희귀한 꽃을 찾아주었기 때문이다. 그녀는 훌륭한 식물학자였고 까만 수집통을 어깨에 메고 두꺼운 부츠를 신고 행진하듯 걸어갔다. 그는 그녀 곁에 앉아 이야기할 수가 없었다. 모든 것이 자신과 경주를 벌이는 것 같았다. 그는 그저 그곳에 앉아 먹고 있을 뿐이었다. 그리고 저녁 식사 도중 처음으로 클러리서를 겨우 쳐다보았다. 그녀는 오른쪽에 앉은 어느 젊은 남자와 이야기를 나누고 있었다. 그는 느닷없이 뜻밖의 사실을 깨달았다. "그녀는 저 남자와 결혼할 거야." 그가 중얼거렸다. 그는 그 남자의 이름조차 알지 못했다.

물론 댈러웨이가 들렀던 것은 다름 아닌 그날 오후였다. 클러리서는 그를 "위캄"이라고 불렀다. 그것이 이 모든 것의 시작이었다. 누군가가 그를 데려왔으며, 클러리서는 그의 이름을 잘못 알았던 것이다. 그래서 모든 사람들에게 그를 위캄으로 소개했다. 참다 못해 그가 말했다. "제 이름은 댈러웨이입니다." 그가 리처드를 본 것은 그것이 처음이었다. 간이 의자에 다소 어색하게 앉아 있는, 금발의 젊은 청년이 "제 이름은 댈러웨이입니다!"라고 불쑥 말을 꺼냈다. 샐리는 그것을 놓치지 않았다. 그 일이 있은 후 그녀는 언제나 그를 "제 이름은 댈러웨이입니다!"라고 불렀다.

그 당시 그는 계시를 위한 희생물이었다. 이번 계시는—그녀가 댈러웨이와 결혼할 거라는— 사람을 현혹시키는, 그 순간은 불가항력적인 것이었다. 그를 대하는 그녀의 태도에는 어딘지 모르게—뭐라고 할까?— 여유가 있었다. 무언가 모성애적인 면, 너그러운 면이 있었다. 그들은 정치에 대해 이야기하고 있었다. 저녁 식사 내내 그는 그들이 하는 이야기에 귀를 기울이려고 애썼다.

식사 후에 그는 응접실에서 페리 양의 의자 곁에 서 있었던 것을 기억할 수 있었다. 클러리서는 진짜 안주인처럼 흠잡을 데 없는 매너로 다가와, 누군가에게 그를 소개하고 싶어했다. 그러면서 두 사람이 예전에 만났던 것처럼 말했는데, 그것이 그를 화나게 했다. 하지만 그 순간조차도 그는 그녀를 탄복하며 바라보았다. 그는 그녀의 용기에, 그녀의 사교적 본능에 탄복했다. 일을 처리하는 그녀의 능력에 탄복했다. "완벽한 안주인," 그가 그녀에게 말하자, 그녀는 질겁을 했다. 그런 느낌을 주려고 했던 그의 의도가 적중한 것이다. 댈러웨이와 같이 있는 그녀를 보고 난 뒤, 그녀에게 상처를 줄 수만 있다면 무슨 짓이든 했을 것이다. 그렇게 그녀는 그를 떠났다. 그리고 그는 그들 모두가 한데 뭉쳐 자신에 대한 음모를 꾸미고 있다는 느낌을 받았다. 자신의 등뒤에서 웃고 떠들면서 말이다. 거기, 패리 양의 의자 옆에 그는 서 있었다. 마치 나무에서 잘려 나와, 야생꽃 이야기를 하고 있는 것처럼 말이다. 그런 지옥 같은 고통을 겪어 본 적은 단 한 번도, 단 한 번도 없었다! 그는 듣고 있는 체 하는 것조차 잊어버렸던 것 같다. 마침내 그가 깨어났다. 그는 패리 양이 불거져 나온 두 눈을 고정시킨 채, 화가 난 듯, 다소 불쾌하게 쳐다보고 있는 것을 보았다. 그는 하마터면 자신이 지옥에 있기 때문에 시중을 들 수 없노라고 소리를 지를 뻔했다. 사람들이 밖으로 나가기 시작했다. 그러면서 코트를 가지고 온다거나, 물가는 춥다거나, 하는 등등의 말을 하는 소리가 들렸다. 그들은 달빛 아래 보트를 타러 가는 중이었다―샐리의 미친 아이디어 가운데 하나였다. 그녀가 달을 묘사하는 소리가 들려왔다. 그리고 사람들 모두가 밖으로 나갔다. 그는 혼자 조용히 남아 있었다.

"너는 안 나가니?" 헬레나 아주머니가 물었다. 가엾은 늙은 귀부인. 그녀는 눈치를 채고 있었던 것이다. 그가 돌아섰다. 그러자 다시금 클러리서가 들어와 있었다. 그를 데리러 왔던 것이다. 그는 그녀의 너그러운 마음씨에 탄복했다.

"같이 가요. 모두들 기다리고 있어요." 그녀가 말했다.

그는 평생 그토록 행복했던 적은 처음이었다. 단 한 마디 말도 필요 없이 그들은 화해를 했다. 그리고 호수까지 걸어 내려갔다. 그 이십 분 동안은 더할 수 없이 행복했다. 그녀의 목소리, 웃음소리, 그녀의 드레스(흰 크림색의 날아갈 듯한 옷), 그녀의 활기찬 기분, 모험심. 그녀는 사람들을 모두 내려, 섬을 돌아다니게 했다. 그녀는 암탉을 놀라게 했으며, 깔깔대고 웃었으며, 노래를 불렀다. 그리고 시종일관 그는, 댈러웨이가 그녀와의 사랑에 빠져 있다는 것을, 그녀가 댈러웨이와의 사랑에 빠져 있다는 것을, 분명하게 알고 있었다. 그러나 그것은 문제가 되지 않는 것 같았다. 그 어느 것도 문제가 되지 않았다. 두 사람은 땅바닥에 앉아 떠들어댔다. 그와 클러리서 말이다. 그들은 별다른 노력을 하지 않아도 서로의 마음을 훤히 꿰뚫어보고 있었다. 그리고 그것은 순식간에 끝이 났다. 사람들이 보트에 오르자, 그는 혼자 중얼거렸다. "클러리서는 저 남자와 결혼할 거야." 아무런 감각도, 원망도 들지 않았다. 하지만 그것은 분명한 사실이었다. 댈러웨이는 클러리서와 결혼할 것이다.

댈러웨이는 사람들을 태우고 노를 저었다. 그는 아무 말도 하지 않았다. 다만 그가 숲 속 20마일을 달려가기 위해 자전거에 올라타, 손을 흔들면서 비틀거리며 사라지는 모습을 사람들이 지켜보는 동안, 그는 본능적으로, 아주 분명하고, 강하게, 그 모든 것을, 밤을, 그 낭만을, 클러리서를 느꼈다. 그는 그녀를 차지할 자격이 있었다.

그는 어리석었다. 클러리서에 대한 그의 요구는(그는 이제야 그것을 알 수 있었다) 어리석었다. 그는 불가능한 것을 요구했다. 그는 끔찍한 장면들을 연출했다. 그가 조금만 덜 어리석었더라면, 어쩌면 그녀도 그를 받아들이지 않았을까. 샐리도 그렇게 생각했다. 그 해 여름 내내 샐리는 그에게 긴 편지들을 썼다. 사람들이 그를 어떻게 얘기했는지, 그녀가 그를 얼마나 칭찬을 했는지, 클러리서가 얼마나 눈물을 흘렸는지에 관해. 정말 특별한 여름이었다. 그 모든 편지들, 상황들, 전보들. 아침 일찍 부어톤에 도착해서 하인들이 일어날 때까지 기다리고, 패리 씨와 아침 식사를 하면서 끔찍해했던 여름. 만만치는 않지만 싹싹한 헬레나 아주머니. 이야기를 하기 위해 그를 채소밭으로 끌고 나갔던 샐리. 두통으로 침대에 누워 있던 클러리서.

그 마지막 장면, 그가 평생 그 어느 것보다 더 중요하다고 믿었던 그 끔찍한 장면(과장일 수도 있지만—지금도 여전히 그렇게 보였다)은 어느 무덥던 날, 오후 3시에 일어났다. 그 일의 발단은 아주 사소한 일이었다. 점심 식사 자리에서 샐리는 댈러웨이에 관해 무슨 이야기를 하면서, 그를 "제 이름은 댈러웨이입니다."라고 불렀다. 그러자 클러리서가 갑자기 얼굴이 굳어졌고, 전에도 그랬듯이 얼굴을 붉히며 날카롭게 쏘아붙였다. "그 말 같지도 않은 농담은 이제 그만 해." 그것이 전부였다. 하지만 그에게는 마치 그녀가, "난 당신들이 웃겨요. 저는 리처드 댈러웨이와 아주 잘 통하는 걸요."라고 말하는 것처럼 들

110

렸다. 그는 그렇게 받아들였다. 그리고 며칠 밤을 잠을 이루지 못했다. "어떤 식으로든 끝을 내야 해."라고 그는 스스로에게 말했다. 그는 3시에 분수대에서 만나자는 쪽지를 샐리를 통해 그녀에게 보냈다. "아주 중요한 일이 생겼어."라고 그는 휘갈겨 썼다.

분수대는 집에서 멀리 떨어진 아담한 관목 숲 한가운데 있었으며, 숲 주변에는 덤불과 나무들이 무성했다. 그녀는 약속 시간보다 일찍 그곳에 와 있었으며, 두 사람은 분수대를 사이에 두고 서 있었다. 분수 구멍(깨져 있었다)에서는 쉴새없이 물이 똑똑 떨어지고 있었다. 그 광경이 얼마나 생생하게 마음속에 새겨져 있는지 모른다! 이를테면 생생한 초록색 이끼까지도.

그녀는 꼼짝도 하지 않았다. "진실을 말해 줘, 진실을 말해 줘." 그가 말하고 있었다. 그는 마치 이마가 터져 버릴 것만 같았다. 그녀는 몸이 굳은 채 정신이 나간 것 같았다. 그리고 꼼짝도 하지 않았다. "진실을 말해 줘." 그가 다시 말했다. 바로 그 때 늙은 브라이트코프가 《더 타임스》지를 손에 들고 고개를 불쑥 내밀었다. 그리고는 두 사람을 빤히 쳐다보다가, 하품을 하고는, 사라졌다. 두 사람은 꼼짝도 하지 않았다. "진실을 말해 줘요." 그가 다시 말했다. 그는 무언가 딱딱한 것에 부딪쳐 몸이 가루가 되는 것 같았다. 그녀는 단호했다. 무쇠 같았다. 부싯돌 같았다. 뼛속까지 경직되어 있는 것 같았다. 그리고 그녀가, "소용 없어요, 소용 없어. 이게 마지막이에요—그가 눈물을 흘리면서 몇 시간 동안 재촉하고 난 것처럼 여겨졌다—."라고 말한 순간, 마치 그녀가 그의 얼굴을 후려친 것만 같았다. 그녀는 돌아섰고, 그를 떠났으며, 사라졌다.

"클러리서!" 그가 울부짖었다. "클러리서!" 하지만 그녀는 결코 돌아오지 않았다. 모든 것이 끝났다. 그는 그 날 밤 떠났다. 그리고 결코 그녀를 다시 보지 않았다.

너무 끔찍해, 끔찍해, 끔찍해! 그가 울부짖었다.

태양은 여전히 뜨거웠다. 사람은 여전히 많은 일들을 처리했다. 삶은 여전히 하루에 하루를 보내는 방식이었다. 여전히 그는 하품을 하면서, 소식을 듣기 시작하면서, 생각했다. 리젠트 공원은 다람쥐 빼놓고는 예나 지금이나 변한 게 없다고. 하지만 생각해보면 보상이란 것이 있었다. 아이들 방 벽난로 선반 위에 동생과 함께 모아놓은 자갈에 보태기 위해 자갈을 줍고 있던 어린 엘리스 미첼이 유모의 무릎에 한 움큼 자갈을 쏟아놓고 뛰어가다가 어느 귀부인의 다리 사이에서 넘어졌다. 피터 월쉬는 큰 소리로 웃었다.

하지만 루크레지아 워렌 스미스는 혼자 중얼대고 있었다. 비참해,

내가 왜 고통을 받아야 하지? 그녀는 넓은 대로를 걸어 내려가며 혼자 묻고 있었다. 아냐, 더 이상 참을 수 없어, 라고 중얼거리며 셉티머스를 떠나고 있었다. 그는 더 이상 저기 그 의자에 앉아서, 모질고, 냉혹하고, 잔인한 말을 하고, 혼자 중얼대고, 죽은 사람에게 말을 하는 셉티머스가 아니었다. 그 순간 엘리스 미첼이 뛰어오다가 그녀에게 부딪쳐 넘어지면서 울음을 터뜨렸던 것이다.

그 일은 오히려 위안이 되었다. 그녀는 아이를 일으켜 세우고, 아이의 옷에 묻은 먼지를 털어 준 다음, 볼에 입을 맞췄다.

그녀로서는 잘못한 것이 아무것도 없었다. 그녀는 셉티머스를 사랑했고, 행복했던 것이다. 그녀에겐 아름다운 고향이 있었으며, 거기서 여자 형제들은 아직도 모자를 만들면서 살고 있다. 그녀가 어째서 고통을 받아야 하는가?

아이는 유모에게 곧장 달려갔다. 레지아는 뜨개질을 내려놓은 유모가 아이를 야단치고 달래준 뒤, 다시 안아주는 것을 보았다. 그리고 친절하게 생긴 남자가 아이를 달래기 위해 시계를 열어 보여주었다. 하지만 그녀는 어째서 힘겨운 일을 당해야 하는 걸까? 밀라노에 남아 있을 것을. 어째서 고통에 시달려야 한단 말인가? 어째서?

넓은 대로와 유모와 회색 양복의 신사와 유모차가 흐르는 눈물로 인해 그녀 앞에서 오락가락했다. 이 악의에 찬 고문관에게 고문을 당하는 것이 그녀의 운명이었다. 그렇지만 어째서? 그녀는 하나의 빈약한 잎사귀 아래 몸을 피한 한 마리 새 같았다. 그 나뭇잎이 흔들리면 해를 향해 눈을 깜빡이고, 마른 나뭇가지 소리에도 깜짝 놀라는 한 마리 새. 그녀는 거대한 나무들에, 무심한 세상이라고 하는 거대한 구름에 에워싸여 있었다. 어려움에 시달리고, 고통에 시달린 채. 왜 고통을 당해야 하는 걸까? 왜?

그녀는 눈살을 찌푸렸다. 발을 굴렀다. 윌리엄 브래드쇼 경을 찾아가야 할 시간이 가까웠으므로 다시 셉티머스에게 돌아가야 한다. 돌아가 그에게 말해야 한다. 나무 아래 초록색 의자에 앉아, 혼자 중얼거리거나 아니면 죽은 에반스에게 말을 걸고 있는 그에게 돌아가야 한다. 그녀는 에반스를 상점에서 한번 잠깐 보았을 뿐이다. 그는 조용하고 좋은 사람 같았다. 셉티머스의 절친한 친구였는데 전사했던 것이다. 하지만 그런 일들은 누구에게나 일어난다. 누구에게나 전쟁터에서 죽은 친구가 있다. 누구든지 결혼할 때는 무언가를 포기한다. 그녀는 고향을 포기하지 않았던가. 그리고 이 끔찍한 도시로 살러 오지 않았던가. 하지만 셉티머스는 스스로 끔찍한 생각에 빠져 있다. 그녀도 할 수만 있다면, 그럴 수 있었다. 그는 점점 더 이상해져갔다. 사람들이 침실 벽 뒤에서 수군거린다고 했다. 필머 부인은 그것을 이상하게 생각했다. 그는 또 이런 저런 것들을 보았다. 고사리 밭에서 어느 노파의 머리를 보았다고도 했다. 하지만 그는 마음만 먹으면 얼마든지 행복할 수 있었다. 사람들은 버스의 이층 칸에 타고 햄프턴 궁전에 갔었으며, 더할 수 없이 행복해했다. 온갖 종류의 노랗고 빨간 작은 꽃들이 잔디에 피어 있었다. 떠다니는 램프 불빛 같다고 그는 말했다. 그리고 떠들고, 잡담을 하고, 큰 소리로 웃고, 이야기를 꾸며대기도 했다. 느닷없이 그가 말했다, "이제 우린 죽을 거야." 그 때 사람들은 강가에 서 있었으며, 그는 기차, 아니 버스가 지나갈 때 그의 눈빛에서 보았던 그런 표정으로 강을 바라보았다. 무언가가 그를 사로잡고 있는 듯한 그런 표정으로. 그녀는 그가 그녀를 떠나고 있음을 느끼고 그에게 팔짱을 꼈다. 하지만 집으로 돌아가면서 그는 너무도 조용했다. 지극히 이성적이었다. 그는 사람들이 자살하는 것에 관해 그녀에게 주장하고 싶어했다. 사람들이 얼마나 사악한지를 설명하고 싶어했다. 거리를 지나다닐 때, 사람들이 거짓말하는 것을 그가 어떻게 분간할 수 있는지를 말이다. 그는 사람들의 생각을 전부 안다고, 모든 것을 안다고 했다. 이 세상의 의미를 안다고 했다.

집으로 돌아갔을 때, 그는 거의 걸을 수가 없었다. 그는 소파에 누워, 쓰러지지 않도록, 아래로, 아래로, 불길로 떨어지지 않도록, 그녀에게 손을 잡아달라고 울부짖었다. 벽에서 자신을 비웃고, 무섭고 구역질나는 이름으로 자신을 부르는 얼굴들과, 방충망 주변에서 손가락질하는 손들을 보았다고 소리쳤다. 하지만 방에는 그들 두 사람뿐이었다. 그런데도 그는 사람들에게 대답을 하고, 언쟁을 하고, 큰 소리로 웃고, 울고, 흥분하고 또 그녀에게 받아 적게 하면서, 떠들기 시작했다. 그것은 무의미한 말이었다. 죽음에 관한 것, 이사벨 폴 양에 관한 것이었다. 그녀는 더 이상 견딜 수가 없었다. 돌아가리라 마음먹었다.

그녀는 이제 그의 곁에 있었다. 그가 하늘을 응시하고, 중얼거리면서, 손을 꼭 쥐는 것을 볼 수 있었다. 그러나 홈즈 박사는 그에게 아무 이상이 없다고 했다. 그렇다면 대체 무슨 일이란 말인가? 그는 어째서 간 것일까, 어째서, 그녀가 그의 곁에 앉아 있을 때, 그는 그녀에게 눈살을 찌푸리고, 피했다가, 다시 그녀의 손을 가리키고, 그녀의 손을 잡고, 공포에 질려 바라보는 걸까?

그녀가 결혼 반지를 빼고 있었기 때문일까? "손가락이 너무 가늘어졌어요," 그녀가 말했다. "반지는 지갑에 넣어두었어요." 그녀가 그에게 말했다.

그는 그녀의 손을 떨구었다. 결혼 생활은 끝났다고, 그는 고통스럽지만 안도의 숨을 쉬며, 생각했다. 줄이 끊어진 것이다. 그는 얼굴이 달아올랐다. 이제 자유였다. 그가, 셉티머스가, 사람의 구세주가 자유로워져야 하는 것은 운명으로 정해진 것처럼. 그는, 셉티머스는, 혼자

(그의 아내가 결혼 반지를 벗어 버렸으므로, 그녀가 그를 떠났으므로), 혼자였다. 진리를 듣고, 의미를 배우기 위해 대다수의 인간들 보다 먼저 부름을 받은 것이다. 그 의미는 마침내 모든 문명의 노고—그리스, 로마, 셰익스피어, 다윈 그리고 이제는 그 자신—를 겪은 후인 지금에서야 온전하게 주어지려고 하고 있었다······. 그러나 누구에게? 그는 큰 소리로 물었다. "수상에게" 그의 머리 위에서 수군대던 목소리들이 대답했다. 최고의 비밀을 내각에 알려야 한다. 먼저, 그 나무들이 살아 있다는 것을. 다음에는 범죄가 없다는 것을. 그 다음에는, 사랑, 보편적인 사랑을, 그는 헐떡이면서, 몸을 떨면서, 너무 깊고 너무 어려워서 말로 표현하는데 막대한 노력이 필요한 이 심오한 진리를 끌어내면서, 고통스럽게 중얼거렸다. 하지만 세상은 그 진리로 인해 영원히 완전히 변해 있었다.

범죄는 없어. 사랑뿐이야. 그가 카드와 연필을 손으로 더듬어 찾으면서 다시금 중얼거렸다. 그 순간 스카이 테리어(영국산 애완견으로 가장 오래된 테리어 견종_역주) 한 마리가 그의 바지에 코를 대고 킁킁거렸으며, 그는 겁에 질려 깜짝 놀랐다. 개가 인간으로 변하고 있다니! 그는 그런 일을 차마 눈뜨고 볼 수가 없었다. 개가 사람으로 변하는 것을 본다는 것은 정말 너무도 끔찍하고 무시무시하지 않은가! 그 개는 총총히 사라져갔다.

하늘은 신성하게 자비로우며, 한없이 인자했다. 하늘은 그를 용서해주었으며, 그의 약점을 용서해주었다. 하지만 과학적으로 어떻게 설명할 수 있을까?(모든 일에 대해 우리는 무엇보다 먼저 과학적이어야 하기 때문에) 개들이 인간이 될 때, 육체를 통해 미래를 볼 수 있는 이유는 무엇일까? 그것은 진화의 영겁에 의해 민감해진 뇌를 작동하는 열 파장일 것이다. 과학적으로 설명하자면, 살은 녹아 세상 밖으로 사라졌고, 그의 몸은 분해되어 결국 신경 섬유들만 남았다. 신경 섬유는 바위를 덮은 베일처럼 펼쳐져 있었다.

그는 의자 등에 몸을 기댔다. 기진맥진했지만 사기가 저하된 것은 아니었다. 애써, 힘겹게, 다시금 인류를 해석하기 전에, 그는 누워서 휴식을 취하며 기다렸다. 그는 아주 높이, 세상 등에 올라타 누워 있었다. 이 땅은 그의 밑에서 전율했다. 빨간 꽃들이 그의 살을 뚫고 자랐다. 그 딱딱한 잎사귀들이 그의 머리 옆에서 살랑거렸다. 이곳 높은 바위에 부딪쳐 음악이 울리기 시작했다. 그것은 저 아래 길에서 나는 자동차 경적소리야, 그가 중얼거렸지만, 여기 높은 곳에서 그 소리는 바위에서 바위로 부딪쳤으며, 부드러운 기둥처럼 울려 퍼지는(음악이 보여질 수 있다는 것은 하나의 발견이었다) 소리의 충격 가운데 쪼개지고, 합쳐졌다. 그리고는 찬송가가 되었다. 양치기 소년의 피리 소리와 어우러져 짝을 이룬 찬송가가 되었다. (저것은 술집에서 노인이 부는 흔해빠진 피리 소리야, 그가 중얼거렸다)소년이 가만히 서 있는 동안 그 소리는 노인의 피리에서 새어나왔고, 그가 더 높이 올라가자, 절묘한 한탄 소리로 변했다. 그러는 동안 아래서는 자동차들이 지나 갔다. 이 소년의 비가悲歌는 자동차 소리 사이에서 흘러나왔군, 셉티 머스가 생각했다. 이제 그는 눈 더미 속으로 뒷걸음질을 쳤다. 장미들 이 그의 주변에 매달려 있었다―내 침실 벽을 타고 자라는 진한 빨간 장미, 그가 스스로에게 상기시켰다. 음악소리가 그쳤다. 그는 잔돈을 가지고 있었다. 그것에 생각이 미치자, 그는 다음 술집으로 들어갔다.

하지만 그는 여전히 그의 바위에 남아 있었다. 바위에 올라앉은 물 에 빠진 선원처럼. 나는 배 가장자리에 몸을 기대고 있다가 떨어졌어, 라고 그가 생각했다. 나는 바다 밑으로 떨어졌어. 나는 죽었지만, 지 금은 살아 있어. 하지만 아직은 쉬어야 해, 그가 애원하듯 말했다(그 는 또 다시 혼잣말을 하고 있었다―끔찍해, 정말 끔찍해!). 잠에서 깨 어나기 전, 새들의 목소리와 바퀴 소리가 묘한 하모니를 이루어 장단 을 맞추며 지저귀다가, 점점 더 시끄러워지는 동안, 잠자는 사람이 스 스로 삶의 기슭으로 끌려가고 있다고 느끼는 동안, 그 역시 그렇게 스 스로 삶을 향해, 점점 더 뜨거워지는 태양을 향해, 점점 더 커지는 외 침 소리를 향해, 막 일어나려는 무시무시한 어떤 일을 향해 스스로 끌 려가는 것을 느꼈다.

그는 다만 눈을 떠야 했다. 하지만 어떤 무게가, 어떤 두려움이 눈을 짓누르고 있었다. 그는 극도로 긴장했다. 밀어보았다. 쳐다보았다. 앞에 있는 리젠트 공원을 바라보았다. 긴 햇살이 그의 발을 간질였다. 나무들이 너울너울 나부끼며 스스로를 과시했다. 환영합니다, 라고 세상이 말하는 것 같았다. 용납합니다. 창조합니다, 라고 말이다. 아름다움을, 이라고 세상이 말하는 것 같았다. 그리고 그것을 증명이라도 하듯(과학적으로), 그가 집들을, 난간을, 울타리 너머로 힘차게 나아가고 있는 영양들을 쳐다볼 때마다, 순식간에 아름다움이 쏟아져 나왔다. 갑자기 불어닥친 바람에 파르르 떨리는 잎사귀를 보는 것은 황홀한 기쁨이었다. 멀리 하늘에서 급강하를 하고, 무리를 이탈하고, 오락가락 원을 그리며 세차게 날갯짓을 하면서 날아다니는, 그러면서도 고무줄에 매달린 듯 언제나 완벽한 균형을 잃지 않는 제비들. 오르락내리락 날아다니는 파리들. 조롱하듯 이번에는 이 잎사귀, 이번에는 저 잎사귀를 비추다가, 기분 좋게 부드러운 황금빛 햇살을 눈부시게 비추는 태양. 이제 다시금 풀줄기 위로 성스럽게 울려대는 어떤 종소리(자동차 경적소리일 것이다). 평온하고 적절하며, 평범한 것에서 만들어진 이 모든 것들은 이제 진리였다. 아름다움, 그것은 이제 진리였다. 아름다움이 곳곳에 있었다.

"시간이 됐어요." 레지아가 말했다.

'시간'이라는 말이 그 껍질을 벗고 나와, 그 알맹이를 그에게 쏟아 부었다. 그리고 껍질처럼, 대패에서 떨어지는 나무 찌꺼기처럼, 그의 입술에서 떨어져 내렸다. 그것들을 만든 적도 없는데, 딱딱하고 하얀 불멸의 말들이 떨어져 나와, 다시금 자기 자리로 날아가 '시간'에게 바치는 송시頌詩가 되었다. 시간에게 바치는 불멸의 송시. 그는 노래를 불렀다. 에반스가 나무 뒤에서 화답을 했다. 죽은 자가 테살리(그리스 동북부에 있는 한 지방_역주)에 있다네, 난초들 틈에 끼어서. 에반스가 노래를 불렀다. 거기서 그들은 전쟁이 끝나기를 기다렸다. 그리고 지금은 죽은 자가, 에반스 자신이······.

"제발 오지 말아요!" 셉티머스가 울부짖었다. 그는 죽은 자를 바라볼 수 없기 때문이었다.

하지만 나뭇가지들이 쪼개졌다. 회색 옷을 입은 한 남자가 실제로 그들을 향해 걸어오고 있었다. 에반스였다. 그러나 진흙도 묻어 있지 않고, 상처도 없었다. 그는 변한 게 없었다. 온 세상에 알려야 해, 셉티머스가 손을 높이 치켜들며 소리쳤다. (회색 옷을 입은 죽은 자가 가까이 다가오자)두 손으로 이마를 짚고, 얼굴에는 절망의 주름이 고랑처럼 패인 채, 오랫동안 홀로 사막에서 인간의 운명을 탄식해 온 훌륭한 인물처럼 손을 높이 치켜들면서. 그리고 이제 사막의 끝에서 비추는 빛을 본다. 그 빛은 점점 넓어지면서 강철같이 시커먼 인물을 비추고 있다. (셉티머스는 의자에서 엉거주춤 일어서 있다)수많은 사람들이 그의 뒤에 엎드려 있는 가운데, 위대한 애도자哀悼者인 그의 얼굴에 한 순간 얼굴에 모든 빛이 쏟아진다……

"그렇지만 나는 너무도 불행해요, 셉티머스," 그를 자리에 앉히려다 말고, 레지아가 말했다.

수백만 명이 비탄에 잠겼다. 오랜 세월 그들은 슬퍼했던 것이다. 이제 몇 분 후면, 몇 분만 더 있으면, 그가 고개를 돌리고, 그들에게 말해줄 것이다, 이 구원에 대해, 이 기쁨에 대해, 이 놀라운 계시에 대해.

"시간이요, 셉티머스," 레지아가 다시 말했다. "시간이 어떻게 됐어요?"

그는 말하고 있었다. 시작하고 있었다. 이 남자가 그를 알아본 것이 틀림없다. 그는 그들을 쳐다보고 있었다.

"시간을 말해줄게." 셉티머스는 아주 천천히, 느릿느릿, 회색 옷을 입은 죽은 자를 향해 묘한 미소를 지으며 말했다. 그가 미소를 지으며 앉아 있는 동안, 십오 분을 알리는 종이 울렸—열두 시 십오 분 전.

저것이 젊다는 거야, 피터 월쉬가 그들을 지나치면서 생각했다. 아침 나절에 어떤 끔찍한 장면을 벌인다는 것—그 가엾은 처녀는 절망의 구렁텅이에 빠져 있는 것 같았다— 말이야. 헌데 무슨 일일까? 그는 궁금했다. 코트를 입은 청년이 무슨 이야기를 했기에, 그녀의 표정이 저 모양이란 말인가. 두 사람이 얼마나 다투었기에, 이 화창한 여름 날 아침에 저토록 절망적인 얼굴을 하고 있단 말인가? 5년 만에 영국으로 돌아와서 처음 며칠 간, 가장 놀라운 것은 모든 일이 생전 처음 보는 것처럼 눈에 두드러져 보였다는 점이다. 나무 아래에서 말다툼을 하고 있는 연인들, 공원에 나들이 나온 가족들의 생활 등등. 런던이 그토록 매력적으로 보였던 적은 일찍이 없었다. 멀리서 느껴지는 부드러움, 풍요로움. 그리고 푸르름, 문명에 관해 그는 잔디밭을 한가로이 거닐면서 생각했다. 인도에 가 있었던 탓일 것이다.

여러 가지 느낌에 대한 이런 감수성이야말로 말할 것도 없이 그가 파멸한 원인이었던 것이다. 지금의 나이에도 그는 여전히 소년이나 소녀처럼, 기분이 이렇게 변화무쌍했다. 특별한 이유도 없이, 어떤 날은 기분이 좋고, 어떤 날은 기분이 나빴다. 예쁜 얼굴을 보면 행복하고, 지저분한 여자를 보면 그지없이 불행했다. 물론 인도에서 돌아온 후에는 만나는 여자마다 사랑에 빠졌다. 그들에게는 어떤 신선함이 있었다. 심지어 아무리 초라한 행색조차 5년 전보다는 나았다. 그의 눈에 유행이 그토록 근사하게 보였던 적은 일찍이 없었다. 검정색 긴 망토, 날씬함, 우아함, 그리고 현재 유행인 듯한 화장하는 습관까지. 점잖기 짝이 없는 여자들을 포함한 모든 여자들이 활짝 핀 장밋빛으로 화장을 했다. 칼로 자른 듯한 입술, 먹물 빛의 곱슬머리. 어느 곳을 봐도 디자인과 예술이 있었다. 분명 어떤 변화가 일어난 것이다. 젊은 사람들은 무슨 생각을 하려나? 피터 월쉬는 자신에게 물어보았다.

그 5년의 세월—1918년에서 1923년까지—은 왠지 중요한 시점이었다는 생각이 들었다. 사람들이 달라 보였다. 신문들도 달라진 것 같았다. 이를테면, 권위 있는 주간지에 수세식 변소에 대해 공공연하게 글을 쓰는 사람도 생겨났다. 수세식 변소에 대해 내놓고 글을 쓴다는 것은 10년 전에는 할 수 없었던 일이다. 게다가 립스틱과 파우더를 꺼내 공공 장소에서 화장을 고쳤다. 고향으로 돌아오는 배에는 아예 터놓고 데이트를 하던, 많은 젊은 남녀들이 타고 있었다. 특히 베티와 버티가 생각났다. 앉아서 뜨개질을 하며 그들을 쳐다보던 나이든 어머니, 얼음처럼 차가웠던 그 어머니. 그 아가씨는 아랑곳하지 않고 서서 사람들 앞에서 콧등에 파우더를 발랐다. 그들은 약혼도 하지 않은 사이였다. 다만 즐거운 시간을 보내고 있었던 것이다. 그런데도 그 어느 쪽도 기분이 상하지 않았다. 그 처녀는—이름이 베티 뭐였더라— 바늘로 찔러도 피 한 방울 나오지 않게 생겼지만, 좋은 처녀였다. 서른 살이 되면 아주 훌륭한 아내가 될 것이다—물론 결혼도 자신에게 맞는 때가 되어야 하겠지만—. 돈 많은 남자와 결혼해서 맨체스터 근처의 저택에서 살지 않을까.

그렇게 했던 사람이 누구였던가? 피터 월쉬는 브로드 워크로 접어

들면서 스스로에게 물어보았다. 돈 많은 남자와 결혼해서 맨체스터 근처 저택에 사는 사람? 최근에 그에게 '파란 수국꽃'에 대해 긴 편지를 썼던 사람. 파란 수국을 보면 그와 옛 시절이 생각난다고 했다. 그렇다, 샐리 시튼이다! 샐리 시튼이었다. 부자와 결혼해서 맨체스터 근처 저택에서 살 거라고는 도저히 상상할 수 없는 사람. 엉뚱하고, 대담하고, 낭만적인 샐리!

하지만 그 많은 클러리서의 친구들 가운데—휘트브레드, 킨덜리, 컨닝햄, 킨로크존스 가족들— 샐리가 최고였을 것이다. 그녀는 어쨌든 모든 일을 제대로 하려고 애썼다. 클러리서와 나머지 모든 친구들이 휴 휘트브레드의 휘하에 있을 때에도, 그녀는 어쨌든 그를—존경할 만한 휴— 꿰뚫어보았다.

"휘트브레드 가문이라고?" 그는 그녀가 하는 말을 들었다. "휘트브레드가 어떤 가문인데? 석탄 장수들 아냐. 존경받을 만한 장사군들이지."

그녀는 몇 가지 이유로 인해 휴를 지독히 싫어했다. 그가 오직 외모만 생각한다는 것이 그 이유였다. 그는 공작이었다. 공주와 결혼하도록 예정되어 있었다. 물론 휴는 그가 만난 그 누구보다 영국 귀족에 대해 최고의 존경심, 가장 자연스럽고 숭고한 존경심을 가지고 있었다. 클러리서도 그 점은 인정했다. 하지만 그는 너무도 사랑스럽고,

이기심이 없는 사람이에요, 어머니를 기쁘게 하기 위해 사냥을 포기했을 만큼, 그녀는 그의 숙모들의 생일을 떠올리면서 그렇게 말했다.

샐리는 공평하게 평가하자면, 그 모든 것을 훤히 꿰뚫어 보았다. 그가 가장 또렷이 기억하는 것 가운데 하나는 부어톤에서 어느 일요일 아침 벌어진 여자의 권리(그 진부한 주제)에 관한 논쟁이었다. 그 때 샐리는 갑자기 이성을 잃고, 불같이 화를 내면서, 휴에게 그는 영국 중산층의 삶에서 가장 혐오스런 것의 표본이라고 말했다. 피카딜리의 불쌍한 거리 여자들에 대한 책임도 휴에게 있다고 생각한다는 것이다. 흠잡을 데 없는 신사, 휴, 가엾은 휴! 그보다 더 겁에 질린 남자가 또 있을까! 그녀는 휴에게 일부러 그랬노라고, 나중에 실토했다(그들은 야채를 기르는 정원에서 만나 정보를 교환하곤 했다). "그는 아무것도 읽지 않았으며, 생각도 안 하고, 느끼는 것도 없었다." 그는 그녀가 상상할 수 없을 만큼 단호한 목소리로 말하는 것을 들을 수 있었다. 소년 마부들도 휴보다 더 강인한 생명력을 지니고 있다고, 그녀는 말했다. 휴가 공립학교 타입의 완벽한 표본이라고도 했다. 그런 인간을 배출할 수 있는 나라가 영국 이외에 또 있을까. 그녀는 어찌된 일인지 악의에 가득 차 있었다. 그에게 원한을 품고 있었다. 흡연실에서 무슨 일이 일어났던 것이다─그는 기억이 나지 않았다. 휴가 그녀에게 무례한 짓을 한 것은 아닐까? 키스라도 했나? 있을 수 없는 일이다!

휴에게 불리한 말을 믿는 사람은 당연히 한 사람도 없었다. 누가 그럴 수 있겠는가? 흡연실에서 샐리에게 키스를 하다니! 혹 고귀한 신분의 이디스나 바이올렛이라면 모를까. 하지만 자신의 명의로는 동전 한 닢 없고, 어머니인지 아버지가 몬테 카를로에서 도박이나 하고 있는 후줄근한 샐리는 절대 아니었다. 그가 만났던 모든 사람들 중에 휴는 가장 치사한 속물—최고의 아첨꾼—이었던 것이다. 아니, 정확히 말해 알랑대지는 않았다. 그러기에는 그는 너무도 점잔을 빼는 인물이었다. 최고의 호텔 보이가 가장 훌륭한 비유였다. 트렁크를 들고 뒤에서 따라오는 호텔 보이. 전보치는 일—안주인들에게는 필수 불가결한—을 맡을 만큼 신뢰를 받는 사람. 그리고 그는 자신의 일을 찾았다—고결한 에블린과 결혼을 하고, 궁전에서 하찮은 일자리를 얻고, 왕의 포도주 저장고를 관리하고, 왕의 구두를 닦고, 무릎까지 오는 바지와 레이스로 주름 장식을 한 옷을 입고 돌아다니는 일 말이다. 얼마나 무가치한 인생인가! 궁전에서 하찮은 일자리를 얻다니!

그는 이 숙녀, 고귀한 신분의 에블린과 결혼을 했던 것이다. 그리고 두 사람은 이 근처에서 살았다. 그래서 그가 생각을 했던 것이다. (공원을 내려다보고 서 있는 호화로운 저택들을 바라보면서)그곳에 있는 한 집에서 점심을 먹은 적이 있었기 때문이다. 그 집에는 휴의 소유물들처럼 다른 집에는 도저히 있을 수 없는 것들이 즐비하게 있었다. 리넨을 넣어두는 벽장이 있었는데, 그것은 한번 가서 꼭 봐야 한다. 어느 것을 보거나 감탄을 하느라 시간 가는 줄 모를 지경이다. 리넨을 넣어두는 벽장, 베갯잇, 오래된 참나무로 만든 가구, 그림들, 이모든 것이 휴가 헐값에 주워온 것들이었다. 하지만 그의 아내는 비밀을 폭로했다. 그녀는 강한 남자들을 숭배하는 미천한 쥐같이 소심한 여자였다. 하찮은 여자였다. 그러다가도 느닷없이 예기치 않은 말을 하는 그런 여자였다. 신랄한 말들을. 그것은 아마도 그녀에게 남아 있는 거만한 습관의 흔적이리라. 그녀에겐 보일러용 석탄 냄새가 너무나 지독했다. 공기도 그래서 탁해졌다. 그렇게 그들은 거기서 살았다. 리넨 벽장과 옛 대가들의 그림과 진짜 레이스로 가장자리를 두른 베갯잇을 쓰면서. 모르긴 해도, 일 년에 오천 혹은 만 파운드를 쓰면서 말이다. 휴보다 두 살이나 더 많은 피터가 일자리를 구하려고 애쓰는 동안에 말이다.

그는 나이 쉰세 살에 돌아와야 했으며, 서기 일자리를 구해달라고 사람들에게 부탁을 하고, 아이들에게 라틴어를 가르치는 보조 교사 자리나 사무실에서 심부름하는 일자리를 찾아야만 했다. 일 년에 500 파운드를 벌 수 있는 일자리를 찾아야만 했다. 데이지와 결혼을 했다면, 설사 연금이 나오더라도, 500파운드보다 적은 돈으로는 절대 살 수 없기 때문이었다. 휘트브레드는 그런 능력이 있는 체 했다. 아니 댈러웨이도. 그는 그가 댈러웨이에게 부탁했던 것을 개의치 않았다. 그는 정말로 착한 사람이었다. 약간 편협하고 아둔하긴 하지만. 그랬다, 하지만 정말 좋은 사람이었다. 무엇을 하건 늘 고지식하고 무미건조하긴 하지만. 상상력도 없고, 번뜩이는 재치도 없지만, 말로 표현할 수 없는 괜찮은 구석이 있는 그런 타입이었다. 그는 시골의 신사임이 틀림없었다. 정치에 허송세월을 보내고 있었다. 그는 집 밖에서 말과 개들과 있을 때 가장 빛을 발했는데, 가령, 클러리서의 털북숭이 개가 덫에 걸려 발의 반이 찢어지는 바람에, 클러리서가 기절을 했을 때, 댈러웨이는 그 모든 일을 다 처리했다. 붕대를 감고, 부목을 대고, 클러리서에게 바보처럼 굴지 말라고 했던 것이다. 그것이 아마도 그녀가 그를 좋아하는 이유였을 것이다. 그것이 그녀가 필요로 했던 것이었다. "자, 바보처럼 굴지말고, 이것을 잡아. 저것을 가져와." 그는 마치 사람을 대하듯 개에게 내내 말을 시키고 있었다.

하지만 그녀는 시에 관한 그 쓸데없는 소리들을 어떻게 다 소화할 수 있었을까? 그가 셰익스피어에 대해 떠들어대는 것을 어떻게 내버려둘 수 있었을까? 리처드 댈러웨이는 분연히 서서, 진지하고 엄숙하게, 멀쩡한 사람이라면 셰익스피어의 소네트를 읽어서는 안 된다고 했다. 그것은 열쇠구멍으로 안을 엿보는 일과 같기 때문이라는 것이다(게다가 소네트에 등장하는 관계는 그가 승인하는 관계가 아니었다). 멀쩡한 사람이라면 죽은 전처의 여동생이 찾아오도록 해서는 안된다는 것이다. 굉장하지 않은가! 그에게 해줄 수 있는 일은 설탕 바른 아몬드를 퍼주는 일뿐이었다. 저녁 식사 도중이었으므로. 하지만 클러리서는 그 모든 것을 곧이곧대로 받아들였다. 그가 너무도 정직하고, 너무도 독자적이라고 생각했다. 그녀가 만났던 사람 중에 가장 독창적인 남자라고 생각하지는 않았는지, 그것은 하늘만 아는 일이다.

그것은 샐리와 그를 연결하는 끈 가운데 하나였다. 그들이 산책을 하곤 했던 정원이 있었다. 장미 덤불이 무성하고 커다란 꽃양배추가 있는, 담장이 둘러져 있던 정원이었다. 그는 샐리가 장미 한 송이를 꺾어 들고는, 멈추어 서서 달빛 아래 꽃양배추 잎사귀가 아름답다며 감탄하던 기억이 났다(몇 년 동안 생각도 않고 지냈는데, 그토록 생생하게 기억이 나다니, 정말 이상한 일이었다). 그러면서 그녀는 반쯤은 농담으로, 클러리서를 데리고 가라고, 휴나 댈러웨이 가문들 그리고 '그녀의 영혼을 질식시키고', 그녀를 안주인으로 만들어 그녀의 속물적인 면을 부추기는 '완벽한 신사들'에게서 그녀를 구해내라고 간청했다. (샐리는 그 당시 시를 많이 썼다)하지만 클러리서를 제대로 평가해야 한다. 그녀는 절대 휴와 결혼할 생각이 없었다. 그녀는 자신이 원하는 것이 무엇인지에 대해 분명한 생각을 가지고 있었다.

그녀의 감정은 모두가 표면적이었다. 그 표면 아래 숨어 있는 그녀는 매우 날카로웠다. 가령 사람의 성격을 판단하는 데 있어서는 샐리보다 더 정확했다. 그러면서도 지극히 여성스러웠다. 어디에 있건 자신만의 세계를 만들어내는 그 비상한 재주, 여성 특유의 재능 말이다. 그녀가 방으로 들어왔다. 자주 보았던 것처럼, 그녀가 많은 사람들에 둘러싸여 문간에 서 있었다. 하지만 누구나 기억하는 것은 클러리서였다. 그녀가 기억하는 것이 아니었다. 전혀 아름답지도 않았다. 그녀에겐 아름다운 구석이라곤 전혀 없었다. 그녀는 특별히 재치 있는 말을 한 적도 없었다. 하지만 그녀는 거기에 있었다. 거기에 그녀가 있었다.

아냐, 아냐, 아냐! 그는 더 이상 그녀를 사랑하지 않았다! 그 날 아침, 가위와 실크 천 틈바구니에서 파티를 준비하고 있는 그녀를 본 이후로, 그는 다만 그녀 생각에서 벗어날 수 없을 뿐이었다. 그녀는 기차에서 심하게 흔들리며 조는 사람처럼 계속해서 이리저리 들락거리고 있었다. 그것은 물론 사랑을 하고 있는 것이 아니다. 그녀를 생각하고 있는 것이며, 그녀를 비난하고 있는 것이며, 삼십 년을 흘려보낸 뒤, 다시 시작하고 있는 것이며, 그녀에게 설명하려고 하는 것이었다. 그녀에 대해 분명하게 말할 수 있는 것은 그녀가 세속적이라는 사실이었다. 사회적인 지위와 사교 그리고 세속적인 성공에 대해 지나치게 많은 신경을 쓴다는 점이었다. 그것은 어떻게 보면 사실이었다. 그녀 스스로가 그것을 인정했다(수고를 아끼지 않는다면 언제라도 그녀를 고백하게 만들 수 있었다. 그녀는 정직했으므로). 그녀는 아마도 지저분한 여자들, 시대에 뒤떨어진 사람들, 낙오자들, 이를테면 그와 비슷한 사람들을 증오한다는 말을 하지 않을까. 호주머니에 손을 찌른 채 몸을 구부리고 단정치 않게 걸어선 안 된다는 말을 하지 않을까. 무언가를 해야 하고, 무언가가 되어야 했다. 그래서 그녀의 거실에서 만나는 위대한 명사들, 공작 부인들, 늙은 백작 부인들이 그녀에게는 무언가 실질적인 것을 상징하는 사람들로 여겨졌다. 그에게는 지푸라기만큼도 중요하지 않게 느껴졌지만 말이다. 언젠가 그녀는, 벡스버러 부인이 처신을 똑바로 한다고 말한 적이 있었다(클러리서도 그랬다. 그녀는 어느 모로 보나 절대 이리저리 흔들리지 않았다. 화살처럼 곧았으며, 사실은 약간 경직되어 있었다). 그녀는 나이가 들수록 더 존경할 수 있는 용기를 그들이 가지고 있다고 했다. 물론 이런 말의 상당 부분은 댈러웨이의 생각이었다. 애국심, 영국 제국, 관세 개혁, 지배계급의 정신, 이런 정신들이 흔히 그렇듯이 그녀에게도 점차 늘어났던 것이다. 남편보다 두 배나 재치가 많은 그녀는 남편의 눈을 통해 사물을 보아야만 했다. 이것이 결혼 생활의 비극 가운데 하나였다. 자기 자신의 생각을 가지고 있으면서도 그녀는 항상 남편을 인용

해야 했다. 마치 아침에 그녀의 남편이 《모닝 포스트》지를 읽고 무슨 생각을 하는지 사람들이 모른다는 듯이 말이다. 그녀가 벌이는 파티들은 모두가 그녀의 남편, 그녀가 생각하는 그를 위한 파티였다(리처드를 정확하게 판단하자면, 그는 노포크에서 농사짓는 일이 훨씬 행복했을 것이다). 그녀는 자신의 응접실을 모임 장소로 만들었다. 그녀는 그런 일에 천부적인 재능을 가지고 있었다. 그녀가 촌스러운 젊은이를 골라, 그를 비틀고, 매만져서, 제대로 만들어놓는 것을 얼마나 수도 없이 보았는지 모른다. 당연히 아둔한 사람들이 한도 끝도 없이 그녀 주변으로 모여들었다. 하지만 예기치 않은 기이한 사람들도 나타났다. 때로는 예술가, 때로는 작가들이 모여들었다. 그런 분위기에서는 괴짜들인 셈이었다. 그리고 그 모든 일의 뒤에는 방문했다가 명함을 남기는 사람들, 사람들에게 친절한 사람들의 네트워크가 있었다. 꽃다발이나 작은 선물을 가지고 돌아다니는 일 말이다. 그래서 아무개 씨가 프랑스에 간다고 하면 푹신한 쿠션을 선물해야 했다. 정말이지 그녀의 체력을 고갈시키는 일이었다. 그녀와 같은 부류의 여자들이 끝없이 해야 하는 이 모든 일들. 하지만 그녀는 타고난 본능으로 훌륭하게 그 일을 해냈다.

이상한 것은 그녀는 그가 만난 사람 중에 가장 철저한 회의론자 가운데 한 사람이었다. 그리고 아마도(이것은 어떤 면에서는 속이 훤히 보이지만, 또 어떤 면에서는 오리무중인 그녀를 이해하기 위해 그가 만들어낸 이론이었다), 아마도 그녀는 이렇게 혼자 중얼거릴 것이다, 우리는 침몰하는 배에 묶인 운명인 만큼(그녀는 소녀 시절 헉슬리와 틴들의 책 읽기를 좋아했고, 그들은 이런 항해와 관련된 은유법을 좋아했다), 만사가 시시한 농담에 불과한 만큼, 우리는 어쨌든 우리의 몫을 해냅시다, 우리 동료 죄수들의 고통을 달래줍시다 (또 다시 헉슬리식의), 지하 감옥을 꽃과 푹신한 쿠션으로 장식합시다, 가능하면 친절합시다, 라고 말이다. 그 악당들, 신들은 그 모든 일을 자기 멋대로 하지 않을 겁니다,— 인간의 목숨을 해치고, 좌절시키고, 망칠 기회를 결코 놓치지 않는 신들을 물리칠 수 있다는 것이 그녀의 생각이었다 — 라고 말이다. 그런 관점은 실비아의 죽음 —그 끔찍한 사건— 이후에 곧바로 생긴 것이다. 자기 동생이 바로 눈앞에서 쓰러지는 나무에 (모두가 저스틴 패리의 잘못이었다—모든 것이 그의 부주의 때문이었다) 깔려 죽는 것을 본 일은 사람을 모질게 만들기에 충분했다. 그것도 이제 막 피어나는 소녀가, 클러리서가 항상 재능이 가장 뛰어났다고 입버릇처럼 말하곤 하던 그 소녀가 말이다. 그 일이 있고 난 뒤, 클러리서는 그렇게 긍정적일 수만은 없었을 것이다. 그녀는 신은 없다고 생각했다. 그 누구도 비난할 수 없었다. 그래서 그녀는 선함 그 자체를 위해 선을 행하는 것이 종교인 무신론자의 종교에 입문했다.

그리고 물론 그녀는 삶을 최대한 즐겼다. 즐기는 것은 그녀의 천성이었다(비록 신은 아시겠지만, 그녀도 표현하지 않은 부분이 있었다. 이렇게 긴 세월이 흐른 뒤에도, 그는 자신이 클러리서에 대해 할 수 있는 것은 스케치에 불과하다고 느낄 때가 종종 있었다). 어쨌든 그녀에게는 비통함은 없었다. 착한 여자들을 거부하는 도덕은 없는 법이다. 그녀는 실제로 모든 것을 즐겼다. 그녀와 함께 하이드 파크를 산책한다면, 그것은 튤립 화단이었고, 유모차를 탄 어린아이였으며, 그녀가 충동적으로 지어낸 어처구니없는 짧은 드라마였다(그녀가 공원의 연인들이 불행하다고 생각했다면, 분명 그들에게 말을 걸었을 것이다). 그녀는 정말 훌륭한 희극적 감각을 가지고 있었다. 하지만 그녀는 사람들을 필요로 했다. 언제나 사람들이 있어야, 그 감각이 겉으로 드러났다. 그녀는 점심을 먹고, 저녁을 먹고, 끊임없이 파티를 열고, 무의미한 말을 하고, 생각과 다른 말을 하고, 예리한 지성을 무디게 하고, 분별력을 잃어가면서, 그렇게 시간을 헛되이 보내는 결과를 초래했다. 거기서 그녀는 테이블 상석에 앉아 댈러웨이에게 필요할지도 모르는 늙은이와 함께 끝없는 수고를 아끼지 않았다.—그들은 유럽에서 가장 지루한 사람들을 알고 있었다. 아니면 엘리자베스가 들어오면 모든 것을 그녀에게 할애해야 했다. 지난 번 마지막으로 그가 들렀을 때, 엘리자베스는 고등학생이었으며, 생각이나 감정을 분명하게 표현하지 못하는 나이였으며, 어머니와는 전혀 다른, 동그란 눈에 창백한 얼굴, 그리고 조용하고 무신경한 아이였다. 엘리자베스는 그 모든 일을 당연하게 받아들였으며, 자신에 대해 엄마가 야단법석을 떨도록 가만히 있다가, 4살짜리 아이처럼, "이제 그만 가도 돼요?"라고 물었다. 그러자 클러리서는 댈러웨이가 부추긴 듯한 즐거움과 자부심이 반반씩 섞인 말투로 엘리자베스가 하키를 하러 간다고 설명했다. 지금쯤 엘리자베스는 외출 중일 것이다. 그를 진부한 늙은이라고 생각하면서 어머니의 친구들을 비웃고 있을 것이다. 그래, 그러라지, 손에 모자를 들고 리젠트 공원을 나서면서 피터 월쉬는 생각했다. 늙는다는 것이 가져다주는 보상은 바로 이거야. 열정은 변함없이 뜨겁지만, 존재에 최고의 맛을 더하는 힘을 얻었다는 것—마침내. 경험을 간직하고 있다가, 천천히 겉으로 꺼내 빛을 발하게 하는 힘 말이다.

그것은 끔찍한 고백이었지만(그는 다시 모자를 썼다), 쉰세 살이 된 지금은 누구라도 더 이상 사람을 필요로 하지 않는다. 인생 그 자체, 인생의 매 순간 순간, 한 방울 한 방울, 여기 이곳, 지금 이 순간, 햇살 속 리젠트 공원에 있다는 것으로 충분했다. 사실은 지나치게 많았다. 아무리 능력이 있다 해도, 모든 맛을 다 끄집어내기에는 한 평생은 너무 짧았다. 모든 즐거움, 모든 의미를 다 끄집어내기에는 말이다. 이것들은 이제 예전보다 훨씬 더 견고하고, 훨씬 덜 개인적이었다. 클러리서가 그를 고통스럽게 했던 것처럼 이제 다시 그가 고통을 받는다는 것은 불가능했다. 한 번에 몇 시간 동안(아무도 엿듣지 않고 이런 말을 할 수 있기를 신에게 기도한다), 몇 시간 그리고 며칠 동안이나 그는 데이지를 생각하지 않았다.

지난날의 비참함, 고통, 그 당시의 이상한 열정을 떠올리면서, 과연 데이지와 사랑에 빠질 수 있을 것인가? 물론 지금 그녀가 그를 사랑하고 있는 것이 사실이라면—몹시 즐거운 일—문제가 달랐다. 그래서 배가 떠났을 때, 그가 이상한 안도감을 느끼고, 오직 혼자 있고 싶었는지도 몰랐다. 선실에서 그녀의 사소한 관심들—시가, 메모지, 항해용 담요—을 느끼는 것이 불편했던 것이다. 솔직히 말하자면 그랬다. 쉰이 넘으면 사람을 귀찮아한다. 여자들에게 예쁘다는 말을 해주는 것도 성가시다. 이것이 쉰이 넘은 남자들 대부분이 그럴 거라고 피터 월쉬는 생각했다.

그렇다면 이 모든 감정의 발작—오늘 아침에 눈물을 쏟은 일은 대체 무엇이란 말인가? 클러리서는 그를 어떻게 생각했을까? 아무래도 바보 같다고 생각할 것이다. 새삼스러울 것도 없었다. 그 밑바탕에는 질투심이 있었다. 인간의 다른 열정을 누르고 끝까지 살아남은 질투심이라고, 피터 월쉬는 주머니칼을 꺼내들면서 생각했다. 데이지는 마지막 편지에서, 오드 대령을 만났다고 했다. 그녀가 일부러 그런 말을 했다는 것을, 그에게 질투심을 유발하기 위해 그런 말을 했다는 것을 그는 알고 있었다. 편지를 쓰면서 이맛살을 찌푸렸을 그녀의 모습이 눈에 선했다. 어떻게 하면 그에게 상처를 줄 수 있는지 생각하면서 말이다. 그러나 달라진 것은 없었다. 그는 몹시 화가 나 있지 않은가! 영국으로 돌아와 변호사들을 만나면서 법석을 떤 것은 모두가 그녀와 결혼을 하려는 것이 아니라, 그녀가 다른 사람과 결혼하지 못하게 하기 위해서였다. 그런 사실이 그를 고통스럽게 했으며, 너무나도 차분하고, 냉정하게 드레스를 준비하는 따위의 일에 여념이 없는 클러리서를 보자, 그런 사실이 떠올랐다. 그녀가 그에게 할애해줄 수도 있었던 것, 그녀가 그를 위축시켰던 일—훌쩍거리고 콧물을 흘리는 늙은 바보—을 깨달았던 것이다. 하지만 여자들은 열정이 무엇인지 모른다고 그는 주머니칼을 접으면서 생각했다. 여자들은 남자에게 열정이 의미하는 것이 무엇인지 모른다. 클러리서는 고드름처럼 차가웠다. 그녀는 거기 소파에 앉아서, 그에게 손을 내어주고 키스를 해주었다—여기서 그는 건널목에 다다랐다.

어떤 소리가 들리면서 그의 주의가 흐트러졌다. 그것은 방향도, 활력도, 밑도 끝도 없이 방울방울 솟아오르는 약간 떨리는 듯한 목소리였다. 인간적인 모든 의미가 사라진, 약하지만 예리한 목소리.

이 엄 파 엄 쏘
푸 스위 투 임 우…

나이도 성별도 분간할 수 없는 목소리. 땅에서 솟구치는 옛날 샘물의 목소리. 리젠트 공원 전철역 건너편에 있는 휘청거리는 물체에서 들려오는 소리였다. 굴뚝 같기도 하고, 녹슨 펌프 같기도 하고, 영원히 잎사귀 하나 없이 윙윙대며 나뭇가지 사이로 세차게 들락대는 바람을 맞고 있는 나무 같기도 한 그 물체.

이 엄 파 엄 쏘
푸 스위 투 임 우…

그리고 영원한 산들바람 속에서 흔들리고 삐걱대고 신음을 한다.
모든 시대를 지나면서—인도가 풀밭이었을 때, 혹은 늪이었을 때, 상아와 신생대 큰 코끼리 시대를 지나면서, 고요한 일출의 시대를 지나면서, 풍상에 찌들은 여인은— 치마를 입었으므로— 오른 손을 내밀어 구걸을 하고, 왼손으로 옆구리를 쥔 채 사랑 노래를 하며 서 있다. 백 년 동안 지속된 사랑, 그녀가 노래했다, 압도하는 사랑, 몇 백 년 전, 이 세기에 죽은 그녀의 연인은 5월에 함께 걸었지, 그녀가 입

속으로 중얼대며 노래를 불렀다. 하지만 여름날처럼 길고, 붉은 국화꽃처럼 활활 타올랐던 긴 세월 속에 그가 떠나갔음을 그녀는 기억했다. 죽음의 거대한 낫이 이 거대한 언덕을 휩쓸어버렸으며, 마침내 백발의 늙은 머리를, 이제는 그저 얼음 덩어리로 변한 이 땅에 누이면서 그녀는 신에게 간청했다. 마지막 태양의 마지막 햇살이 어루만져주는 그곳, 그녀의 높은 무덤 옆에 자줏빛 헤더 꽃(히스과에 속하는 상록 관목으로 자홍색 꽃이 핌_역주) 한 다발을 놓아달라고 말이다.

옛 노래가 리젠트 공원 전철 역 건너편에서 활기차게 들려오는 동안, 땅은 여전히 푸르름과 꽃으로 뒤덮인 듯 보였다. 질척거리기도 하고 뿌리 섬유와 헝클어진 풀로 뒤엉켜 있기도 한 그 땅에 난 구멍, 입구에서 여전히 노래가 흘러나왔지만, 묵은 샘처럼 펑펑 솟아나는 활기찬 옛 노래는 오랜 세월의 마디진 나무 뿌리와 해골과 보물들을 흠뻑 적시면서 보도 위로, 매릴본 거리를 따라 유스톤을 향해 흘러내려가 개울을 이루며 흘러가 땅을 기름지게 했으며, 축축한 흔적을 남겼다.

이 녹슨 펌프와 한 손으로는 구걸을 하고 다른 한 손으로는 옆구리를 쥐고 있는 풍상에 찌든 이 늙은 여인은, 어느 태곳적 오월에 그녀가 어떻게 연인과 거닐었는지를 기억하면서, 천년이 흐른 뒤에도 여전히 그곳에 있을 것이다. 오월의 어느 한때, 그녀가 거닐었음을 기억하면서 말이다. 지금은 그곳에 태평하게 바닷물이 흐른다—아, 그래, 그는 그녀가 사랑했던 남자였다. 하지만 세월의 흐름은 그 태곳적 오월의 투명함을 뿌옇게 퇴색시켜 놓았던 것이다. 해맑은 꽃잎이 피어 있던 꽃들은 뿌옇게 서리를 뒤집어쓰고 있었다. 그리고 그녀가 "당신의 감미로운 눈으로 내 눈을 들여다보세요."라고 간청했을 때—그녀는 아주 분명하게 그 말을 했다—, 그녀는 더 이상 보지 않았다. 더 이상 갈색 눈동자, 까만 수염 혹은 햇볕에 그을린 얼굴을 보지 않았으며, 단지 희미한 형상, 그림자 같은 형상만을 보았으며, 이 형상에게 그녀는 어린 새처럼 신선하게 재잘거렸다. "당신의 손을 주세요. 제가 부드럽게 잡을 수 있게요." (피터 월쉬는 택시에 오르면서 그 불쌍한 여인에게 동전 한 닢도 줄 수 없었다.) "설사 누가 본다한들, 그게 무슨 대수야?"라고 그 여인이 물었다. 옆구리를 움켜쥔 채, 동전을 주머니에 넣으면서 그 여인이 웃었다. 호기심 많고 궁금한 눈동자가 사라진 듯 했으며, 지나가는 사람들—보도에는 중산층의 사람들로 북적거렸다—도 발 밑에 짓밟히고, 영원한 샘물에 흠뻑 젖어 새로 만들어지기 위한 나뭇잎처럼 그렇게 사라졌다.

이 엄 파 엄 쏘
푸 스위 투 임 우

"가엾은 늙은 여인!" 레지아 워렌 스미스가 말했다.

"불쌍하고 가련한 늙은 여인!" 그녀는 길을 건너려고 기다리면서 말했다.

비가 오면 어떡하지? 좋은 시절 알았던 누군가가, 혹은 누군가의 아버지가 길을 지나다가, 저 도랑에 서 있는 사람을 보면 어떨까? 밤이 되면 저 여인은 어디서 잠을 자려나?

완강한 소리가 기분 좋고 유쾌하게 마치 오두막 굴뚝에서 새어나온 연기처럼 대기 속으로 굽이쳐 올라와, 깨끗한 너도밤나무를 타고 올라 맨 꼭대기 잎사귀들 사이로 파란 연기가 되어 피어올랐다. "설사 누가 본다한들, 무슨 대수야?"

지난 몇 주일 동안 너무도 불행했으며, 그래서 그 동안 일어났던 일에 의미를 부여한 덕분에, 레지아는 이따금 거리에서 사람들이 착해 보이기라도 하면, 그들을 불러 세우고, "저는 불행해요,"라는 말을 해야 한다고 느꼈다. "설사 누가 본다한들, 무슨 대수야?"라고 거리에서 노래를 부르는 늙은 여인을 보자, 불현듯 만사가 잘 될 것 같다는 확신이 들었다. 그들은 블리엄 브래드쇼 경에게 가는 길이었다. 이름이 좋은 것 같다고 그녀는 생각했다. 그는 셉티머스를 당장 고쳐줄 것이다. 그러자, 양조장의 수레가 보였으며, 잿빛 말들의 꼬리에 억센 지푸라기가 매달려 있는 것이 보였다. 신문 벽보도 보였다. 불행하다는 것은 어리석은, 어리석은 꿈이었다.

그렇게 그들은 길을 건넜다. 셉티머스 워렌 스미스와 그의 아내 말이다. 그리고 어쨌든 그들에게 주의를 끌 만한 그 어떤 점이 있는가? 세상에서 가장 위대한 메시지를 지니고 있으며, 세상에서 가장 행복하고 또 가장 불행한 한 젊은이가 여기 있다는 것을 지나가는 행인이 눈치채도록 할 만한 그 어떤 점이 있을까? 아마도 그들은 다른 사람들보다 천천히 걸었을 것이다. 그리고 남자의 걸음걸이에는 무언가 망설이는 듯한, 질질 끄는 듯한 데가 있었다. 하지만 주중에 이런 시각에 웨스트 앤드(런던의 부자 동네_역주)에 아주 오랜만에 와본 어느 평범한 사무원이 하늘을 계속 올려다보고, 이것저것 두리번거리면서 구경을 하는 것보다 더 자연스런 일이 또 어디 있겠는가. 마치 포틀랜드 플레이스가 가족들이 떠난 후에 들어와 보는 방이라도 되는 것처럼 말이다. 네덜란드 천으로 만든 자루에 싸여진 채 걸려 있는 샹들리에, 그리고 블라인드의 한쪽 끝을 들어 올려 기묘하게 생긴 팔걸이 의자에 빛이 들어오게 하던 여자 관리인은 방문객들에게 이곳이 얼마나 좋은 곳인가를 설명한다. 얼마나 멋진 곳인가, 또 얼마나 이상한 곳인가, 그가 생각한다.

자세히 들여다보면, 그는 한 사무원에 불과했지만 그나마 나은 부류였다. 갈색 부츠를 신고, 손은 고왔기 때문이다. 옆모습도 그랬다.

각이 지고 큰 코에, 지적이고, 예민해 보이는 모습. 하지만 입술은 전혀 달랐다. 축 처져 있기 때문이었다. 눈동자는(눈이 원래 그렇듯이) 크고 갈색의 평범한 눈이었다. 결국 그는 전체적으로 이것도 저것도 아닌, 변두리 인생이었다. 종국엔 펄리(잉글랜드 남동부의 서리에 있는 작은 도시_역주)에 겨우 집 한 채를 마련하고 자동차를 사게 되거나, 아니면 평생 뒷골목에 있는 임대 아파트에서 살든가, 둘 중 하나였다. 어중간하게 교육을 받고, 혼자 독학을 한 사람들 가운데 한 사람으로 그가 받은 교육이란 편지로 유명한 작가들에게 자문을 구한 것을 바탕으로 공립 도서관에서 책을 빌려와, 하루의 일과가 끝난 뒤에 그 책들을 읽고 익힌 지식이 전부였다.

그 밖의 다른 경험에 대해 말하자면, 침실에서, 사무실에서, 시골과 런던의 거리들을 돌아다니면서 혼자 쌓은 것들이었다. 그는 어머니 때문에 아주 어렸을 때 집을 떠났다. 어머니가 거짓말을 했던 것이다. 그가 50번째 손을 씻지 않고 차를 마시러 내려왔기 때문이었다. 스트라우드(글로스터서에 있는 작은 도시_역주)에 사는 시인에게는 미래가 없다는 것을 그가 보았기 때문이었다. 그래서 그는 어린 누이동생에게만 비밀을 털어놓고, 흔히 위대한 사람들이 써놓은 메모가, 나중에 세상에 알려지면서 역경의 스토리로 유명해지듯이, 어줍잖은 메모를 남긴 채 런던으로 떠났던 것이다.

런던은 스미스란 이름을 가진 수백만 명의 젊은 청년들을 삼켜버렸다. 셉티머스의 부모가 특별하게 보이려고 지어낸 멋진 기독교도의 이름인 셉티머스 같은 이름은 거들떠보지도 않았다. 유스턴 거리와 떨어진 곳에서 하숙을 하다 보면, 발그레하고 순수했던 동그란 얼굴이 2년 내에 마르고 찌들려 적개심으로 가득 찬 얼굴로 변하는 것 같은 경험에 경험을 되풀이하게 된다. 하지만 이 모든 것에 대해 아무리 빈틈없는 사람일지라도 할 수 있는 말이란 정원사가 아침에 온실 문을 열고 화초에 새로 핀 꽃을 발견하고 하는 말뿐이었다. 꽃이 피었네. 허영, 야심, 이상주의, 열정, 외로움, 용기, 게으름 따위의 평범한 씨앗들에서 꽃이 피었네. 이 모든 것이 뒤섞여(유스턴 거리 외곽의 방에서) 그를 수줍게 만들고, 말을 더듬거리고 했으며, 자신을 발전시키게 했으며, 워털루 거리에서 셰익스피어에 대해 강연하는 이사벨 폴 양을 사랑하게 만들었다.

그 사람이 키이츠를 닮지 않았나요? 그녀가 물었다. 그리고 어떻게 하면 '안토니오와 클레오파트라'의 맛을 보여줄 수 있을지를 생각했다. 그에게 책을 빌려주고, 편지 따위를 쓰고, 그래서 평생 오직 한 번 타오르는 불길이 그에게 일어나게 했다. 그 불길은 뜨겁지도 않고, 폴 양 위로, '안토니오와 클레오파트라' 위로, 워털루 거리 위로, 끝없이 가볍고 무게도 없는 붉은 황금빛의 불꽃을 펄럭였다. 그는 그녀가 아름답고, 더없이 현명하다고 생각했다. 그녀의 꿈을 꾸었으며, 그녀에게 시를 썼다. 그녀는 그 시의 주제를 무시하면서 빨간 잉크로 수정을 했다. 어느 여름 날 저녁, 그는 그녀가 녹색 드레스를 입고 광장을 산책하는 것을 보았다. 문을 열었다면, 정원사가, "꽃이 피었네."라고 말했을 것이다. 밤에 아무 때라도 정원사가 방에 들어왔다면, 그가 글을 쓰고 있는 것을, 눈물을 흘리며 글을 쓰고 있는 것을 보았을 것이다. 쓰다가 찢고, 다시 쓰다가 결국 새벽 3시쯤 위대한 작품을 끝내고, 밖으로 달려나가 거리를 거닐다가 교회를 방문하고, 하루는 금식을 하고 또 하루는 온통 마셔대는가 하면, 셰익스피어, 다윈, '문명의 역사', 버나드 쇼를 탐독하는 것을 보았을 것이다.

무슨 일이 생겼다는 것을 브루어 씨는 알고 있었다. 시블리와 애로우스미스에서 관리 담당자였으며, 경매인이고 가격 조정인이고 토지와 부동산 중개인인 브루어 씨는 아무래도 무슨 일이 생겼다고, 생각했다. 젊은 사람들에겐 아버지 같고, 스미스의 능력을 높이 평가하면서, 10년이나 15년 후엔 스미스가 서류 보관함으로 둘러싸여 있는, 햇볕이 드는 안쪽 방의 가죽으로 된 팔걸이 의자를 상속받을 것이라고 예언하는 브루어 씨는 "건강을 유지하기만 한다면," 이라고 말했다. 그것이 위험한 일이었다. 그는 허약해 보였다. 축구를 권하고, 저녁 식사에 초대를 했으며, 월급 인상 추천 방법을 찾고 있었다. 그 때 브루어 씨의 계산을 뒤엎는 일이 일어나 가장 유능한 친구들을 빼앗아 갔다. 그리고 결국엔 유럽 전쟁의 손길이 너무도 깊이 파고들고 너무도 음흉했던 나머지 곡식의 여신상을 산산이 부수고, 제라늄 화단에 폭탄 구멍을 내놓았으며, 머스웰 힐에 있는 브루어 씨 집 요리사의 신경을 완전히 망가뜨려 놓았다.

셉티머스는 가장 최초로 지원한 사람 가운데 하나였다. 그는 셰익스피어의 연극과 녹색 드레스를 입고 광장을 산책하는 이사벨 폴 양으로 이루어진 영국을 구하기 위해 프랑스로 갔다. 브루어 씨가 축구를 권했을 때 바라던 변화가 그곳 참호에서 일어났다. 그는 용맹을 키웠으며, 승진을 했다. 에반스라는 상관의 주목을 받았다. 사실은 사랑을 받은 것이다. 그들은 벽난로 앞에 깔아놓은 융단에 있는 두 마리의 개 같았다. 종이 봉지를 물고 흔들고, 으르렁대고, 재빨리 움직이다가, 이따금 나이 든 개의 귀를 물어뜯는 한 마리와, 졸린 듯이 누워, 불을 바라보며 눈을 깜박이다가, 앞발을 들고 돌아누워 기분 좋게 그르렁대는 또 다른 한 마리. 두 마리의 개는 같이 있어야 하며, 서로를 공유하고, 서로 싸우고, 서로 으르렁거려야만 했다. 하지만 에반스가 (그를 단 한번 보았던 레지아는 그를 '조용한 사람'이라고 불렀다. 그는 억센 체격에 머리카락이 붉었으며, 여자 앞에서는 내성적이었다), 에반스가 휴전직전에 이탈리아에서 죽었을 때, 그것이 우정의 끝이라고 인식하거나 그 어떤 감정도 드러내지 않았던 셉티머스는 아무런 느낌도 이유도 없이 스스로 자축했다. 전쟁은 그에게 가르침을 주었던 것이다. 전쟁은 숭고했다. 그는 구경거리, 우정, 유럽 전쟁, 죽음을 겪었으며 승진을 했던 것이다. 그리고 여전히 삼십 대였으며 살아남을 운명이었다. 그는 바로 그곳에 있었다. 마지막 포탄은 그를 비껴갔다. 그는 무심한 표정으로 그 포탄들이 터지는 것을 지켜보았다. 평화가 오자, 밀라노에 남아 하숙집에 숙소를 배정받았다. 그 하숙집은 안뜰이 있고, 함지 나무통에 심은 꽃들이 있었으며, 노천에는 작은 테이블이 있었고, 딸들은 모자를 만들었다. 자신은 느낄 수 없는 원인을 알 수 없는 돌연한 공포에 휩싸이자, 그는 막내딸인 루크레지아와 약혼을 하게 되었다.

모든 것이 끝나고, 휴전 협정이 맺어지고, 죽은 자들을 묻고 난 지금, 그는 특히 저녁이면, 느닷없이 청천벽력 같은 공포가 밀려왔다. 그는 느낌이 없었다. 밀라노의 하숙집에 모여 앉아 모자를 만들고 있는 방의 문을 열면, 그는 그녀들을 볼 수 있었다. 그들이 하는 소리를 들을 수 있었다. 그들은 접시에 담겨진 색색의 구슬을 철사에 꿰고 있었다. 딱딱한 형상들을 이리저리 돌리고 있었다. 테이블에는 깃털, 반짝이는 별 모양의 금속 조각들, 실크 천, 리본들이 아무렇게나 흩어져 있었다. 마구 자르는 가위, 깔깔대며 웃는 딸들, 그들이 만들고 있는

148

모자들이 그를 보호해주었다. 그는 지극히 안전했다. 피난처가 생겼다. 하지만 밤새도록 거기 앉아 있을 수는 없었다. 이른 아침, 잠을 깨는 순간들도 있었다. 침대가 떨어지고 있었다. 그가 떨어지고 있었다. 아, 가위와 램프 불빛과 딱딱한 형상들 때문이었다! 그는 루크레지아에게 청혼했다. 그녀는 두 딸 중 작은딸이었으며, 쾌활하고 덜렁댔지만, 손재주가 있었다. 그녀는 손가락을 치켜올리며, "모든 것이 이 손가락에 들어 있어."라고 말하곤 했다. 실크, 깃털, 어느 것을 막론하고 그녀의 손가락이 닿으면 살아났다.

"가장 중요한 것은 모자예요." 함께 산책을 할 때면 그녀가 말했다. 그녀는 지나가는 사람들의 모자, 망토, 드레스, 그리고 여자들의 옷매무새를 검사하곤 했다. 잘못 입었다는 둥, 지나치게 치장을 했다는 둥, 타박을 했다. 그렇다고 혹독하게 공격을 하는 것은 아니고, 참을 수 없다는 듯 손을 내저었다. 뻔한 모조품을 거부하는 어느 화가처럼 말이다. 그리고 나서는 너그럽긴 하지만 언제나 비판적으로 자신이 가진 약간의 소재들을 변형시킨 여점원을 반가워했다. 혹은 친칠라 모피에 예복을 입고 진주 목걸이를 하고 마차에서 내리는 프랑스 숙녀를 보면 열광적으로 공감하며 칭찬을 아끼지 않았다.

"아름다워라!" 그녀는 중얼거리면서, 셉티머스를 쿡쿡 찌르면서 보라고 했다. 하지만 아름다움은 유리창 너머에 있었다. 그는 맛조차도

(레지아는 얼음, 초콜릿, 단 것을 좋아했다) 흥미가 없었다. 그는 작은 대리석 탁자 위에 컵을 내려놓았다. 그리고 밖의 사람들을 쳐다보았다. 길 한복판에 모여, 소리를 지르고, 웃어대고, 아무것도 아닌 일로 말다툼을 벌이는 그들은 행복해 보였다. 그러나 그는 맛을 볼 수가 없었으며, 느낄 수도 없었다. 찻집의 테이블과 수다 떠는 웨이터들 사이에서 무시무시한 두려움이 그를 엄습했다.—그는 느낄 수가 없었다. 그는 이성적인 판단을 할 수도 있었으며, 예를 들면 단테를 아주 쉽게 읽을 수도 있었다("셉티머스, 제발 그 책 좀 내려놔요," 레지아가 '지옥' 편을 덮으면서 말했다). 그는 영수증을 더할 줄도 알았다. 그의 머리는 완벽했다. 그가 느낄 수 없다는 것은 이 세상의 잘못이 분명했다.

"영어는 너무 조용해요." 레지아가 말했다. 그게 좋다고도 했다. 그녀는 영국 사람들을 존경했고, 런던과 영국산 말들과 재단사가 만든 양복을 보고 싶어했다. 결혼해서 소호 거리에 살았던 이모로부터 들은 아름다운 상점 이야기를 기억하고 있었다.

뉴헤이븐을 떠날 때, 기차 차창으로 잉글랜드를 내다보면서, 셉티머스는 생각했다, 그럴 수도 있을 거야, 세상 그 자체가 의미가 없을 수도.

사무실에서는 그를 상당한 책임이 있는 자리로 승진시켰다. 사무실 사람들은 그를 자랑스럽게 생각했다. 그는 십자 훈장을 받았던 것이다. "자네는 자네 의무를 다한 걸세. 이제는 우리에게 달렸어……." 브루어 씨는 말문을 열었으나 너무 감격한 나머지 끝을 맺지 못했다. 그들은 토텐햄 코트 길 너머에 훌륭한 숙소를 얻었다.

여기서 그는 다시 한번 셰익스피어의 책을 펼쳤다. 언어의 도취—안토니오와 클레오파트라—는 완전히 시들어버렸다. 셰익스피어는 인류를 얼마나 미워했는가—옷을 입는 것, 아이를 낳는 것, 입과 식욕의 더러움! 이것이 지금 셉티머스에게 보였다. 말의 아름다움 속에 가려진 메시지가 말이다. 한 세대가 다음 세대에게 위장하여 물려주는 비밀 신호는 혐오감, 증오심, 절망이었다. 단테도 마찬가지였다. 아이스퀼러스(번역판)도 마찬가지였다. 레지아는 테이블에 앉아서 모자를 손질하고 있었다. 그녀는 필머 부인의 친구들을 위해 모자를 손질했다. 그녀가 창백하고, 신비스럽고, 물 아래 잠긴 백합 같다고, 그는 생각했다.

"영국인들은 너무 심각해요." 그녀는 셉티머스를 안고 그의 뺨에 얼굴을 부비며 말하곤 했다.

남녀 간의 사랑은 셰익스피어에게 혐오감을 불러일으켰다. 그에게 성교는 목적에 이르기 전의 불결함이었다. 하지만 레지아는 아이들을 낳아야 한다고 말했다. 그들은 결혼한 지 5년이 되었던 것이다.

그들은 런던타워에 갔다. 빅토리아와 알버트(빅토리아 여왕과 그녀의 남편 알버트 공_역주) 박물관에도 갔으며, 왕이 군중 가운데 서서 의회 개회 선언을 하는 것도 보았다. 그리고 상점들도 있었다. 모자 가게, 드레스 가게, 쇼윈도에 가죽 가방을 진열해 놓은 가게 등등. 여기서 그녀는 걸음을 멈추고 뚫어지게 바라보곤 했다. 하지만 그녀는 아이를 낳아야 했다.

그녀는 셉티머스를 닮은 아들을 낳아야 한다고 했다. 하지만 그 누구도 셉티머스와 같을 수는 없었다. 그는 너무나도 상냥하고, 진지하고, 똑똑했다. 나도 셰익스피어를 읽을 수 있을까요? 셰익스피어는 어려운 작가가 아닌가요? 그녀가 물었다.

이런 세상에서 아이들을 낳을 수는 없다. 고통을 물려주거나, 이런 탐욕스런 동물의 자손을 증식시킬 수는 없다. 그들은 지속적인 감정이 없이 단지 변덕과 허영에 이리저리 끌려 다니고 있었다.

그는 마치 새가 풀밭에서 깡충깡충 뛰어다니는 것을 바라보듯, 손가락 하나 까딱하지 않은 채 그녀가 싹둑싹둑 가위질하는 것을 지켜보았다. 인간에겐 순간의 쾌락을 더해주는 것 이외에는 친절함도, 믿음도, 자비심도 없다는 것이 진실이다(그녀가 이 진실을 무시하도록 내버려두어라). 그들은 떼를 지어 사냥을 한다. 그들 무리는 사막을 휩쓸고 고함을 지르며 황야로 사라졌다. 그들은 쓰러진 자들을 저버렸다. 그리고 찌푸린 표정을 뒤집어쓰고 있었다. 사무실에는 브루어 씨가 있었다. 그는 콧수염을 밀랍으로 굳히고, 산호 넥타이핀에, 하얀 셔츠를 입고, 사람을 기분 좋게 만들었다―하지만 속으로는 냉정하고 차분했다―. 그의 제라늄꽃들은 전쟁 중에 모두 피폐되었다―그의 요리사는 신경과민으로 폐인이 되었다. 혹은 아멜리아인지 뭔지 하는 여자는 다섯 시 정각이면 찻잔을 돌렸는데―흘끗흘끗 곁눈질을 했으며, 코웃음을 치고, 음탕하고, 키가 작고, 탐욕스러웠다. 그리고 부도덕함이 줄줄이 묻어나는, 풀 먹인 셔츠를 입은 톰과 버티. 그들은 그가 공책에 자신들의 나체 그림을 그리고 있는 것을 조금도 눈치채지 못했다. 거리에서 화물차가 요란한 소리를 내면서 지나갔다. 벽보에 적힌 글이 요란했다. 남자들은 광산에 갇혀있고, 여자들은 산 채로 불에 탔다. 그리고 토텐햄 코트 거리에서는, 대중의 즐거움을 위해 나선 미치광이들의(그들은 큰 소리로 웃었다) 행렬이 느릿느릿 걸으며 고개를 끄덕이다가 그를 지나치면서 싱긋 웃었다. 그들 모두 반쯤은 미안한듯 또 반쯤은 의기양양하게 그에게 절망적인 비애를 심어주었다. 그렇다면 그도 미치는 걸까?

차 마시는 시간에 레지아는 필러 부인의 딸이 곧 아이를 낳을 거라고 말했다. 그녀는 나이가 들어갈 수도 없고 아이를 낳을 수도 없었다! 그녀는 몹시 외로웠고, 몹시 불행했다. 결혼한 이래 그녀는 처음으로 소리내어 울었다. 아주 멀리서 그녀가 흐느끼는 소리가 들렸다. 정확하게 들려왔다. 그는 그 흐느끼는 소리를 분명하게 알아들었다. 그는 그 소리를 피스톤 소리와 비교했다. 그러나 아무 느낌이 없었다.

그의 아내는 울고 있었으나, 그는 아무 느낌이 없었다. 그녀가 깊이 흐느낄 때마다, 이렇게 조용하고, 이렇게 절망적으로 흐느낄 때마다, 그는 나락으로 한 발작 더 내려갔다.

마침내 그는 감상적이고 과장된 몸짓을 기계적으로 취하면서 두 손으로 머리를 감싸안았다. 이제 항복한 것이다. 이제 다른 사람들이 그를 도와주어야 한다. 사람들을 그에게 보내야 한다. 그는 모든 것을 인정했다.

그 어느 것도 그를 고무시킬 수는 없었다. 레지아는 그를 침대에 눕혔다. 그리고 의사를 불렀다―필머 부인의 닥터 홈즈를 불렀다. 닥터 홈즈는 그를 검사했다. 그리고 아무 이상이 없다고 말했다. 아, 얼마나 다행한 일인가! 얼마나 친절하고, 얼마나 좋은 사람인지! 레지아는 생각했다. 닥터 홈즈는 그런 기분일 때 뮤직홀에 간다고 했다. 그는 하루 휴진을 하고 아내와 함께 지내며 골프를 쳤다. 잠자리에 들면서 진정제 한 알을 물에 타서 마셔보면 어떨까요? 이 오래된 블룸스베리 집들은 아주 훌륭한 판벽으로 되어 있어요. 그런데 집주인들은 바보처럼 거기다 벽지를 바르지요. 벽을 두드리면서 닥터 홈즈가 말했다.

바로 지난번에는 베드포드 광장에 사는 아무개 경의 왕진을 갔다가…….

그러니 변명의 여지가 없었다. 인간에게 원래 죽음에 이르게 하는 죄를 제외하고는 아무 문제가 없었다. 그는 아무 느낌이 없었다. 에반스가 죽었을 때에도 그는 개의치 않았다. 그것은 최악이었다. 하지만 다른 모든 죄도 고개를 치켜들고 손가락을 흔들어댔다. 그리고 이른 아침이면 엎드려 침대 난간 너머로 자신의 타락을 실감하며 누워 있는 육체를 조롱하고 비웃었다. 그는 어떻게 아내를 사랑하지도 않으면서 결혼할 수 있었을까. 그녀에게 거짓말을 하고, 그녀를 유혹했던 것이다. 이사벨 폴 양을 격분시켰다. 그리고 여자들이 길에서 그를 보면 몸서리를 칠 정도로 그렇게 사악함으로 온몸에 곰보 자국이 나고 흉터가 남아 있었다. 그런 철면피에 대해 인간 본성이 내린 판결은 죽음이었다.

닥터 홈즈가 다시 왔다. 건장한 몸에, 건강한 화색이 도는, 잘 생긴 그는 부츠를 톡톡 건드리고 거울을 들여다보면서 그 모든 것을 무시했다. 두통, 불면, 두려움, 꿈 따위를. 신경 증세일 뿐입니다, 그가 말했다. 자신의 몸무게가 72킬로그램에서 1킬로그램이 줄어든 것을 안다면, 아침에 아내에게 죽 한 그릇을 더 달라고 할 것이다(레지아는 죽 끓이는 법을 배우고 싶어했다). 하지만 건강이란 대개 우리가 조절

할 수 있는 문제라고 그는 덧붙였다. 바깥 세상일에 관심을 가져 봐요. 취미 생활도 좀 하고. 그는 셰익스피어—안토니오와 클레오파트라—를 펼쳤다가, 옆으로 밀쳐놓았다. 취미를 가져 봐요. 닥터 홈즈가 말했다. 왜냐하면 그가 왕성한 건강을 유지하고 있는 것은(그는 런던에서 누구 못지 않게 열심히 일했다) 언제라도 환자를 돌보는 일에서 고가구로 기분전환을 할 수 있기 때문이 아니었던가? 그리고 굳이 말을 하자면, 워렌 스미스 부인은 얼마나 아름다운 머리핀을 꽂고 있는가!

그 빌어먹을 인간이 다시 왔을 때, 셉티머스는 그를 보지 않겠다고 했다. 정말인가요? 닥터 홈즈가 사람 좋은 미소를 지으며 물었다. 사실은 그 매력적인 숙녀인 스미스 부인을 밀쳐야만 그녀의 남편 침실로 들어갈 수 있었다.

"의기소침해 있으시다구요." 닥터 홈즈가 환자 곁에 앉으며 기분 좋게 말했다. 그는 실제로 자살하겠다는 말을 아내에게 했던 것이다. 아직도 소녀 티가 가시지 않은, 그것도 외국에서 온 여자에게 말이다. 그러면 영국의 남편들은 모두가 이상하다는 인상을 주지 않겠는가? 남편이란 아내에게 지켜야 할 의무가 있지 않은가? 침대에 누워 있는 것보다 무엇이라도 하는 게 훨씬 낫지 않겠는가? 그가 사십 년의 경험을 쌓은 덕분에, 셉티머스는 닥터 홈즈의 말을 있는 그대로 받아들일 수 있었다. 그에게 문제될 것은 아무것도 없었다. 닥터 홈즈는 다음에 올 때는, 셉티머스가 침대에서 일어나 이 매력적인 아내를 걱정하지 않게 해주기를 바랐다.

쉽게 말해, 인간의 본성이 그를 사로잡고 있었다. 콧구멍이 시뻘건 혐오스런 짐승 말이다. 홈즈가 그를 붙잡고 늘어졌다. 닥터 홈즈는 매일 왕진을 왔다. 셉티머스는 엽서 뒷장에다 이렇게 썼다. 일단 비틀거리면, 인간의 본성에 사로잡힌다. 홈즈에게 붙잡힌다. 유일한 기회가 있다면 도망치는 것이다. 홈즈 모르게 도망치는 것이다. 이탈리아로 —어디든, 어디든, 홈즈가 없는 곳으로.

레지아는 그를 이해할 수가 없었다. 닥터 홈즈는 그렇게 친절한 사람이었다. 그는 셉티머스에게 너무도 많은 관심을 갖고 있었다. 그는 다만 그들을 돕고 싶다고 했다. 그에게는 아이들이 넷이나 있으며 그녀에게 차를 마시자고 했다고, 그녀는 셉티머스에게 말했다.

그렇게 그는 버려졌다. 온 세상이 고함치고 있었다. 죽어버려, 우리를 위해 죽어버리란 말야. 그렇지만 어째서 그가 그들을 위해 죽어야 한단 말인가? 음식은 즐거움이었다. 해는 따가웠다. 그리고 스스로 죽는 일, 어떻게 그 일을 할 수가 있을까, 식탁의 나이프로, 피를 철철 흘리면서 추하게? 아니면 가스 파이프를 들이마실까? 그는 너무도 허약해 있었다. 손을 들 수도 없었다. 게다가 혼자, 저주를 받고, 버림을 받은 지금은 호사로움이 있으며, 죽을 작정을 한 사람들이 혼자이듯, 숭고함이 넘치는 고독이 있다. 결혼한 이들은 결코 알 수 없는 자유가 있다. 말할 것도 없이 홈즈가 이긴 것이다. 붉은 콧구멍의 그 짐승이 이긴 것이다. 하지만 홈즈조차도 세상 끝을 방황하는 이 마지막 잔재, 이 버림받은 자를 건드릴 수 없었다. 사람이 살고 있는 곳을 뒤돌아보는, 익사한 선원처럼 이 세상의 해변에 누워 있는 이 버림받은 자를.

위대한 계시가 이루어진 것은 바로 그 순간(레지아는 쇼핑을 간 뒤였다)이었다. 한 목소리가 화면 뒤에서 들려왔다. 에반스가 말을 하고 있었다. 죽은 자가 그와 함께 있었다.

"에반스, 에반스!" 그가 소리쳤다.

스미스 씨가 큰 소리로 외치고 있었으며, 하녀인 아그네스는 부엌에서 필머 부인에게 소리쳤다. "에반스예요, 에반스요!" 그녀가 쟁반을 들고 오자, 그가 말했다. 그녀는 펄쩍 뛰었다. 정말 그랬다. 그리고 허둥지둥 계단을 내려갔다.

그러자 레지아가 꽃을 들고 들어와, 방을 가로질러 걸어가, 꽃병에 가지고 온 장미를 꽂았다. 장미꽃 위로 햇살이 가득 쏟아졌다. 그리고 나서 그녀는 깔깔대고 웃으며 온 방안을 뛰어다녔다.

레지아는 거리의 불쌍한 사람에게서 장미를 사주어야 한다고 말했다. 하지만 장미가 벌써 거의 다 죽었다고 장미를 꽂으며 말했다.

밖에 한 남자가 있었군. 필경 에반스일 것이다. 그리고 레지아가 반쯤은 죽었다고 한 그 장미는 그리스의 들판에서 에반스가 꺾어온 꽃이겠지. 의사소통을 해야 건강한 거야. 의사소통을 하는 것이 행복이지. 의사소통 말이야, 그가 중얼거렸다.

"뭐라고 했어요, 셉티머스?" 두려움에 질려 레지아가 물었다. 그가 혼자 중얼거렸던 것이다.

그녀는 아그네스에게 뛰어가 홈즈 의사를 모셔 오라고 했다. 그리고 남편이 미쳤다고 말했다. 자신을 알아보지도 못한다고.

"짐승! 짐승!" 닥터 홈즈가 방으로 들어오자 인간의 본성을 알아본 셉티머스가 소리쳤다.

"이게 다 무슨 일이오," 세상에서 가장 상냥한 목소리로 닥터 홈즈가 말했다. "말도 안 되는 소리로 부인에게 겁을 주시면 어쩝니까?" 그는 셉티머스에게 잠자는 약을 주어 재웠다. 닥터 홈즈는 빈정대듯 방안을 둘러보면서, 당신들이 부자라면, 할리 거리(리젠트 공원과 가까운 거리로 약값이 비싸기로 유명한 곳_역주)로 내보냈을 거요, 라고 말했다. 나를 믿지 못한다면 말이오, 별로 탐탁하지 않은 표정으로 방안을 둘러보며 닥터 홈즈가 말했다.

정확하게 열두 시였다. 빅벤이 열두 시를 쳤다. 빅벤 시계 치는 소리가 런던 북부 지역으로 날아올랐다. 그리고 다른 시계 소리들과 뒤섞여, 구름과 희미한 연기와 가볍게 섞여 멀리 갈매기들 사이로 사라졌다. 클러리서 댈러웨이가 녹색 드레스를 침대에 올려놓자 열두 시를 치는 소리가 들렸으며, 워렌 스미스 부부는 할리 거리로 내려갔다. 열두 시에 약속이 있었던 것이다. 아마도 레지아는 집 앞에 잿빛 자동차가 서 있는 집이 윌리엄 브래드쇼 경의 집이라고 생각했을 것이다(무겁고 육중한 소리가 원을 이루며 대기 중에 울려 퍼졌다.)

그것은 사실이었다. 그것은 윌리엄 브래드쇼 경의 자동차였다. 차체가 낮고, 튼튼한 회색 자동차로, 번호판 위에는 이름의 머리글자가 또렷하게 새겨져 있었다. 마치 영적인 협력자이며, 과학의 사제인 이 남자에게 화려한 문장은 어울리지 않는다는 듯. 그리고 자동차가 회색인 만큼, 회색의 부드러움과 잘 어울리도록, 그리고 그의 아내가 기다리는 동안 따뜻하도록, 실내는 회색 모피와 은회색 덮개로 치장되어 있었다. 윌리엄 경은 값비싼 진료비를 낼 수 있는 부유한 환자들을 왕진하기 위해 시골로 60마일 혹은 그 이상을 내려갈 때가 종종 있기 때문이었다. 그의 아내는 덮개로 무릎을 덮고 등을 기댄 채, 가끔 환자들을 생각하거나, 아니면 기다리는 동안 쌓이는 황금 벽을 생각하며, 한 시간 혹은 그 이상을 기다리면서, 그들과 모든 변화 그리고 근심 걱정 사이에 쌓이는 황금의 벽 말이다(그녀는 그런 근심 걱정을 용감하게 견디었던 것이다. 나름대로 힘겨운 일인데도 말이다). 그리고 나면 잔잔한 바다에 편안히 떠 있는 것 같은 기분을 느꼈다. 오직 향긋한 바람만이 불어오는 바다. 더 이상 바랄 것이 없을 만큼 존경과 감탄과 부러움을 온몸에 받으면서 말이다. 다만 뚱뚱한 것만이 아쉬울 뿐이었다. 매주 목요일 저녁마다 같은 의사들에게 성대한 만찬을 베풀었다. 가끔 바자회로 열었다. 왕족들의 인사를 받았다. 그러면서 남편과는 같이 있을 시간이 거의 없었다. 그녀의 남편은 날이 갈수록 바빠졌다. 아들은 이튼 학교에 잘 다니고 있었다. 딸도 하나 있었으면 좋았으련만. 하지만 그녀는 여러 분야에 관심이 많았다. 아동 복지, 간질병 환자 요양, 사진 등. 그래서 교회 건물이나 쓰러져 가는 교회가 있으면, 그녀는 교회의 관리인에게 뇌물을 주고, 열쇠를 얻어서, 기다리는 동안 사진을 찍었다. 이런 사진들은 전문가들의 작품과 거의 구분이 가지 않았다.

윌리엄 경도 이제 더 이상 젊지 않았다. 그는 아주 열심히 일을 했다. 순전히 능력만으로 자신의 지위를 얻었던 것이다(상점 점원의 아들로 태어나). 그리고 자신의 일을 사랑했다. 예식에서는 훌륭한 인물이었으며 연설도 잘했다. 이 모든 것이 그가 작위를 받았을 즈음에는 무겁고, 지친 표정(환자들이 밀물처럼 끊임없이 몰려왔고, 직업이 가져다주는 책임감과 특권은 너무나도 부담스러웠다)을 안겨다주었으며, 이는 그의 희끗희끗한 머리와 함께 그의 존재를 더욱 두드러져 보이게 했고 빛나는 의술과 정확한 진단은 물론이고 동정심과 재치를 가지고 있으며 인간의 영혼을 이해한다는 명성(신경 계통의 환자들을 다루는 데는 몹시 중요한)을 안겨다주었다. 그들이(그들은 워렌 스미스 부부였다) 방에 들어온 순간 그는 첫눈에 알 수 있었다. 남자를 보자 즉각 확신이 섰다. 심각한 증상이었다. 신경쇠약 환자였던 것이다. 육체적으로 정신적으로 극심한 신경쇠약으로 심각한 단계의 모든 증세를 보이고 있었다. 그는 2~3분 내에 사실을 확인했다(분홍색 카드에 질문의 대답을 적으면서 혼자 중얼거렸다).

닥터 홈즈에게 얼마나 오랫동안 치료를 받았습니까?

6주요.

약간의 진정제를 처방했나 보군요? 아무 이상이 없다고 하던가요? 아, 네(그런 일반의들이 다 그렇지! 윌리엄 경이 생각했다. 실수를 바로잡는 데만도 전체 시간의 절반이 걸렸다. 돌이킬 수 없는 것도 있었다).

"전쟁에서 훌륭한 공적을 남겼다면서요?"

환자는 '전쟁'이란 말을 따라했다.

그는 상징적인 단어에 의미를 부여하고 있었다. 진료 카드에 기록해야 할 정도로 심각한 증세였다.

"전쟁이요?" 환자가 물었다. 유럽 전쟁—어린 남학생들이 화약을 가지고 하는 그런 전쟁이요? 그가 공훈을 세웠던가? 그는 정말로 잊어버렸다. 전쟁에서도 실패했다.

"네, 가장 큰 공훈을 세웠지요." 레지아가 의사에게 대답했다. "승진도 했는 걸요."

"사무실에서도 최고로 평가해주었다면서요?" 브루어 씨의 칭찬이 자자한 편지를 흘끗 보면서 윌리엄 경이 중얼거렸다. "그럼 걱정할 게 없네요. 돈 걱정도 없으시고, 안 그래요?"

그는 무시무시한 범죄를 저질렀으며 인간 본성에 의해 사형 선고를 받았던 것이다.

"저는…… 저는……" 그가 입을 떼기 시작했다. "죄를 저질렀어요……."

"이 사람은 잘못한 게 없어요." 레지아가 의사에게 다짐을 했다. 윌리엄 경이 말했다. 스미스 씨가 기다려주신다면, 부인과 잠시 옆방에서 말씀을 좀 나누겠다고 해주십시오. 남편께서는 증세가 심각하십니다. 자살하겠다고 협박하던가요?

네, 그랬어요. 그녀가 울먹였다. 하지만 진짜 그럴 생각은 없어요. 그녀가 말했다. 없고 말고요. 문제는 휴식입니다, 윌리엄 경이 말했다. 휴식, 휴식, 휴식. 침대에 누워 푹 쉬는 휴식 말입니다. 남편께서 완전히 푹 쉴 수 있는 곳이 시골에 있습니다. 저랑 떨어져서요? 그녀가 물었다. 안타깝게도 그렇습니다. 우리가 사랑하는 사람들은 우리가 아플 때 별 도움이 안 됩니다. 하지만 남편께서는 미친 게 아닙니다. 윌리엄 경은 '정신병'에 대한 얘기는 한 적이 없다고 말했다. 그저 균형 감각을 잃었을 뿐이라고 했다. 그녀의 남편은 시골에 내려가지 않겠다고 할 것이다. 윌리엄 경은 간단하지만 상냥하게 증세를 설명해주었다. 남편께서는 자살을 하겠다는 협박을 했습니다. 다른 선택의 여지가 없어요. 이것은 법의 문제이니까요. 시골의 아름다운 집에서 침대에 누워 있기만 하면 됩니다. 간호사들도 훌륭하지요. 저는 일 주일에 한 번 환자를 찾아갈 겁니다. 만약 스미스 부인께서 더 궁금하신 게 없으시면—그는 환자를 독촉하는 법이 없었다— 남편분께 가십시다. 그녀는 윌리엄 경에게 더 이상 물어볼 것이 없었다.

그래서 스미스 부인과 윌리엄 경은 가장 고귀한 인간에게 돌아갔다. 재판관을 대하고 있는 범죄자에게 말이다. 사람의 눈에 띄는 높은 곳에 노출된 희생자. 도망자. 익사한 선원. 불멸의 시를 쓴 시인. 삶에서 죽음으로 간 구세주. 햇살 아래 팔걸이 의자에 앉아 궁중 예복을 입은 브래드쇼 부인의 사진을 뚫어져라 쳐다보며 아름다움에 관한 메시지를 중얼거리고 있는 셉티머스 워런 스미스에게 말이다.

"우리가 잠깐 얘기를 나눴습니다." 윌리엄 경이 말했다.

"당신이 아주 많이 아프다고 하시네요." 레지아가 울먹였다.

"선생께서 요양소에 가시도록 조치를 취해놓았습니다." 윌리엄 경이 말했다.

"홈즈의 요양원 말입니까?" 셉티머스가 코웃음을 쳤다.

이 친구는 인상이 고약해. 아버지가 상인이었던 윌리엄 경에게는 예의범절과 옷 입는 습관이 자연스럽게 배어 있었지만, 초라한 행색을 참을 수 없어 했다. 더 깊이 들어가 보면, 윌리엄 경에게는 책 읽을 시간이 없었던지라, 자신을 찾아와서, 끊임없는 긴장을 유지해야 하는 전문직 의사들은 교양 있는 사람들이 아니라고 넌지시 비치는 교양 있는 사람들에게 깊은 원한을 품고 있었다.

"제 요양소 중 하나랍니다, 워렌 스미스 씨." 윌리엄 경이 말했다. "거기서 당신에게 휴식하는 법을 가르쳐드릴 겁니다."

그리고 한 가지가 더 있었다.

그는 워렌 스미스 씨가 건강해진다면, 더 이상 아내를 협박하는 사람이 없을 거라고 확신하고 있었다. 하지만 자살을 하겠다고 하지 않았던가.

"우리 모두 우울증에 걸릴 때가 있습니다." 윌리엄 경이 말했다.

일단 쓰러지면, 인간의 본성에 사로잡히는 거야, 셉티머스가 다시 중얼거렸다. 홈즈가 브래드쇼에게 사로잡히지. 그들은 사막을 찾아

헤매는 작자들. 비명을 지르며 벌판을 날아가지. 고문대와 나사로 엄지 손가락을 조이는 고문 기구가 사용된단 말야. 인간의 본성은 무자비해.

"가끔 충동에 사로잡히십니까?" 윌리엄 경이 분홍색 카드에 연필을 들고 물었다.

그것은 내 자신의 문제예요, 셉티머스가 말했다.

"이 세상에 혼자 사는 사람은 없어요." 윌리엄 경은 궁중 예복을 입고 있는 아내 사진을 흘끗 쳐다보며 말했다.

"게다가 당신에게 훌륭한 경력이 있잖습니까." 윌리엄 경이 말했다. 테이블 위에 브루어 씨의 편지가 놓여 있었다. "남다른 화려한 경력 말입니다."

하지만 그가 고백을 한다면? 그가 의사소통을 한다면? 그러면 홈즈와 브래드쇼가 그를 놓아줄 것인가?

"저는… 저는…" 그가 더듬거렸다.

대체 무슨 죄를 지었더라? 그는 기억할 수가 없었다.

"그래서요?" 윌리엄 경이 그를 부추겼다(하지만 시간이 지체되고 있었다).

사랑, 나무는 있지만, 죄는 없었다. 그의 메시지는 무엇이었던가?

그는 기억할 수가 없었다.

"저는…… 저는……" 셉티머스가 더듬거렸다.

"되도록 자기 자신에 대한 생각을 하지 마세요." 윌리엄 경이 상냥하게 말했다. 정말로 그를 내버려두면 안 되었다.

더 묻고 싶은 것이 있으십니까? 윌리엄 경은 모든 조처를 취해놓을 것이며(그가 레지아에게 소곤거렸다) 그 날 저녁 5시에서 6시 사이에 알려주겠다고 했다.

"모든 걸 제게 맡기세요." 그가 말했다. 그리고 그들을 배웅했다.

레지아는 평생 그런 고통을 느껴본 적이 단 한번도 없었다! 그동안 도움을 청했지만 버림을 받지 않았던가! 그는 그들을 실망시켰다. 윌리엄 브래드쇼는 좋은 사람이 아니었다.

저런 차를 유지하는 것만으로도 많은 돈이 들 거야, 두 사람이 거리로 나왔을 때, 셉티머스가 말했다.

그녀는 그의 팔에 매달렸다. 그들은 버림을 받았다.

하지만 그녀가 더 원하는 것은 무엇이었던가?

그는 환자들에게 15분이나 시간을 할애했다. 어쨌든 우리가 전혀 모르는 것—신경 체계, 인간의 두뇌—을 가지고 해야 하는 이 정밀 과학에서, 의사가 자신의 균형 감각을 상실하면, 의사로서 끝장인 것이다. 사람은 건강해야 한다. 그리고 건강은 균형이다. 그래서 어떤 사람이 방으로 들어와 자신이 그리스도(흔한 망상)라고 하면서, 메시지를 가지고 왔다고 한다면, 그런 경우에 흔히 그렇듯이, 그리고 자살을 하겠다고 한다면, 그 사람이 균형을 찾도록 해주어야 한다. 침대에 눕히고, 조용히 휴식을 취하게 한다. 고요와 휴식. 친구나 책이나 메시지에서 벗어난 휴식 말이다. 6개월 간의 휴식. 몸무게가 47킬로그램인 사람이 72킬로그램이 되어 나올 때까지 말이다.

균형, 신성한 균형, 윌리엄 경의 여신은 윌리엄 경이 병원을 걸어다니고, 연어를 잡고, 할리 거리에서 브래드쇼 부인에게서 아들을 낳으면서 얻은 것이다. 브래드쇼 부인도 연어를 잡았으며, 전문가의 작품과 거의 구분이 안 가는 사진을 찍었다. 균형을 숭배하는 윌리엄 경은 자신뿐만 아니라 잉글랜드를 번영하게 만들었으며, 미치광이들을 격리시켰고, 출산을 금지시켰다. 또 절망을 퇴치하고, 부적격자들이 의견을 퍼뜨리지 못하도록 만들었다. 그리하여 마침내 부적격자들 또한 균형 감각─남자라면 윌리엄 경의 균형 감각을, 여자라면 브래드쇼 부인(그녀는 수를 놓고 뜨개질을 했으며 일 주일에 나흘 저녁은 아들과 시간을 보냈다)의 균형 감각을 공유하게 되었다. 그래서 동료들은 윌리엄 경을 존경했고, 부하직원들은 그를 두려워했을 뿐만 아니라, 그의 친구와 친척들은 세상의 종말, 혹은 신의 재림을 예언했던 이런 예언자적인 그리스도가 침대에서 우유를 마셔야 한다고 주장했던 것을 고마워하기까지 했다. 이런 종류의 경험을 삼십 년 간 해온

168

윌리엄 경, 절대 확실한 본능, 이 감각, 즉 균형 감각을 가진 윌리엄 경 말이다.

하지만 균형에게는 웃지도 않고, 훨씬 더 무시무시한 자매가 있었다. 한 여신—인도의 열기와 사막에서, 아프리카의 진흙과 늪에서, 런던의 변두리 지역에서, 다시 말해, 기후나 악마가 인간들에게 진실한 신념을 버리도록 유혹하는 곳이면 어디에서나—은 신전을 무너뜨리고, 우상을 깨부수고, 그 자리에 대신 자신의 엄격하고 냉정한 모습을 세워놓았다. 변환은 그녀의 이름이고 그녀는 감동을 주고, 강요하고 싶어하며, 자신의 특징을 대중의 얼굴에 각인시키고 싶어하면서, 병약자의 의지를 구경하고 있다. 하이드 파크의 구석에서 그녀는 어느 통 위에 올라가 설교를 한다. 하얀 수의를 입고 형제애로 위장을 한 채, 공장과 의회를 돌아다닌다. 도움을 베풀지만, 막상 원하는 것은 권력이다. 의견을 달리하는 자들이나 불만족한 자들이 길을 가로막으면 가차없이 내리친다. 그녀의 눈에서 빛을 받는 우러러보는 자들에게는 축복을 내린다. 이 부인은 그럴 듯한 위장, 즉 어떤 숭고한 명분, 예컨대 사랑, 의무, 자기 희생으로 교묘하게 위장한 채, 윌리엄 경의 가슴속에 자리잡고 있었다(레지아 워렌 스미스는 그것을 감지했다). 그가 어떻게 일을 했던가—어떻게 기금을 모으고, 개혁을 설파하고, 협회들을 주도했던가! 하지만 변환, 까다로운 여신은 벽돌보다

피를 더 사랑했으며, 인간의 의지를 교묘하게 즐겼다. 예컨대 브래드쇼 부인이 그렇다. 15년 전에 이미 그녀는 굴복하고 말았다. 들춰낼 만한 것은 아무것도 없었다. 사건도 갑작스러움도 없었다. 다만 서서히 물에 잠겨 젖어들 듯이 그녀의 의지가 그의 의지에 동화된 것이다. 그녀의 미소는 달콤했으며, 그녀의 복종은 즉각적이었다. 여덟 가지 혹은 아홉 가지 코스에 이르는 할리 거리에서의 저녁 식사는 열 대여섯 명의 의사들을 위해 마련된 것으로, 세련되고 도시적인 분위기였다. 단지 시간이 흐르면서 약간 지루하고 불편했으며, 신경이 날카로워지고, 어색해지면서, 실수와 혼란이 이어지는 동안, 정말로 믿기 어려운 것은—그 가엾은 부인이 거짓말을 했다는 사실이다. 아주 오래전에 그녀가 연어를 잡은 적이 있다고 한 것이다. 지금 그녀는 지배를 위해, 권력을 위해 혈안이 되어 있는 남편의 갈망을 채우고자, 조이고, 압박하고, 불필요한 것을 제거하고, 도려내고, 뒤로 물러나 엿보는 일을 서슴지 않았다. 그래서 그 저녁을 불쾌하게 만드는 것이 무엇이며, 머리를 짓누르는 이 압박감의 원인이 무엇인지 알지 못한 채(전문가들의 대화에서 비롯될 수도 있고, 아니면 브래드쇼 부인의 말을 빌자면, 자신의 삶이 아닌 환자들의 삶을 살고 있는 위대한 의사의 피로감에서 비롯된 것일 수도 있다), 저녁 식사는 불편하기 짝이 없었다. 그래서 손님들은 시계가 열 시를 치자, 황홀할 정도로 할리 거리의 공기를 들이마셨다. 그렇지만 이런 위안이 그의 환자들에게는 주어지지 않았다.

그곳 회색 방에는 벽에 그림이 걸려 있고 값비싼 가구가 있으며, 뿌연 햇살이 아래, 그들은 자신이 저지른 죄의 정도를 깨달았다. 그들은 팔걸이 의자에 웅크리고 앉은 채, 그가 신기하게 팔운동하는 것을 지켜보았다. 팔을 바깥으로 내밀었다가 다시 엉덩이로 내렸다. 윌리엄 경은 자기 행동의 주인은 자신이지만, 환자들은 그렇지 않다는 것을 보여주기 위해서였다(환자들이 고집을 부린다면). 거기서 몇몇 나약한 환자들이 무너져 내렸다. 그들은 흐느껴 울면서 복종했다. 나머지 환자들은 무슨 고약한 광기인지는 모르지만 윌리엄 경의 면전에 대고 사기꾼이라고 소리쳤다. 더 불손하게는 삶 그 자체에 대해 의문을 제기하기도 했다. 왜 사는가? 라고 그들은 물었다. 윌리엄 경은 삶은 좋은 것이라고 대답했다. 물론 타조 깃털로 치장한 브래드쇼 부인의 사진이 벽난로 위에 걸려 있었고, 그의 수입으로 말하자면 일 년에 만 이천 파운드나 되었다. 하지만 우리에게, 삶은 그런 보상을 주지 않았다고, 그들은 따지고 들었다. 그도 수긍했다. 그들은 균형 감각이 부족했다. 과연 신이 있는 걸까? 그는 어깨를 으쓱했다. 즉, 이렇게 살건 저렇게 살건, 그건 우리의 일이 아니지 않은가? 하지만 거기서 그들은 잘못 생각하고 있었다. 윌리엄 경은 서리(잉글랜드 남동부의 한 주_역주)에 친구가 하나 있었는데, 서리에서는 윌리엄 경이 솔직히 어려운 일이라고 인정하는, 균형 감각을 가르쳤다. 게다가 그곳에는 가족 간의 사랑, 명예, 용기, 그리고 밝은 미래가 있었다. 이 모든 것들이 윌리엄 경에게는 불굴의 투사였다. 만약 이것들이 실패하면, 그는 경찰과 사회의 미덕에 의지해야만 했다. 그리고 서리에서는 무엇보다 좋은 혈통이 아니어서 생겨난 이런 비사회적인 충동을 사회의 미덕으로 억제하도록 관심을 기울일 거라고, 그는 조용하게 말했다. 그러자 그 여신은 숨어 있던 곳에서 몰래 나와 자신의 권좌에 올랐다. 여신의 욕망은 반대를 짓밟고, 다른 사람의 지성소에 자신의 이미지를 깊이 새기는 것이다. 벌거벗고, 무방비 상태에, 기진맥진한 외로운 자들이 윌리엄 경의 의지를 받아들였다. 윌리엄 경은 갑자기 습격을 했다. 게걸스레 삼켜버렸다. 윌리엄 경이 희생자들의 가족들로부터 그토록 사랑을 받았던 이유는 이런 결심과 인간애가 합쳐졌기 때문이었다.

하지만 레지아 워렌 스미스는 할리 거리를 걸어 내려오면서, 그 남자가 싫다고 소리쳤다.

갈기갈기 찢고, 얇게 저미고, 쪼개고 다시 쪼개면서 할리 거리의 시계들은 유 월의 날을 조금씩 갉아먹었으며, 복종을 권유하고, 권력을 옹호했으며, 균형 감각의 최고 장점을 지적했다. 마침내 시간의 작은 언덕이 사라지고, 옥스퍼드 거리의 한 상점 위에 걸린 광고용 시계가 친절하고 정겨운 소리로 한 시 삼십 분을 쳤다. 마치 공짜로 시간을 알려주는 것이 리그비 상점과 로운드즈 상점에 기쁨을 주기라도 하는 것처럼.

위를 올려다보니, 그들 이름의 한 글자가 한 시간을 나타내는 것처럼 보였다. 결국 사람들은 그리니치가 인가한 표준시간을 알려주는 리그비와 로운드즈 상점에게 고마울 따름이었다. 그리고 이 고마움은(휴 휘트브레드는 그렇게 곰곰 생각에 잠겨 상점 진열장 앞을 배회했다) 자연스럽게 리그비 상점과 로운드즈 상점에서 양말이나 구두를 사는 일로 이어졌다. 그렇게 그는 생각에 잠겼다. 그것은 그의 습관이었다. 그는 깊은 생각은 하지 않았다. 표면을 스칠 뿐이었다. 죽은 언어들, 살아 있는 언어들, 콘스탄티노플과 파리와 로마에서의 삶. 말타기, 사냥하기, 테니스, 한때는 그랬다. 사악한 자들은 그가 실크 스타킹과 무릎까지 오는 바지를 입고 버킹엄 궁전 앞에서 아무도 알지 못하는 어떤 것을 지키고 있다고 주장했다. 하지만 그는 그 일을 너무도 잘 해냈다. 그는 55년 동안 영국의 최고 사교계를 방황하고 다녔다. 수상을 만난 적도 있었다. 그는 애정이 깊은 사람으로 알려져 있었다. 그리고 그가 그 당시 중요한 운동에 참여하거나 중요한 직책을 맡지 않은 것이 사실이라 할지라도, 한두 가지 소박한 개혁으로 신뢰를 얻은 것은 사실이었다. 가령 공공 시설을 개선한 일이라든가, 노포크에서 부엉이 보호 운동을 한 것이 그것이었다. 하녀들도 그에게 고마워해야 할 이유가 있었다. 기금을 호소하고 또 환경을 보호하고 보존할 것과 쓰레기를 잘 치우도록 대중에게 호소하면서, 담배를 피우지 말 것과 공원에서 부도덕한 일을 하지 말자는 내용으로《더 타임스》지에 보낸 편지의 맨 밑에 서명되어 있는 그의 이름은 존경을 받기에 충분했다.

  잠시 쉬면서(한 시 삼십 분을 알리는 종소리가 사라지는 동안) 그 역시 훌륭한 인물을 무시한 채, 비판적이면서도 고압적인 자세로 양말과 구두를 쳐다보았다. 그는 높은 자리에서 세상을 내려다보듯 흠잡을 데 없었으며, 옷차림도 손색이 없었다. 하지만 역량과 부와 건강에 수반되는 의무를 깨달았다. 심지어 전혀 필요하지 않을 때조차도 사소한 예절과 구식 의례들을 정확히 준수했다. 이는 그의 몸가짐에 특징을 부여했고, 모방할 만한 어떤 것, 그를 기억하게 해주는 어떤 것을 부여해주었다. 예컨대 그는 20여 년이나 알고 지낸 브루톤 부인과 점심 식사를 할 때에도 그녀에게 카네이션 꽃다발을 건네지 않은 적이 단 한 번도 없었으며, 브루톤 부인의 비서인 브러쉬 양에게 남아프리카에 있는 그녀의 남동생의 안부를 묻지 않은 적이 단 한 번도 없었다. 비록 모든 면에서 여성적인 매력이 부족한 브러쉬 양은 몇 가지 이유로 인해 너무도 화가 난 나머지, "감사합니다. 그 애는 남아프리카에서 잘 지내고 있답니다."라고 대답했지만, 실제로 그녀의 남동생은 벌써 6년 동안 포츠머스(잉글랜드 남부 햄프셔 해안의 항구_역주)에서 엉망으로 지내고 있었다.

브루톤 부인은 리처드 댈러웨이를 더 좋아했다. 리처드는 동시에 도착했다. 실제로 그들은 현관 계단에서 마주쳤던 것이다.

브루톤 부인은 당연히 리처드 댈러웨이를 더 좋아했다. 그에겐 훨씬 더 세련된 구석이 있었다. 하지만 그녀는 사람들이 그녀의 가엾고 사랑스런 휴를 험담하게 내버려두지 않았다. 그녀는 그의 친절을 결코 잊을 수가 없었다―그는 정말 남다르게 친절했었다―. 다만 어떤 경우였는지는 기억할 수 없었다. 하지만 그는 남다르게 친절했다. 어쨌든 한 사람과 다른 사람의 차이란 별 게 아니다. 클러리서 댈러웨이가 그랬듯이―사람들을 구분하고 나누는―, 그녀는 사람들을 구별하는 의미를 몰랐던 것이다. 아무튼 예순두 살이 되면 그렇지 않겠지만 말이다. 그녀는 예의 딱딱한 미소를 지으며 휴의 카네이션을 받아들었다. 더 올 사람은 없어요, 그녀가 말했다. 그녀는 곤경에서 벗어나기 위해 거짓으로 둘러댔다.

"식사부터 합시다." 그녀가 말했다.

거기서 그렇게 앞치마를 두르고 하얀 모자를 쓴 하녀들, 메이페어의 안주인들의 속임수나 비밀에 정통한 하녀들이 회전문으로 소리

없이 들락거리기 시작했다. 한 시 삼십 분에서 두 시까지 손을 흔들면, 모든 움직임이 멈추고, 대신 음식에 대한 심오한 환상이 떠오른다—이것은 돈으로 환산할 수가 없다. 식탁에는 유리잔과 은그릇, 작은 접시깔개, 빨간 과일 무늬의 접시깔개가 차려진다. 갈색 소스를 얇게 바른 가자미. 닭고기가 담겨진 냄비. 활활 타오르는 불. 와인과 커피(돈을 지불하지 않는)와 함께 생각에 잠긴 눈앞에 환한 환상이 떠오른다. 사색적인 눈. 삶이 음악처럼 신비하게 보이는 눈. 이제 브루톤 부인(몸놀림이 항상 딱딱한)이 접시 옆에 놓은 빨간 카네이션의 아름다움을 기분 좋게 바라보는 눈. 휴 휘트브레드는 온 우주와 화해하는 느낌과, 동시에 자신의 지위에 대한 확신과 함께, 포크를 내려놓으며 말했다.

"부인 옷의 레이스에 달면 카네이션이 매혹적으로 보이지 않을까요?"

브러쉬 양은 이런 친근함에 몹시 화를 냈다. 그녀는 그가 상스러운 놈팡이라고 생각했다. 그것이 브루톤 부인을 웃게 만들었다.

브루톤 부인은 그녀 뒤에 걸린 장군의 사진에서와 똑같은 자세로 딱딱하게 카네이션을 들어 올렸다. 그녀는 꼼짝하지 않은 채 무아지경에 빠져 있었다. 그녀가 지금 장군의 증손녀던가? 고종손녀던가? 리처드 댈러웨이가 자신에게 물었다. 로드릭 경, 마일 경, 탈보트 경

―그렇다. 그 집안에서 비슷한 점이 어떻게 여자들에게 전수되는지 놀라운 일이었다. 그녀는 영국 기병 장군이었어야 했다. 그러면 리처드는 그녀 밑에서 기분 좋게 근무했을 것이다. 그는 그녀를 몹시 존경했다. 명문가에서 잘 살아온 노부인에 대한 이런 낭만적인 견해를 깊이 간직했다. 나름대로 기분이 좋은 나머지, 젊은 지인들을 그녀와의 오찬 자리에 데려오고 싶었을 것이다. 마치 브루톤 부인처럼 차 마시는 일에 열성적인 사람의 유형을 만들어낼 수 있는 것처럼 말이다. 그는 그녀의 고향을 가보았으며, 그녀 주변의 사람들도 알고 있었다. 아직도 포도가 열리는 포도밭이 있었는데, 러블레이스(리처드 러블레이스 (1618~1658), 17세기 영국의 시인_역주)인지 헤릭(로버트 헤릭(1591~1674), 17세기 영국의 시인_역주)인지 하는 시인이―그녀는 시는 단 한 줄도 읽지 않지만, 스토리는 그렇게 이어졌다― 앉아 있었던 포도밭이었다. 기다렸다가 그녀를 귀찮게 하는 질문을 그들 앞에 꺼내놓는 것이 더 낫지(대중들에게 호소력을 키우는 것에 관한 질문이었는데, 만약 한다면, 어떤 말투로 하는지 따위의), 그들이 커피를 마실 때까지 기다리는 게 더 낫지, 브루톤 부인은 생각했다. 그리고 그녀의 접시 옆에 카네이션을 내려놓았다.

"클러리서는 잘 지내요?" 그녀가 느닷없이 물었다.

클러리서는 언제나 브루톤 부인이 자신을 좋아하지 않는다고 말해

왔다. 실제로 브루톤 부인은 사람들보다는 정치에 관심이 더 많다는 소문이 있었다. 남자처럼 말을 하고, 80년대의 어떤 음모에 연루되어 있다는 소문이 자자했는데, 지금은 회고록에서나 언급될 정도였다. 그녀의 응접실에는 골방이 있으며, 그 골방에는 책상이 있고, 그 책상 위에는 이미 타계한 탈보트 무어 장군의 사진이 있었다. 무어 장군은 (80년대 어느 날 저녁) 브루톤 부인이 있는 자리에서, 영국 군대에게 역사적인 기회를 놓치지 말고 진격하라는 전보문을 썼다 (그녀는 펜을 가지고 있었으며 그 이야기를 들려주었다). 그래서 그녀가 "클러리서는 잘 지내요?"라고 무심코 물었을 때, 남편들은 아내를 설득하느라 애를 먹었다. 그러면서도 실제로는 브루톤 부인이 남편들의 길을 막고, 해외에서 근무하는 것을 방해하고, 일하는 기간에도 감기 치료를 위해 남편들을 피서지로 데려가야 하는 여자들에게 정말 관심이 있는 것인지 은근히 의심스러워했다. 그럼에도 불구하고, "클러리서는 잘 지내요?"라고 묻는 것은 남의 행복을 비는 사람, 과묵한 친구의 표시로 여자들에게 알려져 있었다. 그녀의 말은(평생을 통틀어 대여섯 번이겠지만) 남성 위주의 오찬 파티보다는 낮지만 브루톤 부인과 댈러웨이 부인을 서로 묶어주는 같은 여자끼리의 동지의식을 의미했다. 댈러웨이 부인은 브루톤 부인을 거의 만나지도 않으며, 만나게 되더라도 특이한 분위기 내에서 무관심하거나 심지어 적대적으로 보이기까지 했다.

"오늘 아침 공원에서 클러리서를 만났습니다." 냄비에 담긴 요리를 먹느라 정신이 없던 휴 휘트브레드가 이 사소한 문제에 관심을 나타냈다. 런던에 오는 즉시 모든 사람들을 한꺼번에 만나게 되기 때문이었다. 하지만 밀리 브러쉬는 그가 탐욕스럽다고, 지금까지 만난 사람 중 가장 탐욕스럽다고 생각했다. 여드름에, 긁힌 자국에, 비쩍 마르고 여자다운 매력이라고는 전혀 찾아볼 수 없는 그녀는 지극히 정확하게 남자들을 관찰했으며, 특히 같은 여자들에게는 언제까지라도 헌신적일 수 있는 여자였다.

"누가 런던에 왔는지 알아요?" 갑자기 생각난 듯 브루톤 부인이 느닷없이 말했다. "우리의 옛 친구, 피터 월쉬가 왔어요."

그들은 모두가 미소를 지었다. 피터 월쉬라! 댈러웨이 씨가 특별히 반가워하는군, 밀리 브러쉬가 생각했다. 휘트브레드 씨는 오직 닭 요리 생각뿐이었다.

피터 월쉬라! 브루톤 부인, 휴 휘트브레드, 그리고 리처드 댈러웨이 세 사람은 하나같이 똑같은 기억을 떠올렸다. 피터가 얼마나 열정적으로 사랑을 했었는지, 어떻게 거절을 당하고 인도에 갔는지, 어떻게 사업에 크게 실패하고 빈털터리가 되었는지를 말이다. 리처드 댈러웨이는 그 옛친구를 몹시 좋아했었다. 밀리 브러쉬는 그것을 알고 있

었다. 댈러웨이 씨의 갈색 눈동자에서 어떤 깊이를 보았다. 그가 머뭇
거리며 생각에 잠겨 있는 것을 보았다. 댈러웨이 씨가 언제나 그녀에
게 흥미를 자아냈듯이, 지금도 그것이 그녀의 관심을 사로잡았다. 그
가 피터 월쉬에 대해 어떤 생각을 할까? 그녀는 그것이 궁금했다.

피터 월쉬가 클러리서와 사랑에 빠졌었다는 생각. 점심식사 후에
곧장 돌아가서 클러리서를 찾는다는 생각. 그녀를 사랑한다고 구구
절절 이야기할 생각. 그래, 그는 그런 말을 할 것이다.

밀리 브러쉬는 이런 침묵을 사랑한 적이 있었다. 그리고 댈러웨이
씨는 너무도 믿음직스러웠다. 훌륭한 신사이기도 했다. 이제 사십 대
에 접어든 브루톤 부인은 고개를 끄덕이거나, 아니면 고개를 휙 돌리
기만 하면 되었다. 그러면 밀리 브러쉬는 그 말뜻을 알아차렸다. 아무
리 초연한 정신이, 삶이 속일 수 없는 때문지 않은 영혼에 관한 이런
생각에 깊이 잠겨 있다 할지라도 말이다. 왜냐하면 삶은 그녀에게 가
장 하찮은 것조차 제공해주지 않기 때문이다. 곱슬머리도, 미소도,
입술도, 뺨도, 코도 그 어떤 것도 주지 않았다. 브루톤 부인은 고개만
까딱하면 그만이었다. 그러면 순식간에 퍼킨스에게 커피를 가져오란
지시가 내려졌다.

"그래요, 피터 월쉬가 돌아왔어요." 브루톤 부인이 말했다. 그 소식
에 그들 모두는 막연히 즐거웠다. 피터 월쉬는 돌아왔다. 지치고 초라

180

해진 모습으로, 성공하지 못한 채, 안전한 해변으로 돌아왔다. 하지만 그를 돕는다는 것은 불가능하다고, 그들은 생각했다. 그는 성격적인 결함이 있었다. 그의 이름만 대면 알 만한 사람은 다 안다고, 휴 휘트 브레드는 말했다. 그는 정부 관료들에게 '나의 옛 친구 피터 월쉬' 따위에 관한 편지를 쓸 생각에 우울하게 이맛살을 찌푸렸다. 하지만 그의 성격 탓에, 그 편지가 어떤 것—영구적인 어떤 자리로 연결되지는 못할 것이다.

"어떤 여자와 문제가 생겼어요." 브루톤 부인이 말했다. 그들은 그 일이 문제의 원인이라고 짐작했다.

"그렇지만, 피터에게 직접 그 사연을 듣게 되겠죠." 화제를 바꾸고 싶어하면서 브루톤 부인이 말했다.

(커피가 늦어지고 있었다.)

"주소는요?" 휴 휘트브레드가 중얼거렸다. 매일 매일 브루톤 부인을 깨끗하게 씻어내는 봉사라고 하는 회색 바다에 잔물결이 일었다. 그 잔물결은 브루톤 부인을 섬세한 조직 속으로 모으고, 가로채고, 감싸 안았다. 또한 진동을 깨고, 간섭을 완화하고, 브룩 거리에 있는 집 주변에 가느다란 그물을 펴서 문제들을 퍼올렸다. 그러면 머리가 희끗희끗한 퍼킨스가 나서서 정확하게 처리했다. 지난 30년 간 브루톤 부인 곁에 있었던 그런 퍼킨스가 지금은 주소를 받아 적어, 그것을 휘트브레드 씨에게 건네주었다. 휘트브레드 씨는 수첩을 꺼내, 눈썹을 치켜 뜨며, 받아든 주소를 가장 중요한 서류 사이에 끼워넣었다. 그리고 에블린을 통해 피터 월쉬를 점심 식사에 초대하겠다고 말했다.

(휘트브레드 씨의 식사가 끝날 때까지 그들은 커피가 나오기를 기다리고 있었다.)

휴는 느려 터졌어, 브루톤 부인은 생각했다. 그가 뚱뚱해지고 있다는 것을 그녀는 알고 있었다. 리처드는 늘 원기 왕성한 상태를 유지했다. 그녀는 조바심을 내고 있었다. 그녀의 존재는 그녀의 관심을 사로잡았던, 아니 단지 관심뿐만 아니라 그녀의 영혼의 중심을 사로잡았으며, 밀리센트 브루톤을 밀리센트 브루톤일 수 있게 해주는 그녀의 본질을 사로잡았던 헛수고(피터 월쉬와 그의 애정행각)를, 점잖은 부모 밑에서 태어난 젊은 남녀들을 캐나다에 이주시키려는 계획에 기울였던 이 모든 쓸데없는 헛수고를 단호하고, 분명하고, 거만하게 옆으로 밀어내고 털어내고 있었다. 그녀는 과장을 했다. 아마 균형 감각을 잃었는지도 모른다. 다른 사람들에게 이민은 정확한 처방이나 고상한 생각은 아니었다. 그들에게(휴나 리처드, 심지어는 헌신적인 브러쉬 양에게조차) 그것은 갇힌 자아의 해방자가 아니었다. 즉 좋은 가문에서, 부족할 것 없이 자랐으며, 충동적이고, 감정이 솔직하고, 내성적이지 않은(자유분방하고 단순한—왜 모든 사람이 자유분방하고

182

단순하지 못할까? 그녀가 물었다) 강하고 호전적인 한 여자가 내면에서 일어나고 있다고 느끼는 것 말이다. 젊음이 지나고 나면, 어떤 대상에 분출을 해야 한다. 그 대상은 이민일 수도 있고, 해방일 수도 있다. 하지만 그것이 무엇이든, 그녀의 영혼의 본질이 몸을 숨기는 이 대상은 필연적으로 번쩍번쩍 빛나는 무지개 빛이며, 반은 거울이고, 반은 귀중한 보석이었다. 사람들이 비웃을 때는 조심스럽게 모습을 감추었고, 지금은 자랑스럽게 모습을 드러냈다. 즉 이민은 주로 브루톤 부인의 문제가 되었던 것이다.

하지만 그녀는 편지를 써야만 했다. 《더 타임스》에 보낸 편지는 그녀가 브러쉬 양에게 말하곤 했던 것처럼, 남아프리카 탐험대(그녀가 전쟁에서 했던)를 조직하는 일보다 더 힘들었다. 어느 날 아침 내내 편지를 쓰고 찢고 또 쓰는 전쟁이 끝난 후에, 그녀는 다른 경우에서는 느끼지 못했던, 자신이 여자로서의 무력감이 느껴지곤 했다. 그리고 《더 타임스》지에 편지 쓰는 기술을 가진—누구나 인정하는— 휴 휘트브레드를 생각했다.

그렇게 언어를 자유자재로 구사하는, 그녀와는 너무나 다르게 만들어진 존재, 편집자들의 취향에 맞는 것들을 써넣을 수 있는 존재. 단순히 탐욕이라고 부를 수만은 없는 열정을 가지고 있었다. 브루톤 부인은 여자들과는 달리, 우주의 법칙을 지키는 신비로운 조화를 존중하는 남자들에 대한 판단을 유보할 때가 종종 있었다. 남자들은 순리를 알았으며 주어진 말의 뜻을 알았다. 그래서 리처드가 그녀에게 충고를 하거나, 휴가 그녀를 위해 편지를 써준다면, 그녀는 어쨌든 옳다고 확신했다. 그렇게 그녀는 휴가 수플레(달걀의 흰자에 우유를 섞어 거품을 낸 다음 구운 요리_역주)를 먹도록 내버려두었으며, 가엾은 에블린의 안부를 물었다. 그리고 그들이 담배를 피울 때까지 기다렸다가 말을 꺼냈다.

"밀리, 종이 좀 가져다줄래?"

브러쉬 양이 나갔다가 돌아왔다. 그리고 탁자 위에 종이를 내려놓았다. 휴가 만년필을 꺼냈다. 그의 은색 만년필. 그는 만년필의 뚜껑을 돌리면서 그것을 20년 동안 써왔다고 말했다. 만년필은 여전히 흠잡을 데 없이 말짱했다. 그는 제조업자들에게 그 만년필을 보여준 적이 있었다. 그들은 만년필이 닳을 이유가 없다고 말했다. 그 말은 휴를 명예롭게, 그 만년필이 표현하는 감정들을 명예롭게 해주었다(리처드 댈러웨이는 그렇게 느꼈다). 휴가 여백에 조심스럽게 둥근 원을 그려가며 대문자로 글씨를 쓰기 시작하자, 뒤죽박죽이었던 브루톤 부인의 생각이 논리 정연하게 정리되는 것을 보면서, 브루톤 부인은 《더 타임스》지의 편집자도 존경할 거라고 생각했다. 휴는 굼뜨고, 끈질긴 데가 있었다. 리처드는 누구나 위험을 감수해야 한다고 말했다.

휴는 사람들의 감정을 존중하여 부분적으로 수정할 것을 제안했다. 리처드가 웃자, 다소 신랄하게, "고려를 해야 합니다."라고 말했다. 그리고 소리내어 읽었다. "그러므로 우리가 어떻게 때가 무르익었다고 생각하는지…… 계속 증가하는 인구 가운데 너무 많은 젊은이들을…… 우리가 죽은 자에게 빚진 것……" 리처드는 이것이 인기를 끌기 위한 쓸데없는 연설이지만, 그렇다고 해가 될 것은 물론 없다고 생각했다. 휴는 양복 조끼에 묻은 담뱃재를 털고, 이따금 중간 보고를 해가면서, 가장 숭고한 감정을 알파벳 순서로 하여 초안을 써내려갔다. 그리고 마침내 편지의 초안을 큰 소리로 읽었으며, 브루톤 부인은 훌륭하다고 확신했다. 자신의 의도가 어쩌면 저렇게 멋있게 들릴 수 있을까?

휴는 편집자가 이 편지를 실어줄지 아닐지 보장할 수는 없었지만, 오찬에서 누군가를 만날 수는 있을 것 같았다.

그렇게 하여 좀처럼 호의를 표시하지 않는 브루톤 부인은 휴의 카네이션을 드레스 앞자락에 채우고, 그에게 손을 내밀면서, 그를 "나의 수상이여!"라고 불렀다. 그 두 사람이 없었다면 그녀가 무엇을 했을지 뻔한 일이었다. 그들은 자리에서 일어섰다. 리처드 댈러웨이는 평소처럼 장군의 초상화를 보기 위해 천천히 걸어갔다. 왜냐하면 시간이 허락된다면, 브루톤 부인의 가족사를 쓰고 싶었기 때문이었다.

밀리센트 브루톤은 자신의 가문을 몹시 자랑스러워했다. 하지만 저 사람들은 기다릴 수 있어요, 기다릴 수 있다니까요, 초상화를 쳐다보며, 자신의 가족을 가리키며, 군인들, 행정관들, 해군 제독들을 가리키며, 행동하는 사람들, 의무를 다한 사람들을 가리키며 그녀가 말했다. 리처드의 첫 번째 의무는 조국이었지만, 그것은 좋은 면모였다고, 그녀는 말했다. 그리고 그때가 언제 오더라도 모든 서류는 이미 알드믹스톤에 리처드를 위해 준비되어 있었다. 물론 그때란 노동당 정부가 들어서는 것을 의미했다. "아, 인도 소식!" 그녀가 외쳤다.

그리고 그들은 홀에 서서 공작석孔雀石으로 만든 테이블에 있는 큰 단지에서 노란 장갑을 들었다. 휴는 브러쉬 양에게 불필요하게 예의를 갖추고 날짜가 지난 입장권이나 찬사를 보내고 있었던 탓에 그녀는 치를 떨며 얼굴을 붉혔고, 리처드는 손에 모자를 든 채, 브루톤 부인에게 돌아서 말을 꺼냈다.

"오늘 밤 저희 집 파티에서 뵐 수 있겠죠?" 그러자 브루톤 부인은 편지를 쓰는 동안 잊고 있던 기품을 되찾았다. 그녀는 갈 수도 있고 가지 않을 수도 있었다. 클러리서는 왕성한 에너지를 갖고 있었다. 브루톤 부인은 파티는 질색이었다. 게다가 나이가 들어가고 있었던 것이다. 그래서 그녀는 현관에 서서 넌지시 말했다. 당당하고 곧은 자세로. 그 사이 그녀의 개는 그녀 뒤에 누워 있었고, 브러쉬 양은 종이를 가득 들고 뒤로 사라졌다.

   브루톤 부인은 부자연스럽고 위엄 있게 방으로 올라가, 한 팔을 뻗은 채 소파에 누웠다. 그녀는 한숨을 쉬고, 코를 골았다. 하지만 잠이 든 것이 아니라, 단지 나른하고 몸이 무거울 뿐이었다. 나른하고 몸이 무거웠다. 이 무더운 유월의 햇살 아래 벌과 노란 나비가 주변에 날아다니는, 토끼풀이 깔린 들판 같았다. 그녀는 언제나 데번셔에 있는 그런 들판으로 돌아갔다. 그곳에서 그녀는 남자 형제들인 머티머, 톰과 함께 조랑말 패티를 타고 시냇물을 뛰어넘었다. 그곳에는 개도 있었고, 쥐도 있었다. 나무 아래 잔디밭에는 아버지와 어머니가 찻잔 세트를 펼쳐놓고 앉아 계셨으며, 달리아, 접시꽃, 팜파스 그라스(팜파스에 나는 참 억새풀 종류_역주)도 있었다. 그리고 어린 장난꾸러기들은 언제나 장난칠 궁리뿐이었다. 들키지 않으려고 관목 숲 속을 몰래 돌아다녔으며, 장난을 치느라 온통 진흙 투성이였다. 나이든 유모는 그녀의 옷을 놓고 얼마나 잔소리를 했던가!

   오, 맙소사, 생각해보니 오늘은 수요일이며 여기는 브룩 거리가 아닌가. 그 친절하고 착한 친구들, 리처드 댈러웨이와 휴 휘트브레드는 이 무더운 날에 거리를 지나갔다. 거리의 소음이 소파에 누워 있는 그녀에게까지 들려왔다. 권력은 그녀의 것이었다. 지위도, 수입도. 그녀는 시대의 중심에서 살았던 것이다. 좋은 친구들도 있었다. 당시 가장 능력 있는 사람들을 만났다. 속삭이는 듯한 런던이 그녀에게 밀려왔다. 소파 등받이에 올려놓은 손은 할아버지들이 잡았을지도 모르는 상상의 지휘봉을 움켜쥐었다. 그것을 잡은 그녀는 몸은 나른하고 무거웠지만 캐나다로 진군하는 대부대를 지휘하는 것 같았다. 그리고 그 좋은 친구들을, 그들의 영역인 런던을, 그 작은 카펫을, 메이페어를 가로질러 걷고 있는 그들을 지휘하는 것 같았다.

그리고 그들은 가느다란 실로 그녀와 연결된 채(그들이 그녀와 점심 식사를 한 이후로) 그녀로부터 점점 더 멀어져갔다. 그들이 런던을 가로질러 걸어가고 있는 동안, 그 실은 길게 늘어지며 점점 더 가늘어져갔다. 마치 누군가의 친구들이 그 누군가의 몸에 묶여 있는 것처럼. 그 실은(그녀가 그곳에서 졸고 있을 때) 시간을 알리거나 하인들을 부르는 종소리와 함께 희미해졌다. 빗방울이 맺힌 거미줄이 그 무게를 견디지 못해 내려앉듯이, 그렇게 그녀는 잠이 들었다.

밀리센트 브루톤이 소파에 누워, 실이 끊어진 줄도 모르고 코를 고는 바로 그 순간에 리처드 댈러웨이와 휴 휘트브레드는 콘디트 거리 모퉁이에서 망설이고 있었다. 그들은 한 상점의 쇼윈도를 들여다보았다. 무엇을 사거나 이야기를 하려는 것이 아니라, 단지 헤어지려는 참이었다. 길모퉁이에서는 맞바람만이 휘몰아치고, 몸의 흐름이 무너지고, 소용돌이 가운데 만나는 두 개의 힘, 아침과 오후, 그리고 그들은 잠시 머뭇거렸다. 신문의 전단지가 씩씩하게 허공으로 날아올라갔다. 처음에는 연처럼, 그랬다가 잠시 멈추더니, 휙 내려앉으면서 펄럭거렸다. 그리고는 숙녀의 베일처럼 걸려 있었다. 노란 차양이 흔들거렸다. 아침의 통행 속도가 느려졌다. 짐마차들이 반쯤은 빈 거리를 태평하게 덜커덕거리며 내려갔다. 리처드 댈러웨이가 반쯤은 머릿속으로 생각하고 있는 노포크에서는 부드럽고 따뜻한 바람이 불어와 꽃잎이 날아가고, 물이 뒤섞였으며, 꽃이 만발한 잔디가 물결처럼 출렁거렸다. 아침 노역 대신 잠을 자기 위해 울타리 아래 자리를 잡은 건초를 만드는 사람들은 푸른 잎사귀로 된 커튼을 젖히고, 하늘을 보기 위해 파르르 떠는 카우 파슬리(cow parsley, 영국과 네덜란드에서 향신료로 쓰는 야생초_역주)를 치웠다. 변함 없이 파랗고 햇살이 작렬하는 여름 하늘.

그가 손잡이가 두 개 달린 제임스 1세 시대의 은잔을 바라보고 있다는 것과 휴 휘트브레드가 감식가 같은 분위기로 스페인제 목걸이를 보며 탄복하고 있다는 것을 의식하고 있던 리처드는 여전히 무신경했다. 생각을 할 수도 없었고 몸을 움직일 수도 없었다. 휴는 에블린이 그 목걸이를 좋아할지도 모르므로 값을 물어봐야겠다고 생각했다. 인생은 이런 잔해물을 던져주었던 것이다. 상점의 쇼윈도에는 색색의 인조 보석들이 가득 차 있었으며, 누군가 세월의 무기력함과 세월의 완고함으로 몸이 뻣뻣하게 굳은 채 상점을 들여다보았다. 에블린 휘트브레드는 아마도 그 스페인제 목걸이를 사고 싶어할지도 모른다—그럴지도 모른다. 그는 하품을 참을 수가 없었다. 휴는 어느덧 상점 안으로 들어가고 있었다.

"자네가 옳아!" 리처드가 그를 따라 안으로 들어가며 말했다.

그가 휴와 같이 목걸이를 사고 싶지 않다는 것은 하늘이 알고 있다. 하지만 몸에는 흐름이 있었다. 아침은 오후를 만난다. 깊고 깊은 밀물을 타고 가냘픈 배가 떠내려가듯이, 브루톤 부인의 고조 할아버지와 그의 회고록 그리고 북아메리카에서의 전투는 파도에 삼켜져 가라앉았다. 밀리센트 브루톤도 마찬가지였다. 이민이 어떻게 되었건 리처드는 개의치 않았다. 편지에 관해서도, 편집자가 그것을 싣든지, 아니든지 개의치 않았다. 목걸이는 휴의 기품 있는 손가락 사이에 축 늘어져 있었다. 보석을 사야 한다면, 아무 처녀에게나 주어 버리든지. 길거리에 있는 아무 처녀에게나, 아무 처녀에게나 말이다. 이 삶의 무가치함이 리처드에게 아주 강하게 와 닿았기 때문이다. 에블린을 위해 목걸이를 사는 일 말이다. 만약 그에게 아들이 있었다면, 일을 해라, 일을 해라, 라고 말했을 것이다. 하지만 그에겐 엘리자베스가 있었다. 그는 엘리자베스를 흠모했다.

"듀보네트 씨가 있어야 하는데." 휴는 예의 퉁명스런 말투로 말했다. 이 듀보네트 씨가 휘트브레드 부인의 목 사이즈를 알고 있던지, 아니면, 더 이상하긴 하지만, 스페인 보석과 그런 종류의 보석을 어느 정도 가지고 있는지를(휴는 기억할 수 없는) 알고 있을 성싶었다. 이 모든 것이 리처드 댈러웨이에게는 아주 이상하게 보였다. 그는 클러리서에게 한 번도 선물을 준 적이 없었기 때문이다. 2~3년 전에 팔찌를 선물로 주었으나, 별 성공을 거두지 못했던 일을 제외하곤 말이다. 그녀는 한번도 그 팔찌를 차지 않았다. 그녀가 그 팔찌를 차지 않았다는 일을 떠올리는 것이 그를 고통스럽게 했다. 거미줄 한 가닥이 이리저리 휘청거리다가 한 잎사귀 끝자락에 매달리듯이, 그렇게 리처드의 마음은 무기력에서 벗어나, 다시금 아내인 클러리서에게로 향했다. 피터 월쉬가 그토록 열정적으로 사랑했던 클러리서에게로. 그리고 리처드는 거기 오찬에서 그녀의 모습이 불현듯 떠올랐다. 그와 클러리서의 모습이. 그들이 함께 하는 삶이. 그는 오래된 보석 쟁반을 끌어당겼다. 그리고는 브로치와 반지 따위를 들어올려 보였다. "저 반지는 얼만가요?" 그가 물었다. 하지만 자신의 취향을 믿을 수 없었다. 그는 클러리서에게 줄 선물을 손에 들고 거실 문을 열고 들어서고 싶었다. 다만 무슨 선물을 주어야 할지? 하지만 휴는 다시 일어섰다. 그는 말할 수 없이 거드름을 피웠다. 사실 이곳에서 35년도 넘게 거래를 했는데 아무것도 모르는 애송이에 불과한 점원에게 물건을 살 생각이 없었다. 듀보네트는 없는 것 같았고 휴는 그가 돌아오기 전에는 아무것도 사고 싶지 않기 때문이다. 그러자 젊은 점원은 얼굴을 붉히며 고개를 숙여 예의바르게 인사를 했다. 모든 것이 완벽했다. 하지만 자신의 생명을 구하기 위해 리처드는 그런 말을 할 수는 없었을 것이다! 어째서 이 사람들은 상상할 수도 없는 그런 끔찍한 무례함을 참는단 말인가. 휴는 도저히 봐줄 수 없는 바보가 되어가고 있었다. 리처드 댈러웨이는 한 시간 이상은 자신의 사교계에 더 있을 수가 없었다. 그는 작별을 고하는 뜻으로 크리켓 투수 모자를 살짝 매만지며 인사를 한 다음, 콘디트 거리 모퉁이를 돌아섰다. 자신과 클러리서를 이어주는 사랑이라고 하는 거미줄을 타고 가고 싶은 마음이 간절했다. 그랬다. 너무도 간절했다. 지금 당장 웨스트민스터에 있는 그녀에게 갈 작정이었다.

하지만 그는 무언가를 손에 들고 가고 싶었다. 꽃을 살까? 그래, 꽃이다. 금에 대한 자신의 취향은 믿을 수 없기 때문이었다. 무슨 일이건 축하를 하는 데는 장미거나 난초거나 아무튼 꽃이 최고였다. 그들이 오찬에서 피터 월쉬에 대한 이야기를 할 때 그녀에게 느꼈던 이 감정. 그들은 그 얘기를 해본 적이 없었다. 몇 년 동안 그 얘기는 단 한 번도 해본 적이 없었다. 빨간 장미와 흰 장미(종이에 싼 엄청난 다발)를 부여잡고 그는 생각했다. 그 일은 세상에서 가장 큰 실수라고. 살다 보면 말을 할 수 없는 순간이 있다. 너무 부끄러워서 말할 수 없는 순간이. 6펜스인지 그 이상인지, 아무튼 거스름돈을 주머니에 넣고, 커다란 꽃다발을 끌어안으면서 그가 생각했다. 그리고 웨스트민스터로 향했다. 꽃을 내밀면서, "당신을 사랑해."라고 단도직입적으로(그녀가 어떻게 생각하건 간에) 말하기 위해서였다. 못할 게 없지 않은가? 전쟁을 생각한다면, 이것은 기적이었다. 그들 앞에 누워 있던 수천 명의 가엾은 친구들이 한꺼번에 땅 속에 묻혀 이미 반쯤은 잊혀지지 않았던가. 그러니 이것은 기적이었다. 여기서 그는 클러리서에게 그렇게 많은 말로 사랑한다는 말을 하기 위해 런던을 가로질러 걸어가고 있었다. 우리는 단 한번도 사랑한다는 말을 표현하지 않았어, 그는 생각했다. 한편으론 게을러서였고, 한편으론 부끄러워서였다. 그리고 클러리서—그녀를 생각하는 것은 힘들었다. 오찬 때처럼 느닷없이 그럴 때를 제외하곤 말이다. 그때 그는 그녀를, 그들의 삶 전체를 아주 분명하게 보았다. 그는 건널목에서 걸음을 멈추었다. 그리고 되풀이해서 말했다—그는 도보로 여행을 하고, 사냥을 했던 이유로, 그는 천성이 단순했으며, 타락하지 않았다. 고집스럽고 끈질기게 따라다녔으며, 짓밟힌 자들을 옹호했고, 하원에서는 그의 본성이 시키는 대로 행동했다. 늘 단순함을 잃지 않았지만 동시에 말이 없어지고 몸이 굳어 있었다—. 클러리서와 결혼한 것은 기적이라고 그는 반복해서 말했다. 기적―그의 삶은 기적이었다고, 그는 생각했다. 길 건너는 것을 망설이면서. 하지만 대여섯 명의 어린아이들이 피카딜리를 혼자 건너가는 것을 보자 피가 끓어올랐다. 경찰은 그 즉시 모든 자동차들을 세워야만 했다. 그는 런던 경찰에 대해 환상을 가지고 있지 않았다. 사실은 경찰들의 직권 남용에 대한 증거를 모으고 있었다. 그리고 행상들, 그들이 수레를 길에 세우지 못하게 해야 한다. 그리고 저 매춘부들, 사실 책임은 매춘부들이나 젊은 사람들에게 있는 것이 아니다. 우리의 사회 제도 등등이 문제였다. 아내에게 사랑한다는 말을 하기 위해 그가 공원을 건너가는 동안, 그가 생각하는 이 모든 것들은 사려 깊은 것으로, 회색으로, 고집이 센 것으로, 깔끔하고 단정한 모습으로 보여질 수도 있었다.

방으로 들어서면서, 그는 아주 많은 말로 사랑한다는 말을 할 것이다. 자신이 느끼는 것을 표현하지 않는 것은 너무나 슬픈 일이기 때문에, 그는 그린 파크를 가로질러 걸어가면서, 나무 그늘 아래 온 가족, 가난한 가족들이 누워 있는 것을 즐겁게 바라보면서, 그는 생각했다. 아이들은 다리를 건어차 올리면서 우유를 빨아먹고 있었고, 종이 봉지들은 아무렇게나 주변에 널려 있는 종이 봉지들은(만약 사람들이 줍기를 싫어한다면) 제복을 입은 뚱뚱한 신사들 중 누군가가 쉽게 치울 수 있을 것이다. 그는 여름에는 모든 공원과 모든 광장을 아이들에게 개방해야 한다는 의견을 가지고 있었다(공원의 잔디는 마치 노란 램프가 밑에서 움직이는 것처럼 웨스트민스터의 가난한 엄마와 바닥을 기어다니는 갓난아이들의 표정을 밝게 해주면서, 피어났다가 사라졌다). 하지만 한쪽 팔꿈치를 괴고 누워 있는 저 불쌍한 여자 부랑자들은 어찌해야 할지(그녀는 마치 땅 위에 자신을 던져버리고 모든 구속의 인연의 끈을 끊어버리기라도 한 듯 호기심에 어린 눈으로 관찰을 하고, 대담하게 생각하며, 왜라든지 무엇 때문이라든지 하는 문제를 뻔뻔스럽게 되는 대로 지껄이며 우스꽝스럽게 생각하는 듯했다), 그는 생각이 떠오르질 않았다. 리처드 댈러웨이는 꽃을 무기삼아 가슴에 품고, 그녀에게 다가갔다. 일부러 그녀는 지나쳤다. 여전히 두 사람 사이에는 불꽃이 틸 시간이 있었다—그녀는 그를 보고 웃었던 것이다. 그는 여자 부랑자 문제를 생각하면서 기분 좋게 웃었다. 두 사람이 서로 말을 하려고 했던 것은 아니었다. 하지만 그는 그렇게 여러 가지 말로, 클러리서에게 사랑한다는 말을 할 작정이었다. 한때 그는 피터 월쉬와, 그와 클러리서를 질투한 적이 있었다. 그러나 그녀는 피터 월쉬가 결혼 안 길 잘했다는 말을 하곤 했다. 클러리서를 안다면, 그것은 분명한 사실이었다. 그녀는 누군가에게 의지하고 싶어했다. 그녀가 약하기 때문은 아니지만, 어쨌든 의지하고 싶어했다.

버킹엄 궁전으로 말하자면(온통 하얀 흰옷을 입고 청중을 마주 하고 있는 나이든 프리마돈나처럼) 그것이 지니는 확실한 위엄을 부인할 수는 없다. 비록 어리석기는 하지만 궁극적으로 수백만의 사람들에게(몇몇 군중이 왕이 승용차로 행차하는 것을 보려고 문에서 기다리고 있었다) 상징이 된 것을 경멸할 수는 없다고, 그는 생각했다. 빅토리아 여왕에게(뿔테 안경을 쓴 채, 마차를 타고 켄싱턴을 지나가던 그녀를 그는 기억하고 있었다) 바쳐진 기념비, 기념비의 흰 받침대, 기념비가 파도처럼 굽이쳐대는 모성애를 바라보면서 블록 장난감을 가지고 노는 아이도 저것보다는 잘 만들 수 있겠다고, 그는 생각했다. 하지만 그는 호사(켄트 왕국을 세웠던 쥬트족의 족장_역주)의 후손들에게 통치를 받고 싶었다. 그는 연속성을 좋아했다. 과거의 전통이 전수된다는 느낌을 좋아했다. 그가 살고 있는 지금은 위대한 시대였다. 실로 그 자신의 삶은 기적이었다. 그것에 관한 한 실수를 해서는 안 된다. 그는 지금 여기, 인생의 전성기에서 클러리서에게 사랑을 고백하기 위해 웨스트민스터에 있는 자신의 집을 향해 걸어가고 있었다. 행복은 바로 이런 것이라고, 그는 생각했다.

그는 웨스트민스터 사원의 딘즈 야드(웨스트민스터에 있는 주거지역_역주)에 들어서면서, 행복은 이런 것이야, 라고 중얼거렸다. 빅벤 시계가 울리기 시작했다. 처음에는 미리 알리는 음악 소리, 그리고는 이내 다시 돌이킬 수 없는 시간을 알리고 있었다. 점심 파티는 오후 시간을

196

헛되이 써버리게 한다고, 그는 집 문으로 다가가면서 생각했다.

빅벤의 소리가 클러리서의 응접실로 새어 들어왔다. 그곳에서 그녀는 몹시 화가 난 채, 책상에 앉아 있었다. 걱정도 되고, 화도 났다. 그녀가 앨리 핸더슨을 자신의 파티에 초대하지 않은 것은 분명한 사실이었다. 하지만 그녀는 일부러 초대를 하지 않았던 것이다. 이제야 마르샴 부인은, "그녀는 클러리서에게 물어보겠다고 앨리 핸더슨에게 말했다— 앨리는 너무나도 오고 싶어했다."고 적었다.

하지만 런던 시내 모든 여자를 파티에 전부 초대할 수는 없지 않은가? 마르샴 부인은 어째서 끼여드는 걸까? 게다가 엘리자베스는 이 시간 내내 도리스 킬먼과 틀어박혀 있었다. 그녀는 그보다 더 불쾌한 일을 상상할 수 없었다. 이 시간에 그런 여인과 기도를 하고 있다니. 그리고 시계 종소리가 방안으로 밀려 들어와 우울한 분위기를 자아냈다. 그 소리는 사라졌다가 한데 모여, 다시 부서졌다. 그 순간 그녀는 문에서 무언가 더듬는 소리, 무언가 긁는 귀에 거슬리는 소리를 들었다. 이 시간에 누굴까? 오, 맙소사, 세 시라니! 벌써 세 시라니! 거스를 수 없는 힘과 위엄으로 시계가 세 시를 쳤기 때문이다. 그녀는 다른 소리는 듣지도 못했는데, 문손잡이가 돌아가고 리처드가 들어오는 것이 아닌가! 얼마나 놀라운지! 꽃을 내밀며 리처드가 들어왔다. 전에 한번 콘스탄티노플에서 그녀는 그를 실망시킨 적이 있었다. 그리고 브루톤 부인은 특별히 재미있다는 파티에 그녀를 초대하지 않았던 것이다. 그는 꽃을 내밀고 있었다──빨간 장미와 흰장미를(하지만 그녀를 사랑한다는 말을 할 수 없었다. 그렇게 많은 말로는 할 수 없었다).

그녀는 꽃을 받아들며 정말 아름답다고 말했다. 그녀는 알고 있었다. 그가 말하지 않아도 알고 있었다. 그의 클러리서는 알고 있었다. 그녀는 벽난로 위에 있는 꽃병에 장미를 꽂았다. 어쩌면 이렇게 예쁠 수가, 그녀가 말했다. 정말 놀랍지 않아요? 브루톤 부인이 안부를 물었다면서요? 피터 월쉬가 돌아왔어요. 마르샴 부인이 편지를 썼지 뭐예요. 앨리 앤더슨을 초대해야 하나? 그 여자, 킬먼이 이층에 있어요.

"일단 잠깐 앉읍시다." 리처드가 말했다.

모든 것이 텅 빈 것처럼 보였다. 의자들은 하나같이 벽에 기대어 있었다. 왜 저렇게 했을까? 아, 파티가 있지. 아니, 그는 파티를 잊지 않고 있었다. 피터 월쉬가 돌아왔다고. 그래, 그가 그녀를 찾아왔었지. 그는 이혼을 할 참이야. 밖에서 다른 여자를 사랑했고. 그는 눈곱만큼도 변하지 않았어. 거기서 그녀가 옷을 수선하고 있었지…….

"부어톤을 생각하고 있었어요." 그녀가 말했다.

"휴가 점심 식사에 왔더군." 리처드가 말했다. 그녀 역시 그를 만나지 않았던가! 그런데 그는 정말 봐줄 수가 없어. 에블린에게 목걸이를 사준다고 하더군. 전보다 살도 더 찌고. 정말 봐줄 수가 없는 친구야.

"내가 당신과 결혼할 수도 있었는데, 하는 생각이 들더군요." 나비 넥타이를 매고 거기 앉아서, 주머니칼을 접었다 폈다 하는 피터를 생각하며 그녀가 말했다. "피터는 옛날 그대로예요."

자신들도 오찬에서 피터에 관한 이야기를 했다고, 리처드가 말했다 (하지만 그는 그녀를 사랑한다는 말을 할 수가 없었다. 그는 그녀의 손을 잡았다. 행복은 이런 것이야, 라고 그는 생각했다). 밀리센트 브루톤을 위해 《더 타임스》지에 편지 한 통을 썼소. 휴에게 딱 맞는 일이지.

"그나저나 킬먼 양은?" 그가 물었다. 클러리서는 장미가 정말 너무 아름답다고 생각했다. 처음에는 한데 묶여 있었으나 지금은 제멋대로 떨어져 있었다.

"우리가 점심을 막 먹고 나니까 킬먼이 도착하더군요." 그녀가 말했다. "엘리자베스는 생기가 돌아왔어요. 둘이 같이 틀어박혀 있어요. 아무래도 기도를 하고 있는 것 같아요."

저런! 그는 기도하는 일을 좋아하지 않았지만, 그런 일들은 내버려 두면 저절로 끝나게 마련이었다.

"우산을 들고 레인코트를 입고 왔어요." 클러리서가 말했다.

그는 '사랑해요' 라는 말을 하지 않았다. 하지만 그녀의 손을 잡았다. 이게 행복이야, 이게. 그가 생각했다.

"그나저나 내가 왜 재미없는 런던 여자들을 죄다 초대해야 하죠?" 클러리서가 말했다. 마르샴 부인이 파티를 여는데, 부인이 제 손님을 초대하겠어요?

"가엾은 앨리 핸더슨." 리처드가 말했다. 클러리서가 파티에 그렇게 신경을 쓰다니 참으로 이상한 일이라고, 그는 생각했다.

하지만 리처드는 방안의 행색에 대해서는 아무런 개념이 없었다. 중요한 것은 그가 무슨 말을 하려고 했던 것일까?

혹 그녀가 이런 파티를 걱정한다면, 그는 파티를 열지 못하게 할 것이다. 그녀는 피터와 결혼했더라면, 라는 후회를 할까? 하지만 그는 가야 한다.

그는 가야 한다는 말과 함께 자리에서 일어섰다. 하지만 무슨 말을 하려는 듯 잠시 서 있었다. 무슨 말을 하려는 걸까? 그녀는 궁금했다. 왜 그럴까? 장미꽃들이 있었다.

"무슨 위원회인가요?" 그가 문을 열자, 그녀가 물었다.

"아르메니아 사람들," 그가 말했다. 아니면 '알바니아 사람들' 이겠지.

사람들에겐 존엄성이 있다. 고독이 있다. 심지어 남편과 아내 사이에도 깊은 강이 존재한다. 그리고 그 사실을 존중해야 한다고, 남편이 문을 여는 것을 바라보면서, 클러리서는 생각했다. 왜냐하면 그것을 거스를 수가 없기 때문이다. 남편일지라도 남편의 의지를 거역하면서, 그 고독을 빼앗을 수는 없기 때문이었다. 자존심 따위─무엇이든 값으로 따질 수 없는 것─를 잃지 않고는 말이다.

그는 베개와 담요를 들고 다시 왔다.

"점심 식사 후 한 시간의 완전한 휴식." 그가 말했다. 그리고 가버렸다. 얼마나 그를 좋아했던지! 그는 시간이 다할 때까지, '점심 시간 후 한 시간의 완전한 휴식'이라고 말할 것이다. 왜냐하면 어떤 의사가 그것을 지시했기 때문이었다. 의사의 말을 곧이곧대로 받아들이는 것은 그다웠다. 그것은 그가 가진 신성하리만큼 단순한 성격의 일부였다. 그것은 그 누구도 따라갈 수 없었다. 그것이 그를 나가서 일하게 만들었으며, 그동안 그녀는 피터와 언쟁을 벌이면서 시간을 낭비했다. 그는 이미 반은 하원으로, 반은 아르메니아 사람들, 아니 알바니아 사람들의 문제로 향하고 있었다. 그녀가 소파에 앉아 자신이 준 장미를 바라보고 있도록 해놓고는 말이다. 사람들은 "클러리서 댈러웨이의 성격을 버려놓았다."고 말할 것이다. 그녀는 아르메니아 사람들의 문제보다는 장미꽃을 훨씬 더 사랑했다. 존재로부터 벗어나 사냥을 당하고, 불구가 되고, 공포로 얼어붙은 잔인함과 부당함의 희생자들(그녀는 리처드가 계속 되풀이해서 말하는 것을 들었다)─아니,

그녀는 알바니아 사람들에 대해 아무것도 느낄 수 없었다. 아니 아르메니아 사람들이던가? 하지만 그녀는 장미를 사랑했다(그것이 아르메니아 사람들을 돕지 않았던가?).— 꺾는 것을 참을 수 있는 유일한 꽃이었다. 그러나 리처드는 이미 하원에 가 있었다. 그의 위원회에 가 있었다. 그녀의 모든 어려움을 해결해주고서 말이다. 하지만 아니다. 그것은 사실이 아니다. 그는 앨리 핸더슨을 초대하지 않을 이유가 없다고 했다. 물론 그녀는 그가 원하는 대로 할 것이다. 그가 베개를 가져왔으니까 그녀는 드러누울 것이다…… 하지만—하지만— 어째서 그녀는 갑자기 밑도 끝도 없이 불행하게 느껴지는 걸까? 진주 목걸이나 다이아몬드를 잔디밭에 떨어뜨린 나머지, 키 큰 풀잎을 조심스럽게 헤치며 여기저기 찾다가, 마침내 뿌리 부근에서 발견한 사람처럼, 그녀는 그렇게 이 일, 저 일을 면밀히 검토했다. 아니다, 리처드가 내각에 들어가지 못하는 것은 그가 이류이기 때문이라고 말한 것은 샐리 시튼이 아니었다(이제서야 기억이 났다). 아니다, 그 일이 마음에 걸리는 것은 아니었다. 엘리자베스나 도리스 킬먼과도 상관이 없었다. 그것은 사실이었다. 아마도 오늘 아침 어떤 느낌, 어떤 기분 나쁜 느낌 때문일 것이다. 피터가 한 말이 침실에서 모자를 벗을 때의 우울함과 겹친 것이다. 그리고 리처드가 한 말이 거기에 합세했다. 헌데 그가 뭐라고 했더라? 그가 가져온 장미가 있었다. 그녀의 파티! 바로 그것이다! 파티! 그 두 사람은 무작정 그녀를 비난했다. 그녀의 파티를 부당하게 비웃었다. 그녀의 파티를. 그거야! 바로 그거야!

그렇지만 그녀는 어떻게 자신을 방어할 것인가? 그것이 무엇인지를 알고 난 지금, 그녀는 더할 수 없이 행복했다. 그들은, 아니 적어도 피터는 그녀가 자신을 내세우기를 좋아한다고 생각했다. 유명한 사람들, 거창한 명사들을 주변에 두고 싶어한다고 생각했다. 다시 말해 속물이라고 생각한 것이다. 글쎄, 피터는 그렇게 생각할 수도 있었다. 리처드는 단지 그녀가 심장에 안 좋은 것을 뻔히 알면서 자극을 좋아하는 것은 어리석다고 생각했다. 어린아이 같다고 생각했다. 하지만 두 사람 모두 완전히 오해를 하고 있었다. 그녀가 사랑하는 것은 오직 삶이었다.

"그것이 내가 파티를 여는 이유야." 그녀는 삶을 향해 큰 소리로 외쳤다.

모든 것에서 벗어나, 혼자 틀어박힌 채, 소파에 누워 있었던 탓에, 그녀가 너무도 분명하게 느끼는 이 삶의 존재가 물리적으로 존재하게 되었다. 햇살 가득한 거리에서 들려오는 휘감기는 듯한 소리와 함께, 블라인드를 펄럭이며 속삭이는 뜨거운 산들바람과 함께. 하지만 피터가, "그래, 그래요, 하지만 당신의 파티들—파티의 의미가 뭐죠?"라고 말한다면, 그녀가 할 수 있는 말이라곤(그 누구도 이해할 거라고 기대할 순 없지만) 베푸는 것이라는 대답이었다. 이 말은 너무도 막연하게 들렸다. 하지만 삶은 평온한 항해라고 주장하는 피터는 과연 누구인가?—피터는 언제나 사랑에 빠졌으며, 언제나 잘못된 여인과 사랑에 빠지지 않았던가? 당신의 사랑이란 게 뭐죠? 그녀는 그에게 물을 것이다. 그리고 그가 어떤 대답을 할지도 알고 있었다. 사랑은 세상에서 가장 중요한 것이며 어떤 여자도 이해할 수 없다는 것, 그것이 그의 대답이었다. 그랬다. 하지만 그녀의 마음을 이해할 수 있는 남자 또한 있을까? 피터나 리처드가 어떤 구실도 없이 일부러 파티를 연다는 것을 그녀는 상상할 수가 없었다.

그러나 사람들이 말하는 것(이런 평가들은 얼마나 피상적이고, 얼마나 단편적인가!), 그 이면으로 더 깊이 들어가 보면, 그것, 그녀가 삶이라 부르는 그것은 자신에게 무엇을 의미하는 것일까? 아, 그것은 참으로 기묘했다. 여기 사우스 켄싱턴에 아무개가 있다고 하고, 더 위쪽인 베이스워터에도 누군가가 있다. 또 메이페어에는 다른 사람이 있다. 그녀는 끊임없이 그들의 존재를 느꼈다. 그리고 얼마나 낭비인가를 느꼈다. 얼마나 안타까운 일인가를 느꼈다. 만약 그들을 서로 알게할 수만 있다면 얼마나 좋을까, 라고 느꼈다. 그래서 그녀는 파티를 여는 것이다. 그것은 베푸는 것이며, 결합을 시켜주는 일이며, 창조를하는 일이었다. 하지만 누구에게 한단 말인가?

베풀기 위해 베푸는 것이 아닐까. 어쨌든 그것은 그녀의 재능이었다. 더 중요한 일이 그녀에겐 없었다. 생각을 할 줄도, 글을 쓸 줄도, 심지어 피아노를 칠 줄도 몰랐다. 그녀는 아르메니아 사람들과 터키 사람들을 구분할 줄 몰랐다. 성공을 사랑했으며, 불편을 증오했다. 사람들의 호감을 사야 했으며, 무의미한 말을 쏟아냈다. 그리고 오늘에 와서도 적도가 무엇이냐고 물으면, 그녀는 알지 못했다.

늘 똑같았다. 내일은 오늘의 연속이어야 했다. 수요일, 목요일, 금요일, 토요일. 아침에는 일어나야 하고, 하늘을 쳐다보고, 공원을 거닐고, 휴 휘트브레드를 만나고, 그리고 갑자기 피터가 나타났다. 그리고 이 장미꽃들. 그것으로 충분했다. 그 다음에, 죽음이란 얼마나 믿어지지 않는지! 죽음은 끝이어야 한다. 이 세상 그 누구도 그녀가 이 모든 것을 얼마나 사랑하는지 알지 못할 것이다. 모든 순간을 얼마나 사랑하는지…….

문이 열렸다. 엘리자베스는 어머니가 쉬고 있다는 것을 알았다. 그녀는 아주 조용히 들어왔다. 그리고 꼼짝하지 않고 서 있었다. 백년 전 어떤 몽고인이 노포크 해안에서 파선을 당해(힐러리 부인이 말했듯이) 댈러웨이 집안의 여인들과 인연을 맺은 것은 아닐까? 왜냐하면 댈러웨이 집안의 사람들은 대개 금발에다 푸른 눈인데 반해, 엘리자베스는 검은머리에 창백한 얼굴이며 눈매는 중국인 같았다. 동양적인 신비스러움을 지녔으며 온순하고 사려가 깊고 차분했다. 어렸을 적에도 그녀는 유머 감각이 넘쳐 흘렀다. 하지만 열일곱 살이 된 지금 그녀가 왜 지나치게 고지식해졌는지, 클러리서는 도무지 이해할 수가 없었다. 반짝반짝 빛나는 푸른 나뭇잎에 쌓인 채 봉오리에 물이 든 히아신스처럼, 햇볕을 쐬지 못한 히아신스처럼 말이다.

그녀는 꼼짝 않고 서서 엄마를 쳐다보았다. 하지만 문이 조금 열려져 있었고, 문 밖에는 킬먼 양이 있었다. 레인코트를 입은 킬먼 양은 그들이 하는 말을 모두 듣고 있다는 것을 클러리서는 알고 있었다.

그랬다. 킬먼 양은 층계참에 서 있었고, 레인코트를 입고 있었지만, 그런 데에는 그녀 나름대로 이유가 있었다. 첫째, 레인코트는 가격이 쌌다. 둘째, 그녀는 마흔이 넘었고, 어쨌든 남의 시선을 의식해 옷을 입지는 않았다. 게다가 그녀는 가난했다. 창피스러울 만큼 가난했다. 그렇지 않았다면 댈러웨이 가문에서 일자리를 구하지 않았을 것이다. 부자들에게서, 친절하기를 좋아하는 사람들에게서 말이다. 객관적으로 말하자면, 댈러웨이 씨는 친절했다. 하지만 댈러웨이 부인은 그렇지 않았다. 그녀는 단지 겸손한 체 할 뿐이었다. 그녀는 가장 하찮은 계층 출신이었다―어설픈 교양을 지닌 부자 말이다. 그들은 곳곳을 값비싼 물건으로 치장했다. 그림, 카펫, 수많은 하인들. 킬먼 양은 댈러웨이 가문의 사람들이 자신을 위해 해주는 모든 일에 대해 정당하게 받을 권리가 있다고 생각했다.

그녀는 사기를 당한 적이 있었다. 그랬다. 그 말은 조금도 과장이 아니었다. 한 소녀도 약간의 행복을 누릴 권리는 있지 않은가? 그녀는 너무 덜렁대고 또 너무 가난해서 행복해본 적이 한번도 없었던 것이다. 그리고 나서 돌비 양의 학교에서 기회를 얻을 수도 있었지만, 전쟁이 터졌다. 그녀는 절대 거짓말을 할 줄 몰랐다. 돌비 양은 그녀가 독일인에 대해 같은 생각을 가진 사람들과 있을 때 더 행복할 거라고 판단했다. 그녀는 가지 않을 수 없었다. 킬먼 가문의 뿌리가 독일인 것은 사실이었다. 18세기에는 성을 독일어 철자로 쓰기도 했었다. 하지만 그녀의 오빠는 전사했다(영국을 위해서). 독일 사람을 전부 악당으로 여기지 않는다고 해서 사람들은 그녀를 쫓아냈다—그녀에게 독일 친구들이 있었고, 또 그녀의 인생에서 가장 행복한 순간을 독일에서 보냈을 때였다! 어쨌든 그녀는 역사를 읽을 줄 알았다. 그녀는 얻을 수 있는 것은 무엇이든 손에 넣어야 했다. 댈러웨이 씨를 알게 된 것은 그녀가 프렌드회(여기서는 퀘이커 교도 George Fox(1624~91)가 창시한 개신교의 일파인 프렌드회(Society of Friends)의 회원, 절대 평화주의자들을 가리킨다_역주)를 위해 일하고 있을 때였다. 그는 그녀에게 자기 딸에게 역사를 가르치도록 해주었다(이는 너무도 관대한 처사였다). 그녀는 또 런던과 옥스퍼드 대학에서 시간 강의 따위를 하기도 했다. 그러자 우리의 구세주가 그녀에게 온 것이다(여기서 그녀는 언제나 머리를 숙였다). 그녀는 2년 3개월 전에 빛을 보았던 것이다. 이제 그녀는 클러리서 댈러웨이와 같은 여자들을 시기하지 않았다. 오히려 불쌍하게 여길 뿐이다.

킬먼 양은 부드러운 카펫 위에 서서, 토시를 끼고 있는 어린 소녀의 판화를 바라보면서, 가슴 밑바닥에서부터 그들을 동정하고 경멸했다. 이 모든 사치를 누리면서, 보다 나은 세상을 위한 한 가닥 희망이 있을 수 있을까? 엘리자베스는, 소파에 누워 계시다는 말 대신, "엄마는 쉬고 계세요."라고 말했었다―그녀는 공장에서, 카운터에서 일해야 마땅했다. 댈러웨이 부인과 그 밖의 세련된 부인들 말이다!

증오심에 불타오르던 킬먼 양은 2년 3개월 전에 교회를 발견했다. 그리고 에드워드 위트테이커 목사의 설교를 들었다. 소년들이 노래를 부르고, 엄숙한 빛이 내려오는 것을 보았다. 음악 때문인지 목소리 때문인지(그녀는 저녁에 혼자 있을 때, 바이올린 소리에서 위안을 얻었다. 그러나 그 소리는 듣기 괴로운 소리였다. 그녀는 음감이 없었다), 마음속에서 끓어오르는 뜨겁고 어지러운 감정들이 거기 앉아 있을 때 가라앉았다. 그녀는 흐느껴 울었고, 켄싱턴에 있는 사택으로 위트테이커 목사를 만나러 갔다. 그는 하나님의 인도하심이라고 말했다. 주께서 그녀에게 길을 보여주신 것이다. 그래서 이제, 뜨겁고 고

208

통스런 감정들이, 댈러웨이 부인에 대한 증오가, 이 세상에 대한 원한이 마음속에서 끓어오를 때마다, 그녀는 하나님을 생각했다. 위트테이커 목사를 생각했다. 그러면 분노에 이어 평온함이 이어졌다. 달콤한 향기가 그녀의 혈관을 채웠고, 입술은 벌어졌으며, 레인코트를 입고 당당하게 층계참에 선 채, 침착하지만 왠지 기분 나쁜 평온한 분위기로 딸과 함께 나오는 댈러웨이 부인을 쳐다보았다.

엘리자베스는 장갑을 두고 나왔다고 말했다. 그런 말을 하는 이유는 킬먼 양과 어머니가 서로 미워하기 때문이었다. 그녀는 두 사람이 함께 있는 것을 견딜 수 없었다. 그녀는 장갑을 찾으러 이층으로 달려 올라갔다.

하지만 킬먼 양은 댈러웨이 부인을 미워하지 않았다. 커다란 푸른 눈망울을 클러리서에게 향한 채, 그녀의 자그마한 분홍빛 얼굴, 가냘픈 몸매, 신선하고 멋스러운 분위기를 관찰하면서, 킬먼 양은 느꼈다. 어리석은 여인! 바보 같은 여인! 당신은 슬픔도, 기쁨도 모를지니. 삶을 허송하고 있도다! 그리고 마음속에서 댈러웨이 부인을 제압하고 싶은, 그녀의 가면을 벗기고 싶은 참을 수 없는 욕구가 솟구쳤다. 그녀를 넘어뜨릴 수만 있다면, 마음이 편안해질 텐데. 하지만 문제는 육체가 아니었다. 킬먼 양이 제압하고 싶은 것은 영혼과 그 영혼의 조롱이었다. 자신이 우월하다는 것을 느끼게 해주는 것이었다. 만약 그녀를 울게 할 수만 있다면, 그녀를 망치고 창피를 줄 수만 있다면, 그녀가 무릎을 꿇고 "당신이 옳아요!"라고 외치게 할 수만 있다면 얼마나 좋을까. 하지만 이것은 신의 뜻이지, 킬먼 양의 뜻이 아니었다. 그것은 종교의 승리가 될 터였다. 그래서 그녀는 노려보았다. 그래서 뚫어져라 쳐다보았다.

클러리서는 정말 충격을 받았다. 이 크리스천—이 여자! 이 여자가 자신의 딸을 빼앗아간 것이다! 보이지 않는 존재와 접촉하고 있는 그녀가! 뚱뚱하고, 못생기고, 평범하고, 친절하지도 우아하지도 않은 그녀가 삶의 의미를 알다니!

"엘리자베스를 백화점에 데리고 가신다고요?" 댈러웨이 부인이 말했다.

킬먼 양은 그렇다고 했다. 두 사람은 거기에 서 있었다. 킬먼 양은 애써 비위를 맞출 생각은 없었다. 그녀는 늘 스스로 생활비를 벌어왔다. 현대 역사에 대한 그녀의 지식은 지극히 완벽했다. 그녀는 보잘 것 없는 수입에서 자신이 믿는 대의 목적을 위해 너무도 많은 돈을 따로 떼어 놓았는데 반해, 이 여인은 아무것도 하지 않았으며, 아무것도 믿지 않았고, 단지 딸만 길러왔을 뿐이다. 이제 숨을 헐떡이며, 엘리자베스가 왔다. 아름다운 소녀가.

그렇게 해서 그들은 백화점에 갈 터였다. 그곳에 서 있으면서(그녀는 원시 시대 전쟁을 위해 무장한 선사 시대의 괴물 같은 힘과 음침한 무뚝뚝함을 지닌 채 거기 서 있었다), 킬먼 양은 어떻게 시간이 흐름에 따라, 자신의 생각이 위축되고, 증오심(사람에 대한 것이 아니라, 생각에 대한 증오심)이 산산이 부서지는지, 어떻게 악의도 역량도 잃어버리고, 시간이 흐르면서 그저 레인코트를 입은 킬먼 양이 되어 가는지, 참으로 이상했다. 그런 킬먼 양을 클러리서가 도와주고 싶어한다는 것은 아무도 모르는 일이었다.

그의 괴물이 점점 작아지는 것을 보면서, 클러리서는 깔깔대고 웃었다. 작별인사를 하면서, 그녀는 깔깔 웃었다.

킬먼 양과 엘리자베스, 두 사람은 아래층으로 함께 내려갔다.

이 여자가 자신에게서 딸을 빼앗아가고 있다는 것에 갑작스런 충동을 느끼며, 격렬한 고통을 느끼며, 클러리서는 난간 너머로 상체를 내밀고 외쳤다. "파티, 잊지 마라! 오늘 저녁 우리 파티 잊지 마!"

하지만 엘리자베스는 이미 현관문을 열고 나간 뒤였다. 짐차 한 대가 지나갔다. 그녀는 아무 대답이 없었다.

사랑과 종교라! 응접실로 돌아가면서, 클러리서는 생각했다. 온몸이 욱신욱신 쑤셔왔다. 얼마나 가증스러운지! 얼마나 가증스러운지! 이제 킬먼 양의 육체가 그녀 앞에서 사라졌다는 것이, 그 생각이 그녀를 제압했다. 그 생각이. 세상에서 가장 잔인한 일은 사람들이 어설프게 굴고, 화내고, 으스대고, 위선부리고, 엿듣고, 질투하고, 레인코트를 입고 층계참에 서서 잔인하고 파렴치하게 구는 것을 보는 거라고, 그녀는 생각했다. 사랑과 종교라고! 그녀 자신이 누구를 개종시키려고 해본 적이 있던가? 그녀는 단지 모든 사람이 자기 자신이기를 바라지 않았던가? 그녀는 창문으로 맞은편 집의 노부인이 이층으로 올라가는 것을 지켜보았다. 그 노부인이 이층으로 올라가고 싶어한다면, 그렇게 하도록 해야 한다. 그리고 자주 본 것처럼, 그 노부인이 침실로 가서 커튼을 걷고 다시 사라지게 하자—누군가 지켜본다는 것을 의식하지 못한 채, 창 밖을 내다보고 있는 저 노부인을 존중해야 한다. 거기에는 무언가 엄숙한 것이 있었다. 하지만 사랑과 종교는 그 엄숙한 것을 파괴한다. 영혼의 자유를. 또 그것이 무엇이든간에. 밉살스런 킬먼 양도 그것을 파괴할 것이다. 하지만 노부인의 모습은 그녀를 울고 싶게 만드는 광경이었다.

사랑 역시 파괴했다. 훌륭한 모든 것, 진실한 모든 것이 사라졌다. 피터 월쉬를 보자. 매력적이고 영리하며 모든 것에 대해 신념을 갖고 있던 한 남자가 있었다. 가령 포프(1688~1744 영국의 시인, 수필가_역주)나 에디슨(1672~1719 영국의 시인, 평론가_역주)에 관해, 혹은 시시껄렁한 일들에 대해 알고 싶다면, 사람들이 무엇을 좋아하는지, 세상사가 어떤지를 알고 싶다면, 피터만큼 많이 아는 사람이 없다. 그녀에게 도움을 주었던 사람은 피터였다. 그녀에게 책을 빌려주었던 사람은 피터였다. 하지만 그가 사랑했던 여인들은 어떤가—저속하고, 하찮고, 평범하다. 사랑에 빠진 피터를 생각해보자— 그 긴 세월이 흐른 뒤에 그녀를 찾아와서 무슨 말을 했는가? 자기 자신에 관한 말, 지긋지긋한 열정에 관한 것이 아닌가! 그녀는 생각했다. 창피스런 열정! 킬먼과 엘리자베스가 백화점을 향해 걸어가고 있는 모습을 떠올리면서.

빅벤이 삼십 분을 쳤다.

마치 시계 종소리에, 그 줄에 매달린 듯, 그 노부인(노부인과는 아주 오래 전부터 이웃이었다)이 창가에서 사라지는 것을 본다는 것이 얼마나 기묘하던지. 시계 종소리가 거대한 만큼, 그녀와 관련이 있었다. 아래로, 아래로, 평범한 것들 가운데로 시계 바늘이 떨어지면서 순간의 엄숙함을 자아냈다. 그 소리 때문에 그 노부인은 억지로 끌려갔다고, 그렇게 클러리서는 상상했다—하지만 어디로? 노부인이 돌아서서 보이지 않자, 클러리서는 그 부인을 쫓아가려 했으며, 침실 안쪽에서 부인의 하얀 모자가 움직이는 것을 여전히 볼 수 있었다. 어째서 신조와 기도와 레인코트인가? 그 순간, 클러리서는 생각했다. 그것은 기적이다, 그것은 신비다. 저 노부인 말이다. 노부인이 서랍장에서 화장대로 가는 것이 보였다. 그녀는 아직도 그 부인을 볼 수 있었다. 그리고 킬먼이 해결했다고 말할지도 모르는, 혹은 피터가 해결했다고 말할지도 모르는 최고의 신비, 하지만 클러리서가 두 사람 모두 그것을 해결했다고 믿지 못하는 그 최고의 신비는 바로 이것이었다. 여기에 방 하나가 있고, 저기에 다른 방이 있다는 사실. 종교가 그것을 해결했는가, 아니면 사랑을 해결했는가?

사랑―여기에 있는 또 다른 시계, 언제나 빅벤보다 2분 늦게 치는 시계가 무릎에 이것저것 잡동사니를 가득 채우고 질질 끌며 들어와, 끌고 온 것들을 털썩 내려놓았다. 마치 빅벤은 매우 엄숙하고, 위엄 있게 규칙을 잘 정하지만, 그녀는 그 외에도 온갖 종류의 자질구레한 일들을 기억해야만 하는 것처럼 말이다― 마르샴 부인, 앨리 핸더슨, 아이스크림을 담을 컵들― 바닷물에 잠긴 금 덩어리처럼 납작하게 누워 있는 그 엄숙한 타종이 지나간 자리에 온갖 종류의 자질구레한 일들이 물밀 듯이 밀려와, 서로 겹쳐지면서, 춤을 추었다. 마르샴 부인, 앨리 핸더슨, 아이스크림을 담을 컵들. 그녀는 지금 당장 전화를 해야 한다.

입심 좋게, 불안하게, 늦게 가는 시계는 종을 치면서, 무릎 가득 잡동사니들을 안고, 빅벤이 지나간 자리로 들어왔다. 달려드는 마차의 습격, 화물차의 난폭함, 모가 난 무수한 남자들과 허영끼 많은 여자들, 사무실과 병원의 둥근 지붕과 탑들로 인해 부서지고, 깨어진 채, 이것저것 무릎에 가득 찬 잡동사니들의 마지막 잔재들이 지친 파도의 물살처럼, 여전히 길거리에 서서, 그것은 육체다, 라고 중얼대는 킬먼 양의 육체 위로 부서져 내리는 것 같았다.

그녀가 통제해야 하는 것은 육체였다. 클러리서 댈러웨이는 그녀를 모욕했다. 그녀가 예상했던 것이다. 하지만 그녀는 승리하지 못했다. 육체를 지배하지 못했던 것이다. 못생기고 꼴사납다고 클러리서 댈 러웨이는 그녀를 비웃었다. 육체적인 욕망을 되살아나게 했다. 그녀 는 클러리서 옆에서 자신이 그런 모습으로 보이는 것이 거슬렸기 때 문이다. 그렇다고 말을 할 수도 없었다. 하지만 어째서 닮고 싶어하는 걸까? 어째서? 그녀는 댈러웨이 부인을 마음속 깊은 곳으로부터 경멸 했다. 댈러웨이 부인은 진지하지 않았다. 착하지도 않았다. 그녀의 삶은 허영과 자만 투성이였다. 하지만 도리스 킬먼은 압도당하고 말 았다. 클러리서 댈러웨이가 그녀를 비웃었을 때, 하마터면 울음을 터 뜨릴 뻔했다. "육체야, 육체야" 그녀는 중얼거렸다(큰 소리로 말하는 것은 그녀의 습관이었다). 빅토리아 거리를 걸어 내려가면서 이 혼란 스럽고 고통스런 감정을 애써 가라앉히려고 했다. 그녀는 하나님께 기도했다. 못생긴 것은 어쩔 수 없는 일이었다. 예쁜 옷을 살 형편도 아니었다. 클러리서 댈러웨이는 비웃었다―하지만 우편함에 도착할 때까지는 다른 일에 마음을 집중할 작정이었다. 어쨌든 그녀는 엘리 자베스와 함께 있었다. 다른 일을 생각할 터였다. 러시아를 생각하

자. 우편함에 도착할 때까지는.

위트테이커 목사가 그녀에게 말했던 대로, 이 냉대—사람들이 보는 것조차 견딜 수 없어 하는 자신의 못생긴 육체라고 하는 형벌—를 시작으로 해서, 그녀를 비난하고, 비웃고, 버린, 이 세상에 대한 사무친 원한과 싸우면서 그녀는, 시골은 정말 멋질 거야, 라고 말했다. 그녀가 헤어스타일을 어떻게 해도, 앞이마는 달걀 모양으로 불거지고, 벗겨져서 허옇게 드러났다. 어울리는 옷도 없었다. 그저 아무 옷이나 되는 대로 사면 그만이었다. 그리고 물론 한 여자에게 그것은 이성을 만날 수 없다는 것을 의미했다. 누구에게도 그녀는 첫사랑이 되지 않을 것이다. 최근 들어 엘리자베스가 아니라면, 음식이 그녀가 사는 이유인 것처럼 보였다. 유일한 위로였다. 저녁 식사, 차, 야간용 보온병 말이다. 하지만 사람은 싸워야 한다. 정복해야 하고, 하나님을 믿어야 한다. 위트테이커 목사는 어떤 이유로 인해 그녀가 그곳에 존재한다고 말했다. 하지만 그 고통을 아는 사람은 아무도 없다! 그는 십자가를 가리키며, 하나님은 알고 계신다고 말했다. 하지만 클러리서 댈러웨이 같은 여자들은 빠져나가는데, 어째서 그녀만이 고통을 당해야 하는가? 위트테이커 목사는 깨달음은 고통을 통해서 온다고 말했다.

그는 우편함을 지나쳤다. 그리고 엘리자베스는 방향을 꺾어 백화점의 누런 담배 가게로 들어갔다. 그 동안 그녀는 고통을 통해서 온다는 지식에 관해 위트테이커 목사가 한 말과 육체에 대해 혼자 되 뇌이고 있었다. "육체," 그녀가 중얼거렸다.

어느 매장으로 갈까요? 엘리자베스의 말에 그녀가 생각에서 깨어났다.

"페티코트," 그녀가 느닷없이 대답했다. 그리고 엘리베이터를 향해 곧장 걸어갔다.

그들은 위로 올라갔다. 엘리자베스가 그녀를 여기 저기로 안내했다. 마치 그녀가 위대한 어린아이라도 된 것처럼, 다루기 힘든 전함이라도 된 것처럼, 넋을 잃고 있는 그녀를 안내했다. 페티코트는 갈색, 품위 있는 것, 줄무늬가 들어간 것, 천박한 것, 튼튼한 것, 얇은 것 등이 있었다. 그녀는 넋이 나간 상태에서 터무니없는 페티코트를 골랐으며, 점원 아가씨는 그녀가 미쳤다고 생각했다.

포장을 하는 동안, 엘리자베스는 킬먼 양이 무슨 생각을 하고 있을지 궁금했다. 킬먼 양은 마음을 가다듬고, 자리에서 일어서면서, 차를 마셔야 한다고 말했다. 그들은 차를 마셨다.

엘리자베스는 킬먼 양이 배가 고픈지 아닌지 궁금했다. 문제는 그녀가 먹는, 너무나도 열심히 먹는 방식이었다. 그녀는 열심히 먹고 나서 또 다시 옆 테이블에 있는 설탕 친 케이크 접시를 쳐다보았다. 어떤 부인과 아이가 앉아 있었는데, 그 아이가 케이크를 먹을 때, 킬먼 양은 정말로 그 케이크에 신경을 썼을까? 그랬다. 킬먼 양은 그것에 신경을 썼다. 그녀는 그 케이크—분홍색 케이크—를 먹고 싶어했다. 먹는 즐거움은 그녀에게 남은 거의 유일한 순수한 즐거움인데, 그것 조차 좌절되다니!

사람들은 행복할 때, 비축해두었다가, 나중에 꺼내 쓴다고, 킬먼 양은 엘리자베스에게 말한 적이 있었다. 그런데 반해 자신은 타이어가 없는 바퀴(그녀는 이런 은유법을 좋아했다) 같아서, 자갈길을 만나면 덜커덩거린다고, 그녀는 어느 화요일 아침, 수업이 끝난 뒤, 스스로 '학생 가방'이라고 부르는 책가방을 들고 벽난로 가에 서서 말했다. 또 전쟁에 관한 이야기도 했다. 어쨌든 영국 사람들이 언제나 옳다고 생각하지 않는 사람들도 있었다. 그런 책도 있었으며, 그런 모임도 있었다. 다른 관점도 있었다. 엘리자베스도 아무개 씨(정말 독특하게 생긴 노인)의 연설을 들으러 가고 싶어하지 않을까? 그런 다음 킬먼 양은 켄싱턴에 있는 어떤 교회로 그녀를 데리고 갔으며, 두 사람은 목사와 차를 마셨다. 그녀가 책을 빌려주었던 것이다. 킬먼 양은 법, 의학, 정치, 모든 분야가 너희 세대의 여자들에게 개방되어 있다고 말했다. 그러나 막상 그녀 자신의 출세 길은 완전히 망가졌다. 그것이 그녀의 잘못일까? 엘리자베스는, 절대 아니에요, 라고 말했다.

엘리자베스의 어머니가 들어와 큰 소리로, 부어톤에서 큰 꽃바구니

218

가 도착했는데 킬먼 양이 꽃을 좋아할까? 라고 말할 것이다. 어머니
는 킬먼 양에게 언제나 너무, 너무 잘 해주었지만, 킬먼 양은 꽃을 다
발째 짓이겨버리고, 사소한 말 한 마디 하지 않았다. 그리고 킬먼 양
에게 관심 있는 분야는 어머니를 지루하게 했으며, 킬먼 양과 어머니
는 서로 상극이었다. 게다가 킬먼 양은 거만하고 너무도 못생겨 보였
다. 그러면서도 놀랄 만큼 영리했다. 엘리자베스는 가난한 사람들에
대해 한번도 생각해본 적이 없었다. 그들은 원하는 것을 모두 누리고
살았다—어머니는 매일 아침 침대에서 아침 식사를 했다. 루시가 아
침을 가지고 올라왔던 것이다. 그리고 어머니는 노부인들을 좋아했
다. 그들이 공작부인들이고 귀족의 후손들이기 때문이다. 하지만 킬
먼 양은(어느 화요일 아침 수업이 끝나자) "우리 할아버지는 켄싱턴
에서 물감 가게를 했어요."라고 말했다. 킬먼 양은 엘리자베스가 아
는 사람들과는 정말 다른 사람이었다. 사람을 너무나도 보잘것 없게
만들었던 것이다.

   킬먼 양은 차 한 잔을 더 마셨다. 동양적인 분위기의 엘리자베스는
묘한 신비로움을 간직한 채, 똑바른 자세로 앉아 있었다. 아니, 그녀
는 그 어떤 것도 원하지 않았다. 그녀는 장갑을 찾았다—그녀의 흰 장
갑을. 장갑은 테이블 아래 떨어져 있었다. 아, 엘리자베스가 가서는
안 돼! 킬먼 양은 그녀를 보낼 수가 없었다! 너무도 아름다운 이 젊은

아가씨! 그녀가 그토록 사랑하는 이 소녀! 그녀는 커다란 손을 테이블 위에서 폈다 쥐었다 했다.

하지만 엘리자베스는 약간 답답하다고 느꼈다. 실제로 그녀는 가고 싶었다.

하지만 킬먼 양은, "난 아직 다 먹지 않았어."라고 말했다.

그러면 물론 엘리자베스는 기다릴 것이다. 하지만 안이 좀 답답했다.

"오늘 밤 파티에 갈 거야?" 킬먼 양이 물었다. 엘리자베스는 파티에 갈 생각이었다. 어머니가 파티에 참석하길 바라기 때문이다. 킬먼 양은, 파티에 정신을 빼앗겨서는 안 된다고 말하면서, 마지막 남은 초콜릿 에클레어(가늘고 긴 슈크림에 초콜릿을 뿌린 것_역주)를 손가락으로 만지작거렸다.

엘리자베스는 파티를 별로 좋아하지 않는다고 말했다. 킬먼 양은 입을 벌리고, 턱을 약간 내밀고서 마지막 남은 큼지막한 초콜릿 에클레어 조각을 삼켰다. 그리곤 손가락을 문질러 닦은 뒤, 차가 든 컵을 휘휘 흔들었다.

킬먼 양은 자신이 두 동강으로 깨지는 것 같은 느낌이었다. 고통이 너무 끔찍했다. 만약 그녀를 붙잡을 수만 있다면, 이 소녀를 꼭 껴안을 수만 있다면, 그녀를 완전히 그리고 영원히 자신의 것으로 만들 수 있다면, 그리고 죽을 수 있다면. 그녀가 원하는 것은 그것뿐이었다. 하지만 어떤 말을 해야 할지 아무 생각을 할 수도 없이, 여기에 이렇게 앉아서, 엘리자베스가 자신에게 등을 돌리는 것을 본다는 것은, 그녀에게 혐오감을 주고 있는 느낌을 받는 것은 너무도 끔찍했다. 두툼한 손가락이 안으로 구부러졌다.

"난 절대 파티에 안 갈 거야." 단지 엘리자베스를 붙잡아 두기 위한 구실로 킬먼 양이 말했다. "사람들은 날 파티에 초대하지 않아." 그 말을 하면서 그녀는 자신을 망가뜨리는 것은 바로 이런 이기주의라는 것을 알았다. 위트테이커 목사가 그녀에게 경고하지 않았던가. 하지만 어쩔 도리가 없었다. 그녀는 너무도 지독한 고통을 받았다. "사람들이 왜 나를 초대하겠어? 난 답답해, 난 불행해." 그녀가 말했다. 그것이 어리석다는 것도 알고 있었다. 하지만 지나가는 저 모든 사람들—그녀를 경멸하는 꾸러미를 든 사람들—이 그녀로 하여금 이런 말을 하게 만들었다. 그렇지만 그녀는 도리스 킬먼이었다. 그녀는 학위를 가지고 있었고 이 세상에서 자신의 길을 개척한 여자였다. 현대 역사에 대한 그녀의 지식은 존경할 만하다는 말로는 부족했다.

"나는 내 자신이 불쌍하지 않아." 그녀가 말했다. 원래는 '나는 네 어머니가 불쌍해.'라고 말하려고 했으나, 그만 두었다. 아니, 그럴 수가 없었다. 엘리자베스에게 그럴 수는 없었다. "나는 다른 사람들이 훨씬 더 불쌍해."

　이유도 모른 채 문으로 끌려와, 밖으로 도망치기를 간절히 바라며 거기 서 있는 말 못하는 벙어리처럼, 엘리자베스는 말없이 앉아 있었다. 킬먼 양은 무슨 말을 더 하려는 걸까?

　"날 완전히 잊지 말아 줘." 도리스 킬먼이 말했다. 그녀의 목소리가 떨렸다. 말 못하는 벙어리는 공포에 질려 들판의 끝까지 전속력으로 달렸다.

　커다란 손이 폈다가 쥐어졌다.

　엘리자베스는 고개를 돌렸다. 여자 종업원이 다가왔다. 계산대에서 계산해야 해요, 엘리자베스가 말했다. 그리곤 가버렸다. 킬먼 양은 엘리자베스가 걸어가면서, 자신의 내장을 모조리 끌어내고, 펼쳐놓는 것처럼 느꼈다. 다음 순간, 엘리자베스는 마지막으로 몸을 돌려, 공손하게 고개를 숙이고는 가버렸다.

　그녀는 가버렸다. 킬먼 양은 에클레어를 앞에 놓고, 대리석 탁자에 앉아, 한 번, 두 번, 세 번이나 고통스런 충격을 받고 괴로워했다. 엘리자베스는 가버렸다. 댈러웨이 부인이 승리를 거두었다. 엘리자베스는 가버린 뒤였다. 아름다움이 사라졌다. 젊음이 사라졌다.

　그렇게 그녀는 앉아 있었다. 그녀는 자리에서 일어나, 좌우로 가볍게 비틀거리다가, 작은 탁자들 사이를 휘청휘청 걸어갔다. 누군가 그녀의 페티코트를 들고 따라왔다. 그녀는 길을 잃고, 인도 여행을 위해 특별히 마련한 트렁크들 사이에 갇히고 말았다. 다음에는 출산 용품과 유아용 리넨 용품 사이에 갇혔다. 썩기 쉬운 물건과 영구적인 물건들, 햄, 약, 꽃, 문구용품 등 세상의 모든 일용품들 사이를 뚫고 지나갔다. 그것들은 각양각색의 냄새를 풍겼으며, 어떤 것은 달콤하고, 어떤 것은 시큼한 가운데, 그녀는 몸을 비틀거렸다. 모자를 비스듬히 쓴채, 빨갛게 달아오른 얼굴과, 비틀대는 자신의 전신이 거울에 비친 것을 보았다. 그리고 마침내 거리로 나왔다.

웨스트민스터 성당의 탑이, 신이 거주하는 곳이 그녀 앞에 우뚝 솟아 있었다. 통행량이 많은 길 한복판에 신이 거주하는 곳이 있었다. 그녀는 보따리를 들고 그 다른 성역, 성당을 향해 고집스럽게 걸어갔다. 그곳에서 그녀는 역시 은신처로 쫓겨 들어온 다른 사람들 틈에 앉아, 두 손을 모으고 기도를 했다. 사회 계급과 성性을 벗어버린 각양각색의 경배자들, 그들이 두 손을 모으고 기도를 했다. 하지만 일단 기도하던 손을 내리면, 그들은 이내 예의바른 영국의 중산층 남녀로 돌변한다. 그들 중 몇몇은 밀랍으로 만든 작품들(밀랍으로 만든 영국의 역대 왕들의 조각상들_역주)을 둘러보고 싶어했다.

하지만 킬먼 양은 얼굴 앞에 두 손을 모은 채 앉아 있었다. 이내 혼자 남겨졌다가, 다시금 다른 무리 사이에 끼어 있었다. 새로운 경배자들이 밖에서 들어와 한가로이 거니는 사람들의 자리를 대신한다. 그리고 사람들이 주변을 둘러보며 무명 용사의 무덤을 지나가는 동안, 그녀는 여전히 손가락으로 눈을 가린 채, 이 애매한 어둠—사원의 빛은 실체가 없기 때문에— 속에서 허영, 욕망, 일상용품들 이상의 것을 열망하고자, 증오와 사랑을 스스로 벗어버리고자 애를 썼다. 그녀의 손이 부들부들 떨렸다. 그녀는 몸부림을 치고 있는 것 같았다. 다른 사람들에게 신은 접근하기 쉬운 존재였으며, 그에게 가는 길은 순탄했다. 재무성에서 은퇴한 플래처 씨, 유명한 왕실 변호사의 미망인인 고르햄 부인은 신에게 순수하게 다가갔으며, 기도를 드린 다음에는, 등을 기대고 앉아, 음악을(오르간 소리가 달콤하게 울려 퍼졌다) 감상했다. 그리고는 긴 의자 끄트머리에 앉아 기도하고 또 기도하는 킬먼 양을 보며, 지옥 문전에서 서성이는 자신들처럼, 그녀 또한 같은 영역을 떠나지 못하는 영혼이라 여기며 불쌍해했다. 실체가 없는 물질로 빚어진 영혼. 한 여자가 아닌, 한 영혼 말이다.

하지만 플래처 씨는 가야만 했다. 그는 그녀를 지나가야 했으며, 새로 산 핀처럼 말끔한 그는 흐트러진 가엾은 숙녀로 인해 다소 신경이 쓰였다. 머리는 흘러내려와 있었고, 짐 꾸러미는 바닥에 내팽개쳐 있었다. 그녀는 일단 그가 지나가도록 길을 비켜주지 않았다. 하지만 그가 선 채로, 주변을, 하얀 대리석을, 잿빛 유리창을 그리고 쌓여 있는 보물들을(그는 성당이 너무나도 자랑스러웠으므로), 물끄러미 쳐다보고 있는 동안, 거기 앉아서 때때로 무릎을 들썩이고 있는(그녀가 신에게 다가가는 일은 너무나도 혹독하고, 그녀의 욕망은 너무나도 격렬했다) 그녀의 큰 덩치, 건장함, 그리고 힘은 그에게 깊은 인상을 주었다. 이런 점들이 댈러웨이 부인과(그녀는 그날 오후 내내 킬먼 양에 대한 생각을 마음에서 지울 수가 없었다) 에드워드 위트테이커 목사 그리고 엘리자베스에게도 깊은 인상을 주었듯이 말이다.

한편 엘리자베스는 빅토리아 거리에서 버스를 기다리고 있었다. 밖으로 나왔다는 것이 너무나도 좋았다. 아직은 집에 갈 필요가 없을 거라고 그녀는 생각했다. 바깥 공기 중에 있다는 것이 너무도 상쾌했다. 그래서 그녀는 버스를 탈 작정이었다. 게다가 매우 고급스레 재단한 옷을 입고, 길거리에 서 있는 동안, 이미 시작되고 있었다…… 사람들은 그녀를 포플러 나무에, 이른 새벽에, 히아신스에, 새끼사슴에, 흐르는 물에, 그리고 정원의 백합에 비교하기 시작했고, 그래서 그녀의 삶을 부담스럽게 만들었다. 그녀는 시골에서 자신이 하고 싶은 일을 하면서 혼자 지내는 편이 훨씬 더 좋았기 때문이다. 하지만 사람들은 그녀를 백합에 비교했으며, 그녀는 파티에 가야만 했다. 그리고 런던은 아버지와 개와 함께 시골에 조용히 있는 것에 비하면 너무나도 음울했다.

버스들이 미끄러져 들어왔다가 사라졌다—요란스럽게 장식한 대형 버스들은 빨갛고 노란 광택제를 발라 번쩍번쩍 빛이 났다. 그나저나 어느 버스를 타야 한담? 그녀는 마음에 드는 버스가 없었다. 물론 갈 길을 재촉하지는 않을 것이다. 그녀는 수동적인 데가 있었다. 그녀에게 필요한 것은 표정이었지만, 그녀의 눈동자는 아름답고, 중국적이며, 동양적이었다. 그리고 그녀의 어머니가 말했듯이, 그렇게 멋진 어깨에 등을 똑바로 세우기만 하면, 그녀는 언제나 매력적으로 보였다. 그리고 최근 들어, 특별히 저녁 때, 그녀가 관심을 보이면, 그녀는 아름다울 지경이며, 몹시 품위 있고, 몹시 차분해 보였다. 흥분을 해도 흥분한 기색이 전혀 없어 보이기 때문이었다. 그녀가 무슨 생각을 할 수 있겠는가? 모든 남자가 그녀를 사랑했고, 그녀는 정말 너무나도 지루했다. 그것이 시작되고 있기 때문이었다. 그녀의 어머니는 그것을 알 수 있었다— 찬사가 시작되고 있었다. 엘리자베스가 그것에—가령 옷에 대해— 신경을 쓰지 않는다는 것이 간혹 클러리서를 걱정하게 했지만, 그것은 아마도 그 모든 강아지와 돼지, 쥐들이 전염병에 걸린 것을 걱정하는 것과 마찬가지일 것이다. 그리고 그것이 그녀를 매력적으로 만들었다. 그런데 이제 킬먼 양과 그 이상한 우정을 맺고 있었다. 클러리서는 새벽 3시경, 마봇 남작의 회고록을 읽다가, 그것은 킬먼 양이 정이 있다는 증거라는 생각을 했다.

엘리자베스는 갑자기 앞으로 걸어나가, 누구 못지 않게 사람들을 밀치고 버스에 올라탔다. 그녀는 이층에 자리를 잡고 앉았다. 거칠게 움직이는 버스는—해적— 앞으로 출발을 했으며, 거칠게 달렸다. 그녀는 상체를 똑바로 유지하기 위해 난간을 꼭 잡아야 했다. 왜냐하면 이 버스는 해적선이었기 때문이다. 앞뒤를 가리지 않고, 조심성도 없고, 바람을 등에 타고 달리다가, 아슬아슬하게 우회전을 하고, 배짱 좋게 승객을 태우기도 하고 그냥 지나쳐가기도 하면서, 자동차들 사이를 뱀장어처럼 거드름을 피우며 밀어붙이고, 모든 돛을 다 편 채, 화이트홀을 향해 의기양양하게 달려갔다. 엘리자베스는 질투하지 않고 자신을 사랑하며, 자신을 넓은 들판의 새끼사슴이라고, 숲 속 빈터의 달이라고 생각하는 가엾은 킬먼 양을 한번이라도 생각했을까? 그녀는 자유로워진 것이 기뻤다. 신선한 공기가 너무도 상쾌했다. 육해군 백화점에서는 너무도 숨이 막혔던 것이다. 그리고 이제 화이트홀을 향해 달려가고 있노라니, 말을 타고 있는 것 같았다. 버스가 움직일 때마다 엷은 황갈색 코트를 입은 그녀의 아름다운 몸은 말을 탄 기수처럼, 뱃머리의 조각상처럼 자유자재로 반응을 보였다. 산들바람에 그녀의 매무새가 약간 흐트러졌던 것이다. 열기로 인해 그녀의 뺨은 하얗게 페인트칠을 한 나무처럼 창백해졌으며, 그녀의 눈동자는 마주칠 시선을 찾지 못한 채, 반짝거리며 앞의 허공을 응시했다. 조각상처럼 순수하게 응시했다.

킬먼 양을 그토록 어렵게 만든 것은 그녀 자신의 고통에 관한 이야기가 언제나 입에 오르기 때문이었다. 그녀가 옳은 걸까? 만약 가난한 사람들을 돕는 것이 위원회에 가입하여 매일 그 많은 시간을 포기하는 것이라면(런던에서는 그녀의 아버지를 거의 본 적이 없다), 그녀의 아버지는 가난한 사람들을 돕는 것이다. 신은 알고 있다—만약 그것이 킬먼 양이 말하는 크리스천이 되는 일이라면 말이다. 하지만 그것은 참으로 말하기 어려웠다. 그녀는 조금 더 가고 싶었다. 스트랜드까지 가려면 1페니를 더 내야 한다고? 그렇다면 여기 1페니가 더 있다. 그녀는 스트랜드까지 가보고 싶었다.

그녀는 아픈 사람들을 좋아했다. 그리고 모든 직업은 우리 세대의 여자들에게 개방되어 있다고, 킬먼 양은 말했다. 그래서 그녀는 의사가 될 수도 있다. 농부가 될 수도 있다. 동물들은 자주 아프다. 천 에이커의 땅을 소유하여 사람들을 부릴 수도 있다. 그녀는 사람들의 오두막에 가서 그들을 만날 것이다. 이것이 서머셋 하우스(1547~1550 사이에 지은 영국 최초의 르네상스 양식의 궁전. 1692년까지 왕족이 거주했으며, 1836년부터 1973년까지는 출생, 사망, 결혼 기록을 보관하는 곳이었다_역주)였다. 누구나 아주 훌륭한 농부가 될 수 있다—그리고 그것은 이상하게도 킬먼 양과 관련된 것이긴 하지만, 거의 전적으로 서머셋 하우스 덕분이었다. 그 커다란 회색 빌딩은 너무나도 화려하고, 너무나도 장중하게 보였다. 그녀는 사람들이 일한다는 느낌을 좋아했다. 회색 종이로 만든 것 같은, 그 교회들을 좋아했다. 챈서리 레인에서 내리면서 여기는 웨스트민스터와는 사뭇 다르다고 생각했다. 그곳은 너무도 진지했다. 너무도 분주했다. 한 마디로, 그녀는 직업을 갖고 싶었다. 의사가 되고, 농부가 될 것이며, 필요하면 의회로 나갈 것이다. 이 모든 것이 스트랜드 때문이었다.

각자의 일로 분주한 저 사람들의 발걸음, 돌을 쌓는 손길들, 사소한 잡담(여자들을 포플러에 비유하는 것—그것은 물론 약간은 호기심을 불러일으키지만, 아주 터무니없었다)이 아니라, 배, 사업, 법, 행정 등 그리고 너무나 위엄 있고(성당이 있었다), 즐겁고(강이 있었다), 경건한(교회가 있었다) 모든 것들로 분주한 마음 때문에, 그녀는 어머니가 뭐라 하든, 농부나 의사가 되기로 확고하게 결심했다. 그렇지만 그녀는 말할 것도 없이 게으른 편이었다.

그리고 그것에 관해 아예 입을 다무는 편이 훨씬 나았다. 그것은 너무나 어리석어 보였다. 그것은 간혹 사람이 혼자 있을 때 일어나는 그런 종류의 일이었다—건축가의 이름이 없는 건물, 마음의 모래밭에 졸린 듯, 어설프고, 수줍게 누워 있는 것들을 깨우기 위해, 느닷없이 두 팔을 벌리는 어린아이처럼 표면을 깨기 위해, 켄싱턴의 성직자 한 사람보다도, 킬먼 양이 빌려준 어떤 책보다도 더 큰 힘을 가지고 도시에서 귀환하는 사람들의 무리. 그녀는 집에 가야 한다. 저녁 파티를 위해 옷을 입어야 한다. 하지만 몇 시나 됐을까? —시계는 어디에 있는 걸까?

그녀는 플리트 거리를 올려다보았다. 한밤중에 촛불을 들고 낯선 집으로 발뒤꿈치를 들고 살금살금 들어와, 주인이 갑자기 문을 열고 무슨 일인지 물을까봐 신경이 곤두선 사람처럼, 그녀는 세인트 폴 성당을 향해 조심스럽게 걸어가 보았다. 그렇다고 침실인지, 거실인지, 혹은 식료품 저장실인지도 모르는 낯선 집의 문을 여는 것보다 더 유혹적인 이상한 골목으로 접어들거나, 뒷길을 헤매고 다닐 용기는 없었다. 왜냐하면 댈러웨이 가문의 사람들은 보통 스트랜드 거리를 걸어다니지 않기 때문이었다. 그녀는 개척자였다. 위험을 무릅쓴, 의심할 줄 모르는 미아였다.

그녀의 어머니는 여러 가지 면에서, 그녀가 아직 너무 어리다고, 아직도 인형에, 낡은 슬리퍼에 집착하는 어린아이 같다고 느꼈다. 순수한 어린아이. 그리고 그 점이 매력적이었다. 하지만 물론 댈러웨이 가문에서는 공공 봉사의 전통이 있었다. 여성 사회에서의 대수녀 원장, 교장, 여교장, 고위 성직자들—그들 중에 뛰어난 인물은 없었지만, 그들은 그렇게 봉사를 했다. 그녀는 세인트 폴 성당을 향해 더 멀리 들어갔다. 그녀는 이 떠들썩한 분위기의 친절함, 자매 간의 우애, 모성애, 형제애를 사랑했다. 그것이 그녀에게 좋게 보였다. 주변은 몹시 시끄러웠다. 그러다가 갑자기 트럼펫 소리가(실업자들의) 요란하게 울려 퍼졌고, 떠들썩한 가운데 덜컥덜컥 움직이는 소리가 들렸다. 군악대였다. 마치 사람들이 행진을 하고 있는 듯, 그러나 그들이 죽어가고 있다면—어떤 여자가 마지막 숨을 몰아 쉬고 있으며, 지켜보던 누군가가 자신이 가장 품위 있는 행동을 하고 있던 방 창문을 열고, 플리트 거리를, 그 소란한 거리를 내려다본다면, 그 군악대의 연주는 의기양양하게 그에게 다가가, 공평하게 위안을 주리라.

그것은 의식적이지 않았다. 거기에는 사람의 운명이나 행운에 대한 인식이 없었다. 바로 그 이유 때문에 죽어가는 자의 얼굴에서 마지막 의식의 떨림을 망연자실 지켜보는 사람들에게조차 위로가 되었다.

사람들에게 망각은 상처를 줄 수도 있고, 배은망덕은 마음을 좀먹을 수도 있지만, 해를 거듭하면서 끝없이 쏟아지는 이 목소리는 무엇이든 몰고 갈 것이다. 이 맹세든, 이 화물차든, 이 삶이든, 이 행렬이든 아무튼 한데 감싸, 실어갈 것이다. 마치 거친 빙하의 물결을 타고 얼음이 뼈조각, 푸른 이파리, 떡갈나무를 잡고 몰아가듯이 말이다.

하지만 그녀가 생각했던 것보다 더 늦었다. 그녀의 어머니는 그녀가 지금처럼 이렇게 혼자 거리를 배회하는 것을 좋아하지 않을 것이다. 그녀는 스트랜드 거리를 다시 내려갔다.

바람 한 점(열기에도 불구하고, 제법 바람이 있었다)이 불어와 태양과 스트랜드 거리에 얇은 검은 베일을 덮어 씌웠다. 얼굴들이 희미해졌다. 버스들은 갑자기 빛을 잃었다. 비록 구름은 하얀 산 같아서 도끼로 깎아 낼 수 있을 것 같은 상상을 불러일으켰지만, 드넓은 황금빛 경사면과, 그 양옆에 난 천상의 기쁨이 있는 정원의 잔디와 더불어, 이 세상 위에서 신들의 회의를 위해 만들어진 안식처의 모습을 갖추고 있었으며, 그들 가운데 끊임없는 움직임이 있었기 때문이다. 신호가 오고갔다. 그때 이미 정해진 계획을 완수하려는 듯이, 이제 정상이 줄어들었으며, 피라미드만한 크기의 전체 덩어리가 변함 없이 자신의 자리를 지키다가 가운데로 움직이거나 새로운 정박지를 향해 장엄하게 행렬을 이끌었다. 구름은 그 자리에 선 채, 한결같이 휴식을 취하고 있는 듯 보였지만, 눈처럼 하얀 혹은 황금빛으로 빛나는 표면보다 더 신선하고, 더 자유롭고, 더 민감한 것은 없었다. 모습이 변하고, 흘러가고, 그 엄숙한 집합체를 해체하는 것이 즉시 가능했다. 엄숙한 부동성, 누적된 강건함과 견고함에도 불구하고, 이제 그 구름들은 땅에 빛을 주고, 또 어둠을 주었다.

엘리자베스 댈러웨이는 침착하고도 능숙하게 웨스트민스터 버스에 올라탔다.

거실 소파에 누워, 엷은 황금빛이 살아 있는 생물의 놀라운 감각으로 장미꽃 위로, 벽지 위로 빛을 발하다가 사라지는 것을 지켜보던 셉티머스 워런 스미스에게는, 빛과 그림자가 벽을 회색으로 만들고, 바나나를 밝은 노란색으로, 스트랜드 거리를 잿빛으로, 버스들을 노란빛으로 장식하면서 사라졌다가 다시 나타나고, 손짓하고 신호를 보내는 것처럼 보였다. 밖에서는 나무들이 대기의 심연에 펼쳐진 그물처럼 잎사귀들을 펼치고 있었다. 방안에선 물소리가 들리고, 파도 소리를 헤치고 새들이 지저귀는 소리가 들려왔다. 모든 권력이 그의 머리에 보물을 쏟아 부었고, 그의 손은 거기 소파 등받이에 올려져 있다. 예전에도 그가 파도를 타면서 물에 뜬 채 해수욕을 할 때, 둥둥 떠 있던 자신의 손을 보았으며, 그러는 동안 멀리 해변에서는 개가 짖고 또 짖는 소리가 들려왔었다. 더 이상 두려워 마라, 육체의 심장이 말한다. 더 이상 두려워 마라.

그는 두렵지 않았다. 매 순간 자연은 벽에 난 저 금색 얼룩—거기, 거기, 거기—처럼 어떤 우스꽝스러운 암시로, 깃털 장식을 휘두르며, 치렁치렁한 머리카락을 흔들며, 망토를 이리저리 아름답게, 언제나 아름답게 흔들면서, 가까이 다가가, 셰익스피어의 말이, 자신의 의미가 담긴 오므린 손 사이로 내뿜는 숨결 가까이 서서, 보여주고자 했다.

레지아는 테이블에 앉아 손에 든 모자를 만지작거리면서, 그를 바라보았다. 그가 미소짓는 것을 보았다. 그러자 그가 행복해했다. 하지만 그녀는 그가 미소짓는 것을 보고 있을 수가 없었다. 그것은 결혼 생활이 아니었다. 저렇게 이상해 보이고, 언제나 놀라고, 웃고, 몇 시간이고 말없이 앉아 있거나, 그녀를 붙잡고 자기가 하는 말을 받아 적으라고 하는 것은 남편의 모습이 아니었다. 책상 서랍은 전쟁이나 셰익스피어, 위대한 발견에 관해 쓴 글들이 가득 차 있었다. 어떻게 죽음이 존재하지 않는지에 관해서도. 최근에 그는 갑자기 이유도 없이 흥분한 적이 있었다(닥터 홈즈와 윌리엄 브레이드쇼 경은 흥분은 좋지 않다고 했다). 그리고 손을 내저으며, 진실을 알고 있다고 외쳤다. 그가 진실을 알고 있어! 그가 모든 것을 알고 있어! 그 사람, 죽은 그의 친구, 에반스가 돌아왔다고 그는 말했다. 그가 방충망 뒤에서 노래하고 있다고 했다. 그녀는 그가 말하는 대로 받아 적었다. 그 중에는 아름다운 내용도 있었지만, 나머지는 모두가 쓸데없는 소리였다. 그러다가 중간에 마음을 바꾸어 다른 것을 덧붙이고 싶어했다. 새로운 것이 들리면, 손을 위로 올리고 귀를 기울였다. 하지만 그녀는 아무 소리도 들리지 않았다.

그러다가 두 사람은 방을 청소하던 하녀가 이렇게 받아 적은 종이 가운데 한 장을 읽다가 깔깔대며 웃는 것을 보았다. 그것은 정말 유감스런 일이었다. 그 일로 셉티머스는 인간의 잔인성—사람들은 어떻게 서로를 갈기갈기 찢을 수가 있는지─을 외치고 다녔기 때문이다. 타락한 자들은 갈기갈기 찢어발긴다고 했다. "홈즈가 우리를 공격하고 있다" 고 말했으며, 홈즈에 대한 이야기를 꾸며냈다. 홈즈가 죽을 먹느니, 홈즈가 셰익스피어를 읽느니 하면서 말이다. 그러다가 혼자 웃고, 화가 나서 고함을 지르곤 했다. 닥터 홈즈는 그에게 무언가 끔찍한 것을 상징하는 것 같았다. 그는 홈즈를 '인간 본성' 이라고 불렀다. 또 환상도 보았다. 자신이 물에 빠져 죽은 뒤, 절벽 위에 누워 있었는데, 머리 위에서 갈매기들이 귀청을 찢듯이 울부짖고 있었다고 말했다. 그는 소파 너머로 바다를 내려다보았다. 아니면 음악을 듣고 있었다. 하지만 그것은 단지 거리에서 들리는 휴대용 오르간 소리거나 사람들이 외치는 소리였다. 그런데도 그는, "아름다워라!" 라고 외치며 눈물을 흘렸다. 그녀에게 그것은 가장 끔찍한 일이었다. 전쟁에서 싸우고 용감했던 셉티머스 같은 남자가 우는 것을 보는 일 말이다. 그는 누워서 소리를 듣다가, 갑자기 불 속으로, 아래로, 아래로, 떨어져 내린다! 고 울부짖었다. 실제로 그녀는 불길을 찾아야 할 지경이었다. 너무나도 생생했던 것이다. 하지만 아무것도 없었다. 방안에는 두 사람뿐이었다. 꿈이에요, 라고 그녀는 그에게 말했다. 그렇게 그를 진정시켰지만, 이따금 그녀 역시 두려웠다. 그녀는 바느질을 하면서 한숨을 내쉬었다.

그녀의 한숨 소리는 저녁나절 숲에서 불어오는 바람처럼 부드럽고 매혹적이었다. 이제 그녀는 가위를 내려놓았다. 그리곤 테이블에서 무언가를 집기 위해 몸을 돌렸다. 몸을 움직이기도 하고, 부스럭거리기도 하고, 톡톡 치기도 하면서, 그녀는 거기 앉아서 바느질을 했다. 그는 속눈썹 사이로 그녀의 흐릿한 윤곽을 볼 수 있었다─야담하고 가무잡잡한 그녀의 몸을. 그녀의 얼굴과 손을. 실타래를 집어들거나 실크 천을 뒤적이면서(그녀는 물건을 잘 잃어버리는 경향이 있었다) 테이블에서 꼼지락대는 그녀의 동작을. 그녀는 필머 부인의 결혼한 딸에게 줄 모자를 만들고 있었다. 그 딸의 이름은─그는 그녀의 이름을 잊어버렸다.

"필머 부인의 결혼한 딸 이름이 뭐지?" 그가 물었다.

"피터스 부인," 레지아가 대답했다. 그녀는 모자를 들어올리면서 그것이 혹시 너무 작지는 않을지 걱정이 되었다. 피터스 부인은 덩치가 큰 여자였다. 하지만 레지아는 그녀를 좋아하지 않았다. 필머 부인이 자신들에게 너무 잘 해주기 때문이었다. "오늘 아침에 부인이 포도를 주셨어요." 그녀가 말했다. 레지아는 무언가 감사하다는 표시를 하고 싶었다. 지난 번 저녁에는 레지아 부부가 없다고 생각하고 축음기를 틀고 있는 피터스 부인을 만난 적이 있었다.

"그게 정말이야?" 그가 물었다. 피터스 부인이 축음기를 틀고 있었다고? 그래요. 그때 레지아는 그에게 그 이야기를 해주었다. 피터스 부인이 축음기를 틀고 있는 것을 본 이야기를.

그는 매우 조심스럽게 눈을 뜨기 시작했고, 축음기가 정말 거기 있는지를 확인했다. 하지만 실제 사물들—실제 물건들은 너무나도 호기심을 불러일으켰다. 그는 조심해야만 했다. 미치고 싶지는 않았다. 우선 그는 아래 선반에 있는 패션 잡지들을 들여다보다가, 차츰 초록색 나팔이 달린 축음기로 시선을 옮겼다. 더 정확할 수는 없었다. 그래서 그는 용기를 내어 찬장을 쳐다보았다. 바나나 접시를, 빅토리아 여왕과 그 부군의 판화를, 장미 꽃병이 올려져 있는 벽난로 선반을 쳐다보았다. 그 어느 것도 움직이지 않았다. 모든 것이 정지되어 있다. 모든 것이 실제였다.

"피터스 부인은 남의 험담을 좋아해요." 레지아가 말했다.

"피터스 씨는 직업이 뭐야?" 셉티머스가 물었다.

"아," 기억을 더듬으며 레지아가 말했다. 몇몇 회사를 위해 출장을 갔었다는 말을 필머 부인에게서 들은 기억이 났다. "지금은 헐(요크셔에 있는 도시_역주)에 있대요."

"지금은요!" 그녀는 이탈리아 악센트를 드러내며 대답했다. 그녀가 스스로 그 말을 한 것이다. 그는 한번에 조금씩만 그녀의 얼굴을 볼 수 있도록 눈을 가렸다. 처음에는 턱, 다음에는 코, 그 다음에는 앞이

마. 만약 그것들이 흉하게 되거나 흉한 자국이 있는 경우를 대비해서 말이다. 하지만 아니었다. 그녀는 아무 스스럼없이, 바느질을 할 때 여자들이 흔히 하듯이, 입술을 오므리고, 차분하고 우울한 표정으로 바느질을 하고 있었다. 하지만 무서워할 것은 아무것도 없다고 스스로를 안심시키면서, 두 번째, 세 번째로 그녀의 얼굴을, 손을 쳐다보았다. 환한 대낮에 거기 앉아 바느질을 하고 있는 그녀에게 도대체 무슨 소름 끼치는 것, 혐오스런 구석이 있단 말인가? 피터스 부인은 험담을 잘한다. 피터스 씨는 헐에 있다. 그렇다면 어째서 화를 내고 예언을 하는 걸까? 어째서 고통을 받으며 내팽개쳐져서 도망을 가는 걸까? 어째서 구름에도 떨고 흐느끼게 되는 걸까? 레지아는 앞섶에 바늘을 꽂고 앉아 있고, 피터스 씨는 헐에 있는데, 어째서 진리를 찾고, 메시지를 전달하려는 걸까? 기적, 계시, 고통, 외로움이 바닷속으로 아래로 아래로 불길 속으로 떨어져, 모든 것이 다 타버린 뒤였다. 레지아가 피터스 부인에게 줄 밀짚모자 모양을 매만지는 것을 바라보면서, 그는 꽃 덮개를 떠올렸던 것이다.

"피터스 부인에겐 너무 작아." 셉티머스가 말했다.

늘 그렇듯이, 며칠 만에 처음으로 그가 말을 하고 있었다! 당연히 작고 말고요, 그녀가 말했다. 하지만 피터스 부인은 그 모자를 골랐던 것이다.

그는 그녀에게서 모자를 받아 들었다. 그러면서 그것이 오르간 연주자의 원숭이 모자라고 했다.

그 말이 얼마나 재미있던지! 몇 주일 동안 두 사람이 이렇게 함께 웃어본 적이 없었다. 결혼한 부부들이 그러는 것처럼, 은밀하게 다른 사람을 비웃으면서 말이다. 만약 필머 부인이나 피터스 부인이, 혹은 아무라도 들어왔다면, 그녀와 셉티머스가 왜 웃는지 모를 것이라고 그녀는 생각했다.

"됐어요." 그녀는 모자 한켠에 장미꽃을 달면서 말했다. 일찍이 그렇게 행복했던 적이 없었다. 평생 단 한 번도!

하지만 장미를 달면 더 우스꽝스럽다고, 셉티머스가 말했다. 이제 그 가엾은 부인은 박람회장의 돼지처럼 보일 거야(셉티머스처럼 웃기는 사람은 본 적이 없었다).

반짇고리에 뭐가 있더라? 리본, 구슬, 장식 술, 인조 꽃들이 있었다. 그녀는 그것들을 테이블 위로 왈칵 쏟았다. 그는 서로 잘 어울리지 않는 색들을 짜 맞추기 시작했다—비록 손재주가 없어서 소포를 꾸리지는 못하지만, 그의 눈썰미는 보통이 아니었다. 그리고 종종 그의 판단은 정확했다. 물론 때로는 터무니없지만 때로는 놀라울 정도로 정확했다.

"그녀에게 아름다운 모자를 갖게 해주겠어!" 그가 이것저것을 집어들며 중얼거렸다. 레지아는 그 옆에서 무릎을 꿇고 앉아, 그의 어깨 너머를 올려다보았다. 이제 끝났어─디자인은 끝났어. 이제 한데 꿰매야 했다. 하지만 자신이 꾸민 그대로 하려면 아주 조심해야 한다고 그가 말했다.

그렇게 그녀는 꿰맸다. 바느질을 할 때의 그녀는 난로 위에 올려놓은 주전자 같은 소리를 낸다고 그는 생각했다. 보글보글, 설렁설렁, 그리고 언제나 바쁜데다, 죄고 찌르는 그녀의 튼튼하고 긴 손가락. 번쩍이며 꽂히는 바늘. 햇살이 술 장식 위로, 벽지로 들락거린다. 하지만 그는 발을 쭉 편 채, 소파 끝에 놓인 고리 모양의 양말을 쳐다보면서, 기다릴 거라고 생각했다. 이 따뜻한 곳에서, 적막한 대기가 모여 있는 이곳에서 기다리리라. 이따금 저녁에 숲 가장자리에서 이런 곳을 만나게 될 때면, 땅이 움푹 꺼지거나, 혹은 나무의 배열로 인해(사람은 무엇보다 과학적이어야 한다, 과학적 말이다) 온기가 남아 있었으며, 새의 날개처럼 대기가 뺨에 몰아치곤 했다.

"됐어요." 레지아는 피터스 부인의 모자를 손끝으로 빙글빙글 돌리며 말했다. "지금으로서는 이 정도면 됐어요. 나중에……" 그녀의 말은 물이 새는 수도꼭지처럼 똑, 똑, 똑 거품처럼 사라졌다.

놀라운 일이었다. 그는 자기 자신이 그렇게 자랑스럽게 느껴진 적이 일찍이 한번도 없었다. 피터스 부인의 모자는 너무도 실제적이었다.

"이것 좀 봐," 그가 말했다.

그래, 그 모자를 보기만 해도 그녀는 언제나 행복할 것이다. 그제야 그는 자신으로 돌아왔으며, 그제야 그는 웃었다. 그들은 단 둘이 함께 있었던 것이다. 그녀는 언제나 저 모자를 좋아할 것이다.

그는 모자를 한번 써 보라고 말했다.

"하지만 너무 이상해 보일 걸요!" 그녀는 큰 소리로 외친 다음, 거울로 달려가, 이쪽 저쪽을 비쳐보았다. 그리고는 다시 모자를 홱 낚아채며 벗었다. 문 두드리는 소리가 들렸던 것이다. 윌리엄 브래드쇼 경인가? 그가 벌써 사람을 보냈단 말인가?

아니었다! 어린 소녀가 저녁 신문을 가져왔던 것이다.

늘상 벌어지는 일이 벌어졌을 뿐이다—그들의 삶에서 매일 저녁 벌어지는 일. 어린 소녀는 문밖에서 엄지손가락을 빨고 있었다. 레지아는 무릎을 꿇고 앉았다. 그녀는 달콤하게 속삭이며 키스를 했다. 그리고 테이블 서랍에서 사탕 한 봉지를 꺼냈다. 언제나 그랬다. 처음에는 한 가지 일이, 그 다음에는 다른 일이 생겼다. 그렇게 그녀는 쌓아나갔다. 처음에는 한 가지 일, 그 다음에는 다른 일, 이런 식으로 말이다. 그들은 춤을 추고, 펄쩍펄쩍 뛰면서 방을 빙글빙글 돌아다녔다. 그는 신문을 집어 들었다. 서레이 크리켓 팀 전멸, 이라고 쓴 헤드라인 기사를 읽었다. 더위가 밀려온대요, 레지아가 따라 읽었다. 서레이 팀 전멸, 더위가 밀려온대요, 그녀는 필머 부인의 손녀와 노는 것처럼 흉내를 냈다. 두 사람은 깔깔대고 웃으며, 동시에 너스레를 떨었다. 그는 몹시 피곤했다. 그리고 몹시 행복했다. 잠을 자야 할 것이다. 그는 눈을 감았다. 하지만 아무것도 보이지 않자, 노는 소리도 점점 더 희미해지고 낯설어지기 시작했으며, 아무리 찾으려 해도 못 찾고, 지나쳐 멀리 사라지는 사람들의 외침 소리처럼 들렸다.

그는 공포에 질려 벌떡 일어났다. 무엇을 본 것일까? 찬장 옆의 바나나 접시. 거기엔 아무도 없었다(레지아는 아이를 어머니에게 데리고 갔다. 잠자리에 들 시간이었다). 바로 그것이었다. 영원히 혼자라는 것. 그것은 그가 방으로 들어가 그들이 풀먹인 아마포亞麻布를 가위로 오리는 것을 보았을 때, 밀라노에서 선고된 운명이었다. 영원히 혼자라는 것 말이다.

그는 찬장과 바나나와 함께 혼자 있었다. 이 적막한 곳에 홀로 두드러진 채, 몸을 뻗고 누워 있었다――산꼭대기도 아니고, 우뚝 솟은 바위 위도 아니고, 필머 부인의 거실 소파에 누워 있었다. 환상과 얼굴들, 죽은 자들의 목소리들, 그들은 어디에 있지? 그의 앞에는 까만 갈대와 푸른 제비들이 그려진 병풍이 있었다. 그가 산을 보았던 곳, 얼굴들을 보았던 곳, 아름다움을 보았던 곳에 병풍 하나가 있었다.

242

"에반스!" 그가 소리쳤다. 대답이 없었다. 쥐 한 마리가 찍찍거렸거나 커튼이 흔들렸던 모양이다. 그것은 죽은 자들의 목소리였다. 그에겐 병풍과 석탄통, 찬장이 남아 있었다. 그렇다면 병풍과 석탄통과 찬장을 마주하자…… 하지만 레지아가 재잘거리며 방으로 뛰어들었다.

편지가 왔다고 한다. 모든 사람의 계획이 변경되었다. 결국 필머 부인은 브라이튼에 갈 수가 없을 것이다. 윌리엄스 부인에게 알릴 시간이 없었다. 레지아는 그것이 정말 짜증나는 일이라고 생각했다. 그 순간 그녀의 눈에 모자가 들어왔다. 그리고 생각했다…… 어쩌면…… 그녀는—약간은 만들 수도 있을 것이다…… 그녀의 목소리는 만족한 억양으로 바뀌었다.

"빌어먹을!" 그녀가 외쳤다(그녀가 상스러운 소리를 하는 것은 그들만의 농담이었다). 바늘이 부러졌던 것이다. 모자, 아이, 브라이튼, 바늘. 그녀는 하나씩 하나씩, 차근차근 모자를 만들었다. 바느질을 하면서 그녀는 모자를 만들었다.

그녀는 장미를 달면 모자가 더 예뻐지지 않겠는지 그에게 묻고 싶었다. 그녀는 소파 끝에 앉았다.

그녀는 모자를 내려놓으면서, 자신들이 더할 수 없이 행복하다고 말했다. 왜냐하면 지금 그녀는 무엇이든 그에게 말할 수 있기 때문이다. 머릿속에 떠오르는 것은 무엇이든 말할 수 있었다. 그것은 그녀가 그에게 느꼈던 거의 첫 번째 감정이었다. 그 날 밤, 그가 영국인 친구들과 카페에 들어왔을 때 말이다. 그는 다소 수줍어하며 안으로 들어와, 주위를 두리번거렸다. 그리고 모자를 걸려는 순간, 모자가 떨어졌다. 그녀는 기억할 수 있었다. 비록 그녀의 언니가 숭배하는 덩치 큰 영국인은 아니었지만, 그는 영국인이었다. 그는 늘 호리호리했던 것이다. 하지만 피부는 아름답고 건강했으며, 코도 크고 눈도 반짝거렸다. 구부정하게 앉은 모습은, 그녀가 종종 말했던 것처럼, 한 마리 어린 매를 연상시켰다. 사람들이 도미노 게임(28개의 패를 가지고 하는 점수 맞추기 놀이_역주)을 하고 있던 그 날 저녁, 그가 들어왔으며, 그녀는 그를 처음 보았다. 하지만 그는 그녀와 함께 있으면 언제나 점잖았다. 그녀는 그가 거칠거나 술 취한 것을 본 적이 없었다. 다만 이따금 이 끔찍한 전쟁으로 괴로워했지만, 그렇더라도, 그녀가 들어오면, 그는 이내 말짱해졌다. 이 세상의 모든 일들, 일에서 생기는 사소한 짜증이나 갑자기 떠오르는 어떤 말도 그는 듣는 즉시 그 말뜻을 이해했다. 그녀의 가족들도 그와 같지는 않았다. 그녀보다 더 나이가 많았으며 너무도 똑똑했던 그는 얼마나 진지했던지. 그는 영어로 된 동화책을 읽을 수도 없는 그녀가 셰익스피어부터 읽기를 원했다! 훨씬 더 경험이 풍부한 그는 그녀를 도와줄 수 있었다. 그리고 그녀 또한 그를 도울 수 있었다.

그러나 지금 이 모자. 그리고 윌리엄 브래드쇼 경(시간이 늦어지고 있었다).

그녀는 두 손을 머리에 얹고, 그가 모자를 마음에 들어 하는지 아닌지 말해주기를 기다리고 있었다. 그녀가 거기 앉아서 기다리면서, 내려다보고 있을 때, 그는 언제나 정확하게 이 가지에서 저 가지로 뛰어내려앉는 한 마리 새처럼, 그녀의 마음을 느낄 수 있었다. 그녀가 자연스럽게 아무렇게나 흐트러진 자세로 거기 앉아 있을 때, 그는 그녀의 생각을 따라잡을 수 있었다. 만약 그가 무슨 말을 하면, 그녀는 구부러진 발톱으로 나뭇가지를 단단히 잡고 앉아 있는 한 마리 새처럼, 그녀는 즉시 미소를 지었다.

하지만 그는 기억을 떠올렸다. 브래드쇼가, "우리가 아플 때 가장 좋아하는 사람들은 소용이 없어요."라고 말했던 것을 떠올렸다. 브래드쇼는 그에게 쉬는 법을 배워야 한다고 했다. 브래드쇼는 두 사람이 헤어져야 한다고 말했다.

"이래라, 저래라, 왜 그러는 걸까?" 브래드쇼는 그에게 어떤 권한을 휘두르는 걸까? "브래드쇼가 나한테 이래라, 저래라 할 권리가 있는 거야?" 그가 물었다.

"그건 당신이 자살을 하겠다고 해서 그런 거예요." 레지아가 말했다(다행히도 그녀는 셉티머스에게는 아무 말이나 할 수 있었다).

그래서 그는 그들의 손아귀에 있는 것이 아닌가! 홈즈와 브래드쇼가 그를 움켜쥐고 있었다! 콧구멍이 빨간 짐승이 은밀한 곳을 쿵쿵대며 냄새를 맡다니! 이래라 저래라 함부로 말하다니! 그의 메모지들은 어디에 있는 걸까? 그가 써 놓았던 것들은?

그녀는 그의 메모지들을 가져왔다. 그가 쓴 것들, 그녀가 그를 대신해 쓴 것들을 가져왔다. 그리고 소파 위에 그것들을 쏟아놓았다. 두 사람은 함께 그것들을 쳐다보았다. 도표들, 그림들, 작은 남자와 여자들이 막대기를 무기로 휘두르고, 날개―날개일까?― 그들의 등에 날개가 붙어 있었다. 1실링짜리 동전과 6펜스짜리 동전을 대고 그린 원들―태양과 별들. 실제로 칼과 포크같이 생긴, 등산가들이 로프에 한데 연결된 채 기어오르는 지그재그형의 절벽들. 파도처럼 생긴 것에서 웃고 있는 작은 얼굴들이 있는 바다. 이것이 세상의 지도였다. 다 태워버려! 그가 소리쳤다. 이제 그가 쓴 것들은 어떤가. 철쭉 숲 뒤에서 죽은 자들이 어떻게 노래하고 있는지에 관한 글. 시간에 부친 송가, 셰익스피어와의 대화, 에반스, 에반스, 에반스―죽은 자들이 보낸 메시지 따위이다. 나무들을 자르지 마세요. 수상에게 이야기해줘요. 보편적인 사랑. 이것이 세상의 의미였다. 다 태워버려! 그가 소리쳤다.

하지만 레지아는 그것들 위에 손을 올려놓았다. 매우 아름다운 것들도 있다고 그녀는 생각했다. 그것들을 모두 실크 천으로 묶을 작정이었다(봉투가 없기 때문에).

만약 그 사람들이 그를 데려간다면, 그녀도 함께 간다고 그녀는 말했다. 그 사람들이 멋대로 우리를 갈라놓을 수는 없어요, 그녀가 말했다.

메모지들을 차분히 정리한 다음, 그녀는 쳐다보지도 않은 채 그의 곁에 앉아, 그것을 꾸러미로 묶었다. 마치 그녀의 꽃잎들이 그녀를 에워싸고 있는 것 같다고, 그는 생각했다. 그녀는 꽃을 피우는 나무였다. 그녀의 나뭇가지 사이로 입법자가 얼굴을 내밀었다. 그 입법자는 그녀가 아무도 두려워하지 않는 신성소에 도착해 있었다. 그녀는 홈즈도 브래드쇼도 두려워하지 않았다. 기적이요 승리였다. 마지막으로 이룬 가장 위대한 승리. 그는 그녀가 홈즈와 브래드쇼라는 무거운 짐을 지고 비틀거리며 무시무시한 계단을 오르는 것을 보았다. 그들은 적어도 72킬로그램은 나갈 것이다. 그들은 아내를 대저택으로 보냈으며, 일 년에 만 파운드를 벌면서 균형에 대해 이야기하는 사람들이었다. 서로 다른 관결을 내리는 사람들이었다(홈즈는 이렇게, 브래드쇼는 저렇게 이야기했다). 하지만 그들은 판사였다. 그들은 비전과 그릇을 보관하는 찬장을 혼동했으며, 아무것도 명확하게 보지 못했지만, 그래도 사람들을 다스리고 벌을 주었다. 그런 그들을 그녀가 승리한 것이다.

"됐어요!" 그녀가 말했다. 종이 쪽지들이 가지런히 묶여졌다. 아무도 그것들을 손댈 수 없었다. 그녀가 치울 것이다.

아무도 우리를 갈라놓을 수 없어요, 그녀가 말했다. 그녀는 그의 곁에 앉아, 그를 매라고, 까마귀라고 불렀다. 심술궂고, 곡식의 파괴자인 그 새들은 그를 꼭 닮았다. 아무도 자신들을 갈라놓을 수 없다고, 그녀가 말했다.

그리고 나서 그녀는 침실로 들어가 짐을 싸기 위해 자리에서 일어났다. 하지만 아래층에서 나는 소리를 듣고 닥터 홈즈가 온 줄로 생각하여, 그가 올라오는 것을 막기 위해 아래층으로 달려 내려갔다.

셉티머스는 그녀가 계단에서 홈즈에게 하는 소리를 들을 수 있었다.

"부인, 저는 친구로 온 것입니다." 홈즈가 말하고 있었다.

"안 돼요. 남편을 만나실 수 없습니다." 그녀가 말했다.

셉티머스는 암탉처럼 날개를 펴고, 홈즈가 올라오는 것을 막고 있는, 그녀를 볼 수 있었다. 하지만 홈즈는 단념하지 않았다.

"부인, 만나게 해주세요……." 홈즈가 그녀를 옆으로 밀치면서 말했다(홈즈는 체격이 건장한 남자였다).

홈즈가 이층으로 올라오고 있었다. 홈즈는 문을 벌컥 열고, "겁을

248

먹은 모양이지?"라고 말한 다음, 그를 붙잡으리라. 하지만 안 돼. 홈 즈는 안 돼. 브래드쇼도 안 돼. 불안하게 일어나, 껑충껑충 뛰면서 그 는 손잡이에 "브레드(빵_역주)"라는 글자를 새긴 날카로운 빵 칼을 생 각해보았다. 아, 하지만 그 칼을 더럽힐 순 없었다. 가스 불은 어떨까? 하지만 지금은 너무 늦었다. 이미 홈즈가 올라오고 있었다. 면도칼이 있을지도 모르지만, 빈틈없는 레지아가 면도칼을 싸 두었던 것이다. 그곳엔 오직 창문만이 남아 있었다. 블룸스베리 하숙집의 커다란 창 문 밖에. 창문을 열고 스스로 몸을 던지는 것은 귀찮고 성가시고 다소 신파조의 일을 할 수밖에 없었다. 사람들은 그것을 비극이라고 생각 하겠지만, 셉티머스나 레지아는 그렇지 않았다(그녀는 그와 함께 있 으므로). 홈즈와 브래드쇼는 그런 일을 좋아했다(그는 창문턱에 앉아 있었다). 하지만 그는 마지막 순간까지 기다릴 것이다. 죽고 싶지는 않았다. 삶은 좋은 것이다. 햇살은 뜨거웠다. 오직 인간들이 문제 아 닌가? 맞은편 계단을 내려오던 한 노인이 그를 멀뚱멀뚱 쳐다보았다. 홈즈는 문 앞에 있었다. "내가 줄게!" 그가 소리쳤다. 그리곤 거칠고 난폭하게, 필머 부인의 울타리로 몸을 날렸다.

"겁쟁이 같으니!" 닥터 홈즈가 벌컥 문을 열어 젖히며 외쳤다. 레지 아는 창문으로 뛰어갔다. 그녀는 보았다. 그리고 깨달았다. 닥터 홈 즈와 필머 부인이 서로 부딪쳤다. 필머 부인은 침실에서 앞치마를 들어 눈을 가렸다. 많은 사람들이 계단을 오르락내리락했다. 닥터 홈즈가 들어왔다─백지장처럼 하얗게 질린 채, 손에 물컵을 들고, 벌벌 떨면서. 마음을 단단히 먹고, 뭐라도 좀 마시세요, 그가 말했다(그게 뭐였더라? 달착지근한 거였다). 왜냐하면 그녀의 남편은 차마 눈뜨고 볼 수 없을 만큼 엉망으로 다쳐서, 의식을 회복하지 못할 것이므로, 그녀가 봐서는 안 되었다. 가급적 떨어져 있어야 했으며, 조사를 받게 될 것이다. 가엾은 젊은 여인. 누가 그런 일을 예측할 수 있었던가? 갑작스런 충동이니, 어느 누가 비난을 하겠습니까(그가 필머 부인에게 말했다). 어째서 그런 일을 저질렀는지. 닥터 홈즈는 납득할 수가 없었다.

달착지근한 것을 마시던 그녀는 자신이 긴 창문을 열고, 정원으로 걸어 들어오는 것 같은 착각이 들었다. 하지만 어디로? 시계가 치고 있었다─하나, 둘, 셋. 그 소리가 얼마나 분명하던지. 쿵쿵 소리와 수군거리는 소리와 비교하면 말이다. 셉티머스 같았다. 그녀는 잠이 들었다. 하지만 시계가 계속 쳐댔다. 넷, 다섯, 여섯, 그리고 앞치마를 흔들어대는 필머 부인은(사람들이 시체를 여기로 가져오지는 않겠지?) 그 정원의 일부처럼 보였다. 아니면 깃발인지도 모른다. 그녀는 베니스에 숙모와 있을 때, 돛대에서 깃발이 천천히 펄럭이는 것을 본 적이 있었다. 전쟁에서 전사한 사람들에게 그렇게 경의를 표했고, 셉티머스는 전쟁에서 살아남았다. 그녀의 기억들 중 대부분은 행복한 기억들이었다.

그녀는 모자를 쓰고 옥수수 밭을 뛰어갔다―그곳은 어디일까? 어느 바다 근처 언덕일 것이다. 배와 갈매기와 나비들이 있었기 때문이다. 사람들은 벼랑에 앉아 있었다. 런던에서도 거기 앉아 있었는데, 반쯤은 꿈을 꾸면서, 침실 문을 열고 그녀에게 왔다. 마른 옥수수 사이로 소곤소곤 살랑대며 떨어지는 비, 바다 물결의 속삭임 소리, 둥그란 조개 껍질 속으로 들어와 해변에 누워 있는 그녀에게 소곤대는 속삭임, 무덤 위로 흩날리는 꽃잎처럼 흩뿌려진 느낌이었다.

"그는 죽었어." 정직한 푸른 눈으로 문을 뚫어져라 쳐다보면서, 자신을 지키고 있는 늙은 필머 부인에게 미소를 지어 보이며 그녀가 말했다(사람들이 그를 여기로 데려오지는 않겠지?). 하지만 필머 부인은 손을 내저었다. 아, 아냐, 아냐! 사람들은 그를 여기로 데려오고 있었다. 그녀에게 말을 하지 말았어야 했나? 결혼한 사람들은 같이 있어야 한다고, 필머 부인은 생각했다. 하지만 의사가 시키는 대로 해야 한다.

"자게 내버려두세요." 그녀의 맥박을 짚으며 닥터 홈즈가 말했다. 그녀는 창문을 등지고 시커멓게 서 있는 그의 윤곽을 보았다. 그것은 닥터 홈즈였다.

피터 월쉬는, 문명의 승리 가운데 하나라고, 생각했다. 앰뷸런스의 가볍고 높은 사이렌 소리를 내는 것은 문명의 승리 가운데 하나다. 인 간적으로 불쌍하고 재수 없는 자를 즉각 태우고, 신속하고, 말쑥하게 앰뷸런스는 병원으로 달려갔다. 흔히 그렇듯이, 누군가는 머리를 부 딪쳤고, 누군가는 병으로 쓰러졌으며, 또 누군가는 아마도 1~2분 전 에 건널목에서 차에 치었을지도 모른다. 이것이 문명이었다. 동양에 서 돌아오고 나자, 그에게 그런 모습—런던의 효율성, 조직성 그리고 공공정신—은 강한 인상을 주었다. 모든 짐수레와 마차는 앰뷸런스 가 지나갈 수 있도록 알아서 길을 비켜주었다. 아마도 병적으로 과민 한 것일지도 모른다, 아니 차라리 희생자를 싣고 있는 이 앰뷸런스에 그들이 보이는 경의는 감동적이기까지 하다—바쁜 남자들은 서둘러 집으로 가고 있었지만, 앰뷸런스가 지나가자, 즉시 아내를 떠올렸다. 아니면 자신들도 얼마든지 의사와 간호사와 함께 들것에 실려, 앰뷸 런스에 타고 있을 수도 있다는 생각을 했을지도 모른다…… 아, 하지 만 생각을 하다 보면 병적으로 예민해지고 감상적이 되어서, 사람들 은 곧 의사들을, 죽은 시체를 마음에 떠올렸다. 시각적인 인상에 대한 즐거움, 일종의 갈망은 더 이상 그런 일을 생각하지 말라고 경고했다 —예술에 치명적이고, 우정에 치명적이므로. 사실이었다. 그럼에도 피터 월쉬는 앰뷸런스가 모퉁이를 돌아서자, 그것은 고독이 가져다주는 특권이라고 생각했다. 비록 가볍고 높은 사이렌 소리는 자동차가 다음 거리로 내려가면서, 그리고 더 멀리 토텐햄 코트 거리를 건너가기까지 끊임없이 울려대고 있었지만 말이다. 사람은 혼자 있으면 무엇이든 원하는 것을 할 수가 있다. 아무도 보는 사람이 없으면, 소리내어 흐느낄 수도 있다. 인도의 영국인 사회에서 이것은—이 감수성은— 그가 파멸한 원인이었다. 적절한 때에 울거나, 웃지 않는 것 말이다. 그것이 내 안에 있어, 라고 우체통 옆에 서서 그가 생각했다. 그 우체통은 이제 눈물 때문에 녹아 내릴 수도 있었다. 그 이유는 하늘만이 아실 것이다. 아마도 어떤 아름다움 때문이리라, 하루의 무게 때문이리라. 클러리서를 찾아간 것을 시작으로, 열기와 맹렬함으로, 그리고 아무도 알지 못하는, 그들이 서 있던 어둡고 깊은 지하실로 한 방울씩 똑 똑 떨어지는 기억으로 그를 기진맥진하게 만들었던 하루였다. 한편으론 그런 이유로 인해, 그 은밀함과 완전하면서도 범할 수 없는 면으로 인해, 그는 인생은 미지의 정원 같다고 생각했다. 구불구불한 길과 골목으로, 놀라움으로 가득 차 있는 정원. 실제로 그것은 숨이 멈출 지경이었다. 이 순간들 말이다. 대영 박물관 맞은편의 우체통 옆에서 있을 때, 그런 순간들 중 한 순간이, 그 안에서 사물들이 하나가 되는 순간이 그에게 다가왔다. 이 앰뷸런스, 삶과 죽음이 하나가 되는 순간 말이다. 그것은 마치 감정이 밀려 아주 높은 지붕 위로 빨려 올라간 느낌이었다. 그리고 그의 잔재는 해변의 하얀 조가비처럼 속이 텅 빈 채 남겨져 있었다. 그것―이 감수성―은 인도의 영국인 사회에서 그를 파멸시킨 원인이었다.

언젠가 그와 함께 이층 버스의 위층에 탄 클러리서는 적어도 겉으로 보기에는, 쉽게 감동을 받고, 쉽게 절망했다가, 이내 최고의 기분에 빠져드는 것 같았다. 그 당시 그녀는 몹시 흥분해 있었으며, 너무나도 좋은 친구였기에 버스 이층에서 기묘한 광경과 이름과 사람들을 찾아내고 있었다. 그들은 런던을 자주 돌아다녔고, 옛 스코틀랜드 시장에서 보물을 찾아내 가방에 가득 채워 돌아오곤 했었기 때문이다―그 당시 클러리서는 어떤 이론을 믿고 있었다―. 젊은 사람들이 그렇듯이, 그들은 수많은 이론을, 언제나 이론을 믿고 있었는데, 그것은 사람들을 알지도 못할 뿐더러 알아주지 않는 것에 대한 불만의 느낌을 설명하기 위해서였다. 어떻게 그들이 서로를 알 수 있었겠는가? 매일 만나다가도, 몇 달, 몇 년을 만나지 않을 수도 있다. 사람에 대해 거의 모르는 것, 그것이 불만족이라고, 그들은 결론지었다. 하지만 쉐프츠베리 거리를 올라가는 버스에 앉아, 그녀는 모든 곳에서 자기 자신을 느꼈다. '여기, 여기, 여기'가 아니라, 그녀는 의자 등받이를 톡톡 두드렸다. 모든 장소에 말이다. 쉐프츠베리 거리를 올라가며 그녀는 손을 흔들었다. 그 모든 것이 그녀 자신이었다. 그래서 그녀를 혹은 누군가를 알기 위해서는, 그들을 완성시킨 사람들을, 심지어 그들을 완성시킨 장소들을 찾아내야 한다. 그녀는 한번도 이야기를 나눠 본 적이 없는 사람들에게 이상한 친근감을 느꼈다. 거리의 한 여인에게, 카운터 뒤의 한 남자에게—심지어는 나무들이나 헛간에도 친근감을 느꼈다. 그것은 결국 초월적인 이론으로 흘러갔으며, 죽음에 대한 공포와 함께, 우리의 겉모습, 즉 겉으로 드러나 보이는 부분은 다른 것, 널리 퍼져나가는 것, 보이지 않는 부분과 비교하면 너무나도 덧없는 것이며, 그 보이지 않는 부분은 계속 살아남아서, 죽은 뒤에도 이 사람 혹은 저 사람에게 달라붙어 있거나, 아니면 어떤 장소에 서려 있는 식으로 어쨌든 다시 살아난다는 말을 믿었으며, 또 믿는다고 했다. 아마도—아마도.

거의 삼십 년에 걸친 긴 우정을 돌이켜보면서 그녀의 이론은 이 정도까지 이루어졌다. 그들의 실제 만남은 그가 떠나 있었던 데다가, 여러 가지 일들로 인해 방해를 받았기 때문에(예를 들면 오늘 아침에도 그가 클러리서와 이야기를 시작하자, 다리가 긴 미끈하고 잘 생기고 아둔한 엘리자베스가 들어왔다), 짧고, 단편적이었으며, 종종 고통스럽긴 했지만, 그 만남이 그의 삶에 미치는 영향은 어마어마했다. 그들의 만남에는 신비로운 면이 있었다. 가령 날카롭고, 예리하며, 까끌까끌한 낟알처럼—실제의 만남이 주어졌다. 끔찍하게 고통스러울 때도 종종 있었다. 하지만 떠나 있을 때는, 꽃을 피우고 만개하여 향긋한 냄새를 풍겼다. 다시금 만져볼 수도 있었고, 음미할 수도 있었으며, 주위를 돌아볼 수도 있게 해주었다. 수년 동안 잃어버렸다가 다시 고스란히 느낄 수도 있었고, 이해도 할 수 있었다. 그렇게 그녀는 그에게 왔다. 배를 타고 있을 때나, 히말라야 산에 있을 때에도, 엉뚱한 것들이 그녀를 생각나게 해주었다(샐리 시튼―마음이 너그럽고 열정적인 바보!― 그녀 역시 수국 꽃을 볼 때마다 피터를 생각하곤 했다). 그녀는 그가 알았던 어느 누구보다 더 많은 영향을 그에게 끼쳤다. 그리고 언제나 이런 식으로 그가 원하지 않는 데도 그에게 다가왔다. 냉정한 귀부인처럼, 신랄하고 비판적으로 말이다. 혹은 황홀한 만큼 아름답게, 낭만적으로, 어떤 들판이나 영국의 추수를 떠올리게 하면서 말이다. 그가 그녀를 보는 것은 대체로 런던이 아니라 시골에서였다. 부어톤에서의 광경 하나 하나도…….

　그는 호텔에 도착했다. 붉은 빛의 소파와 의자가 있고, 대못같이 뾰족한 잎사귀의 나무가 있는 홀을 가로질렀다. 그리고 고리에서 열쇠를 꺼냈다. 젊은 안주인이 그에게 편지를 건네주었다. 그는 이층으로 올라갔다―클러리서는 대체로 부어톤에서 만났다. 늦은 여름에 그는 그 당시 유행처럼, 그곳에서 일 주일 혹은 이 주일 정도 머물렀다. 먼저 그녀는 언덕 꼭대기에 서서, 손으로 머리카락을 움켜쥐고, 외투를 바람에 흩날리며, 손가락으로 사람들을 가리키며 소리를 지를 것이다—그녀는 발 아래 흐르는 세번 강(영국에서 가장 긴 강_역주)을 보았다고 했다. 아니면 숲 속에서 주전자에 찻물을 끓이고 있었다. 그녀는 손놀림이 몹시 둔했다. 연기가 구불구불 피어올라 눈앞을 가로막았다. 그녀의 작은 분홍빛 얼굴이 연기 사이로 보였다. 한 오두막의 노파에게서 물을 얻었는데, 그 노파는 문 밖으로 나와 그들이 가는 것을 지켜보았다. 그들은 늘 걸어다녔고, 다른 사람들은 마차를 몰고 다녔다. 그녀는 마차를 모는 일에 싫증을 냈고, 개를 제외하고는 모든 동물을 싫어했다. 그들은 길을 따라 수 마일씩 도보 여행을 했다. 그녀는 방향을 알기 위해 걸음을 멈추었고, 그를 안내했다. 그들은 여행 내내 언쟁을 벌이고, 시에 대해 토론을 벌이고, 사람에 대해 토론을 벌이고, 정치에 대해 토론을 벌였다(그 당시 그녀는 급진주의자였다). 그녀는 멈출 때를 제외하곤 아무 것에도 신경을 쓰지 않았으며, 어떤 광경이나 나무를 보면 소리를 질러, 그의 주의를 끌었다. 그리고 다시 계속해서 그루터기만 남은 들판 사이로 앞장 서 걸었다. 숙모에게 줄 꽃을 꺾어 들고서 말이다. 몸이 약하긴 했지만 걷는 일에는 결코 지치지 않았다. 그리고 땅거미가 질 무렵, 부어톤에 들렀다. 저녁 식사를 마치자, 늙은 브레이트코프는 피아노를 열고 나오지도 않는 목소리로 노래를 불렀다. 그러면 그들은 안락의자에 몸을 깊숙이 파묻고 누워, 웃지 않으려 했지만 언제나 참지 못하고 웃고 또 웃었다—아무것도 아닌 일에 웃었다. 브레이트포크 씨는 일부러 못 본 체 하는 것 같았다. 그리고 아침에는 집 앞의 할미새처럼 아래위로 장난을 치며 돌아다녔다…….

아, 그녀에게 온 편지구나! 이 파란 봉투. 그것은 그녀의 글씨체였다. 그는 그 편지를 읽어야 할 것이다. 여기에 고통스러울 수밖에 없는 또 다른 만남이 있었다! 그녀의 편지를 읽는데는 지독한 노력이 필요했다. "그를 만나서 얼마나 기쁜지. 그녀는 그에게 그 말을 하지 않을 수 없어요." 그것이 전부였다.

하지만 그 편지는 그를 실망시켰다. 그를 화나게 했다. 그는 차라리 그녀가 편지를 쓰지 않았으면 하고 바랬다. 자신의 생각을 따라와 바로 뒤에서 읽은 뒤, 팔꿈치로 갈비뼈를 찌르는 것 같았다. 어째서 그녀는 그를 내버려두지 못하는 걸까? 어쨌든 그녀는 댈러웨이와 결혼을 했으며, 지금까지의 세월 동안 더할 나위 없는 행복 가운데 그와 살고 있지 않은가.

이런 호텔들은 위안을 주는 장소가 아니다. 위안과는 거리가 멀었다. 수많은 사람들이 이 걸이에 모자를 걸었다. 심지어 파리들도 다른 사람들의 콧잔등에 앉았을 것이다. 그의 얼굴에 직접 와 닿는 청결에 대해 말하자면, 그것은 청결이 아니라, 텅 비고 썰렁한 것이었다. 그래야 하는 것 말이다. 갱년기의 여주인은 새벽에 코를 킁킁거리고, 안을 엿보고, 코가 파란 하녀들에게 청소를 시키면서 점검을 했다. 마치 다음에 들어올 손님이 더할 나위 없이 깨끗한 접시에 놓여질 고깃덩이라도 되는 듯이 말이다. 거기엔 잠을 잘 수 있는 침대 하나, 앉을 수 있는 팔걸이 의자 하나, 이를 닦고 면도를 할 수 있는 양치질 컵 하나, 거울 하나가 있었다. 책들, 편지들, 실내 가운은 인간적인 냄새가 나지 않는 말 털로 만든 매트리스 위에 어울리지 않는 무례한 모습으로 아무렇게나 널려져 있었다. 그리고 이 모든 것을 볼 수 있게 해준 것은 클러리서의 편지였다. "만나서 반가웠어요! 그녀는 그렇게 말할 수밖에 없어요!" 그는 편지를 접어, 옆으로 밀어 놓았다. 추호도 다시 읽을 마음이 들지 않았다.

여섯 시에 그가 편지를 받을 수 있도록, 그녀는 그가 떠나자마자 앉아서 그 편지를 쓴 것이 분명했다. 우표를 붙인 다음 사람을 시켜 우체국으로 보냈을 것이다. 사람들 말대로 정말 그녀다웠다. 그녀는 그가 찾아온 것에 당황했다. 그녀는 많은 것을 느꼈다. 그녀는 그의 손에 입을 맞추면서 잠시 후회했으며, 심지어 그를 시기하기까지 했다. 그리고 그가 했던 말—혹시 그녀가 그와 결혼했다면, 그들은 세상을 얼마나 바꿀 수 있었을까— 을 떠올렸을 것이다(그는 그녀의 표정을 보고 그것을 알았다). 그런 생각에 반해 결과는 이것이었다. 중년이 된 것. 평범함이었다. 지칠 줄 모르는 활력으로 모든 것을 모아두었다. 강하게 인내하고, 온 힘을 다해 장애물을 극복하고 승리하여 헤치고 나갈 수 있게 하는 생명력이 그녀에게 있었다. 이에 대해 그는 문외한이었다. 그랬다. 하지만 그가 방을 나간 것에 대한 반응이 일어났다. 그녀는 그를 안쓰럽게 생각했다. 그에게 기쁨을 주기 위해 이 세상에서 그녀가 할 수 있는 일을 생각했다(한 가지를 제외하고). 그리고 그는 눈물을 펑펑 흘리면서 책상으로 가서, 그에게 안부를 묻는 한 줄을 단숨에 써 내려가는 그녀를 볼 수 있었다……" 만나서 반가웠어요! 그녀는 그렇게 말할 수밖에 없어요!" 그녀는 그런 마음을 품고 있었다.

피터 월쉬는 부츠의 끈을 풀었다.

하지만 그들의 결혼은 성공하지 못했으리라. 어쨌든 다른 것이 훨씬 더 자연스럽게 찾아왔다.

이상하지만 사실이었다. 많은 사람들이 그렇게 느꼈다. 피터 월쉬는 겨우 사회적인 품위를 유지했으며, 평범한 직책을 적당히 메우고 있었고, 사람들은 그를 좋아하면서도 괴짜라고 생각했으며, 그는 잘난 체를 잘했다—특히 머리가 잿빛으로 변해가고 있는 지금도 그가 만족스런 표정, 뭔가 유보해놓은 듯한 표정을 지녔다는 것은 참 묘한 일이었다. 바로 그것이 그를 여자들에게 매력적으로 보이게 하는 점이다. 여자들은 그가 남성적이지 않다는 느낌을 좋아했다. 그에게는 무언가 범상치 않은 점이, 아니면 그의 뒤에 무언가가 있었다. 그가 책읽기를 좋아하기 때문일 수도 있다―사람들을 만나러 가면 언제나 테이블 위에서 책을 집어 들었다(그는 지금도 책을 읽고 있었다. 신발 끈을 바닥에 질질 끌면서). 아니면 그가 신사이기 때문일 수도 있었다. 그것은 그가 파이프에서 담뱃재를 터는 모습이나, 여성들을 대하는 태도를 보면 분명히 알 수 있었다. 분별력이라곤 손톱만큼도 없는 어린 아가씨도 그를 마음대로 조정하는 것을 보면, 매력적이기도 하고 어리석어 보이기도 했다. 하지만 위험을 감수해야 하는 것은 그녀였다. 다시 말해, 비록 그가 아주 편안한 사람이고, 성격도 쾌활하고, 집안도 좋고, 같이 있으면 매력적이라고 느낄지라도, 그것은 어디까지나 어느 선까지였다. 그녀가 무슨 말―아니요, 아니요―라고 말하면, 그는 그 속을 꿰뚫어보았다. 그는 아니요, 아니요, 라는 말을 견딜 수 없어 했다. 그런 다음에는 남자들과 농담을 하고, 고함을 지르고, 몸을 앞뒤로 흔들면서 호탕하게 웃을 수도 있었다. 인도에서 그는 최고의 미식가였다. 그는 남자였다. 하지만 존경해야 하는 그런 종류의 남자가 아니었다―다행스럽게도. 가령 시몬스 소령 같은 남자와는 달랐다. 데이지는 그렇게 생각했다. 어린 아이가 둘이나 있음에도 불구하고, 그녀는 그들을 비교하곤 했다.

그는 부츠를 벗었다. 호주머니를 비웠다. 주머니칼과 함께 베란다에서 찍은 데이지 사진이 나왔다. 데이지는 온통 하얀 옷을 입고 있었으며, 폭스 테리어 한 마리를 무릎에 올려놓고 있었다. 까무잡잡하고 매력적이었다. 그가 본 것 중에 최고로 매력적이었다. 아무튼 너무도 자연스런 모습이었다. 클러리서보다 훨씬 더 자연스러웠다. 안달복달하지도 않았고, 귀찮게 굴지도 않았고, 점잔을 빼지도 않았고, 조바심을 내지도 않았다. 모든 것이 꾸밈없고 막힘이 없었다. 까무잡잡하고 너무도 예쁜 소녀가 베란다에서 소리치고 있었다(그는 그녀의 말을 들을 수 있었다). 물론, 물론 그녀는 그에게 모든 것을 줄 것이다! 그녀는 외쳤다(그녀는 신중함이라곤 전혀 없었다). 그가 원하는 모든 것을! 그녀는 그를 만나기 위해 뛰어오면서, 외쳤다. 누가 보거나 말거나. 그녀는 겨우 스물네 살이었다. 게다가 애가 둘이나 딸렸다. 여하간에!

사실이지 그는 그 나이에 스스로 진흙탕에 빠졌던 것이다. 밤에 잠에서 깨어났을 때, 그는 그런 생각이 강하게 들었다. 만약 그들이 결혼을 한다면? 그로서는 모든 것이 좋겠지만, 그녀는 어떨까? 버거스 부인은 아주 좋은 사람이고, 수다쟁이도 아니어서, 그는 모든 속 얘기를 털어놓았는데, 부인은 그가 변호사를 만난다는 핑계로 영국에 와 있는 것이, 데이지에게 다시 생각할 기회를 주고, 두 사람의 관계를 재고할 수 있게 해준다고 생각하고 있었다. 문제는 데이지의 신분이라고, 버거스 부인은 말했다. 사회적인 장벽과 아이들을 포기하는 문제 말이다. 언젠가는 과부가 되어, 전철을 이리저리 배회하거나, 더 정확히 말하자면 난잡한 짓을 할 수도 있다는 거였다(화장을 너무 진하게 하는 그런 여자들을 말이에요, 그녀가 말했다). 하지만 피터 월쉬는 그런 말에 콧방귀를 뀌었다. 그는 아직 죽을 생각이 없었다. 어쨌든 그녀는 스스로 안정을 찾아야 한다. 스스로 판단해야 한다고 생각하면서, 그는 양말만 신은 채로, 방안을 이리저리 돌아다니면서, 셔츠 주름을 폈다. 클러리서의 파티에 갈 수도 있고, 음악 홀에 갈 수도 있고, 아니면 그냥 틀어박혀서 옥스퍼드 대학에서 알았던 남자가 쓴 아주 재미있는 책을 읽을 수도 있었다. 만약 그가 은퇴를 한다면, 그가 할 일은 책을 쓰는 일이었다. 옥스퍼드 대학의 보들리 도서관에 가서 샅샅이 책을 뒤지리라. 까무잡잡하고 아름다운 소녀가 테라스 끝까지 공연히 뛰어왔다. 공연히 손을 흔들었다. 사람들이 무슨 말을 하거나 말거나 그녀는 공연히 외쳤다. 그녀가 전부라고 생각하는 남자, 흠잡을 데 없는 신사, 매력적이고, 남다른(그의 나이는 적어도 그녀에겐 문제가 되지 않았다) 그가 거기 불룸스베리 호텔 방에서 이리저리 서성이면서 면도를 하고, 세수를 하고, 컵을 들었다 면도기를 내려놓았다 하면서, 보들리 도서관을 뒤져 관심 있는 한두 가지 문제에 관한 진리를 찾아낼까 따위의 궁리를 하고 있었다. 그리고 아무하고나 수다를 떨고, 그러다가 점점 점심 시간을 무시하게 되고, 약속을 놓치게 되리라. 늘 그렇듯이 데이지가 키스나 사랑의 표시를 해달라고 했을 때, 제대로 해줄 수 없을 것이다(비록 그가 진실로 그녀에게 헌신적이라 해도). 다시 말해, 버거스 부인의 말대로, 그녀가 그를 잊어주거나, 단지 1922년 8월의 그를, 땅거미가 질 무렵, 교차로에 서 있는 모습으로, 그녀를 뒷좌석에 안전하게 태운 이륜마차가 빨리 달려갈수록, 그녀가 아무리 손을 내저어도, 이 세상에서 무슨 일이든지 다 하겠다고 아무리 외쳐도, 점점 멀어져 가는 그의 모습으로 기억해주는 것이 더 행복할 것이다……

사람들이 무슨 생각을 하는지 그는 결코 알지 못했다. 그는 집중하는 것이 점점 더 힘들어졌다. 무언가에 골똘해 있었던 것이다. 자신의 관심사에 빠지게 되었다. 화를 냈다가도 이내 쾌활해졌다. 여자들에게 의존했고, 멍하니 시무룩했으며, 어째서 클러리서가 그냥 자신들에게 하숙집을 구해주고, 데이지에게 친절하게 대해주고 또 그녀를 사교계에 소개시켜줄 수 없는지 시간이 갈수록 점점 더 이해할 수가 없었다(그는 면도를 하면서 그런 생각을 했다). 그렇다면 그는 무엇을──무슨 일을 할 수 있는가? 자주 찾아가서, 주위를 서성대고(그 순간 그는 실제로 여러 가지 열쇠와 서류를 정리하는 일에 몰두하고 있었다), 단숨에 먹이를 낚아채어, 맛을 보고, 혼자 있을 수 있었다. 다시 말해, 스스로 만족할 수 있었다. 물론 어느 누구도 자기 자신보다 다른 사람을 더 의존할 수는 없었다(그는 조끼의 단추를 잠갔다). 그것이 그를 파멸시킨 원인이었다. 그는 흡연실에 가지 않을 수 없었으며, 군인들을 좋아했고, 골프를 좋아했고, 브릿지 게임을 좋아했고, 무엇보다 여자들과 사귀는 것을 좋아했다. 여자들과의 교제는 고상했으며, 그들의 사랑은 신실하고, 대담하고, 위대했다. 비록 장애물이 있었지만 그것은(까만 피부에, 반할 정도로 예쁜 얼굴이 봉투 위에 있었다) 인간 삶의 절정에서 피어나는 너무도 눈부신 훌륭한 꽃 같았다. 하지만 그는 만족시킬 수가 없었고, 언제나 주변을 살피는 경향이 있었으며(클러리서는 그에게서 어떤 면을 영원히 약하게 만들었던 것이다), 말없는 헌신하는 스타일이었고, 여러 여자를 사랑하는 경향이 있었다. 비록 데이지가 다른 사람을 사랑하면, 그는 통제할 수 없을 만큼 질투심이 심해서, 노발대발 화를 내겠지만 말이다. 얼마나 고통스럽겠는가! 그나저나 주머니칼은 어디로 간 걸까. 시계는, 도장은, 돈지갑은, 다시 읽을 마음은 없지만, 떠올리고 싶은 클러리서의 편지는, 그리고 데이지의 사진은? 이제는 만찬에 갈 시간이다.

그들은 식사를 하고 있었다.

도자기 꽃병이 놓인 작은 테이블에 앉아, 정장을 한 사람이나 하지 않은 사람이나 숄과 백을 곁에 내려놓은 채, 침착한 체 하고 있었다. 왜냐하면 그들은 그렇게 여러 코스가 나오는 만찬에 익숙하지 않았기 때문이다. 하지만 자신만만했다. 그런 음식값을 지불할 수 있기 때문이었다. 다만 피곤했다. 하루 종일 런던을 돌아다니면서, 쇼핑을 하고 관광을 했기 때문이었다. 또 자연스런 호기심이 발동했다. 뿔테 안경을 쓴 잘 생긴 신사가 들어오자 주변을 두리번거렸기 때문이다. 본래 인간성도 좋았다. 시간표나 유용한 정보를 제공하는 것과 같은 아주 사소한 도움을 주는 것을 기뻐했기 때문이었다. 또 어떻게 해서라도 인맥을 쌓으라고 은밀하게 부추기는 욕망이 있었다. 고향이(가령 리버풀과 같은) 같다거나, 친구와 이름이 같다거나 하는 사소한 일일지라도 말이다. 흘끗흘끗 훔쳐보고, 어색하게 침묵을 지키거나, 갑자기 가족들끼리 장난을 치기도 하면서 그들은 그곳에 앉아 저녁을 먹고 있었다. 바로 그때 월쉬 씨가 들어와 커튼 옆의 작은 테이블에 자리를 잡았다.

그가 무슨 말을 했기 때문이 아니었다. 다만 혼자였기 때문에 웨이터에게 말을 걸 수 있었던 것이다. 그가 메뉴를 들여다보는 자세, 특정 와인을 손가락으로 가리키는 태도, 테이블로 몸을 끌어 당겨 앉는 방식, 게걸스럽지 않고, 진지하게 식사를 하는 자세가 존경심을 불러일으켰다. 식사시간 내내 말로 표현하지는 않았지만, 월쉬 씨가 식사를 마치고, "바틀렛 배(이녹 바틀렛(1779~1860)이란 사람이 처음으로 미국에 들여온 배로서, 그의 이름을 따서 바틀렛 배라고 한다_역주)요."라고 말했을 때, 모리스 가문 사람들이 앉아 있던 테이블에서는 존경심이 절정에 올랐다. 그는 어째서 그토록 겸손하고도 확고하게, 정의에 입각한 정당한 권리 내에서 잘 절제된 분위기로 말을 해야 하는지, 젊은 찰스 모리스도, 아버지 찰스도, 딸 일레인이나 모리스 부인도 알 수가 없었다. 하지만 그가 혼자 식탁에 앉아, "바틀렛 배요."라고 말했을 때, 그들은 그가 합법적인 요구에 자신들의 지지를 받고 있다고 느꼈다. 다음 순간, 벌써 그가 자신들의 명분을 옹호하는 사람이라고 느꼈다. 그래서 그들의 호감 어린 시선이 서로 마주쳤으며, 다같이 동시에 흡연실에 갔을 때, 필연적으로 허물없는 대화가 이어졌다.

그다지 심오한 대화는 아니었다—단지 런던이 복잡하다는 것에 관한 이야기. 삼십 년 동안 변했다는 이야기. 모리스 씨가 리버풀을 더 좋아한다는 이야기. 모리스 부인이 웨스트민스터 꽃 전시회에 갔다 왔다는 이야기. 그리고 그들 모두가 웨일즈 황태자를 만났다는 이야기 등이었다. 하지만 이 세상에서 어느 가족도 모리스 가족과 비교할 수는 없다고 피터 월쉬는 생각했다. 어느 가족도 비교할 수 없었다. 그들 서로의 관계는 완벽했다. 그들은 상류 계급에 대해 조금도 관심이 없었으며, 자신들이 좋은 것은 좋아했다. 일레인은 집에서 하는 사

댈러웨이 부인 267

업을 물려받기 위해 교육을 받고 있었으며, 아들은 리즈 대학에서 장학금을 받았다. 그리고 모리스 부인은(피터 나이쯤 된) 집에 아이들이 셋이나 더 있었다. 그들에겐 자동차가 두 대가 있었지만, 모리스씨는 여전히 일요일에는 부츠를 수선했다. 너무나 훌륭해, 정말 멋있어. 피터 월쉬는 이렇게 생각하면서, 술잔을 손에 든 채, 붉은 털로 덮인 의자와 재떨이 사이에서 몸을 앞뒤로 흔들었다. 그러면서 스스로 몹시 흡족했다. 모리스 씨가 자신을 좋아하기 때문이었다. 그랬다. 그들은 "바틀렛 배,"라고 말하는 사람을 좋아했다. 그들이 자신을 좋아한다는 것을 느낄 수 있었다.

그는 클러리서의 파티에 갈 것이다(모리스 가족이 자리를 떴지만, 그들은 다시 만날 것이다). 그는 클러리서의 파티에 갈 것이다. 리처드에게 보수당 바보들이 인도에서 무슨 짓을 하고 있는지 묻고 싶기 때문이었다. 그리고 무슨 연극이 상연되고 있더라? 또 음악…… 아, 그래, 단순한 잡담도.

그는 이것이 우리의 영혼에 대한, 우리 자아에 대한 진실이라고 생각했다. 우리 자아는 물고기처럼 깊은 바닷속에 살면서 침침한 것들 사이를 오락가락하고, 거대한 잡초 줄기 사이를 누비고 지나가, 햇살이 어른거리는 공간 너머로, 더 나아가 차갑고 깊고 앞을 볼 수 없는 어둠 속으로 들어갔다가, 갑자기 수면으로 솟구쳐, 바람이 일으킨 잔

268

물결 위에서 장난질을 친다. 다시 말해, 서로 스쳐 지나가고, 문질러 상처를 내고, 스스로 흥미를 불러일으키고, 잡담을 나눠야 할 필요성이 있었다. 정부는 인도를 어떻게 할 작정인가?―리처드 댈러웨이는 알고 있을 것이다.

몹시 무더운 밤이었다. 신문 배달 소년들은 붉은 색으로 커다랗게 '열풍 기습' 이라고 쓴 전단지를 들고 지나갔다. 호텔 계단에 내다 놓은 등나무 의자에, 서로 떨어져 앉은 신사들이 음료수를 홀짝거리면서, 담배를 피우고 있었다. 피터 월쉬도 거기 앉아 있었다. 하루가, 런던의 하루가 막 시작되고 있다고 생각할 수도 있었다. 날염한 드레스와 하얀 앞치마를 벗어 놓고, 푸른색 드레스와 진주로 치장한 여인처럼, 낮은 그렇게 변했으며, 모직 옷을 벗어버리고, 대신 얇은 망사로 된 옷을 입고 저녁으로 변신했다. 페티코트를 바닥에 내팽개치면서 여인이 내쉬는 한숨과 똑같은 한숨을 내쉬며, 그 하루 또한 먼지, 열기, 그리고 화려함을 벗어 던졌다. 교통량이 뜸해졌으며, 자동차들은 금속성 소음을 내면서 화물차를 재빨리 뒤쫓아갔다. 여기저기서 광장의 울창한 나뭇잎 사이로 강렬한 전등불이 켜졌다. 이제 나는 물러가노라, 라고 저녁이 말하는 것 같았다. 호텔의 흙벽과 곰팡이가 피고 뾰족하게 튀어나온 곳과 평평한 지붕과 상점들이 들어 있는 큰 건물 위로 창백하게 스러져가면서 말이다. 나는 시들었다, 나는 사라진다,

저녁은 말하기 시작했다. 하지만 런던은 그 어느 것도 받아들이지 않고, 총검을 하늘에 들이댄 채, 저녁을 그곳에 단단히 붙잡아 매고 향연에 참가할 것을 강요했다.

피터 월쉬가 마지막으로 영국을 방문한 이후, 월레트 씨의 썸머 타임이라는 위대한 혁명이 일어났다. 길어진 저녁 시간이 그에게는 새로웠다. 기운을 북돋아주는 면도 없지 않았다. 젊은 사람들은 속달 상자를 들고, 자유로운 것을 즐거워하며, 이 유명한 거리를 걷는다는 것이 자랑스럽다. 또 인간적이고, 값싸고, 조악한 기쁨이지만 어쨌든 황홀감에 취해 얼굴이 상기된 채 지나갔다. 그들은 옷도 멋지게 입고 있었다. 분홍색 스타킹에 예쁜 구두까지. 이제 2시간쯤 영화를 볼 수 있을 것이다. 노랗고 푸르스름한 저녁 불빛이 그들의 모습을 선명하고 세련되게 비춰주었다. 광장의 나무 잎사귀도 빛을 받아 타는 듯이 붉게 타올랐으며—잎새들은 마치 바닷물에 잠겨 있는 것 같았다—, 바다 밑에 가라앉은 도시의 무성한 잎사귀 같았다. 그는 아름다움에 깜짝 놀랐다. 고무된 것도 사실이었다. 인도에 정착했다가 다시 귀환한 영국인들이 자연스럽게 오리엔탈 클럽(1824년 동인도 회사에 근무했던 장교들이 만들었으며, 하노버 스퀘어에 있었다_역주)에 모여 앉아(그는 그런 무리들을 알고 있었다), 화를 내며 세상이 망해간다고 결론짓고 있을 때, 그는 전과 마찬가지로 여전히 젊은 모습으로 있었기 때문이다. 젊은 사람들의 전성기와 나머지 것들을 부러워했다. 한 소녀의 말에서, 하녀의 웃음에서—손으로 만져볼 수는 없지만—, 그가 젊은 시절 움직일 수 없는 것처럼 보였던 피라미드처럼 쌓인 구조에 변화를 주었나 의심하기도 했다. 아니 의심하는 것 이상이었다. 그 꼭대기에서 변화가 밀려왔다. 그들을, 특히 여자들을 내리눌렀다. 클러리서의 아주머니인 헬레나가 저녁식사 후에 램프 불 아래 앉아 회색 압지 사이에 끼워넣고 리트레 사전(프랑스의 의사이자 철학자, 언어학자인 리트레가 편집한 프랑스어 사전_역주)으로 압착하곤 했던 꽃들처럼 말이다. 이제 헬레나 아주머니는 돌아가셨다. 그는 헬레나 아주머니가 한 쪽 시력을 상실했다는 소식은 클러리서에게 들었던 적이 있었다. 패리 양이 늙어서 확대경에 의지했다는 것은 그녀에게 너무나도 어울리는 일 같았다—자연의 걸작 가운데 하나였다. 그녀는 하얀 서리 속에서 횃대를 단단히 딛고 있는 새처럼 죽었을 것이다. 그녀는 다른 세대에 속해 있었지만, 너무나도 흠이 없고 완벽해서, 언제나 지평선 위에 하얀 돌처럼, 눈부시게, 우뚝 서 있을 것이다. 이 아슬아슬하고 긴 항해, 이 끝없는(그는 서레이와 요크서의 크리켓 게임 결과를 알고자 신문을 사려고 동전을 더듬어 찾았다), 삶의 모험에서 지나간 자취를 표시해주는 등대처럼 말이다. 하지만 크리켓은 단순히 게임이 아니었다. 크리켓은 중요했다. 크리켓 게임에 관해서는 늘 읽지 않을 수가 없었다. 그는 최신

뉴스란에서 득점표를 먼저 읽었다. 그 다음에는 날씨를, 그 다음에는 살인 사건에 관한 기사를 읽었다. 어떤 일을 수백만 번 반복해서 하다 보면 실력이 향상된다. 비록 첫인상이 없어진다는 말이 있기는 하지만 말이다. 과거는 내면을 풍성하게 해주고, 경험이 쌓이고, 한두 사람을 돌보게 되고, 그래서 젊은 사람에게는 부족한 힘, 갑자기 중단시킨다든지 자신이 원하는 것을 한다든지, 사람들이 뭐라든지 개의치 않고 큰 기대도 없이 왔다갔다할 수 있는 힘을 갖게 된다(그는 신문을 테이블에 올려놓고 가고 있었다). 하지만(그는 모자와 코트를 찾았다) 그에게는 이런 것이 전적으로 사실은 아니었다. 적어도 오늘밤은 아니었다. 왜냐하면 그는 그 나이에도, 어떤 경험을 하게 될 것이라는 믿음을 가지고, 파티에 갈 것이기 때문이었다. 하지만 어떤 경험일까?

어쨌든 아름다움일 것이다. 눈으로 보는 천연 그대로의 아름다움은 아니다. 순수하고 단순한 아름다움도 아니다─러셀 광장으로 이어지는 베드포드 길 말이다. 그것은 곧고 텅 빈 길의 아름다움이었다. 복도가 주는 균형. 하지만 불 켜진 창, 피아노, 축음기가 내는 소리의 아름다움이기도 했으며, 즐거움을 만들어내는 보이지 않는 느낌이었다. 커튼을 치지 않은 창문, 열린 창문을 통해 테이블에 앉아 있는 사람들, 천천히 돌아가며 춤을 추는 젊은 사람들, 대화를 나누는 남녀들, 한가롭게 밖을 내다보는 하녀들(일이 끝나면 그들은 이상한 해설을 달았다), 높은 선반에 널어놓은 스타킹, 앵무새와 화초 몇 그루를 볼 수 있었다. 얼마나 흥미진진하고, 신비하고, 한없이 풍성한 이 삶인가. 그리고 커다란 광장에는 택시들이 총알처럼 달리고 있었으며, 서너 쌍의 남녀가 어슬렁거리며, 한가롭게 장난을 치고, 포옹을 하다가, 울창한 나무 아래에서 몸을 움츠렸다. 그것은 감동적이었다. 어찌나 조용하고, 어찌나 흥미진진하던지, 사람들은 조심스럽게 흠칫거리며 지나갔다. 마치 어떤 신성한 예식을 방해하는 것이 불경스런 일이라도 되는 것처럼. 그것은 흥미진진했다. 이제는 번쩍번쩍 눈부신 곳으로 넘어갈 차례다.

그의 가벼운 코트가 바람에 흩날렸다. 그는 상체를 앞으로 숙이고 뒷짐을 쥔 채, 무어라 표현할 수 없는 특이한 모습으로 걸음을 옮겼다. 그의 눈은 여전히 한 마리 작은 매 같았다. 그는 주위를 관찰하면서, 런던을 가로질러, 웨스트민스터를 향해 경쾌하게 걸어갔다.

그나저나 모든 사람들이 밖에서 저녁 식사를 하고 있나? 하인이 문을 열자, 버클 달린 구두에 머리에는 보라색 타조 깃털을 세 개나 꽂은 바람둥이 노부인이 밖으로 나왔다. 문이 열린 동안 밝은 꽃무늬의 숄로 감싼 부인들과 아무것도 쓰지 않은 부인들이 밖으로 나왔다. 치장 벽토 기둥이 세워진 저택에서는 작은 앞마당을 통해, 머리에 빗을 꽂고 가볍게 몸을 감싼 여자들이 밖으로 나왔다(아이들을 보러 이층으로 올라갔던). 남자들은 바람에 코트를 흩날리며 그들을 기다리고 있었다. 차가 출발했다. 모든 사람들이 외출하고 있었다. 문이 열리고, 사람들이 내려와 출발을 하고 나니, 런던 전체가 파도에 출렁이며, 둑에 정박해 있는 보트를 타고 출항하는 것 같았다. 마치 온 사방이 축제 분위기로 법석대며 떠내려가는 듯했다. 화이트홀은 은빛으로 반짝거렸으며, 거미들이 미끄러져 내리듯이, 자동차들이 미끄러져 갔다. 아크등으로 모기들이 몰려들었으며, 사람들은 더위를 이기지 못해 서성대며 이야기를 나누고 있었다. 그리고 이곳 웨스트민스터는 은퇴한 판사처럼 보이는 사람이 온통 하얗게 치장을 하고 그의 집 문간에 똑바로 앉아 있는 것 같았다. 필시 인도에 살았던 영국인일 것이다.

그리고 여기는 시끄럽게 싸우는 여자들, 술 취한 여자들로 난장판이었다. 경찰관과 희미하게 보이는 집들, 높은 집들, 돔이 있는 집들, 교회들, 국회의사당, 그리고 강에 떠 있는 증기 기선의 기적 소리, 텅빈 아련한 외침 소리가 있을 뿐이다. 하지만 여기는, 그녀의 거리, 클러리서가 사는 거리였다. 마치 물이 다리의 교각을 돌아 흘러 한데 모이듯이, 택시들이 모퉁이를 돌아 달려왔다. 그에게는 그렇게 보였다. 그 택시들은 그녀의 파티, 클러리서의 파티에 가는 사람들을 실어 나르고 있었던 것이다.

물밀 듯 눈으로 밀려들어오던 시각적인 인상이 이제 멈추었다. 마치 꽉 차서 더 이상 담으면 넘쳐흐르는 도자기 잔처럼. 이제는 뇌가 깨어나야 한다. 이제는 몸이 긴장해야 한다. 집으로, 불켜진 집으로 들어가야 했다. 거기에 문은 열려 있었고, 자동차들이 서 있었으며, 화려하게 차려입은 여자들이 차에서 내리고 있었다. 영혼은 인내할 수 있을 만큼 용감해져야 한다. 그는 주머니칼의 커다란 칼날을 폈다.

루시가 아래층으로 뛰어 내려와, 응접실로 급히 들어갔다. 커버의 구김살을 펴고, 의자를 바로 놓고, 잠시 멈추어 섰다. 누구라도 아름다운 은 식기, 놋쇠로 된 벽난로 연장, 부젓가락, 새 의자 커버, 노란 무명 커튼을 본다면, 이것들이 얼마나 깨끗하고, 밝고, 아름다운지를 느낄 수 있을 것이다. 그녀는 그것들 하나 하나가 몹시 소중했다. 갑자기 왁자지껄한 소리가 들렸다. 사람들이 벌써 만찬을 끝내고 올라오고 있었다. 빨리 움직여야 한다!

수상이 오고 있어요, 애그니스가 말했다. 식당에서 사람들이 하는 소리를 들었다고, 잔이 가득 든 쟁반을 들고 올라오면서 그녀가 말했다. 수상이란 사람이 온들, 그게 무슨 상관인가? 무슨 상관이란 말인가? 이 늦은 시간, 접시와, 소스 팬과 여과기와 프라이팬과 젤리에 담가 놓은 닭과 아이스크림 냉동기와 빵 껍질과 레몬과 수프 접시와 푸딩 그릇에 둘러싸인 워커 부인에게 그것은 아무 상관이 없었다. 아무리 열심히 설거지를 해도, 부엌 식탁과 의자에 널려진 산더미 같은 그릇들은 그녀를 짓누르는 것 같았다. 벽난로의 불은 활활 타오르며 요란한 소리를 냈고, 전기 불은 번쩍번쩍 눈이 부신 가운데, 여전히 상을 차려야 했다. 워커 부인이 생각할 수 있는 것은 수상이 오거나 말거나 자신에게는 조금도 문제가 되지 않는다는 사실이었다.

부인들이 벌써 이층으로 올라가고 계세요, 루시가 말했다. 부인들은 한 사람씩 이층으로 올라가고, 마지막으로 올라가던 댈러웨이 부인은 거의 언제나 부엌에 메시지를 보냈다. "워커 부인에게 안부 전해줘요.", 이것이 어느 날 밤의 메시지였다. 다음 날 아침, 사람들은 수프와 연어 요리를 살펴볼 것이다. 연어가 덜 익었다는 것을 워커 부인은 알고 있었다. 그녀가 푸딩에 신경을 쓰느라, 연어를 제니에게 맡겼더니, 그렇게 된 것이다. 연어는 언제나 설익었다. 하지만 금발 머리에 은장식을 단 부인은 앙트레를 먹으면서, 정말로 집에서 만들었나요? 라고 물었다고, 루시가 전했다. 하지만 워커 부인은 접시를 빙글빙글 돌리고, 난로의 통풍 조절판을 열었다 조였다 하면서도, 연어에 신경이 쓰였다. 식당에서 웃음소리가 터져 나왔다. 누군가 말하는 소리가 들렸다. 그러더니 이내 웃음소리가 터졌다. 부인들이 가버리

276

자, 신사들끼리 즐거운 시간을 보내고 있었다. 루시가 뛰어들어오며 토케이 포도주요, 라고 말했다. 댈러웨이 씨가 황제의 포도주 저장실에서 가져온, 고급 포도주인 토케이. 토케이 포도주를 가져오라는 것이다.

그 이야기가 온 부엌에 퍼졌다. 루시는 어깨 너머로, 엘리자베스가 예쁘게 보인다고 보고했다. 그녀에게서 눈을 뗄 수가 없다는 것이다. 엘리자베스는 핑크색 드레스에 댈러웨이 부인이 준 목걸이를 하고 있었다. 제니는 엘리자베스의 폭스테리어를 챙겨야 했다. 그 개는 사람을 물어서 가두어 놓았는데, 엘리자베스는 그 개가 배가 고플 거라고 생각했다. 제니는 개를 챙겨야 했다. 하지만 사람들이 벅적대는 이층으로 갈 생각을 하지 않았다. 문에는 이미 자동차 한 대가 와 있었다. 현관 벨이 울렸다. 신사들은 여전히 식당에서 토케이를 마시고 있었다.

사람들이 이층으로 올라가고 있었다. 먼저 도착한 사람들이었는데, 이제 점점 더 빨리 올 것이다. 그래서 파킨스 부인(파티 때문에 고용된 부인)은 복도의 문을 반쯤 열어 놓았다. 홀은 기다리는 신사들로 가득 차 있었는데(그들은 서서 기다리는 동안 머리를 쓰다듬었다), 그 사이에 부인들은 외투를 복도 중간에 있는 방에 벗어 놓았다. 그 방에서는 바네트 부인이 그들을 도왔다. 늙은 엘렌 바네트는 이 집에

사십 년 동안이나 있었다. 해마다 여름이면 부인들을 도와주러 왔는
데, 이제는 엄마가 된 부인들이 소녀였을 때를 기억하고 있었다. 그녀
는 겸손하게 악수를 했고, 정중하게 "마님"이라고 불렀다. 하지만 익
살맞은 구석도 있었다. 젊은 부인들을 눈여겨보았다가, 속옷에 문제
가 생긴 러브조이 부인을 도와주기도 했다. 그래서 러브조이 부인과
엘리스 양은 바네트 부인을 잘 아는 덕분에, 브러쉬와 빗을 빌려 쓰는
사소한 특권을 누리고 있다는 느낌을 갖지 않을 수 없었다. "삼십 년
이에요, 마님." 바네트 부인이 그녀를 도와주었다. 젊은 부인들은 예
전에 부어톤에서는 대개 립스틱을 바르지 않았다고, 러브조이 부인
이 말했다. 엘리스 양을 사랑스럽게 바라보면서, 바네트 부인은 엘리
스 양에게 립스틱이 필요 없다고 말했다. 바네트 부인은 외투를 벗어
놓은 방에 앉아서, 모피를 톡톡 두드려 매만지고, 스페인식 숄의 주름
을 펴고, 화장대를 치웠다. 또 모피와 자수 장식으로 치장을 해도 누
가 후덕한 부인인지 아닌지도 훤히 알고 있었다. 저 후덕한 부인이 클
러리서의 유모였지, 계단을 오르면서 러브조이 부인이 말했다.

  그리곤 러브조이 부인은 등을 꼿꼿이 세웠다. "러브조이 부인이자
러브조이 양이에요," 그녀는 윌킨스 씨(파티를 위해 고용된)에게 말
했다. 윌킨스 씨는 훌륭한 매너로 몸을 굽혔다 폈다, 굽혔다 폈다를
계속하면서 흠잡을 데 없이 공명정대하게 공표했다. "러브조이 부인

이자 러브 조이 양…… 존 경과 니드햄 부인…… 웰드 양…… 월쉬 씨." 그의 매너는 흠잡을 데가 없었다. 그의 가정 생활 역시 흠잡을 데 없을 것이다. 다만 푸르스름한 입술에 말끔히 면도를 한 그가 귀찮은 존재인 아이들을 둘 수 있다는 것은 상상할 수가 없었다.

"와 주셔서 얼마나 반가운지 몰라요!" 클러리서가 말했다. 그녀는 모든 사람에게 그런 인사를 했다. 와 주셔서 반갑다고! 그녀는 최악이 었다―호들갑스럽고 가식적이었다. 찾아온 것이 큰 실수였다. 집에 서 책이나 읽는 게 좋았을 거라고, 피터 월쉬가 생각했다. 음악 홀이 나 갔어야 하는 건데. 그냥 집에 있어야 하는 건데. 파티에 아는 사람 이 아무도 없었기 때문이었다.

맙소사, 실패로 돌아가고 있었다. 다정다감한 랙샘 경이 거기 서서, 아내가 버킹엄 궁전 정원에서 열린 파티에 갔다가 감기에 걸려 같이 오지 못했다고 사과를 하는 동안, 클러리서는, 이 파티가 완전한 실패 라는 것을, 뼈저리게 깨달았다. 한쪽 구석에서 피터가 자신을 비난하 고 있는 것을 곁눈으로 볼 수 있었다. 도대체 그녀는 왜 이런 일을 하 는 걸까? 왜 하필 정점을 찾아, 격정에 싸여 있는 걸까? 결국은 그녀를 모조리 소멸시킬 수도 있을 것이다. 그녀를 재로 태울 수도 있었다. 엘리 핸더슨이라는 사람처럼 가늘어지다가 점점 사라지는 것보다는 차라리 아무 일도 하지 않는 것이, 희망의 빛을 휘두르다가 땅바닥에 내던지는 것이 더 나을 것이다. 단지 피터가 와서 구석에 서 있을 뿐인데, 그녀가 이런 상태에 빠진다는 것이 참으로 이상한 일이었다. 그는 그녀에게 자기 자신을 보게 해주었고, 과장하게 만들었다. 어리석기 짝이 없었다. 그런데 피터는 왜 왔을까? 단지 비난을 하기 위해? 그는 어째서 항상 가져가기만 하고, 주지는 않는 걸까? 어째서 아주 사소한 관점이라도 감수하지 않는 걸까? 저기서 그가 어슬렁거리며 돌아다니고 있었다. 그와 이야기를 해야 한다. 하지만 그녀는 기회를 잡지 못할 것이다. 인생이란 그런 것이다—굴욕과 포기. 랙샘 경이 하고 있던 말은 그의 아내가 정원에서 열린 파티에서 모피 코트를 안 입으려고 했다는 거였다. 왜냐하면, "사랑하는 부인들께서는 하나같이 다 똑같기" 때문이었다. 랙샘 부인은 못 되어도 일흔다섯 살은 되었을 텐데 말이다! 그 노부부가 서로를 소중히 여기는 모습은 얼마나 정겨운지 모른다. 그녀는 랙샘 경을 정말로 좋아했다. 그리고 자신의 파티가 중요하다고 생각했다. 그런데 모든 것이 잘못되어 가고 있다는 것을, 무미건조해지려 한다는 것을 깨닫는 것은 씁쓸한 느낌을 주었다. 아무리 격정적인 일이거나, 아무리 끔찍한 일이라도 하릴없이 어슬렁거리는 것보다, 엘리 핸더슨처럼 한 모퉁이에 무리를 지어 선 채, 스스로를 지키려는 마음조차 없는 것보다는 나았다.

온갖 천국의 새들이 그려져 있는 노란 커튼이 부드럽게 펼쳐졌다.

그러자 마치 방안에 날개가 날아왔다가 사라지는 것 같았다(창문이 열려 있기 때문이었다). 바람이 들어오나? 엘리 핸더슨은 의아스러워 했나? 그녀는 추위를 잘 탔다. 하지만 그녀가 내일 재치기를 하며 내려올지라도 별 문제가 아니었으나, 늙은 아버지, 병약한 아버지, 부어톤의 성직자였으나 지금은 돌아가신 아버지에게서 다른 사람을 배려하도록 교육을 받은 그녀가 떠올리는 것은 어깨의 맨살을 드러낸 소녀들이었다. 한기가 그녀의 심장에까지 영향을 미친 적은 한번도 없었다. 단 한번도 없었다. 그녀가 떠올리는 것은 소녀들, 어깨를 드러낸 소녀들이었다. 그녀는 가는 머리칼에 윤곽이 빈약한, 자그마한 사람이었다. 이제 오십이 지나서 약간의 온화한 분위기가, 수년 간의 자기 희생으로 정화되어 고귀한 무언가가 내면에서부터 빛나기 시작했다. 하지만 소위 점잖다는 그녀의 가문이 가난에 처해서, 수입이 300파운드밖에 안 되는 무방비 상태(그녀는 한푼도 벌 수가 없었다)로 인해 제정신을 잃을 정도의 두려움이 생기자, 그녀는 소극적이 되었으며, 해가 갈수록, 매일 밤, "나는 이렇게, 이렇게 입을 거야,"라고 하녀에게 지시만 하면 되는 잘 차려 입은 사람들을 만날 자격을 점점 잃어갔다. 그들과는 달리 엘리 핸더슨은 초조한 마음으로 뛰어나가 싸구려 분홍색 꽃을 여섯 송이쯤 산 다음, 오래된 까만 드레스에 숄을 걸쳤다. 마지막 순간에 클러리서의 파티에 초대되었기 때문이다. 그래도 그녀는 별로 기쁘지가 않았다. 클러리서가 올해는 자신을 초대할 마음이 없었다는 느낌이 들었던 것이다.

어째서 굳이 초대를 해야 하나? 그들이 서로 알고 지냈다는 것밖에는 다른 이유가 없었다. 실제로 두 사람은 사촌 간이었다. 하지만 클러리서는 인기가 좋았으므로, 두 사람은 자연스럽게 서로 멀어졌다. 파티에 가는 것은 그녀에겐 사건이 아닐 수 없었다. 단지 아름다운 옷들을 구경하는 것만으로도 상당한 기쁨이었다. 멋스런 헤어스타일에 분홍색 드레스를 입은 저 아가씨는 엘리자베스가 아닌가? 엘리자베스는 아직 열일곱 살을 넘기지 않았을 텐데도, 몹시 아름다웠다. 처음 사교계에 데뷔하는 처녀들은, 예전에도 그랬던 것처럼, 하얀 드레스를 입지 않았다(이디스에게 이야기하려면 모든 것을 기억해야만 했다). 처녀들은 몸에 꼭 끼는 일직선으로 된 가운을 입고 있었으며, 스커트는 발목 위로 껑충 올라왔다. 그녀는 그런 복장이 잘 어울리지 않는다고 생각했다.

시력이 나쁜 엘리 핸더슨은 고개를 앞으로 약간 내밀었다. 이야기 상대가 없었지만 개의치 않았다(그녀는 거기서 아무도 아는 사람이 없었다). 그곳에 온 사람들은 하나같이 쳐다보기만 해도 흥미로운 사람들이라고 생각했다. 아마도 정치인들 같았다. 리처드 댈러웨이의 친구들일 것이다. 하지만 가엾은 엘리 핸더슨을 저녁 내내 혼자 거기서 있게 할 수는 없다고 생각한 사람은 막상 리처드였다.

"저런, 엘리, 어떻게 지내고 있어요?" 리처드는 예의 온화한 어조로 말했다. 엘리 핸더슨은 긴장하여 얼굴을 붉히면서, 자신에게 다가와 말을 걸어준 것을 감동적으로 생각했다. 그러면서 많은 사람들이 추위보다는 더위를 느낀다는 말을 했다.

"그래요, 사람들은 더위를 더 느끼지요." 리처드 댈러웨이가 말했다. "맞아요."

그러나 무슨 말을 더 하겠는가?

"안녕, 리처드," 누군가가 리처드의 팔꿈치를 잡으며 인사를 했다. 이럴 수가, 옛날의 피터, 피터 월쉬가 아닌가. 리처드는 피터를 만난 것이 몹시 반가웠다. 피터를 만난 것이 너무도 즐거웠다. 그는 조금도 변하지 않았다. 그들은 서로를 가볍게 툭툭 치면서 방을 가로질러 함께 걸어갔다. 엘리 핸더슨은 그들이 가는 것을 보면서, 두 사람이 오랫동안 서로 만나지 못했던 것 같다고 생각했다. 그런데 피터의 얼굴이 낯이 익었다. 키가 크고, 중년이며, 눈이 아름답고 피부색이 검고, 안경을 쓴 모습, 존 버로우 같은 표정. 이디스는 분명 알고 있을 것이다.

천국의 새들이 날고 있는 커튼이 다시 흩날렸다. 그리고 클러리서는 자신의 파티를 보았다—그녀는 랄프 리옹이 커튼을 뒤로 젖히며 계속 이야기하는 것을 보았다. 그렇다면 실패는 아니지 않은가! 이제

다 괜찮아 질 것이다.— 그녀의 파티가 시작된 것이다. 파티가 시작되었다. 하지만 여전히 조마조마했다. 그녀는 일단은 거기 서 있어야 한다. 사람들이 밀려 들어오는 것 같았다.

개로드 대령 부부…… 휴 휘트브레드…… 보울리 씨…… 힐버리 부인…… 메리 매독스 부인…… 퀸 씨…… 윌킨스가 읊조렸다. 그녀는 일일이 인사말을 주고받았다. 사람들은 계속해서 들어와, 방으로 들어갔다. 무가 아닌, 유의 어떤 곳으로 들어갔다. 랄프 리웅이 커튼을 뒤로 젖혀 밋밋했던 방안이 그럴 듯하게 바뀐 방안으로 말이다.

하지만 그녀의 입장에서 말할 것 같으면, 너무 힘겨운 노력이었다. 그녀는 즐기고 있는 것이 아니었다. 거기 서 있는 아무나가 된다는 것은 너무 힘겨운 일이었다. 아무라도 그 일을 할 수 있을 것이다. 하지만 그녀는 이 아무나가 존경스러웠다. 어쨌든 그녀 스스로 이런 일을 자처했다는 느낌을, 그리고 이런 일 자체가 어떤 위치를, 지금의 이 위치를 만들어주었다는 느낌을 저버릴 수가 없었다. 정말 이상하게도 겉으로 보이는 자신의 모습을 잊어버렸으며, 그저 스스로를 층계 꼭대기에 박힌 말뚝이라고 느꼈기 때문이다. 파티를 주선할 때마다, 그녀는 자신이 아닌 다른 어떤 존재가 되는 것 같은 느낌이 들었다. 모든 사람들이 한편으론 환상 같기도 하고, 또 한편으론 실재하는 것 같기도 했다. 어느 정도는 그들이 걸친 의상 때문이고, 어느 정도는 그들이 일상 생활에서 벗어났기 때문이며, 또 어느 정도는 배경 때문이라고, 그녀는 생각했다. 어쨌든 더 이상 말할 수 없는 것들, 노력이 필요한 것들을 전달하는 것이 가능했다. 훨씬 깊은 이야기를 할 수 있었다. 하지만 그녀는 아니었다. 아직은 아니었다.

"만나 뵈어서 얼마나 반가운지 몰라요!" 그녀가 말했다. 다정한 해리 경! 그는 모르는 사람이 없을 것이다.

너무도 이상한 것은 사람들이 차례로 계단을 올라올 때의 느낌이었다. 마운트 부인과 셀리아, 허버트 애인스티, 데이커스 부인— 아, 그리고 브루톤 부인!

"이렇게 와 주시다니 얼마나 좋은지 몰라요!" 그녀가 말했다. 그것은 진심이었다—계속해서, 계속해서, 올라오고 있다는 느낌이 정말 이상했다. 아주 늙은 사람도 있었고, 또…….

이름이 뭐였더라? 로세터 부인이라고? 하지만 로세터 부인이 누구지?

"클러리서!" 저 목소리! 샐리 시튼이다! 샐리 시튼! 얼마나 오랜 세월이 흘렀던가! 그녀는 안개에 휩싸인 듯 어렴풋이 보였다. 샐리 시튼, 그녀는 저런 모습이 아니었기 때문이었다. 그 순간 클러리서는 뜨거운 물통을 움켜잡았다. 이 지붕 아래, 이 지붕 아래 서 있는 그녀를 생각한다는 것은! 저런 모습은 아니었는데!

서로가 포개져, 포옹을 하고, 큰 소리로 웃고, 인사말을 주고받았다
—런던을 지나는 길이야. 클라라 헤이든에게서 들었어. 너를 만날 수
있는 기회였지! 그래서 뻔뻔스럽게도 왔어—초대도 안 받고…….

　침착하게 뜨거운 물통을 내려놓을 수도 있을 것이다. 그녀에게선
이미 광채가 사라지고 없었다. 하지만 더 나이가 들고, 더 행복한 그
녀를, 덜 예뻐진 그녀를 다시 본다는 것은 정말 특별한 일이었다. 그
들은 처음에는 응접실 문 옆에서 서로 뺨에 대고 키스를 했다. 샐리의
손을 잡고 돌아 선 클러리서는 방안에 손님이 가득 찬 것을 보았으며,
와자지껄한 소리를 들었으며, 촛불과 펄럭이는 커튼, 그리고 리처드
가 준 장미를 보았다.

　"난 건강한 아들을 다섯이나 두었어." 샐리가 말했다.

　그녀는 단순하기 그지없는 이기주의자였다. 언제나 제일 먼저 배려
해주기를 드러내놓고 바랬다. 클러리서는 그녀가 아직도 그러는 것
이 사랑스러웠다. "믿어지지 않아!" 옛 생각에 대한 즐거움에 사로잡
혀 클러리서가 외쳤다.

　하지만, 윌킨스, 윌킨스가 그녀를 보고 싶어했다. 윌킨스는 마치 모
든 손님들에게 훈계를 하고, 여주인은 경망스런 언행을 삼가야 하기
라도 하듯, 위압적이고 권위 있는 목소리로 말했다.

　"수상이다." 피터 월쉬가 말했다.

수상이라고? 그게 정말인가? 엘리 핸더슨은 감탄을 금치 못했다. 이디스에게 들려주기에 얼마나 멋진 일인가!

누구도 그를 비웃을 수 없었다. 하지만 그는 너무나 평범해 보였다. 그를 카운터 뒤에 세워놓고, 그에게서 비스킷을 살 수도 있을 것이다 —가엾은 사람, 온통 금실로 장식을 하고 있었다. 정확하게 말하자면, 그는 처음에는 클러리서의 안내를 받았다가 다시 리처드의 안내로 파티장을 한 바퀴 돌았다. 아주 멋진 모습으로. 그는 중요한 사람처럼 보이려고 애를 썼다. 지켜보는 것도 재미있었다. 아무도 그를 쳐다보지 않았다. 사람들은 그저 계속해서 이야기를 하고 있었다. 하지만 그들 모두가 이 왕족이 지나가고 있다는 것을, 그들 모두가 지지하는 영국 사회의 상징이 지나가고 있다는 것을 알고 있었으며, 뼛속까지 절절이 느끼고 있다는 것은 두말할 나위가 없었다. 노부인 브루튼 부인 역시 몹시 세련되어 보였으며, 레이스를 단 건강한 모습으로, 미끄러지듯 돌아다녔다. 그리고 사람들이 좁은 방으로 들어가자, 그 방은 이내 염탐과 감시의 대상이 되었다. 일종의 동요가 일었으며, 모든 사람들이 드러내놓고 술렁거렸다. 수상이 왔네!

오, 맙소사, 영국의 속물 근성이란! 피터 월쉬는 구석에 서서 생각했다. 금색 술 장식으로 차려 입고 경의를 표하는 것을 얼마나 좋아하는지! 저것은, 틀림없이 휴 휘트브레드였다! 신분이 높은 사람들의 성역을 기웃거리고 다니는, 전보다 더 뚱뚱해지고, 머리가 희끗희끗해진, 존경할 만한 휴였다!

그는 언제나 근무 중인 것처럼 보인다고, 피터는 생각했다. 특권층이면서 말이 없는 사람이었으며, 죽을 때까지 발설하지 않을 비밀을 간직하고 있었다. 비록 그것이 단지 궁정의 심부름꾼이 흘린 하찮은 이야깃거리로 다음 날이면 모든 신문에 난다 해도 말이다. 그런 것이 그의 딸랑이 장난감이며, 지팡이였다. 그는 그런 것을 가지고 놀다가 머리가 세었으며 노년에 이르렀다. 영국 공립 학교가 만들어낸 이런 유형의 인간을 아는 특권을 가진 모든 사람들의 사랑과 존경을 누리면서 말이다. 휴에 관한 한, 필연적으로 그렇게 결론지을 수밖에 없었다. 그것이 그의 생활 방식이라고 말이다. 바다 건너 수천 마일 떨어진 곳에서 《더 타임스》에서 읽은 그 경탄할 만한 편지의 스타일. 피터는 그 사악하고 소란한 이야기에서 벗어나 있다는 것에 신에게 감사했다. 비록 그것이 거칠고 난폭한 사람들이 잡담을 하거나, 인도의 하급 노동자들이 자기 아내를 때린다는 이야기를 듣는 것에 불과할지라도 말이다. 올리브색 피부의 한 젊은 대학생이 고분고분한 자세로 옆에 서 있었다. 그는 그 젊은이를 후원해주고, 비법을 전수해주고, 어떻게 출세하는지를 가르쳐줄 것이다. 왜냐하면 그는 무엇보다 친절을 베풀고, 스스로 잊혀졌다고 생각하여 고통스러워하는 늙은 부인들에게 사랑받고 있다는 것을 느끼게 하여 기쁨으로 가슴이 두근 거리게 하는 것을 좋아하기 때문이었다. 그러니 여기에 다정한 휴가 있었다. 그는 옛날 이야기를 들려주고, 사소한 것들을 떠올리게 해주 고, 집에서 만든 케이크에 찬사를 보내면서 한 시간을 보냈다. 비록 언젠가 휴는 공작 부인과 케이크를 먹을 수도 있겠지만, 그는 아마도 그런 좋은 일로 피터를 보기 위해 많은 시간을 보냈을 것이다. 모든 것을 심판하고 한없이 자비로운 하나님은 용서하실 수도 있겠지만, 피터 월쉬는 자비심이 없었다. 세상에는 분명 악인들이 있다. 기차에 서 소녀의 두개골을 난타하여 교수형을 당한 인간 쓰레기가 휴 휘트 브레드나 그가 베푸는 친절보다 덜 해롭다는 것을, 하나님은 알고 계 신다. 지금 그의 모습을 보자. 춤을 추듯 발끝으로 걸어갔으며, 수상 과 브루톤 부인이 나타나자, 한 발을 뒤로 빼고 몸을 숙였다. 브루톤 부인이 지나갈 때, 무엇인가 사적인 일을 말할 수 있는 특권을 가졌다 는 것을 온 세상 사람들이 다 봐주었으면 하는 눈치였다. 브루톤 부인 이 멈추어 섰다. 그녀는 세련된 머리를 힘있게 끄덕였다. 아마도 어떤 심부름을 해준 것에 대해 그에게 고맙다는 말을 하고 있을 것이다. 그 녀에게는 아첨꾼들이, 정부의 하급 관리들이 있었다. 이들은 그녀를 위해 사소한 일들을 처리하느라 바쁘게 뛰어다녔다. 그 대가로 그녀 는 그들에게 오찬을 베풀었다. 하지만 그녀는 18세기 출신이었다. 그녀는 더할 나위 없는 숙녀였다.

이제 클러리서가 수상을 호위하여 방에서 내려왔다. 그녀는 의기양양하고, 반짝거렸으며, 잿빛 머리는 위엄마저 풍겼다. 또 귀걸이를 하고, 인어 같은 은녹색의 드레스를 입고 있었다. 물결처럼 출렁이듯 치렁치렁하게 머리를 땋은 그녀는 아직도 재기가 번득이는 것 같았다. 현존하는 재능, 존재하는 재능, 그녀가 지나가는 순간에 모든 것을 집약할 수 있는 재능 말이다. 돌아선 그녀의 스카프가 다른 여자의 드레스에 끼어, 그것을 풀면서, 그녀가 웃었다. 모든 일을 더할 수 없이 편안하고 자연스럽게 해냈다. 하지만 그녀도 세월을 붙잡을 수는 없었다. 인어조차도 파도가 일렁이는 날씨가 맑은 저녁, 거울에 비친 지고 있는 해를 바라볼 것이다. 부드러운 숨결이 있었다. 그녀의 엄격함과 내숭과 어색함이 이제 모두 온화해졌다. 중요한 사람처럼 보이기 위해, 최선을 다하고 있는 두꺼운 금술로 장식한 사람에게 작별 인사를 하는 그녀는 말로 표현할 수 없는 위엄을 지니고 있었다. 훌륭한 충정을 지니고 있었다. 마치 온 세상을 향해 행복을 빌면서, 이제는 일이 거의 마무리가 되었으므로 떠나야 하는 것처럼. 그의 눈에 그녀는 그렇게 보였다(하지만 그는 사랑하고 있지 않았다).

정말로 수상이 오시다니 친절하시기도 하다고, 클러리서는 느꼈다. 수상과 함께 방을 내려오면서, 그곳에 샐리가, 피터가 있으며, 아마도

약간은 부러워하는 사람들과 함께 리처드가 기뻐하는 것을 보면서,
그녀는 그 순간에 도취되는 것을 느꼈다. 심장이 터질 것만 같았다.
마침내 심장이 떨며, 깊이 몰두하다가, 곧추 서는 것 같았다. 그랬다.
하지만 결국 그것은 다른 사람들이 느꼈던 것, 그것이었다. 왜냐하면
비록 그녀가 그런 기분을 사랑하고 설레고 흥분되는 것을 느꼈지만,
이 겉치레들, 이 승리는(예를 들면 다정한 오랜 친구 피터는 그녀가
아주 훌륭하다고 생각했다) 여전히 공허했다. 사람들은 팔을 뻗으면
닿을 곳에 있었지만, 가슴속에 있지는 않았다. 그녀가 나이가 들어가
는지도 모르지만, 사람들은 예전처럼 그녀를 만족시키지 못했다. 그
리고 수상이 층계를 내려오는 것을 보고 있을 때, 조 슈아 경이 그린
손에 토시를 낀 어린 소녀 그림이 갑자기 킬먼 양을 연상시켰다. 그녀
의 적, 킬먼. 그 표현은 만족스러웠다. 실제였다. 그녀는 얼마나 킬먼
양을 증오했던가. 맹렬하고, 위선적이고, 타락한 킬먼 양. 모든 능력
을 가진 킬먼 양. 엘리자베스는 유혹한 여자. 살그머니 숨어 들어와
훔치고 더럽힌 여자(리처드는 말도 안 된다고 할 테지만!). 그녀는 킬
먼 양을 증오했다. 킬먼 양을 사랑했다. 우리가 원하는 것은 적이지
친구가 아니었다—뒤란트 부인이나 클라라, 윌리엄 경, 브래드쇼 부
인, 투르락 양, 엘리아노 집슨(그녀가 이층으로 올라오는 것을 보았
다)을 원하는 것이 아니었다. 그들이 그녀를 원한다면 그녀를 발견해

야 한다. 그녀는 파티를 위해 존재하지 않는가!

그녀의 오랜 친구인 해리 경이 와 있었다.

"어머, 해리 경!" 그녀가 인사를 하며 잘생긴 노신사에게 다가갔다. 그는 세인트 존스 우드의 다른 두 명의 예술가들보다 더 형편없는 그림을 그렸다(그림의 소재는 언제나 해질 녘 웅덩이에서 물을 마시고 있는 소였다. 아니면 앞다리를 들고 뿔을 흔들며 '이방인의 접근'을 알리는 소였다—밖에서 저녁을 먹거나, 말을 타는 따위의 모든 활동은 해질녘 웅덩이에서 물을 마시며 서 있는 소에 근거하고 있었다).

"뭘 보고 웃으세요?" 그녀가 물었다. 왜냐하면 윌리 티트콤과 해리 경 그리고 허버트 애인스티가 웃고 있었기 때문이다. 하지만 아니다. 해리 경은 클러리서 댈러웨이에게(비록 그가 그녀를 많이 좋아하고, 그녀의 타입이 완벽하다고 생각하여, 그녀를 그리겠다고 협박하긴 했지만 말이다) 음악홀 무대 이야기를 들려줄 순 없었다. 그는 파티에 대해 농담을 했다. 자신의 브랜드를 그리워했다. 이런 모임은 그의 수준을 능가한다고 말했다. 하지만 그는 그녀를 좋아했다. 그녀를 존경했다. 비록 그녀의 상류층다운 우아함으로 인해, 그녀를 무릎에 앉히는 것이 불가능했지만 말이다. 그리고 저 방랑하는 환영, 떠다니는 인광 같은 늙은 힐버리 부인이 다가와, 그의 불길 같은 웃음소리를 향해(그는 공작과 숙녀 이야기를 하면서 웃었다) 손을 내밀었다. 방을 가로질러 들려온 그 웃음소리는 이따금 아침 일찍 잠에서 깨어나, 결국 우리는 죽을 수밖에 없다는 사실이 너무도 분명하다는 생각에, 하녀를 불러 차 한 잔을 가져오게 하는 것도 귀찮게 여겨지던 마음을 안심시켜주었다.

"우리한테는 얘기하지 않을 거예요." 클러리서가 말했다.

"오, 클러리서!" 힐버리 부인이 외쳤다. 힐버리 부인은 오늘 밤, 클러리서는 회색 모자를 쓰고 정원을 거니는 그녀의 어머니를 처음 보았을 때의 모습 같다고 말했다.

실제로 클러리서의 눈에 눈물이 고였다. 정원을 거닐던 그녀의 어머니! 그러나 지금은 가야 한다.

밀턴에 대해 강연을 펼치는 브라이얼리 교수가 보였기 때문이었다. 그는 작달막한 짐 허튼에게 이야기를 하고 있었는데(짐은 이런 파티를 위해 넥타이와 조끼를 구할 수 없었으며, 머리를 편평하게 붙여 빗을 수가 없었다), 이 만큼의 거리에서도 그들이 언쟁을 벌이고 있다는 것을 알 수 있었다. 브라이얼리 교수가 너무나 괴짜였기 때문이다. 그와 엉터리 문인들을 구분 짓는 그 모든 학위와 명예와 강사의 지위를 누리고 있는 그는 자신의 이상한 복합적인 지위에 호의적인 분위기가 아니라는 것을 본능적으로 감지했다. 그의 경이적인 학식과 소심함. 진심 어린 마음이 없는 냉랭한 매력, 속물 근성이 섞인 순진함. 그

는 숙녀의 헝클어진 머리카락, 젊은이의 부츠, 도전자들, 피끓는 젊은
이들의 높은 영혼의 세계를 의식하며, 몸을 부르르 떨었다. 미래의 천
재들에게 고개를 약간 흔들면서 흥! 하고 콧방귀를 뀌었으며, 절제의
미덕을, 밀턴을 제대로 감상하려면 고전 작품에 대한 훈련을 받을 필
요가 있다는 것을 알려주었다. 브라이얼리 교수는 밀턴에 대해 작달
막한 짐 허튼(까만 양말은 세탁소에 있기 때문에 빨간 양말을 신고 있
는)과 성미가 맞지 않았다. 그녀가 두 사람의 대화에 끼여들었다.

그녀는 바흐를 좋아한다고 말했다. 허튼도 그렇다고 맞장구를 쳤
다. 그것이 두 사람의 사이를 이어주는 끈이었다. 허튼은(형편없는
시인인) 댈러웨이 부인이 예술에 관심을 가지고 있는 훌륭한 숙녀들
가운데 최고라고 느꼈다. 그녀가 엄격하다는 것이 이상했다. 음악에
관한 한 그녀는 전적으로 객관적이었다. 오히려 점잔을 뺐다. 하지만
보기만 해도 얼마나 매력적인지! 교수들을 위해서는 아니었지만 그
녀는 집을 멋지게 꾸몄다. 클러리서는 그를 낚아채어 뒷방에 있는 피
아노 앞에 앉히고 싶은 마음이 없지 않았다. 그가 연주를 기막히게 잘
했기 때문이었다.

"그렇지만 저 시끄러운 소리!" 그녀가 말했다. "저 시끄러운 소리!"

"성공적인 파티라는 표시죠." 우아하게 고개를 끄덕이며 교수가 옆
으로 물러섰다.

"저 사람은 밀턴에 대해 모르는 게 없어요." 클러리서가 말했다.

"그게 정말입니까?" 허튼이 물었다. 그는 햄스태드 도처에서 그 교수를 흉내낼 것이다. 밀턴을 강의하는 교수, 절제에 관해 논하는 교수, 우아하게 옆으로 비켜나는 교수의 모습을 흉내낼 것이다.

그나저나 게이튼과 낸시 블로우 커플과 이야기해야 한다고, 클러리서가 말했다.

안 그래도 시끄러운 파티에 시끄러움을 더했기 때문은 아니었다. 그들은 노란 커튼 옆에 나란히 서 있는 동안, 서로 아무 말도 하지 않았다(남이 느낄 수 있을 정도로). 이제 다른 곳으로 함께 갈 것이다. 그들은 어떤 상황에서건 결코 많은 말을 주고받지 않았다. 서로 쳐다볼 뿐이었다. 그게 전부였다. 그것으로 충분했다. 그들은 너무도 말끔하고, 너무도 건전해 보였다. 그녀는 살구색의 파우더를 바르고 화장을 했지만, 그는 북북 문질러 닦고, 헹궈냈으며, 새의 눈을 가진 덕분에 공을 놓치거나 놀라는 일이 없었다. 그는 정확하게 치고, 즉각 뛰어올랐다. 그가 잡은 고삐의 끝에서 말의 입이 떨렸다. 그는 높은 지위에 있었고, 조상 대대의 기념비도 있었고, 고향의 교회에는 집안 문장이 그려진 깃발이 꽂혀 있었다. 그는 직분을 가지고 있었으며, 소작인도 두었고, 어머니와 누이동생들도 있었다. 하루 종일 로드즈 크리켓 경기장에 있었던 것이다. 그리고 그것이 그들이 나누고 있던 대화 내용이었다—크리켓, 사촌들, 영화에 관해서 말이다. 그때 댈러웨이 부인이 다가왔다. 게이튼 경은 그녀를 너무나도 좋아했다. 블로우 양도 마찬가지였다. 댈러웨이 부인은 그토록 매력적인 매너를 갖추고 있었다.

"고맙기도 해라! 이렇게 와 주시다니 얼마나 반가운지 몰라요!" 그녀가 말했다. 그녀는 귀족들을 사랑했다. 젊음을 사랑했다. 엄청난 비용을 들여 파리에서 가장 유명한 디자이너의 옷을 입은 낸시가 거기 서서 바라보고 있었다. 마치 그녀의 몸이 스스로 초록색 주름 장식을 앞으로 내밀기라도 하는 것처럼.

"춤을 추고 있는 줄 알았어요." 클러리서가 말했다.

젊은 사람들은 대화를 나눌 수가 없기 때문이다. 하긴 꼭 대화를 나눠야 하는 것인가? 소리를 지르고, 서로 포옹을 하고, 돌아가고, 동이 틀 무렵 자리에서 일어나면 되는 것 아닌가. 조랑말에게 설탕을 먹이고, 귀여운 차우(중국 산 개_역주)의 콧등에 키스를 하고 어루만지고, 가슴 설레이며 돌아다니다가 뛰어들어 수영을 하면 그만 아닌가. 하지만 영어라고 하는 엄청난 자원이 감정을 전달하도록 부여해준 능력은(젊은 시절, 피터와 그녀는 저녁 내내 논쟁을 벌였으리라) 그들을 위한 것이 아니었다. 그들은 젊음을 공고히 할 것이다. 그들은 자신의 소유지에 있는 사람들에게는 말할 수 없이 선했지만, 외롭고, 아마도,

지루했을 것이다.

"안 됐군요!" 그녀가 말했다. "춤을 추게 하고 싶었는데."

와 주었다는 것이 얼마나 고마운 일인지 모른다. 그런데 춤추는 이야기라니! 방마다 사람들로 발 디딜 틈이 없었다.

늙은 헬레나 아주머니가 숄을 두르고 있었다. 헬레나 아주머니가 그들을 내버려두어야 한다─게이튼 경과 낸시 블로우 말이다. 그녀의 아주머니인 늙은 패리 양이 와 있었다.

헬레나 패리 양은 죽지 않았다. 살아 있었다. 패리 양은 여든이 넘었다. 그녀는 지팡이를 짚고 천천히 층계를 올라왔다. 리처드의 도움으로 의자에 앉았다. 칠십 년대 미얀마를 아는 사람들이 그녀 주변으로 인도되었다. 피터는 어디에 있는 것일까? 그들은 그런 친구 사이였다. 왜냐하면 인도나 실론 섬 이야기를 할 때, 그녀의 눈동자(한쪽만 유리 눈이었다)는 천천히 깊어지고, 푸른빛이 되면서, 인간이 아닌 ─총독, 장군, 폭동에 관해 그녀는 어떤 정겨운 기억도, 자랑스런 환상도 없었다─ 난초, 좁고 험한 산 길, 그리고 육십 년대 인부 등에 업혀 외로운 산봉우리를 넘는 자신의 모습, 혹은 난초(전에는 본 적이 없는 정말 아름다운 꽃이었다)를 뽑기 위해 내려가는 자신의 모습을 보았다. 그녀는 그 꽃을 수채화로 그렸다. 불굴의 영국 여인. 육십 년대 인도를 여행하던 자신의 모습과 난초에 대해 깊은 명상에 빠져 있다가, 전쟁, 그러니까 자신의 대문 앞에 폭탄이 떨어진 전쟁으로 화를 벌컥 낸 여인. 그런데 여기 피터가 있었다.

"이리 와서 헬레나 아주머니에게 미얀마 얘기나 해주세요." 클러리서가 말했다.

하지만 저녁 내내 그는 그녀와 한 마디도 말을 하지 않았던 것이다.

"우린 나중에 얘기해요." 클러리서는 하얀 숄을 두르고 지팡이를 짚고 있는 헬레나 아주머니에게 그를 잡아끌면서 말했다.

"피터 월쉬예요." 클러리서가 말했다.

그 말에는 아무 의미도 담겨 있지 않았다.

클러리서가 헬레나 아주머니를 초대했던 것이다. 파티는 피곤한 일이고, 시끄러웠지만, 클러리서가 아주머니를 초대했던 것이다. 그래서 그녀가 왔다. 그들—리처드와 클러리서—이 런던에 산다는 것은 참으로 유감스런 일이었다. 클러리서의 건강을 위해서라도 시골에 사는 것이 나았을 텐데 말이다. 하지만 클러리서는 언제나 사교계를 좋아했었다.

"그는 미얀마에 있었어요." 클러리서가 말했다.

아! 그녀가 미얀마의 난초에 관해 쓴 짤막한 책을 놓고 찰스 다윈이 한 말을 기억하지 않을 수 없었다.

(클러리서는 브루톤 부인에게 말을 걸어야 했다.)

미얀마의 난초에 관해 그녀가 쓴 책은 분명 이제는 잊혀졌지만, 1870년 이전에는 3판 인쇄에 들어갔다고, 그녀가 피터에게 말했다. 그녀는 이제 그를 떠올렸다. 그는 부어톤에 있었다(그리고 피터 월쉬는 클러리서가 보트를 타고 가자고 했던 날 밤에 한 마디 말도 없이 그녀를 응접실에 내버려두고 갔던 것을 기억해냈다).

"리처드가 오찬 파티를 아주 즐거워하던 걸요." 클러리서가 브루톤 부인에게 말했다.

"리처드만큼 도움을 많이 주는 사람은 없답니다." 브루톤 부인이 대답했다. "편지 쓰는 일도 도와주었지요. 그나저나 건강은 어때요?"

"네, 더없이 좋습니다." 클러리서가 말했다(브루톤 부인은 정치가의 아내가 아픈 것은 질색이었다).

"저기에 피터 월쉬가 있군요!" 브루톤 부인이 말했다(왜냐하면 그녀는 클러리서를 좋아하면서도, 그녀에게 특별히 할 말이 떠오르지 않았던 것이다. 그녀는 좋은 자질을 많이 가지고 있었지만, 두 사람―클러리서와 그녀―은 서로 공통점이 없었다. 리처드가 매력이 조금 떨어지는 여자와 결혼을 했더라면 더 좋았을 텐데 말이다. 그런 여자가 내조는 더 잘하는 법이다. 그는 내각에 들어갈 기회를 놓쳤던 것이다). 그리고 물론 패리 양도 와 있었다. 얼마나 멋진 노부인인지!

패리 양의 의자 옆에 선 브루톤 부인은 온통 까만색으로 치장을 한 모습이 마치 <u>으스스</u>한 죽음의 사자 같았다. 그녀가 피터 월쉬를 점심에 초대하고 있었다. 마음에서 우러난 초대였지만, 인도의 식물이나 동물에 대해 기억나는 것이 없어서, 잡담을 나누지는 않았다. 물론 그녀는 인도에 간 적이 있으며, 세 사람의 총독과 함께 그곳에 머물렀다. 인도 사람 중에는 보기 드물게 훌륭한 사람들도 있다고 생각하지만, 인도의 형편은 얼마나 참담한지! 방금 수상이 그녀에게 그 얘기를 하고 있었다(패리 양은 숄을 두르고 웅크리고 앉아, 수상이 하는 이야기 따위는 개의치 않았다). 브루톤 부인은 피터 월쉬의 의견을 듣고 싶었다. 그는 그 지역에서 방금 왔으니까 말이다. 그녀는 샘슨 경에게 그를 소개하고 싶었다. 정말로 그녀는 군인의 딸로서 그 일 때문에 밤에 잠을 이룰 수가 없었기 때문이다. 인도에서의 어리석은 상황이랄까. 사악함이라고 할까. 그녀는 이제 늙었고, 잘 하는 일이 별로 없었다. 하지만 자신의 집, 하인들, 좋은 친구 밀리 브러쉬—그가 그녀를 기억할 것인가?—는 하나같이 도움이 될지를 묻고 있었다. 왜냐하면 그녀는 영국에 관해 이야기를 해본 적이 없었다. 하지만 남자들의 이 섬, 이 곳, 이 정겨운 땅

(브루톤 부인은 셰익스피어의 '리처드 2세'에 등장하는, "그렇게 사랑하는 사람들, 이 사랑하는 사람들의 땅"을 인용하고 있다_편집자주)은 그녀의 핏 속에 <u>흐르고</u> 있었다(셰익스피어를 읽지 않고도 말이다). 만약 여자가 헬멧을 쓰고

화살을 쏠 수 있다면, 군대를 이끌고 공격을 할 수 있다면, 불굴의 정의로 야만적인 무리를 다스리다, 무참히 죽어 교회의 방패 아래 누울수 있다면, 혹은 태고의 언덕에 푸른 잔디가 덮인 무덤에 묻힐 수 있다면, 그 여자는 밀리센트 브루톤 부인일 것이다. 성性으로 인해 제약을 받고, 논리적인 능력 역시 개발되지 않았지만(그녀는《더 타임스》지에 편지를 쓰는 것이 불가능하다는 것을 깨달았다), 그녀는 언제나제국에 대해 생각했으며, 갑옷을 입은 여신과의 교제로 자신의 엄격한 행동과 강건한 품행을 습득했다. 그래서 죽어서조차도 그녀가 이땅에서 분리된다거나, 영국 국기가 더 이상 펄럭이지 않는 땅을 헤맨다는 것은 상상할 수 없는 일이었다. 죽은 자들 틈에서조차 영국인이안 된다는 것은—절대로 있을 수 없는 일이었다! 불가능한 일이었다!

저 사람이 브루톤 부인일까?(그녀가 알았던) 저 사람이 머리가 희끗희끗한 피터 월쉬인가? 로세터 부인(샐리 시튼이었던)은 스스로 자문해보았다. 저 사람은 분명 늙은 패리 양이었다. 그녀가 부어톤에 머물때, 그렇게 화를 내곤 하던 늙은 아주머니 말이다. 발가벗고 복도를뛰어가다가, 패리 양에게 붙잡혀갔던 일을 결코 잊을 수 없었다. 그리고 클러리서! 오, 클러리서! 샐리는 그녀를 끌어안았다.

클러리서가 그들 곁에 섰다.

"저는 여기 있을 수가 없어요. 나중에 다시 올게요. 기다리세요."

그녀가 피터와 샐리를 쳐다보며 말했다. 이 사람들이 다 갈 때까지 그들이 기다려야 한다는 말이었다.

"다시 올게요." 그녀가 옛 친구들인 샐리와 피터를 쳐다보며 말했다. 샐리와 피터는 악수를 나누고 있었다. 과거를 기억하고 있는 샐리가 큰 소리로 웃고 있었다.

하지만 그녀의 목소리는 예전의 매혹적인 풍부함을 쥐어짜고 있었다. 그녀의 눈동자는 예전에 담배를 피우거나, 실오라기 하나 걸치지 않고 복도를 뛰어갈 때 그랬던 것처럼 반짝거리지 않았다. 그래서 엘렌 앳킨스는, 그러다가 신사들이라도 만나면 어떻게 해? 라고 물었다. 하지만 모두가 그녀를 용서했다. 그녀는 밤에 배가 고팠기 때문에 식품 저장고에서 닭 한 마리를 훔쳤다. 침실에서 담배를 피우기도 했다. 값으로 따질 수 없는 귀한 책을 나룻배에 두고 내린 적도 있었다. 하지만 모두가 그녀를 숭배했다(아빠만 빼고). 그녀의 따뜻함, 그녀의 생명력 때문이었다. 그녀는 그림을 그리고, 글을 쓰게 될 것이다. 마을에 있는 늙은 여인네들은 아직도 잊지 않고 '그렇게 영리해 보이던 빨간 코트를 입은 당신 친구'의 안부를 물었다. 그녀는 사람들 앞에서(저기 오랜 친구 휴가 포르투갈 대사와 이야기를 하고 있었다) 휴 휘트브래드를 비난했다. 휘트브래드는 그녀가 여성의 투표권을 주장했다는 이유로 그녀를 골탕 먹이기 위해 흡연실에서 그녀에게 키스를 했다는 것이다. 그것은 속물적인 남자들이 하는 짓이라고, 그녀는 말했다. 그리고 클러리서는 가족 기도 시간에 그를 드러내놓고 비난하지 말도록 그녀를 설득했던 일을 기억하고 있었다. 그녀는 대담하고, 무모하고, 모든 일에 중심이 되어 유난 떠는 것을 감상적으로 좋아해서 그런 일을 하고도 남았다. 그래서 결국은 끔찍한 비극으로 끝나고 말 거라고, 클러리서는 생각하곤 했다. 죽든지, 수난을 당하든지 말이다. 그러나 수난 대신, 그녀는 예기치 않게, 대머리에다 커다란 꽃 장식을 단 남자와 결혼을 했다. 사람들 말로는 그 남자가 맨체스터에 방직 공장을 가지고 있다고 했다. 그리고 그녀는 아들이 다섯이나 있었으니!

그녀와 피터는 함께 자리를 잡고 앉았다. 두 사람은 이야기를 나누고 있었다. 그들이 이야기를 나누는 모습이 너무도 스스럼없어 보였다. 아마도 과거를 화제로 삼을 것이다. 두 사람은 서로의 과거를 공유하고 있었다(오히려 리처드보다 훨씬 더 많이). 정원, 나무, 발성도 하지 않고 브람스를 부르던 늙은 조셉 브리트코프, 응접실의 벽지, 매트에서 나는 냄새 따위에 관해서 말이다. 샐리는 언제나 이 과거의 한 부분을 차지하고 있을 것이다. 피터도 마찬가지였다. 하지만 지금 그녀는 이 두 사람을 떠나야 했다. 그녀가 싫어하는 브래드쇼 부부가 왔던 것이다.

그녀는 브래드쇼 부인에게(회색과 은색으로 치장을 하고, 호숫가에서 있는 물개처럼 균형을 잡고, 공작부인들에게 초대해달라고 짖어대는, 전형적인 성공한 남자의 아내였다) 가야만 했다. 브래드쇼 부인에게 다가가 말을 걸어야 했다⋯⋯.

하지만 브래드쇼 부인이 그녀를 앞질렀다.

"우리가 너무 늦게 왔지요, 댈러웨이 부인. 겨우 용기를 내서 왔어요." 브래드쇼 부인이 말했다.

희끗희끗한 머리에 푸른 눈의 기품이 넘쳐 흐르는 윌리엄 경도 그렇다고 했다. 하지만 그들은 오고 싶은 유혹을 뿌리칠 수가 없었다고 했다. 아마도 그는 하원에 통과시키고 싶어하는 안건에 관해 리처드에게 이야기하고 있는 것 같았다. 리처드에게 이야기하고 있는 모습이 어째서 그녀의 심사를 뒤틀리게 하는 것일까? 그는 그의 원래 모습, 즉 훌륭한 의사처럼 보였다. 자신의 분야에서 최고 자리에 앉은 남자, 매우 유능한 남자는 다소 지쳐보였다. 그에게 어떤 환자들이 올지 상상할 수 있었다─극도의 비참함에 빠져 있는 사람들. 미치기 일보 직전의 사람들. 남편과 아내들. 그는 엄청나게 어려운 문제들을 결정해야만 했다. 하지만 그녀가 느낀 것은, 사람들이 불행한 모습을 윌리엄 경에게 보이고 싶어하지 않을 거라는 사실이었다. 그 남자는 아니었다.

"이튼 학교에 있는 아드님은 잘 지내나요?" 그녀가 브래드쇼 부인에게 물었다.

그녀의 아들은 유행성 이하선염 때문에 기숙사의 크리켓 팀에 끼지 못했던 것이다. 아버지가 아들보다 더 안타까워했다, 고 그녀가 말했다. "아버지도 큰아들이나 다름없어요."

클러리서는 리처드에게 이야기하고 있는 윌리엄 경을 쳐다보았다. 그는 큰아들처럼 보이지는 않았다.

한번은 그녀가 그의 조언을 듣기 위해 어떤 사람과 그를 찾아간 적이 있었다. 그는 더할 수 없이 옳았으며, 더할 수 없이 현명했다. 하지만 다시 거리로 나오자 얼마나 마음이 편하던지! 그녀는 대기실에서 흐느끼고 있던 어떤 불행한 사람이 떠올랐다. 하지만 그녀는 윌리엄 경에 관해 정확히 무엇인지를 알지 못했다. 그녀가 싫어하는 면이 무엇인지를 정확히 알 수 없었다. 리처드도 그녀와 같은 생각이었다. 그의 취향도 싫고, 그의 냄새도 싫다고 했다. 하지만 윌리엄 경은 놀랄 만큼 유능한 사람이었다. 두 사람은 아까의 법안에 관해 이야기하고 있었다. 윌리엄 경은 목소리를 낮추어 어떤 환자의 경우를 언급하고 있었다. 탄환 충격의 후유증에 관해 그가 말한 것과 관계가 있었다. 그래서 그 법안에는 약간의 단서가 붙어야만 했다.

브래드쇼 부인(가엾은 바보, 누구든 그녀를 싫어하지 않았다)은 목소리를 낮추고서, 훌륭한 자질을 갖추고 지나치게 일을 많이 하는 남편을 둔 같은 여성으로, 같은 자랑거리를 가진 여성으로 댈러웨이 부인을 몰아갔다. 그녀는 "막 출발하려고 하는데, 남편한테 전화가 왔어요. 아주 슬픈 사건이었어요. 젊은 남자가(그것이 윌리엄 경이 댈러웨이 씨에게 이야기하고 있는 사건이었다) 자살을 했어요. 군대에 갔다 온 사람이래요."라고 소곤거렸다. 아, 내가 파티를 벌이는 도중에, 죽음이라니!

그녀는 수상이 브루톤 부인과 들어갔던 작은 방으로 들어갔다. 누군가 있을 것 같았다. 하지만 아무도 없었다. 의자에는 수상과 브루톤 부인의 흔적이 여전히 남아 있었다. 그녀는 공손하게 몸을 돌렸고, 그는 부동의 자세로 권위 있게 앉아 있었다. 그들은 인도에 대한 이야기를 하고 있었던 것이다. 주변에는 아무도 없었다. 파티의 화려함은 바닥으로 떨어지고, 그래서 그녀가 화려한 옷을 입고 혼자 들어온다는 것이 너무도 낯설었다.

브래드쇼 부부는 기껏 남의 파티에 와서 무슨 의도로 사람이 죽은 이야기를 꺼냈을까? 한 젊은 청년이 자살을 했다는 것이다. 그리고 그들은 그녀의 파티에 와서 그 이야기를 했다 죽음에 관해서 말이다. 그 청년이 자살을 했다는 것이다. 하지만 어떻게 했다는 것일까? 어떤 사고에 관해 들으면, 언제나 그녀의 몸이 먼저 그 일을 경험했다. 그녀의 드레스에 불이 붙었고, 그녀의 몸이 타올랐다. 그는 이미 창문에서 자신을 내던졌다. 땅바닥이 순간 솟구쳐 올랐다. 녹슨 담 위의 철책이 그의 몸을 스치고 지나가면서, 그의 몸은 온통 멍이 들었다. 그는 거기 누워 있었다. 그의 뇌가 쿵 쿵 쿵 울려댔다. 그리고 어둠 속의 질식. 그렇게 그녀는 그것을 보았다. 하지만 그는 왜 자살을 했을까? 그리고 브래드쇼 부부는 왜 그녀의 파티에 와서 그 얘기를 할까!

언젠가 그녀는 서펀타인 연못에 1실링을 던진 적이 있었다. 그 이상은 절대 던지지 않았다. 하지만 그는 삶을 던져버렸던 것이다. 그들은 계속 살아갔다(그녀는 돌아가야 한다. 집안에는 여전히 사람들로 북적거렸다. 사람들이 계속해서 오고 있었다). 그들은(그녀는 하루 종일 부어톤을, 피터를, 샐리를 생각하고 있었다), 그들은 나이가 들어갈 것이다. 문제는 오직 한 가지였다. 잡담에 빠져, 체면을 잃어버리고, 그녀의 삶 속에서 손상되어, 부패해지고, 거짓말과 잡담 속에 빠졌던 것이다. 그는 그 한 가지를 그대로 간직하고 있었다. 죽음은 도전이었다. 죽음은 의사 소통을 하려는, 자신들을 피해 가는 중심에 도달하는 것이 불가능하다고 느끼는 사람들에게 의사 소통을 하려는 시도였다. 친밀했던 관계는 멀어지고, 황홀함은 시들고, 사람은 혼자였다. 죽음에는 포옹하는 힘이 있었다.

하지만 자살을 한 이 청년은 자신의 보물을 들고 뛰어내린 걸까? "만약 지금이 죽을 때라면, 지금이 가장 행복한 때이다." 언젠가 흰옷을 입고 내려오면서, 그녀는 자신에게 이렇게 말한 적이 있었다.

시인과 명상가들이 있었다. 그가 그런 열정을 가지고 있었고, 훌륭한 의사인 윌리엄 브래드쇼 경에게 갔다고 해도, 그녀에게는 성性도 성욕도 없는, 사악해 보였으며, 여자들에게는 정중하지만, 말로 표현할 수 없는 무모한 행동을 저지를 수 있는—영혼을 강요하여— 사람처럼 보였다. 만약 이 청년이 그에게 갔다면, 그리고 윌리엄 경이 힘으로 그에게 그렇게 강요했다면, 그는 삶을 견딜 수 없다고 말했을지도 모른다(실제로 그녀는 그것을 느낄 수 있었다). 그들이 그 청년 같은 사람들에게 삶을 견딜 수 없게 만드는 것일까?

그리고 나자(그녀는 오늘 아침에서야 그것을 느꼈다), 공포가 밀려왔다. 무력감이 엄습했다. 이 삶을 끝까지 살아내고, 차분하게 걸어가야 하는, 이 삶을 우리의 손에 쥐어주는 부모들. 그녀의 가슴속 깊은 곳에 끔찍한 두려움이 자리잡고 있었다. 요즈음도 리처드가 종종 《더 타임스》를 읽고 있지 않았다면, 그래서 그녀가 한 마리 새처럼 웅크리고 있다가, 서서히 활기를 되찾고, 환희의 기쁜 울음을 울어대며, 나뭇가지를 전전할 수 있었다면, 그녀는 분명 죽었을 것이다. 하지만 그 청년은 스스로 목숨을 끊었다.

그것은 그녀의 불행—그녀의 수치였다. 여기 한 남자, 저기 한 여자가 깊은 어둠 속으로 가라앉아 사라지는 것을 본다는 것은 그녀의 형벌이었다. 그리고 그녀는 이브닝 드레스를 입고 여기 서 있어야 했다. 그녀는 음모를 꾸몄으며, 좀도둑질을 했다. 그녀는 결코 존경을 받을 자격이 없었다. 그녀는 성공을 원했다. 벡스버러 부인과 나머지 모든 것을 갖고 싶었다. 하지만 부어톤에서 테라스를 거닐었던 적도 있었다.

놀라울 만큼 이상한 점. 그것은 그녀가 그토록 행복한 적이 결코 없었다는 사실이었다. 그 어느 것도 충분히 오랜 시간이 걸리지 않았으며, 그 어느 것도 너무 오래 지속되지 않았다. 의자를 똑바로 세우고, 책꽂이의 책을 밀어 넣으면서, 그녀는 생각했다. 이렇게 젊음의 승리를 마감하고, 살아가는 일에 몰두하며, 해가 뜰 때, 날이 저물어갈 때, 기쁨으로 깜짝 놀라 다시 하늘을 쳐다보는 것과 같은 즐거움은 없다는 것을. 부어톤에서 사람들이 이야기를 하고 있을 때, 그녀는 여러 차례 하늘을 보러 갔었다. 아니 저녁 식사를 하고 있는 사람들 어깨 너머로 하늘을 보았다. 런던에서 잠을 이룰 수 없을 때도 하늘을 보았다. 그녀는 창문으로 걸어갔다.

이런 생각이 어리석을지라도, 이 나라의 하늘은, 웨스트민스터의 하늘은 그 안에 무언가 그녀의 일부를 담고 있었다. 그녀는 커튼을 젖혔다. 그리고 바라보았다. 아, 얼마나 놀랐는지! 맞은편 방에서 그 노부인이 그녀를 빤히 쳐다보고 있는 것이 아닌가! 그 노부인은 잠자리에 들려던 참이었다. 그리고 하늘. 장엄한 느낌을 주는 하늘일 것이라고, 그녀는 생각했다. 그것은 뿌연 하늘일 거라고 생각하며, 그녀는 아름다운 하늘을 향해 고개를 돌렸다. 그런데 거기에 그것이 있었다 —잿빛의 파리한 하늘이, 그 위로 점점 가늘어지는 거대한 구름이 빠르게 지나가고 있었다. 그녀에게는 새로운 것이었다. 필시 바람이 불어닥친 것이다. 맞은편 방에서 그 노부인은 잠자리에 들려는 참이었다. 그녀를, 움직이는 그 노부인을, 방을 가로질러, 창가로 다가오는 그녀를 지켜본다는 것은 몹시 재미있는 일이었다. 저 노부인은 그녀를 볼 수 있을까? 응접실에서 사람들이 여전히 웃고 떠드는 가운데, 말없이 침대로 가는 저 늙은 여인을 지켜본다는 것은 몹시 재미있는 일이었다. 이제 그 노부인이 블라인드를 쳤다. 시계가 치기 시작했다. 청년이 자살을 했지만, 그녀는 그를 동정하지 않았다. 시계가 하나, 둘, 셋을 칠 때, 이 모든 것이 여전히 계속되고 있는 가운데, 그녀는 그를 동정하지 않았다. 저런! 노부인이 불을 끄는구나! 불빛이 사라진 집 전체가 깜깜해졌군, 그녀가 되뇌었다. 더 이상 해의 열기를 두려워하지 말라는 말이 자꾸 떠올랐다. 그녀는 사람들에게 돌아가야 했다. 하지만 얼마나 아름다운 밤인지! 그녀는 자신이 그 청년—스스로 목숨을 끊은 젊은 청년—과 몹시 흡사하다는 느낌을 받았다. 그가 그 일을 했다는 것이, 사람들은 계속 살아가고 있는데 혼자 삶을 포기 했다는 것이 그녀는 반가웠다. 시계가 치고 있었다. 소리가 그리는 원 이 대기 중에 녹아 내렸다. 그 청년은 그녀에게 아름다움을 느끼게 해 주었다. 즐거움을 느끼게 해주었다. 하지만 그녀는 돌아가야 한다. 사람들을 모아야 한다. 샐리와 피터를 찾아야 한다. 그래서 그녀는 그 작은 방에서 다시 나왔다.

"클러리서는 대체 어디 있는 거야?" 피터가 말했다. 그는 샐리와 함 께 소파에 앉아 있었다(이렇게 세월이 흘렀지만 정말로 그는 그녀를 '로세터 부인' 이라고 부를 수가 없었다). "그 여자가 어딜 간 거야? 클러리서가 어디 있지?" 그가 물었다.

샐리는 생각을 더듬어 보았다. 피터도 마찬가지였다. 그 문제에 관 해서라면, 중요한 사람, 정치가들이 있었다. 그가 직접 만나 본 적이 없지만 신문에서 본 사람들이며, 클러리서가 성의있게 대하고, 인사 를 건네야 하는 사람들이었다. 그녀는 그들과 함께 있을 것이다. 하지 만 리처드 댈러웨이는 내각에 입성하지 못했다. 그가 성공하지 못할 거라고, 샐리는 짐작하지 않았던가? 그녀는 좀처럼 신문을 읽지 않았다. 그런데도 그의 이름이 언급되는 것을 종종 보았다. 하지만 그 당시 그녀는 황무지에서 고립된 생활을 하고 있었으며, 클러리서는, 무언가를 해내는 위대한 상인들, 위대한 제조업자들, 남자들 틈에서 살았다고 말할 것이다. 그녀 역시 무언가를 해내지 않았던가!

'나는 아들이 다섯이나 있는 걸요!' 그녀가 그에게 말했다.

맙소사, 그녀에게 얼마나 많은 변화가 있었는지! 모성애의 부드러움과 모성애의 이기심까지. 그들이 달빛 아래 콜리플라워 밭에서 마지막으로 만났을 때를 피터는 떠올렸다. 콜리플라워 잎사귀가 거친 청동 같다고 그녀는 문학적인 표현을 했다. 그리고 그녀는 장미를 꺾었다. 분수대에서의 사건이 있은 후, 그 악몽 같은 밤에 그녀로 인해 그는 길을 오르내려야 했다. 그는 한밤 중에 기차를 탈 셈이었다. 그런데 그가 얼마나 흐느껴 울었던지!

주머니칼을 여는 것은 그의 오래된 습관이라고 샐리는 생각했다. 흥분하면 그는 주머니칼을 열었다 닫았다 했다. 그가 클러리서와 사랑에 빠졌을 때, 그녀와 피터는 얼마나 절친한 사이였는지 모른다. 그리고 점심 식사시간에 그 어처구니없는 사건이 리처드 댈러웨이에게 일어났다. 그녀는 리처드를 '위캠'이라고 불렀다. '위캠'이라고 부르면 안 되는 이유라도 있는가? 클러리서는 발끈했다. 그 후로 그들은, 그러니까 샐리와 클러리서는 서로 만난 적이 없었다. 지난 10년

간 대여섯 번도 되지 않을 것이다. 그리고 피터 월쉬는 인도로 떠났으며, 그녀는 어렴풋이 그가 불행한 결혼을 했다는 소식을 들었다. 그에게 아이들이 있는지 없는지 알지 못했지만, 그렇다고 물어볼 수도 없었다. 그가 변했기 때문이다. 다소 주름살이 생긴 것 같지만, 더 친절해졌다고 그녀는 느꼈다. 그리고 그에 대한 진짜 애정도 가지고 있었다. 그가 그녀의 젊은 시절과 연관되어 있기 때문이었다. 그녀는 그가 준 에밀리 브론테의 책을 아직도 가지고 있었다. 그는 글을 쓸 거라고 했었다. 그 당시 그는 글을 쓸 작정이었다.

"글은 썼어요?" 그녀가 단단하고 예리한 손을 뻗어 무릎에 올려놓으면서 물었다. 그에게 옛 기억을 떠올리게 하는 태도였다.

"한 줄도 못 썼어요." 피터가 대답하자, 그녀가 웃었다.

그녀, 샐리 시튼은 여전히 매력적이며 여전히 출중한 인물이었다. 대체 그 로세터란 남자는 누구인가? 그는 결혼식에 두 송이의 동백꽃을 달고 있었다—이것이 피터가 그에 대해 아는 전부였다. "하인이 수도 없이 많고, 온실이 끝도 없이 넓어요." 클러리서가 편지에서 대충 이렇게 쓴 기억이 났다. 샐리는 깔깔대고 웃으며 실토를 했다.

"맞아요, 일 년에 만 파운드를 벌어요."—세금을 내기 전인지 후인지는 기억할 수가 없다. 왜냐하면 그녀의 남편이 그녀 대신 모든 일을 다 처리하기 때문이라고 그녀가 덧붙였다. 그녀는, "네가 꼭 만나야 할 사람," "네 마음에 꼭 들 사람"이라고 했다.

샐리는 낡고 해진 옷을 주로 입곤 했었다. 그리고 부어톤에 오기 위해 마리 앙트와네트가 증조 할아버지에게 준—정말 그 반지를 가지고 있었을까?— 반지를 저당 잡혀야만 했었다.

그랬다. 샐리도 그것을 기억했다. 그녀는 아직도 마리 앙트와네트가 증조할아버지에게 준 루비 반지를 가지고 있었다. 그 당시 그녀는 자신의 이름으로 된 재산이 한푼도 없어서, 부어톤까지 간다는 것은 끔찍한 고통을 의미했다. 하지만 부어톤으로 간다는 것은 그녀에게 많은 의미가 있었다—집에서는 너무도 불행했으므로 오히려 건강하게 해줄 거라고 믿었다. 그러나 이제는 그 모두가 과거지사이며—이제는 모두 끝났다고 그녀는 말했다. 그리고 패리 씨는 죽었고, 패리 양은 아직 살아 있었다. 평생 그렇게 놀라기는 처음이에요! 피터가 말했다. 그는 그녀가 분명 죽은 줄 알았던 것이다. 결혼은 성공적일까, 샐리가 생각했다. 그리고 저기 커튼 옆에서 붉은 옷을 입고 있는 매력적이고 침착한 젊은 아가씨는 엘리자베스였다(그녀는 포플러 나무 같고, 강 같으며, 히아신스 같다고, 윌리 티트콤은 생각하고 있었다. 시골에 살면서 자신이 원하는 일을 한다는 것은 얼마나 더 멋진 일인가! 그녀는 가엾은 개가 짖는 소리를 들을 수 있었다. 엘리자베스는 단호했다). 그녀는 클리러서와는 사뭇 다르다고, 피터 월쉬가 말했다.

"어머, 클러리서!" 샐리가 말했다.

샐리가 느꼈던 것은 단지 이것이었다. 그녀는 클러리서에게 많은 빚을 졌다. 두 사람은 친구였지, 단순히 아는 사이가 아니었다. 그녀는 지금도 클러리서가 온통 하얗게 입고, 양손에 꽃을 한 아름 안은 채 집안을 돌아다니는 모습이 눈에 선했다―오늘까지도 담배 나무를 보면 부어톤 생각이 난다. 하지만―피터는 이해할까?―그녀는 무언가가 빠진 느낌이었다. 부족한 것이 무엇일까? 그녀는 매력적이다. 놀라운 매력을 지니고 있다. 솔직히 말하자면(그녀는 피터가 오랜 친구이며, 진짜 친구라고 느꼈다―오래 떨어져 있는 것이 문제가 될까? 떨어져 있는 거리가 문제가 될까? 그녀는 종종 그에게 편지를 쓰고 싶었지만, 찢어버렸다. 그래도 그가 이해할 거라고 생각했다. 사람들은 말하지 않아도 나이가 들어가면서 이해를 하기 때문이다. 그녀도 나이가 들었으며, 그 날 오후에도 유행성 이하선염이 퍼져 있는 이튼 학교에 있는 아들들을 만나러 가지 않았던가), 솔직히 말하자면, 클러리서가 그것을 할 수 있었던 걸까?―리처드 댈러웨이와 결혼할 수 있었을까? 오직 개들만 좋아하는 스포츠맨인 사람과 말이다. 실제로 그가 방에 들어왔을 때, 그에게서 마구간 냄새가 났다. 그리고 나서 이 모든 것은? 그녀는 손을 내저었다.

흰 조끼를 입고 어슬렁거리며 지나가는 사람은 휴 휘트브레드였다. 그는 둔하고, 뚱뚱한 장님처럼 보였으며, 자만심과 안락함 외에는 아무것도 눈에 들어오지 않는 것 같았다.

"저 사람이 우리를 모른 체 하려나 봐요." 샐리가 말했다. 그녀는 실제로 용기가 없었다―그래, 저 사람이 휴다! 존경할 만한 휴!

"뭘 하는 사람인데?" 피터가 물었다.

그는 왕의 부츠를 닦고 윈저 궁에서 술병 세는 일을 한다고 피터가 말했다. 피터는 여전히 말투가 신랄했다. 하지만 샐리는 솔직해야 한다고, 피터가 말했다. 이제는 그 키스, 휴의 키스를 이야기할 차례다.

어느 날 저녁, 흡연실에서 입술에 키스를 했다고, 그녀가 확인해주었다. 그녀는 화가 나서 곧장 클러리서에게 갔다. 휴는 그런 일을 하지 않았어! 클러리서가 말했다. 그렇게 훌륭한 휴가 그런 일을 하다니! 휴의 양말은 예외 없이 늘 그녀가 본 것 중에 가장 아름다웠다. 그리고 지금은 그의 이브닝 드레스도. 완벽했다! 그런데 그에게 아이들이 있던가?

피터는 자신을 제외하고, "이 방에 있는 모든 사람들이 이튼에 다니는 아들이 여섯은 된다고 말했다. 다행히도 그는 하나도 없었다. 아들도, 딸도, 아내도 없었다. 그래도 그런 것에 별로 신경을 쓰는 것 같지 않다고 샐리가 말했다. 그는 누구보다 젊어 보인다고 그녀는 생각했다.

그렇지만 그런 식으로 결혼을 한다는 것은 여러 가지 면에서 어리석은 짓이었다고, 피터가 말했다. "그녀는 멍청이 그 자체였어." 그가 말했다. "우리는 참 멋진 시간을 보냈지." 그가 덧붙였다. 하지만 어떻게 그럴 수 있었을까? 샐리가 의아해했다. 그가 무슨 말을 하는 걸까? 그를 잘 알면서도 그에게 무슨 일이 있었는지 하나도 모른다는 것이 얼마나 이상한 일인지. 그는 자존심 때문에 그 말을 한 걸까? 아무래도 그런 것 같았다. 어쨌든 그에게는 분통이 터지는 일이기 때문이었다(비록 그가 괴짜이고, 귀신 같은 구석이 있고, 평범한 것과는 거리가 멀긴 하지만 말이다). 그 나이에 집도 없고, 갈 곳도 없다는 것은 외로운 일이 분명했다. 하지만 그는 몇 주일이고 그들과 함께 머물러야만 했다. 물론 그는 그럴 것이다. 그는 그들 집에 묵고 싶다고 했으며, 그런 참에 그 이야기가 나온 것이다. 최근 몇 년 동안 댈러웨이 부부는 한 번도 온 적이 없었다. 아무리 초대를 해도, 클러리서(문제는 클러리서였다)는 오지 않았다. 샐리 말로는, 클러리서가 속으로는 속물이라는 것이다―그것은 인정해야 한다. 속물이라는 것. 그리고 그것이 그들 사이를 가로막고 있었다고, 그녀는 확신했다. 클러리서는 자신이 신분이 낮은 사람과 결혼했다고 생각했다. 그녀의 남편은 광부의 아들이었다―그녀는 그것이 자랑스러웠다. 그들이 가진 동전

한 닢조차 그가 번 돈이었다. 어린 소년 시절(그녀의 목소리가 떨렸다), 그는 커다란 자루를 날랐다는 것이다.

(그렇게 그녀는 몇 시간이고 계속 이야기를 할 것이라고, 피터는 생각했다. 광부의 아들. 사람들은 그녀가 신분이 낮은 사람과 결혼을 했다고 생각했다. 그녀의 다섯 아들, 그 밖의 다른 것들—식물, 수국, 정향나무, 수에즈 운하 북쪽에는 자라지 않는 아주, 아주 보기 드문 히비스커스 난초, 하지만 그녀는 맨체스터 근교에 정원사를 두고, 여러 개의 난초 화단을, 난초 화단을 가꾸었다! 이제 클러리서는 그 모든 것에서 벗어났다. 비록 어머니다운 데는 없지만 말이다.)

그녀가 속물이라고? 여러 가지 면에서 맞는 말이다. 그나저나 이 시간 내내 그녀는 어디에 있는 걸까? 시간이 늦어지고 있었다.

"그래요." 샐리가 말했다. "클러리서가 파티를 연다고 했을 때, 나는 올 수 없다고 생각했어요—그녀를 다시 만나서는 안 된다고요(게다가 저는 빅토리아 거리에 머물고 있어요. 바로 옆에 말이에요). 그래서 초대를 받지 않고도 온 거예요." 그녀가 소곤거렸다. "이 사람이 누군지 말해 주세요."

그것은 문을 찾고 있는 힐버리 부인이었다. 시간이 얼마나 늦어지고 있었는지! 밤이 깊어지고, 사람들이 떠나가면, 옛 친구들을 만나고, 구석지고 후미진 조용한 곳에서 가장 아름다운 경치를 보게 되지.

그녀가 중얼거렸다. 사람들이 마법에 걸린 정원에 에워싸여 있다는 것을 알까? 그녀가 물었다. 불빛, 나무, 반짝이는 멋진 호수 그리고 하늘이 있었다. 정원 뒷마당에는 단지 몇 개의 램프 불뿐이라고, 클러리서가 말했다. 하지만 그녀는 마법사였다. 그것은 넓은 공원이었다…… 그리고 그녀는 그들의 이름을 알지 못했다. 하지만 그들은 친구들이라는 것을, 이름 없는 친구들이라는 것을, 가사 없는 노래라는 것을, 언제나 최고라는 것을, 그녀는 알고 있었다. 하지만 너무 많은 문들이, 전혀 예기치 않은 장소들이 있었다. 그녀는 길을 찾을 수가 없었다.

"힐버리 부인," 피터가 말했다. 하지만 저건 누굴까? 저녁 내내, 말도 없이, 커튼 옆에 서 있는 저 부인은? 그는 그녀의 얼굴을 알고 있었다. 왠지 부어톤과 연관이 되었다. 그랬다, 그녀는 창가의 큰 테이블에서 속옷을 재단하던 그 부인이 아닌가? 이름이 데이빗슨이든가?

"아, 저 사람은 앨리 핸더슨이에요." 샐리가 말했다. 클러리서는 정말 그녀에게 매몰차게 굴었다. 그녀는 몹시 가난한 사촌이었다. 클러리서는 사람들에게 매몰찼다.

그녀에게 그런 면이 있다고, 피터가 말했다. 하지만 자신의 감정에 취한 샐리가 격정적으로 말했다. 피터는 그런 모습을 좋아했지만, 지금은 다소 두렵기까지 했다. 그녀는 감정 표현에 그토록 열정적이다

―클러리서는 친구들에게 얼마나 너그러운지! 그것은 보기 드문 자질이었다. 그리고 간혹 한밤중이나 크리스마스에 그녀가 받은 축복을 헤아려볼 때면, 클러리서의 우정이 제일 먼저 떠올랐다. 두 사람은 젊었다. 그랬다. 클러리서는 마음이 순수했다. 그랬다. 피터는 그녀가 감상적이라고 생각할 것이다. 그녀는 정말 그랬다. 왜냐하면 사람이 느끼는 것―그것이 유일하게 말할 가치가 있는 것이라고 그녀는 느끼게 되었기 때문이다. 똑똑하다는 것은 어리석다는 것이다. 사람은 단순히 느끼는 것을 말해야 한다.

"하지만 나는 몰라요. 내가 무엇을 느끼는지." 피터 월쉬가 말했다.

가엾은 피터, 샐리가 생각했다. 클러리서는 어째서 그들에게 와서 이야기를 하지 않는 걸까? 그것이 그가 바라는 것이었다. 샐리는 그것을 알고 있었다. 그는 내내 클러리서 생각만 하고 있었으며, 주머니 칼만 만지작거리고 있었다.

삶이 단순하지 않다고, 피터가 말했다. 클러리서와 그의 관계는 단순하지 않았다. 그것은 그의 삶을 망가뜨렸다고, 그는 말했다(그들은 ―그와 샐리 시튼― 너무도 친한 사이여서, 말을 하지 않는 것이 오히려 어리석었다). 사람은 사랑에 두 번 빠질 수가 없다고 그가 말했다. 거기다 대고 그녀가 무슨 말을 할 수 있을까? 그래도 사랑했던 것이 더 낫다고 할 것인가(하지만 그는 자신이 감상적이라고 생각할 것이

320

다—그는 그토록 날카로웠던 사람이다). 그는 맨체스터에 와서 그들과 함께 살아야 한다. 그것은 전부 사실이야, 그가 말했다. 모두가 사실이다. 그는 정말 그들과 같이 살고 싶을 것이다. 런던에서 해야 할 일을 마친 다음에 말이다.

그리고 클러리서는 리처드에게 마음 쓰는 것보다 그에게 더 마음을 썼다고 샐리는 확신했다.

"아냐, 아냐, 아냐!" 피터가 말했다(샐리는 그 말을 하지 말았어야 했다—그녀가 지나친 것이다). 저 잘생긴 친구—그는 언제나처럼 방 구석에 서서 이야기를 멈추지 않았다. 대체 누구와 이야기를 하고 있는 것일까? 샐리가 물었다. 저 품위 있게 생긴 남자는 누굴까? 황무지에서 살고 있는 그녀로서는 사람들에게 호기심을 갖는 것이 당연했다. 하지만 피터는 알지 못했다. 그는 그 남자의 인상이 마음에 들지 않는다고 했다. 아마도 장관이겠지. 그래도 리처드가 가장 낫다고 피터가 말했다—가장 사심이 없는.

"그 사람이 대체 무슨 일을 한 거지?" 샐리가 물었다. 아마 공적인 일일 것이다. 그들은 함께 사는 것이 행복할까? 그녀가 물었다(그녀 자신은 더할 수 없이 행복했다). 왜냐하면 그녀 스스로 인정하듯, 그들에 대해 아무것도 모르고, 누구나 그렇듯이, 속단을 할 뿐이기 때문이다. 매일 같이 사는 사람들에 관해서조차 무엇을 알 수 있단 말인가? 그녀가 물었다. 우리 모두는 죄수들이 아닌가? 그녀는 감방 벽을 손톱으로 긁어대던 한 남자에 관한 훌륭한 연극 작품을 읽은 적이 있었다. 그것이 인생의 진실이라고 느꼈다—벽을 긁어 손톱 자국을 내는 일. 인간 관계 때문에(사람들은 너무나도 힘들었다) 절망하면서, 그녀는 자주 정원으로 가서, 꽃을 보면서, 사람들이 결코 줄 수 없는 평화를 맛보곤 했다. 하지만 아니다. 그는 양배추를 좋아하지 않았다. 그는 인간을 더 좋아한다고 했다. 실제로 젊음은 아름다워, 엘리자베스가 방을 가로질러 가는 것을 보면서, 샐리가 말했다. 그 나이 때의 클러리서와 얼마나 다른지! 그는 그때의 그녀를 기억할 수 있을까? 별로 많지 않다고, 피터가 인정을 했다. 그녀는 한 송이 백합 같다고, 샐리가 말했다. 물가에 핀 한 송이 백합. 하지만 피터는 우리가 아무것도 모른다는 것에 동의하지 않았다. 우리는 모든 것을 다 안다고, 그가 말했다. 적어도 그는 그랬다.

하지만 이 두 사람, 지금 오고 있는 이 두 사람, 품위 있게 생긴 사람과 리처드에게 이야기를 하고 있는 다소 평범하게 생긴 그의 아내—저런 사람들에 대해 우리는 뭘 알 수 있지? 샐리(클러리서가 빨리 오지 않으면 그녀는 정말로 가야 한다)가 속삭였다.

"그들이 못된 사기꾼이라는 거지." 그들을 무심히 쳐다보면서 피터가 말했다. 그 말에 샐리는 웃음을 터뜨리고 말았다.

하지만 윌리엄 브래드쇼 경은 그림을 보기 위해 문앞에 멈추어 섰다. 판화가의 이름을 보기 위해 그림의 모서리를 들여다보았다. 그의 아내도 덩달아 쳐다보았다. 윌리엄 브래드쇼 경은 예술에 너무도 많은 관심을 갖고 있었다.

젊을 때는 사람들을 만나는 일에 너무도 흥분을 한다고, 피터가 말했다. 나이가 든 지금은, 정확히 쉰두 살이 된 지금은(샐리는 몸은 쉰다섯 살이지만, 마음은 스무 살 처녀라고 했다), 성숙해진 지금은, 바라볼 수 있고, 이해할 수 있으며, 감정의 힘을 잃지 않는다고, 피터가 말했다. 아냐, 그건 사실이 아냐, 샐리가 말했다. 그녀는 해가 갈수록 더 깊이, 더 열정적으로 느꼈다. 감정이 더 커질 수도 있지만, 그것을 즐거워해야 한다고, 그가 말했다. 경험상 감정은 계속 커져갔다. 인도에 어떤 사람이 있었다. 그는 샐리에게 그녀에 관해 털어놓고 싶었다. 샐리에게 그녀를 알게 하고 싶었다. 그 여자는 결혼했다고, 피터가 말했다. 어린 아이가 둘이나 있었다. 그들 모두가 맨체스터에 와야 한다고, 샐리가 말했다―그들이 떠나기 전 그가 약속을 해야 한다고.

"저기 엘리자베스가 있군." 피터가 말했다. "아직은 우리가 느끼는 것의 절반도 느끼지 못할 거야. 아직 어린 나이니까."

"하지만 서로 헌신적이라는 게 겉으로도 보여." 엘리자베스가 아버지에게 가는 것을 지켜보면서 샐리가 말했다. 샐리는 엘리자베스가 아버지에게 가는 것을 보면서 그것을 느낄 수 있었다.

엘리자베스의 아버지는 브래드쇼 부부와 이야기를 나누는 동안, 내내 엘리자베스를 바라보고 있었기 때문이다. 그는 혼자 생각했던 것이다. 저 사랑스런 아가씨가 누구일까? 그리고 문득 그것이 엘리자베스라는 것을 깨달았다. 그녀를 알아보지 못한 것이다. 핑크색 드레스를 입은 그녀는 너무도 아름다웠다. 엘리자베스가 윌리 티트콤에게 이야기하고 있을 때, 그녀는 아버지가 자신을 쳐다보고 있는 것을 느꼈다. 그래서 그녀는 아버지에게 다가갔고, 두 사람은 함께 서서, 파티가 거의 끝나고 사람들이 돌아가는 것을 지켜보고 있었다. 시간이 갈수록 방은 점점 텅 비어갔고, 바닥에는 물건들이 흩어져 있었다. 심지어 앨리 핸더슨마저도 마지막 손님이 되어 돌아가고 있었다. 비록 아무도 말을 거는 사람은 없었지만, 그녀는 모든 것을 보고 싶었다. 나중에 이디스에게 들려주기 위해서였다. 리처드와 엘리자베스는 파티가 끝난 것이 오히려 즐거웠다. 그리고 리처드는 자신의 딸이 자랑스러웠다. 그는 말을 꺼낼 생각은 없었지만, 말을 하지 않고는 견딜 수가 없었다. 그는 그녀를 바라보았으며, 저 사랑스런 아가씨가 누구인지 궁금했었다고, 말했다. 그리고 그것이 자신의 딸이라는 것도! 그 말에 그녀는 행복했다. 하지만 그녀의 가엾은 개가 짖고 있었다.

"리처드가 좋아졌어요. 당신 말이 맞아. 가서 리처드에게 말해야겠어. 작별 인사를 해야지. 머리가 무슨 문제겠어, 가슴에 비하면 말야." 샐리, 그러니까 로세터 부인이 말했다.

"나도 갈게." 피터가 말했다. 하지만 그는 잠시 그대로 앉아 있었다. 이 두려움은 뭘까? 이 황홀경은 뭘까? 그는 혼자 생각했다. 이상한 흥분으로 나를 채우는 이것은 대체 뭘까?

그것은 클러리서야, 그가 말했다.

그녀가 거기 있었던 것이다.

작품 해설

『댈러웨이 부인』은 버지니아 울프의 전성기 작품으로 의식의 흐름의 기법을 위시하여 실험적인 기법이 구사되어 있는 작가의 대표작이다. 인간의 의식의 흐름을 독특한 문체와 구성으로 표현해낸 『댈러웨이 부인』은 짧은 문체들이 툭툭 끊어졌다가 다시 편안한 대화체로 연결되는가 하면, 또 작가의 문학성을 확인시켜 주듯 런던 거리의 상쾌한 아침 공기처럼 신선하고 섬세한 표현들이 읽는 이를 기분 좋게 했다가, 느닷없이 복잡하고 어두운 주관적인 심리 묘사가 과거와 현재를 구분하지 않고 넘나드는 통에 과연 작가의 의식 세계가 정상적인지 의심하게 한다. 소설을 구성하고 있는 플롯들의 연결도 자유분방하다. 이 소설은 성공한 정치가의 아내인 주인공 클러리서 댈러웨이의 6월 어느 날의 하루를 시간적인 배경으로 하고 있는데, 댈러웨

성하는 데 많은 영향을 미쳤고, 그녀의 작품에도 자주 등장하는 배
경이 되었다.

부모를 잃은 뒤에는 남동생인 애드리안을 중심으로 케임브리지 출
신의 학자와 문인들이 그녀의 집에 모여 '블룸즈버리 그룹' 이라는
비공식인 집단을 만들어 활발한 문학 활동을 했으며, 1912년 정치 평론
가인 레너드 울프와 결혼했다. 그리고 1915년 처녀작 『출항The
Voyage Out』을 비롯, 1919년에는 『밤과 낮Night and Day』을, 1922
년에는 『제이콥의 방Jacob's Room』을 발표해 새로운 소설형식을
시도하였다. 울프의 기념비적인 최고 걸작 『댈러웨이 부인Mrs.
Dalloway』은 그녀만의 독특한 문체와 구성으로 더욱 완숙한 기교를
보여주고 있다. 이 밖에 전기 『올랜도Orlando』(1928), 소설 『파도
The Waves』, 『세월The Years』(1937), 『막간(幕間)Between the
Acts』(1941), 문예평론집 『일반독자 The Common Reader』(2권,
1925~1932), 여성론 『나만의 방A Room of One's Own』(1929) 등
그녀의 문학 속에는 모더니즘과 페미니즘의 다양하고 복합적인
면이 드러나 있다.

2차 세계 대전으로 큰 충격을 받은 울프는 남편 레너드와 언니 바네
사에게 짧은 편지를 남기고, 1941년 3월 28일 호주머니에 돌멩이를
잔뜩 넣은 채 우즈 강(江)에서 투신자살했다. 남편에게 남긴 유서의

이 부인과는 전혀 상관없는 셉티머스라는 인물을 등장시켜 그의 죽
음을 소개하고 주인공을 중심으로 많은 사람들의 경험과 인상들을
나열하고 있다. 이 소설에서도 삶에 대한 강한 집착을 엿볼 수 있는
데, 이는 클러리서 댈러웨이의 분신으로 생각되는 셉티머스의 자살
을 통해, 죽음을 암시하고 있는 삶의 모습으로 나타난다.

런던 사교계에서 재색을 겸비한 클러리서 댈러웨이는 수상도 참여
하기로 되어 있는 저녁 파티를 준비하기 위해 꽃을 사러 집을 나선다.
런던 거리에서 어린 시절 친구인 휴를 만나게 되는데, 그 바람에 옛
사랑이었던 피터 월시를 떠올리게 된다. 피터는 모험심이 많고 비판
정신이 강했던 호기심 많은 청년으로, 부유한 가정에서 남부럽지 않
게 자란 그녀는 안정적인 미래를 위해 피터가 아닌 현재의 남편을 선
택하여 결혼했던 것이다. 그런 그녀에게 옛 기억들이 하염없이 밀려
오면서 그녀의 의식은 현재와 과거를 자유롭게 넘나든다.

중년에 들어선 클러리서는 정치가의 아내로 남부럽지 않은 성공과
안정을 이루었지만, 무언가를 희생하며 살고 있다는 헤아릴 수 없는
자의식에 시달린다. 그녀가 피터의 구혼을 거절하고 리처드와 결혼
한 이유는 결혼을 한 이후에도 어느 정도의 자유와 독립을 누리기 위
해서였다. 클러리서는 시간의 흐름을 두려워하고 해마다 늙어가는
자신의 모습을 깨닫는다. 그녀는 남편과 아내 사이에도 장벽은 존재

하며, 인간에겐 존엄성이 있고, 또 늘 고독이 존재한다고 생각한다. 그래서 남편과 다른 침대를 사용하며 그녀의 침대는 날이 갈수록 작아지는데, 바로 이러한 의식을 상징하고 있기 때문이다. 그런 그녀의 확신은 창문을 통해 본 이웃집 노인이 혼자 방안을 서성대는 고독한 장면에서 다시 한 번 확인된다.

또 길거리에서 우연히 만난 거창한 영국 왕실의 자동차, 기도서를 든 채 아름답고 풍요로운 세상에 대한 질투심에 가득 찬 아름답지 못한 킬먼 양, 외상 후 스트레스 장애에 시달리고 있는 셉티머스의 정신 건강을 위해 그를 요양소에 가두고자 균형을 강조하는 윌리엄 브래드쇼 경과 의사인 홈즈, 상대방의 자아를 완벽하게 소유해야 한다고 믿는 피터, 이처럼 우연히 스쳐 지나가는 등장인물들은 개별적이고 독자적인 존재이면서도 서로 보이지 않게 연결되어 작품의 주제를 구성하고 있는 것이다.

『댈러웨이 부인』은 결국 죽음으로 이어지는 삶의 어느 한 순간을 포착하여 남성 위주의 사회에 대한 날카로운 비판과 함께 비록 죽음에 대한 유혹을 느낄지라도 — 셉티머스의 자살을 목격하는 순간 — 삶의 희망적인 의미를 발견하려는 작가의 몸부림이 고스란히 표현된 작품이라 할 수 있다.

역자 후기

난해한 소설을 쓰기로 유명한 버지니아 울프를 이해하 어린 시절을 짚고 넘어가야 한다. 버지니아 울프는 18 로 철학자이며 『영국 인명 사전Dictionary of Nationa 의 편저자인 레슬리 스티븐 경의 딸이다. 그러나 그녀는 시절을 보냈다. 홀아비인 아버지와 과부인 어머니가 시 태어난 버지니아 울프는 어린 시절 자선사업에 열중하 비웠던 어머니로 인해 여섯 살 때부터 의붓오빠들에게 추행을 당하며 비뚤어진 자의식을 형성했다. 그런 그 돌파구는 책이었다. 학자였던 아버지 덕분에 집에는 책을 읽는 것은 야수에게 갇힌 것 같은 현실에 대한 위 로 나가는 통로였다. 이런 어릴 적 환경은 세상에 대한 마지막 부분에서 그녀는 이렇게 고백한다.

"저는 지난 30년 동안 남성 중심의 이 사회와 부단히 싸웠습니다. 오로지 글로써. 유럽이 세계 대전의 회오리바람 속으로 빨려들 때 모든 남성이 전쟁을 옹호하였고, 당신마저도 참전론자가 되었죠. 저는 생명을 잉태해 본 적은 없지만 모성적 부드러움으로 이 전쟁에 반대했습니다. 지금 온 세계가 전쟁을 하고 있습니다. 제 작가로서의 역할은 여기서 중단되어야 할 것입니다. 추행과 폭력이 없는 세상, 성차별이 없는 세상에 대한 꿈을 간직한 채 저는 지금 저 강물을 바라보고 있습니다."

이제 희미하게 뒤엉켰던 버지니아 울프의 작품 세계가 조금 분명하게 다가온다. 여자로서 억압된 불평등한 사회에서 살았으며 그로 인해 망가진 자의식과 신경 쇠약에 시달려야 했던 그녀는 자연스럽게 죽음을 연민하게 되었으나 그런 가운데서도 삶에 대한 애착과 희망을 버리지 못했다. 그래서 과거와 현재의 시간들이 지배하는 혼란스런 의식 세계를 어떻게든 연결하여 현재를 완성하고자 안간힘을 쓴다. 특히 결혼하여 한 남자의 아내로 또 어머니로의 삶에서조차 극복할 수 없는 근원적인 고독과 과거에 대한 회한과 이 사회를 지배하는 그릇된 가치관은 현재의 그녀를 몹시 혼란스럽게 한다. 이런 의식들은 『댈러웨이 부인』에 고스란히 표현되어 있다. 그러나 어쨌든 그녀를 대변하는 소설의 주인공 댈러웨이 부인은 자신을 미워하는, 자신과 다른 사람들조차 모두 초대하여 파티를 무사히 끝내고는 삶에 대한 새로운 희망을 발견하려 애쓴다.

정신병 재발 조짐이 보이자 사랑하는 남편에게 짐이 되지 않고자 자살로 주어진 삶을 마감했던 버지니아 울프. 암울한 시대를 살았던 여자, 시대와 환경의 소산인 정신병을 앓을 수밖에 없었던 여자, 깨어 있는 의식으로 이 모순된 세상을 어떻게든 이해하려고 노력했던 여자, 책을 통해 세상을 바라보고 책으로 세상을 묘사한 여자, 그래도 결국 삶은 아름답고 가치 있다고 생각한 여자. 다소 난해한 그녀의 소설이 요즘도 여전히 사랑받는 이유다.

이 부인과는 전혀 상관없는 셉티머스라는 인물을 등장시켜 그의 죽음을 소개하고 주인공을 중심으로 많은 사람들의 경험과 인상들을 나열하고 있다. 이 소설에서도 삶에 대한 강한 집착을 엿볼 수 있는데, 이는 클러리서 댈러웨이의 분신으로 생각되는 셉티머스의 자살을 통해, 죽음을 암시하고 있는 삶의 모습으로 나타난다.

런던 사교계에서 재색을 겸비한 클러리서 댈러웨이는 수상도 참여하기로 되어 있는 저녁 파티를 준비하기 위해 꽃을 사러 집을 나선다. 런던 거리에서 어린 시절 친구인 휴를 만나게 되는데, 그 바람에 옛 사랑이었던 피터 월시를 떠올리게 된다. 피터는 모험심이 많고 비판 정신이 강했던 호기심 많은 청년으로, 부유한 가정에서 남부럽지 않게 자란 그녀는 안정적인 미래를 위해 피터가 아닌 현재의 남편을 선택하여 결혼했던 것이다. 그런 그녀에게 옛 기억들이 하염없이 밀려오면서 그녀의 의식은 현재와 과거를 자유롭게 넘나든다.

중년에 들어선 클러리서는 정치가의 아내로 남부럽지 않은 성공과 안정을 이루었지만, 무언가를 희생하며 살고 있다는 헤아릴 수 없는 자의식에 시달린다. 그녀가 피터의 구혼을 거절하고 리처드와 결혼한 이유는 결혼을 한 이후에도 어느 정도의 자유와 독립을 누리기 위해서였다. 클러리서는 시간의 흐름을 두려워하고 해마다 늙어가는 자신의 모습을 깨닫는다. 그녀는 남편과 아내 사이에도 장벽은 존재하며, 인간에겐 존엄성이 있고, 또 늘 고독이 존재한다고 생각한다. 그래서 남편과 다른 침대를 사용하며 그녀의 침대는 날이 갈수록 작아지는데, 바로 이러한 의식을 상징하고 있기 때문이다. 그런 그녀의 확신은 창문을 통해 본 이웃집 노인이 혼자 방안을 서성대는 고독한 장면에서 다시 한 번 확인된다.

또 길거리에서 우연히 만난 거창한 영국 왕실의 자동차, 기도서를 든 채 아름답고 풍요로운 세상에 대한 질투심에 가득 찬 아름답지 못한 킬먼 양, 외상 후 스트레스 장애에 시달리고 있는 셉티머스의 정신 건강을 위해 그를 요양소에 가두고자 균형을 강조하는 윌리엄 브래드쇼 경과 의사인 홈즈, 상대방의 자아를 완벽하게 소유해야 한다고 믿는 피터, 이처럼 우연히 스쳐 지나가는 등장인물들은 개별적이고 독자적인 존재이면서도 서로 보이지 않게 연결되어 작품의 주제를 구성하고 있는 것이다.

『댈러웨이 부인』은 결국 죽음으로 이어지는 삶의 어느 한 순간을 포착하여 남성 위주의 사회에 대한 날카로운 비판과 함께 비록 죽음에 대한 유혹을 느낄지라도 ― 셉티머스의 자살을 목격하는 순간 ― 삶의 희망적인 의미를 발견하려는 작가의 몸부림이 고스란히 표현된 작품이라 할 수 있다.

역자 후기

    난해한 소설을 쓰기로 유명한 버지니아 울프를 이해하자면 그녀의 어린 시절을 짚고 넘어가야 한다. 버지니아 울프는 1882년 1월 생으로 철학자이며 『영국 인명 사전Dictionary of National Biography』의 편저자인 레슬리 스티븐 경의 딸이다. 그러나 그녀는 암울한 어린 시절을 보냈다. 홀아비인 아버지와 과부인 어머니가 새로 결혼한 뒤 태어난 버지니아 울프는 어린 시절 자선사업에 열중하여 자주 집을 비웠던 어머니로 인해 여섯 살 때부터 의붓오빠들에게 끊임없이 성추행을 당하며 비뚤어진 자의식을 형성했다. 그런 그녀에게 유일한 돌파구는 책이었다. 학자였던 아버지 덕분에 집에는 책이 넘쳐났고, 책을 읽는 것은 야수에게 갇힌 것 같은 현실에 대한 위안이자 세상으로 나가는 통로였다. 이런 어릴 적 환경은 세상에 대한 그녀의 의식을 형성하는 데 많은 영향을 미쳤고, 그녀의 작품에도 자주 등장하는 배경이 되었다.

부모를 잃은 뒤에는 남동생인 애드리안을 중심으로 케임브리지 출신의 학자와 문인들이 그녀의 집에 모여 '블룸즈버리 그룹'이라는 지식인 집단을 만들어 활발한 문학 활동을 했으며, 1912년 정치 평론가인 레너드 울프와 결혼했다. 그리고 1915년 처녀작 『출항The Voyage Out』을 비롯, 1919년에는 『밤과 낮Night and Day』을, 1922년에는 『제이콥의 방Jacob's Room』을 발표해 새로운 소설형식을 시도하였다. 울프의 기념비적인 최고 걸작 『댈러웨이 부인Mrs. Dalloway』은 그녀만의 독특한 문체와 구성으로 더욱 완숙한 기교를 보여주고 있다. 이 밖에 전기 『올랜도Orlando』(1928), 소설 『파도The Waves』, 『세월The Years』(1937), 『막간(幕間)Between the Acts』(1941), 문예평론집 『일반독자 The Common Reader』(2권, 1925~1932), 여성론 『나만의 방A Room of One's Own』(1929) 등의 그녀의 문학 속에는 모더니즘과 페미니즘의 다양하고 복합적인 측면이 드러나 있다.

2차 세계 대전으로 큰 충격을 받은 울프는 남편 레너드와 언니 바네사에게 짧은 편지를 남기고, 1941년 3월 28일 호주머니에 돌멩이를 잔뜩 넣은 채 우즈 강(江)에서 투신자살했다. 남편에게 남긴 유서의 마지막 부분에서 그녀는 이렇게 고백한다.

"저는 지난 30년 동안 남성 중심의 이 사회와 부단히 싸웠습니다. 오로지 글로써. 유럽이 세계 대전의 회오리바람 속으로 빨려들 때 모든 남성이 전쟁을 옹호하였고, 당신마저도 참전론자가 되었죠. 저는 생명을 잉태해 본 적은 없지만 모성적 부드러움으로 이 전쟁에 반대했습니다. 지금 온 세계가 전쟁을 하고 있습니다. 제 작가로서의 역할은 여기서 중단되어야 할 것입니다. 추행과 폭력이 없는 세상, 성차별이 없는 세상에 대한 꿈을 간직한 채 저는 지금 저 강물을 바라보고 있습니다."

이제 희미하게 뒤엉켰던 버지니아 울프의 작품 세계가 조금 분명하게 다가온다. 여자로서 억압된 불평등한 사회에서 살았으며 그로 인해 망가진 자의식과 신경 쇠약에 시달려야 했던 그녀는 자연스럽게 죽음을 연민하게 되었으나 그런 가운데서도 삶에 대한 애착과 희망을 버리지 못했다. 그래서 과거와 현재의 시간들이 지배하는 혼란스런 의식 세계를 어떻게든 연결하여 현재를 완성하고자 안간힘을 쓴다. 특히 결혼하여 한 남자의 아내로 또 어머니로의 삶에서조차 극복할 수 없는 근원적인 고독과 과거에 대한 회한과 이 사회를 지배하는 그릇된 가치관은 현재의 그녀를 몹시 혼란스럽게 한다. 이런 의식들은 『댈러웨이 부인』에 고스란히 표현되어 있다. 그러나 어쨌든 그녀를 대변하는 소설의 주인공 댈러웨이 부인은 자신을 미워하는, 자신과 다른 사람들조차 모두 초대하여 파티를 무사히 끝내고는 삶에 대한 새로운 희망을 발견하려 애쓴다.

정신병 재발 조짐이 보이자 사랑하는 남편에게 짐이 되지 않고자 자살로 주어진 삶을 마감했던 버지니아 울프. 암울한 시대를 살았던 여자, 시대와 환경의 소산인 정신병을 앓을 수밖에 없었던 여자, 깨어 있는 의식으로 이 모순된 세상을 어떻게든 이해하려고 노력했던 여자, 책을 통해 세상을 바라보고 책으로 세상을 묘사한 여자, 그래도 결국 삶은 아름답고 가치 있다고 생각한 여자. 다소 난해한 그녀의 소설이 요즘도 여전히 사랑받는 이유다.